AF782974

Es ist ein heißer Tag in der Provence, an dem der Ex-Gangsterboss Louis Rey nach 25 Jahren Haft entlassen wird. Sein Reich ist zerfallen, die Familie zerbrochen. Rey hat nichts mehr zu verlieren. Er leidet unheilbar an Krebs. Was ihm bleibt, ist der Hass auf die, die ihn ins Gefängnis gebracht haben. Und an denen will er sich rächen. Commissaire Albin Leclerc ahnt von alledem nichts. Denn er hat Geburtstag und richtet mit Veronique ein Festmahl für Familie, Freunde und Kollegen aus. Doch die Feier findet ein jähes Ende, als die Polizisten Castel und Theroux zu einem Tatort gerufen werden: Ex-Bankier Vital Didier ist bei einem Raubmord getötet worden. Albins Interesse ist geweckt, denn er weiß: Didier war ein Geldwäscher und Finanzorganisator für dunkle Geschäfte. Bald darauf sterben zwei weitere Männer. Und Albin Leclerc übersieht völlig, dass es für ihn diesmal auch um Leben und Tod geht.

Pierre Lagrange ist das Pseudonym eines bekannten deutschen Autors, der bereits zahlreiche Krimis und Thriller veröffentlicht hat. In der Gegend von Avignon führte seine Mutter ein kleines Hotel auf einem alten Landgut, das berühmt für seine provenzalische Küche war. Die Bände der Erfolgsserie um den liebenswerten Commissaire Albin Leclerc und seinen Mops Tyson sind im FISCHER Verlag erschienen.

Weitere Informationen finden Sie auf www.fischerverlage.de

Pierre Lagrange

DÜSTERE PROVENCE

Ein neuer Fall für Albin Leclerc

FISCHER TASCHENBUCH

MIX
Papier | Fördert gute Waldnutzung
FSC® C083411

3. Auflage, 2025

Erschienen bei FISCHER Taschenbuch
Frankfurt am Main, Juni 2021

© 2020 S. Fischer Verlag GmbH,
Hedderichstr. 114, 60596 Frankfurt am Main
Dieses Werk wurde vermittelt durch die
Literarische Agentur Thomas Schlück GmbH, 30161 Hannover.
Die Nutzung unserer Werke für Text- und Data-Mining
im Sinne von § 44b UrhG behalten wir uns explizit vor.
Lektorat: Susanne Kiesow
Satz: Dörlemann Satz, Lemförde
Druck und Bindung: CPI books GmbH, Leck
ISBN 978-3-596-00068-5

Kontaktadresse nach EU-Produktsicherheitsverordnung:
produktsicherheit@fischerverlage.de

1

Blut fordert Blut, dachte Louis Rey und wartete vor der schweren Stahltür. Er trug einen dunkelblauen Anzug von Armani, allerdings in einem Schnitt aus den neunziger Jahren, dazu zeitlose Schuhe von Gucci. Das zur Hälfte aufgeknöpfte Hemd war fast so weiß wie seine Haare, die auf dem Kopf und die auf der Brust. Er hielt eine kleine Sporttasche in der Hand, die durch den Kunstledergriff schon ganz schwitzig war.

Er spürte seinen Puls. Er ging schneller als normal. Kräftiger. Kein Wunder. Es lag an der Aufregung und dem Zorn. Denn Blut, überlegte Rey und starrte auf den mattgrauen Lack vor sich, Blut will fließen. Dazu ist es gemacht. Wie Benzin für Motoren. Es treibt den Körper an. Es hat nur diesen einen Zweck. Es pumpt durch die Adern und Venen und hält die große Maschine am Laufen. Blut ist der Saft des Lebens. Aber es braucht ein geschlossenes System. Wird es beschädigt, sucht sich das Blut seinen Weg, genau wie Wasser. Genau wie das Leben. Es läuft aus einem heraus und kommt nicht mehr zurück. So einfach ist das.

Viele drehen durch, sobald sie ein paar Tropfen verlieren. Denn weg ist weg, und die Reserven sind begrenzt. Ein Fingerhut voll versetzt manche Menschen bereits in Panik. Dabei verfügt jeder Mensch über fünf bis sechs Liter, je nach Konstitution, Männer mehr als Frauen. Bei einer Geburt geht allenfalls ein halber Liter verloren. Nicht der Rede wert. Erst ab zwei Litern wird es kritisch. Andererseits kann bereits ein Viertelliter nach der zehnfachen Menge aussehen, wenn man ihn überall an den Wänden und auf dem Fußboden verteilt. Schmeiß mal ein Bierglas an die Wand und stell dir die Pfützen und Spritzer in Rot vor. Das gibt schon eine ziemliche Sauerei, wusste Louis Rey und wartete weiter.

Schon seit fast fünf Minuten stand er hier. Vielleicht machten die Idioten das extra, um ihn zu ärgern, oder es war eine Art bescheuertes Ritual. Rey befeuchtete seine trockenen Lippen, streckte das Kinn hoch, rollte den Kopf im Nacken und zählte die Schrauben am Türrahmen, der ebenfalls aus Stahl und grau lackiert war.

Er hatte Blut auf jede nur erdenkliche Art und Weise fließen sehen. Aus manchen Menschen spritzte es wie aus einem defekten Schlauch. Es blubberte wie ein Geysir, tropfte wie ein leckender Wasserhahn oder floss gemächlich wie ein purpurner Fluss. Er hatte gesehen, wie es aus Schusswunden sprudelte, aus klaffenden Schnitten, zerquetschten Nasen, geplatzten Muskeln und offenen Brüchen rann. Manches Blut war hellrot, anderes dunkel. Es roch nach Metall, wenn es frisch war, und stank schon nach kurzer Zeit abartig – umso schlimmer, je älter es war.

Es gab Freaks, die auf Blut standen. Sie sahen es gern und machten manchmal irgendwelchen Scheiß damit, spielten herum und genossen es, wenn es warm an den Fingern klebte. Das Blut ihrer Gegner an den eigenen Händen: das stärkste Symbol für Macht. Tja. Für einige arme Irre war es eine Art Elixier, eine Droge. Gefährliche Typen, deren

Sucht und Gier man zwar für sich ausnutzen konnte, vor denen man sich aber dennoch vorsehen musste, weil sie schlicht und ergreifend nicht ganz richtig im Kopf waren. Wandelnde Zeitbomben, die jederzeit explodieren konnten, und dann wollte man mit Sicherheit nicht in der Nähe sein.

Louis Rey war Blut jedenfalls stets völlig egal gewesen. Für ihn hatte es keinerlei Bedeutung gehabt. Er hatte es höchstens lästig gefunden, und wenn Menschen entweder gar keines hätten oder schlicht und ergreifend nicht bluten würden, wäre ihm in der Vergangenheit ziemlich viel Ärger erspart geblieben. Denn wann immer Leute bluteten, blieben Spuren zurück, die man mit Bleiche oder sonst was aufwändig beseitigen musste und dabei wiederum neue Spuren hinterließ. Man konnte sich außerdem noch so vorsehen – es blieben immer irgendwo verräterische Mikrotröpfchen an den Fingern, im Hemdstoff oder auf den Schuhen zurück. Nein, Blut war ein lästiges Mistzeug.

Aber inzwischen dachte Rey anders darüber – gerade jetzt im Moment zum Beispiel, während die Tür sich nach einem Surren endlich automatisch öffnete und mit einem dumpfen Klacken vor ihm aufsprang. Seine Sichtweise hatte sich in den vergangenen fünfundzwanzig Jahren radikal verändert. Jetzt, dachte Louis und schritt in den langen Raum, wollte er Blut sehen. Jede Menge davon. Er wollte es an den Fingern spüren und beobachten, wie es sich zu Pfützen ergoss. Er wollte hören, wie Knochen splitterten, Sehnen rissen, und fühlen, wie Klingen in Fleisch eindrangen, um es zu zerteilen. Definitiv. Es würde so sein wie in der Bibel, die er in der Zelle häufig gelesen hatte und wo es hieß: »Und der zweite Engel goss aus seine Schale ins Meer; und es wurde zu Blut wie von einem Toten, und alle lebendigen Wesen im Meer starben.« Und an einer anderen Stelle stand auch: »Ohne Blutvergießen geschieht keine Vergebung.«

Aber an Vergebung war Louis Rey ohnehin nicht interessiert. Nein, keine Vergebung, für niemanden.

Rey ging durch den Flur zu einer Art Tresen. Hier roch es immer noch so wie auf der anderen Seite der Stahltür – nach Menschen und Putzmitteln. Wie in einem Altersheim. Hinter dem Ausgabeschalter stand ein uniformierter Angestellter der Justizvollzugsbehörde. Sein Name war Jean, gut zwei Köpfe größer als Rey. Jean grüßte ihn wortlos mit einem Nicken. Rey stellte seine Tasche auf dem Metalltisch vor sich ab. Er öffnete den Reißverschluss und sah ein paar seiner Habseligkeiten aus der Zelle sowie die Broschüre für die Haftentlassung mit den Checklisten für das Leben nach dem Knast.

In den letzten Wochen hatte er mit ziemlich viel Papierkram zu tun gehabt. Es war ein bürokratischer Irrsinn, um was man sich alles kümmern musste. Mit einem Fingerschnippen wurde man aus der Matrix des Alltags entfernt und in den Knast gesteckt. Sich wieder in die Matrix einzufügen war hingegen nicht so leicht: Sozial- und Krankenversicherungen, Rentenbescheide, eine Adresse, eine Wohnung, Zuschüsse des Staates, Abschlussberichte, ein neuer Führerschein, Erstausstattungen … Vor fünfundzwanzig Jahren hatte sich Rey um nichts kümmern müssen. Andere hatten das für ihn getan. Er hätte sich sogar Leute anstellen können, die ihm jeden Morgen den Hintern abwischten. Aber jetzt hatte er nichts mehr. Nichts und niemanden.

Na ja, fast niemanden. Nur eine einzelne treue Seele war verblieben.

Jean nahm einen Karton aus dem Regal, der mit Louis Reys Namen beschriftet war. Er zog einige Plastikbeutel heraus und ließ sich quittieren, dass er sie Rey übergeben hatte, der die Verpackungen nacheinander öffnete. Die Seidenkrawatte steckte er in die Sporttasche. Den inzwischen viel zu weiten Gürtel zog er durch die Schlaufen an der Hose, die goldene Rolex mit den Brillanten legte er an. Auch sie saß zu locker. Er würde das Armband anpassen lassen müssen oder die Uhr beim Juwelier versetzen, weil er vielleicht das Geld brauchen würde, je nachdem.

Jean pfiff durch die Zähne. »Eine echte Rolex. Die wird ein Vermögen wert sein.«

Rey sparte sich einen Kommentar und nahm die Geldbörse, in der sich lediglich ein paar lausige Geldscheine befanden. Früher hatte er stets ein paar tausend Francs dabeigehabt. Er warf das Portemonnaie in die Sporttasche, ließ das Feuerzeug von Cartier folgen, zwei mit Monogramm bestickte Taschentücher aus feinem Stoff und eine noch nicht geöffnete Packung Gauloises Blondes.

»Wirst dich wundern«, sagte Jean. »Hat sich viel geändert dort draußen im letzten Vierteljahrhundert.«

»Manche Dinge ändern sich nie«, erwiderte Rey.

»Wenn du das sagst.«

Rey setzte seine letzte Unterschrift. Aber Jean hatte nicht Unrecht, dachte er. Die Welt hatte sich in einem atemberaubenden Tempo weitergedreht. Er hatte Zellennachbarn gehabt, die regelrecht Angst vor dem hatten, was sie draußen erwartete.

Rey nahm einige Dokumente an sich, steckte sie ebenfalls in die Sporttasche und verschloss sie schließlich. Fertig. Das war es dann.

Jean sagte: »Herzlichen Glückwunsch.« Er grinste belustigt. »Und was machst du draußen? Dein Imperium wieder aufbauen?«

Sterben, dachte Rey. Sterben werde ich. Aber ein paar Leute nehme ich mit auf die große Reise.

»Ich weiß nicht, wovon du redest, Jean«, erwiderte er und fasste nach der Tasche.

»Na, du hast doch bestimmt ein paar Schweizer Konten und Immobilien?«

Rey zuckte mit den Schultern. Früher gab es Immobilien und Schweizer Konten. Er hatte alles gehabt. Jetzt war alles weg.

»Sind wir dann fertig?«, fragte er.

»Wir sind fertig«, bestätigte Jean und machte eine Geste zu einer weiteren Stahltür.

Rey nickte und setzte sich in Bewegung. Vor der Tür, die der vorherigen glich, blieb er stehen und wartete darauf, dass Jean sie öffnete. Einen Moment später gab es einen elektrischen Summton. Die Tür sprang auf und füllte das Halbdunkel mit gleißendem Sonnenlicht. Rey gab sich einen Moment, schloss die Augen, sog die frische Luft ein. Dann ging er schließlich nach draußen. Hinter ihm fiel die Tür wieder zu. Er hörte den metallischen Ton der Verriegelung. Er öffnete die Augen und blinzelte in den hellblauen Morgenhimmel, der sich wolkenlos über der Provence spannte. Es war noch frisch, aber es würde zweifellos ein heißer Tag werden.

Rey ließ seinen Blick über die Flächen mit dem von der Sonne verbrannten Rasen schweifen. Er hörte das ferne

Rauschen vom Verkehr und das leise Zischen von Bewässerungsanlagen. Er sah zwei Lkw, die durch den Kreisverkehr fuhren und auf das Gelände des Centre Pénitentiaire d'Avignon abbogen. Sie waren an den Seiten mit Bildern bedruckt, die Obst-Arrangements zeigten, und stoppten direkt neben dem großen Parkplatz.

Rey setzte sich in Bewegung. Es gab niemanden, der hier auf ihn warten würde, und er hatte sich kein Taxi rufen lassen. Er plante, zu Fuß zu gehen – ein paar Kilometer bis zur Bar von Marc Ledoux. Er würde sich dort etwas stärken, zunächst ein kaltes Bier genehmigen, dann einen starken Kaffee, vielleicht ein Salamibaguette, und schließlich weitersehen.

Rey spürte, wie die Kraft mit jedem Meter Wegstrecke und jedem Atemzug in ihn zurückströmte. Leben, dachte er, ist doch wie Fahrradfahren. Man verlernt es nicht. Sein Gang wurde aufrechter, die Haltung gerader. Er spürte die Sonne auf der Haut – der Gefängnisarzt hatte ihn bei der letzten Untersuchung, bei der er ein paar Überweisungen geschrieben hatte, davor gewarnt, sich zu lange darin aufzuhalten. Ein Vierteljahrhundert Knast mache die Haut sehr empfindlich, Freigang hin oder her. Aber Rey war das egal. Er sehnte sich nach der Sonne. Sollte seine Haut doch verbrennen.

Er ging eine gerade verlaufende Straße entlang, folgte einem dunkelgrünen Maschendrahtzaun, der ein vollkommen leeres Grundstück einfasste. An einer Kreuzung blieb er stehen. Links, rechts und vor sich sah er Wohnblocks, die in hellem Orange gestrichen waren. Billige Wohnungen. Davor spielten zwei Kinder. Ein kleines Mädchen fuhr Dreirad. Ein Junge schoss mit einem Plastikgewehr auf imaginäre Gegner. Eine junge Frau, vielleicht die Mutter, stand dabei und befasste sich lieber mit ihrem Telefon, statt ihre beiden Sprösslinge zu beachten.

Rey dachte an seine eigene Familie, seine Frau, seine Tochter, und fragte sich, ob er inzwischen selbst Enkel hatte. Louise und Camille lebten nach seinem Wissen längst nicht mehr in Frankreich. Der Kontakt zu ihnen war seit Jahren abgebrochen. Eher seit Jahrzehnten. Beides hatte seine Gründe, das mit dem Ausland und dem Kontakt. Zuletzt hatte ihm ein Vögelchen vor rund fünf Jahren gezwitschert, dass Louise wieder heiraten wollte, einen reichen Farmer in Argentinien, und Camille nach Kapstadt gegangen war. Er dachte immer noch oft an die beiden. Aber sie waren ohne ihn fraglos besser dran, weswegen er keinen Kontakt zu ihnen suchen würde. Sie hatten ihn bereits einmal verloren. Sie sollten ihn nicht noch mal verlieren, und das würden sie, ganz ohne Zweifel.

Rey stellte die Sporttasche ab und holte die Packung Zigaretten und das Feuerzeug heraus. Er öffnete die Schachtel, klopfte darauf, nahm sich eine Gauloises mit den Lippen und brauchte fünf Versuche, bis er sie angezündet hatte. Immerhin funktionierte das Feuerzeug nach fünfundzwanzig Jahren Zwangspause noch. Erstaunlich. Und die Zigarette schmeckte wenigstens einigermaßen. Besser als gar keine. Er klemmte sie zwischen die Zähne, griff nach der Tasche und setzte sich in Bewegung, immer der Nase und der Sonne nach und der Silhouette der Stadt entgegen. Den Papstpalast und damit das Zentrum von Avignon konnte man nur verfehlen, wenn man blind oder vollkommen blöd war. Man brauchte lediglich Richtung Südwesten zu laufen und musste sich ansonsten einfach am Fluss orientieren. Die Rhône führte einen zwangsläufig irgendwann mitten ins Geschehen.

Rey war etwa eine dreiviertel Stunde zu Fuß unterwegs, als er die Stadtmauern erreichte. Wie ein Pilger, dachte er. Er ignorierte die hupenden Autos an den Hauptstraßen und genoss stattdessen die Geräusche, die er ein Vierteljahrhundert lang hatte entbehren müssen. Er wählte den Weg entlang des Boulevards Saint-Lazare und ging von dort aus über die Kais, an deren Mauern die Ausflugsschiffe hielten, mit denen man über den Fluss schippern konnte. Von einem fliegenden Händler kaufte er eine billige Sonnenbrille, weil ihn das grelle Licht auf den Wellen blendete. Der Afrikaner hatte Rey erst zum Teufel schicken wollen, als er ihm einige Francs-Scheine unter die Nase hielt. Euros steckten nicht in Reys Geldbörse. Schließlich hatte der Mann akzeptiert und Rey nun die knallrote Kopie einer klassischen Ray Ban auf der Nase.

Er spazierte am braungrünen Wasser entlang, inhalierte die Luft, die einerseits frisch, andererseits brackig war und wegen des vierspurigen Boulevards am Fluss auch nach Abgasen roch. Alles, dachte Rey, war besser als der Geruch nach Menschen und Knast, der sich in seine Schleimhäute gefressen hatte.

Er ging bis zur Pont d'Avignon, die berühmte Bogenbrücke, die mitten im Fluss plötzlich aufhörte – eine der vielen Sehenswürdigkeiten der Stadt, wo Touristen gerade Selfies machten. Von dort aus spazierte er schließlich durch eines der vielen Tore in die Stadt hinein und gelangte auf den großen Platz vor dem Papstpalast. Er marschierte darüber hinweg, ignorierte die Touristengruppen, die Bestuhlung der Cafés und Restaurants und die Gaukler, die sich mit Kunststücken ein bisschen Geld verdienten. Er ging die Rue de la République entlang, auf der sich unter Platanen die hellen Sonnenschirme von Restaurants und Bars wie an einer Perlenschnur aufreihten, und passierte das Opernhaus. Einige hundert Meter weiter endete die Fußgängerzone. Rey wechselte auf den Bürgersteig der Rue de la République, wo es links und rechts diverse Geschäfte, Boutiquen, Bar Tabacs, Supermärkte und einen McDonalds gab. Dazwischen quetschte sich der eilige Lieferverkehr über die enge Fahrbahn.

Rey bog auf die Rue Mignard ab, wo es wie auf Knopfdruck kühler und stiller wurde. Er ging im Schatten zwischen den hohen, alten Häusern entlang, bis er den Place Saint-Didier an der gleichnamigen katholischen Kirche erreichte. Unter den dortigen Platanen quetschten sich Mopeds und Lieferwagen. Bevor er den Platz in Richtung Rue Laboureur wieder verließ, stoppte er an einem schäbigen Eckgebäude, dessen Fassade mit Graffiti besprüht war. Er betrachtete die Fassade, las das verblichene Schild mit der Aufschrift *Le Combattant*, unter die ein Ricard-Werbeschriftzug gedruckt war. Zum ersten Mal lächelte Rey und dachte: »Nein, manche Dinge ändern sich nie«, bevor er die Bar betrat, in der ihn schummriges Halbdunkel und der Geruch nach abgestandenem Bier, Zigarettenrauch, Putzmittel und starkem Kaffee in Empfang nahm.

Der Laden war bis auf zwei Gäste, die am Fenster saßen und Zeitung lasen, leer. Auf einem an der Wand angebrachten Flachbildschirm lief ein Autorennen, allerdings ohne Ton, dafür zu Musik mit der unverkennbaren Stimme von »Satchmo« Louis Armstrong, die aus irgendwelchen nicht sichtbaren Boxen kam. Die beiden Gäste blickten kurz auf, als Rey die Bar betrat. Sie wirkten nicht sehr vertrauensselig und mehr wie die Art von Gästen, die hier waren, um mit den Handys, die auf ihren Tischen lagen, zwielichtige Geschäfte zu machen. Sie scannten Rey im Bruchteil einer Sekunde, wogen ihn ab, sortierten ihn ein und kamen zu dem Schluss, dass er ihnen nicht bekannt war, dass von ihm keine Gefahr ausging und auch kein Geschäft zu erwarten war, weil es sich bei ihm mit seinem aus der Mode gekommenen Anzug und der teigigen Hautfarbe um einen Knacki handeln musste, der gerade rausgekommen war. Schließlich widmeten sie sich wieder ihren Zeitungen und interessierten sich nicht mehr für Rey, der an den Tresen aus dunklem Holz trat.

Dahinter stand ein breitschultriger Mann mit Glatze und hantierte an einer riesigen Espressomaschine. Er trug ein T-Shirt mit dem Aufdruck einer japanischen Motorölfirma. Seine sehnigen Unterarme waren vor langer Zeit tätowiert worden. Damals irgendwo in Französisch-Guayana, wusste Rey, als Marc Ledoux noch in der Fremdenlegion und jung gewesen war, bevor ihn der Kosovo-Einsatz in den Neunzigern zerbrochen hatte. Als sich Ledoux umdrehte, blickte Rey in ein von Falten und einer Narbe zerfurchtes Gesicht und ein paar kristallklare Augen, die Reys Züge absuchten und schließlich noch etwas heller wurden.

»Bist du ein Geist?«, fragte Ledoux.

»So ähnlich«, erwiderte Rey. »Du stehst immer noch auf Satchmo.«

»Er ist der Beste.«

Ledoux grinste, wobei er eine große Zahnlücke offenbarte. Er beugte sich über den Tresen, nahm Reys Gesicht in beide Hände und presste ihm zwei Küsse auf die Wangen. Sein Griff war stahlhart. Kein Griff, den man an der Kehle spüren möchte. Und eine Begrüßung, die Rey früher als viel zu persönlich und respektlos empfunden hätte. Aber heute lagen die Dinge anders. Ledoux freute sich und grinste noch immer wie ein Honigkuchenpferd. Rey ließ sich von der Euphorie etwas anstecken und lächelte zumindest.

»Bist du heute raus?«, fragte Ledoux.

»Vor etwa einer Stunde«, antwortete Rey.

»Warum hast du nichts gesagt?«

»Halb so wild.«

»Und kommst direkt zu mir?«

Rey nickte. »Weil ich ein Bier und einen Kaffee will.«

Ledoux schmunzelte, drehte sich um und schmiss die Kaffeemaschine an, die fauchend einen tiefschwarzen Sirup in eine dickwandige Tasse spuckte. Derweil ging Ledoux zum Kühlschrank und holte eine Flasche »1664« heraus, öffnete sie und stellte sie Rey hin. Rey leerte sie in einem Zug, während Ledoux den Kaffee folgen ließ. Damit ließ sich Rey mehr Zeit als mit dem Bier.

»Darf ich rauchen?«, fragte er.

Ledoux nickte. »Du darfst hier absolut alles. Du hättest mir eine Nachricht zukommen lassen sollen. Ich hätte dich abgeholt und alles Nötige für dich geregelt.«

Rey nahm die Packung Gauloises hervor, legte sie neben die Tasse und zog das Feuerzeug aus der Hosentasche.

»Sind die antik?«, fragte Ledoux und deutete auf die Gauloises.

»Ziemlich«, erwiderte Rey, was Ledoux mit einem keuchenden Auflachen quittierte.

Wortlos griff er unter den Tresen, förderte eine frische

Schachtel zutage, und gab sie Rey. Der nahm sich eine, steckte sie an und sah, wie Ledoux die alte Schachtel in den Mülleimer warf und Rey die neue hinlegte.

»Geht nicht nur um einen Kaffee und ein Bier, heh?«, fragte Ledoux mit einem Augenzwinkern.

Rey inhalierte tief, stieß den Rauch aus und saß einige Momente einfach nur so da auf dem Barhocker, genoss die Zigarette, den Kaffee, genoss einfach alles. Er fuhr sich unter der Nase her, weil er dort etwas Feuchtes bemerkte. Er öffnete die Augen und betrachtete die rote Schmierspur auf seinem Handrücken.

»Nein, nicht nur um ein Kaffee und ein Bier«, sagte er zu Ledoux und nahm eine Papierserviette aus dem Spender vor sich, um sich damit die Nasenspitze abzutupfen.

»Mit deiner Nase alles in Ordnung?«

»Passiert von Zeit zu Zeit. Das Alter«, log Rey. Er beugte sich über den Tresen zu Ledoux, streckte die Hand aus und legte sie in dessen Nacken, tätschelte ihn freundschaftlich. Nichts als Muskeln und Sehnen. »Du hast immer zu mir gehalten«, sagte Rey leise. »Niemand hat mir etwas in den Knast geschickt. Du hast es getan. Jedes Jahr zum Geburtstag. Jedes Jahr zu Weihnachten. Das vergesse ich dir nicht, mein Freund.«

»Ist doch selbstverständlich«, erwiderte Ledoux.

»Nein«, sagte Rey und setzte sich zurück auf den Barhocker. »Ist es eben nicht. Zumindest nicht für jeden.«

Dennoch, dachte Rey, gab es niemanden mehr, dem er vertrauen würde. Gar keinen. Fünfundzwanzig Jahre waren eine lange Zeit. Wer wusste, was Ledoux in diesem Zeitraum alles widerfahren war.

Rey fragte: »Bist du noch im Neunmillimeter-Geschäft?«

»Wenn du willst«, erwiderte Ledoux und lehnte sich etwas vor, »können wir auch über kleinere oder größere Formate reden.«

Rey nickte. »Beizeiten. Ich bräuchte ein Auto.«

»Such dir die Marke aus. Du kannst von mir alles bekommen, was du willst. Das schließt zwei Ukrainerinnen mit ein, die gleich vorbeikommen, bevor sie ihren Job für mich beginnen. Du warst lange im Bau. Ist vielleicht gut für deine Nase und deine generelle Verfassung, bevor wir uns um die Hardware kümmern.«

Rey trank einen großen Schluck Kaffee. Er war stark und heiß. Genau richtig.

»Das Einzige, was ich brauche«, sagte Rey, »ist eine Bleibe, ein Auto und eines dieser Smartphones, mit dem ich ins Internet kann.«

»Schon geschehen«, antwortete Ledoux. »Die Schweinehunde haben dir nicht einmal eine Bleibe organisiert?«

»Nein«, erwiderte Rey. »Ich habe mich zwar um eine gekümmert und eine Adresse. Aber ich benötige eine andere Bleibe. Ein Zimmer reicht mir.«

»Verstehe. Und die Ukrainerinnen? Würden dir guttun.«

»Kann sein«, antwortete Rey, betrachtete die blutige Serviette und dachte: Blut fordert Blut. Blut will fließen, und es wird fließen. Vor allem das Blut des Mannes, der Louis Rey für ein Vierteljahrhundert hinter Gitter gebracht und damit sein Leben zerstört hatte. Aber alles der Reihe nach. Alles Schritt für Schritt.

»Eines habe ich vergessen«, murmelte Rey und steckte das Taschentuch ein.

Ledoux sah ihn fragend an.

»Einen Spaten brauche ich auch.«

2

Albin stand vor der Haustür und zog an der Zigarette. Er stieß den Rauch durch die Nasenlöcher aus und dachte an das Jahr 1953.

Der Indochinakrieg war noch im vollen Gang. Der in Algerien stand bevor. Kambodscha erklärte sich für eigenständig. In allen Konflikten ging es um die Unabhängigkeit der Länder von Frankreich. Albin konnte es ihnen nicht verübeln. Wenn er ein Land wäre, dann wäre er ebenfalls lieber für sich selbst verantwortlich, als sich von Paris diktieren zu lassen, wie er zu leben hatte. Niemand mochte das, nicht mal im eigenen Land, denn Paris war ein Staat im Staat. Die Pariser hatten keinen Schimmer vom Süden, nicht einmal vom Norden, Westen oder Osten. Paris war einfach … Na ja, Paris war eben Paris.

1953 wurde außerdem Elisabeth die II. in London gekrönt und in den USA Dwight D. Eisenhower zum Präsidenten bestimmt. Im August gab es in Frankreich einen Generalstreik von vier Millionen Arbeitern. Einen Monat zuvor war Albin Leclerc in Avignon als Sohn der Schneiderin Louise und des Tiefbauingenieurs Albert Leclerc geboren worden. Sie hatten ihm eine Menge Ratschläge mit auf den Weg durchs Leben gegeben, aber vor allem zwei Dinge: Straßen sind am besten, wenn sie gerade verlaufen, und alles folgt einem einzigen großen Schnittmuster.

Siebenundsechzig Jahre. Verdammt, dachte Albin, das waren eine ganze Menge. Sieben. Und. Sechzig. Er war ein alter Mann. In drei Jahren würde er die siebzig erreichen, und drei Jahre – mal ehrlich – waren gar nichts. Drei Jahre waren ein Witz. Sie würden vergehen wie im Flug. Dabei spürte er – abgesehen von einigen körperlichen Veränderungen, die er beharrlich ignorierte – keinen wesentlichen Unterschied dazu, wie er sich mit fünfzig Jahren gefühlt hatte. Und mit fünfzig, daran konnte er sich noch gut erinnern, hatte er keine erhebliche Differenz zum Lebensgefühl in seinen Vierzigern bemerkt, die sich nicht allzu sehr von seinen Dreißigern unterschieden.

Trotzdem, das war unverkennbar, war er älter geworden. Ein Großvater.

Albin trat die Zigarette auf dem Boden aus und warf sie in den Mülleimer. Zeit, wieder in die Küche zu gehen, statt sich über einen solchen Unsinn wie das Alter und die Zeit Gedanken zu machen. Heute, am großen Tag von Albins Geburtstagsfeier, wurden viele Gäste erwartet. Es gab eine Menge vorzubereiten und eine ganz besondere Attraktion: Er, Albin Leclerc, würde höchstpersönlich das Festmahl zubereiten.

Gut, zugegeben, Veronique assistierte ihm dabei. Oder genauer: Sie führte die Regie, und Albin war so eine Art Komparse, aber das musste man später ja nicht an die große Glocke hängen.

Veronique stand am Herd und summte eine Melodie, die im Radio lief, als Albin wieder hereinkam. Sie bemerkte das Geburtstagskind gar nicht. Dafür hatte sie ihn am Morgen umso mehr bemerkt und ihn mit einem prächtigen Frühstück auf der Terrasse von Albins kleinem Haus an der Stadtmauer von Carpentras empfangen. Dort hatte auch sein Geburtstagsgeschenk gewartet: Ein todschicker Rasenmäher mitsamt roter Schleife. Albin hatte ihn sich gewünscht, weil er keine Lust mehr hatte, das Grün im Garten mit diesem rostigen Rolldings zu kürzen, das man vor sich herschieben musste, um die Schneidemesser in Bewegung zu setzen. Veronique hatte ihn damit mehrfach aufgezogen. Also hatte Albin beschlossen, dass professionelles Gerät hermusste – wenngleich der neue Mäher eher so wirkte, als könne man damit innerhalb von fünf Minuten sämtliche Grünflächen von Versailles frisieren, was angesichts Albins kleinem Garten etwas unverhältnismäßig wirkte. Andererseits wäre jeder Rasenmäher zu groß dafür gewesen.

Fast schien das die Bürde von Albins zweitem Frühling zu sein: Größenunterschiede. Immerhin war er über einsneunzig groß, und sein Mops Tyson, den seine Kollegen Albin zum Ruhestand geschenkt hatten, wirkte wie ein Witz neben ihm. Zumindest optisch, worauf die Kollegen es damals wohl auch angelegt hatten. Sie wollten Albin außerdem eine Beschäftigung im polizeilichen Ruhestand geben, damit er keinen von ihnen mehr nervte. Hatte aber absolut nicht geklappt.

Tyson lag unter dem Wohnzimmertisch und sah Albin nachdenklich an, der wiederum auf Veroniques Hintern starrte, der im Takt der Melodie aus dem Radio hin und her schwang. Veronique führte ein Blumengeschäft, war nur unwesentlich jünger als Albin, ging aber locker für Anfang Fünfzig durch. Sie war nach Albins Maßstäben eine grandiose Köchin – falls seine Maßstäbe denn etwas galten. Bevor er sie kennenlernte, hatte er sich vornehmlich von Mikrowellen- und Dosengerichten ernährt. Seitdem

Veronique in sein Leben getreten war, waren diese Zeiten jedoch vorbei.

Auf der Anrichte vor ihr standen zwei große Kasserollen für den Ofen. Überall lagen Kräuter, Knoblauchknollen, Kartoffeln und Gemüse herum. Es duftete umwerfend. Auf einem großen, dicken Brett aus Olivenholz befanden sich drei Lammkeulen vom Format eines Radrennfahrer-Oberschenkels. Gigot, hatte Veronique gesagt, sei für so zahlreiche Gäste am Abend am einfachsten zu machen und sowieso immer eine gute Sache. Gigot sei ein Familienessen, und das passe ja wohl.

Albin hatte anmerken wollen, dass nicht alle Gäste Teil seiner Familie wären, die Bemerkung dann aber wieder heruntergeschluckt. Genaugenommen war sie nämlich nicht allzu falsch, denn man konnte durchaus einige der eingeladenen Nicht-Blutsverwandten als eine Art erweiterte Familie betrachten. Zumindest tat das Veronique.

Manon, Albins Tochter, arbeitete heute im Blumenladen. Sie war aus Paris vor ihrem psychopathischen Ehemann geflohen und hatte bei Albin in der Provence Unterschlupf gefunden. Auch seine Enkeltochter lebte hier, Clara. Sie war inzwischen im letzten Kindergartenjahr, kniete neben Tyson am Wohnzimmertisch und malte das zehnte oder fünfzehnte Geburtstagsbild für Albin. Auf jedem waren Blumen, ein kleiner Hund und Elfen in unterschiedlichen Anordnungen zu sehen.

Sie blickte auf, als Albin hereinkam, widmete sich dann wieder ihrem Bild und fragte beim Zeichnen: »Warum essen wir eigentlich die Beine von einem Lämmchen?«

»Weil sie gut schmecken«, erwiderte Albin und vergrub die Hände in den Hosentaschen.

»Aber die Lämmchen essen doch auch nicht unsere Beine?«

»Das ist richtig.«

»Yusuf im Kindergarten hat gesagt, dass man Schweine nicht essen darf, weil sie schmutzige Tiere sind. Lämmchen machen sich auf der Wiese doch auch schmutzig?«

»Yusuf und seine Eltern haben aber einen Glauben, der ihnen vorschreibt, dass sie kein Schweinefleisch essen dürfen, weil Schweine schmutzig sind. Sie sind Muslime und lesen den Koran. So wie wir die Bibel. Von Lämmchen ist im Koran aber keine Rede. In der Bibel auch nicht – jedenfalls steht dort kein Verbot, was Lämmer zum Essen angeht. Dort werden dauernd welche geschlachtet.«

»Ich glaube schon, dass man Schweine essen darf.«

»Ich auch.«

»Schweine sehen unter der Haut nämlich ganz normal wie Fleisch aus. Da ist kein Dreck. Und wenn sie sich von außen schmutzig machen, dann kann man sie doch abwaschen?«

Albin lachte.

»Trotzdem tun mir die Lämmchen leid.«

Albin sagte: »Ich verrate dir ein Geheimnis.«

Clara blickte auf.

»Wir tun den Lämmern einen großen Gefallen. Die meisten von ihnen möchten nämlich Menschen sein, und wenn wir zwei von ihren vier Beinen essen, dann müssen sie zwangsläufig auf zwei Beinen gehen, hm? Wir helfen ihnen bei der Evolution.«

»Albin!«, hörte er aus der Küche Veroniques Stimme. »Erzähl dem Kind nicht so einen Blödsinn. Mach dich lieber nützlich und stell die Tische und Stühle im Garten auf, und dann schälst du die Kartoffeln.«

Albin zuckte spielerisch zusammen und antwortete: »Sehr wohl, mein General.«

Clara runzelte die Stirn und legte ihren Kopf schief. »Was ist eine Evalation?«

Albin winkte ab und ging dann nach draußen. »Nicht so wichtig«, antwortete er. »Sie geht sowieso an vielen Menschen vollkommen vorbei.«

Er betrachtete die Stühle und die Tische, seinen Garten, der sich heute mit vielen Gästen füllen würde: Polizeikommissarin Caterine Castel mit ihrem neuen Freund Jean Villeneuve, dem Kurator aus Aix-en-Provence, Albins Nachfolger bei der Polizei, Alain Theroux und Familie, die Rechtsmedizinerin Berthe mit ihrem Mann, sogar der Gastwirt Matteo mit Frau. Und mittendrin er, der Jubilar – Albin Leclerc, seit neuestem sogar wieder mit einer fast offiziellen Funktion versehen.

Hoffentlich, dachte Albin und machte sich an die Arbeit, hoffentlich würde ihm irgendwer zum Geburtstag Visitenkarten schenken, auf denen stand: Albin Leclerc, Polizeiberater.

3

Ledoux hatte sich einige Male entschuldigt, dass er nur einen kleinen Fiesta in Weiß für Rey auftreiben konnte. Für Rey spielten Marke und Farbe keine Rolle. Hauptsache, ein fahrbarer Untersatz. Er hatte eine halbe Stunde gebraucht, um sich mit der Technik, dem Navigationssystem und den Anzeigen im Cockpit vertraut zu machen. Die Autos von heute glichen Computern. Schließlich hatte Rey beschlossen, dass die Technik für ihn keine Rolle spielte, solange der Motor gut funktionierte und der Tank gefüllt war.

Das Smartphone war auf den ersten Blick erheblich komplexer. Auf der anderen Seite war es aber sehr intuitiv zu bedienen – wie beim Fiesta: Schlüssel rein, Kupplung treten, Gang rein, Fuß auf das Gaspedal. Man konnte sämtliche Möglichkeiten, die das Smartphone bot, einfach ausblenden und nur das damit tun, was man tun wollte: telefonieren oder ins Internet gehen. Wie das ging, erschloss sich unmittelbar. Jedes Kind würde es bedienen können, und wahrscheinlich waren Kinder sogar besser damit, denn sie reflektierten nicht, was sie gerade taten, sondern machten es einfach.

Rey verließ die Stadt, als die Sonne langsam unterging. Er fuhr in Richtung Süden, steuerte über Landstraßen, die immer schlechter wurden, und bog schließlich rechts ab, passierte einige Obstbaumplantagen, bis er schließlich ein Weinfeld erreichte. Er stoppte auf dem schlecht befestigten Wirtschaftsweg und stieg aus.

Er inhalierte die würzige Luft, schloss für einen Moment die Augen und sah sich selbst vor vielen Jahren durch das Weinfeld gehen, als es in voller Pracht stand. Es hatte damals ihm gehört. Jetzt gehörte es entweder dem Staat, oder der Staat hatte es gewinnbringend an jemanden veräußert, der ebenfalls einmal den Traum vom Leben eines einfachen Weinbauern gehabt hatte. In Bezug auf Rey, wenn man ehrlich war, handelte es sich dabei allerdings um die romantische Verkleidung der Wahrheit. Tatsächlich war es natürlich darum gegangen, mit dem Ankauf von Weingütern schmutziges Geld in Grundbesitz zu verwandeln, um später sauberes Geld daraus zu destillieren. Hatte am Ende jedoch nicht geklappt. Ein paar Handschellen und ein Gerichtsurteil waren dazwischengekommen.

Rey ging um den Wagen herum, öffnete den Kofferraum und nahm den Spaten heraus, den Ledoux ihm gegeben hatte. Ein nagelneuer Klappspaten. Sah aus wie ein Militärgerät, handlich und stabil. Rey setzte sich in Bewegung. Er marschierte entlang der Rebstöcke. Unter seinen Schuhen knirschte der trockene Boden. Fünf Minuten später erreichte er eine Anhöhe und das Ende der Reihe, wo sich ein prächtiger Rosenbusch befand. Genau die Stelle, die Rey gesucht hatte. Er machte zwei Schritte nach Norden. Dann klappte er den Spaten auf und begann zu graben.

Rey hatte die Arbeit unterschätzt. Er brauchte deutlich länger als erwartet. Außerdem erwischte er die richtige Stelle nicht auf Anhieb und benötigte mehrere Anläufe.

Er war klatschnass geschwitzt, als die Spatenkante endlich auf Metall traf. Es dauerte eine weitere Viertelstunde, bis er die Munitionskiste aus der staubigen Erde zog und sie schließlich öffnete.

Es befand sich nicht viel darin. Aber der Inhalt hatte das letzte Vierteljahrhundert augenscheinlich bestens überstanden. Es hatte sich ausgezahlt, dass Rey die Kiste mit Silikon abgedichtet hatte, damit keine Feuchtigkeit eindringen konnte. Im Inneren lag ein Umschlag mit einigen tausend Francs. Rey steckte die Scheine ein. Er würde sie morgen bei der Bank umtauschen und hoffte, dass das problemlos möglich wäre. Weiter befand sich ein dünner Reiseführer in der Kiste. Rey schmunzelte über sich selbst: Er hatte ihn hier platziert, damit er sein Ziel nicht aus den Augen verlieren würde. Bei Gott, das würde er nicht. Der Gedanke daran hatte ihn in Hunderten oder Tausenden von Nächten im Knast vor dem Durchdrehen bewahrt.

Er schob das Heft in die Hintertasche seiner Hose. Dann nahm er die Plastiktüte hervor, wickelte sie auf und zog eine in Wachspapier geschlagene Glock mit zwei Magazinen und zwei Kartons Munition hervor. Hundert Schuss. Alles wirkte nagelneu. Aber man konnte sich nur auf eine Waffe verlassen, von deren Funktionalität man sich vorher vergewissert hatte.

Natürlich, dachte Rey, als er einige Patronen aus dem Karton nahm und in das Magazin lud, hätte er sich Geld und eine Waffe von Ledoux besorgen können. Aber bei allem Vertrauen: Wenn Ledoux ihm Geld und eine Waffe gab, dann könnte er auch über Geld und eine Waffe reden oder zum Reden gezwungen werden. Das wollte Rey in jedem Fall ausschließen. So konnte Ledoux höchstens sagen, dass er Rey ein Auto, ein Smartphone und ein Appartement besorgt hatte. Völlig unverfänglich.

Rey drückte das Magazin in die Waffe und lud sie durch. Er zielte auf einen großen Stein in zehn Metern Entfernung und gab zwei Schüsse ab. Sie krachten ohrenbetäubend und spalteten den Stein in der Mitte. Irgendwo flogen ein paar Vögel auf. Ansonsten regte sich nichts. Das nächste Haus war einige Kilometer weit entfernt.

Rey war zufrieden. Er steckte die Glock ein, versenkte die Munitionskiste im Boden und vergrub sie wieder, weil er keine Verwendung mehr dafür hatte und niemandem das Loch im Boden auffallen sollte. Den Spaten klappte er zusammen und steckte ihn in die Tüte, in der zuvor die Waffe eingewickelt gewesen war. Er wollte keine Erdspuren im Kofferraum hinterlassen. Dann ging er zurück zum Wagen, verstaute alles und setzte sich ans Steuer. Der Abend war jung, und es gab einiges zu erledigen.

Zum Beispiel Vital Didier.

4

Der Abend senkte sich träge über die Provence. Die Luft war nach wie vor heiß und drückend. Kein Wind wehte. Alles war still. Die untergehende Sonne klebte wie eine Orange auf dem Himmel, der eine undefinierbare Farbe zwischen Grau und Blau hatte.

Vital Didier blinzelte und blickte dann wieder auf das iPad. Es lag auf seinem Schoß. Er saß am Poolrand, schwitzte, hielt die Füße ins Wasser und betrachtete die Sonderausstattung für den neuen F-Type auf der Homepage von Jaguar. Er würde ihn in Dunkelgrün nehmen, mit cremefarbenen Ledersitzen. Wenngleich es Wahnsinn war. Absoluter Unfug, überhaupt darüber nachzudenken. Genauso wie es Blödsinn war, sich mit Ferraris, Porsches und ähnlichen Sportwagen zu befassen. Nicht weil Didier dazu das Geld fehlte, absolut nicht. Es war deswegen Blödsinn, weil man in seinem Alter in diese flachen Autos ziemlich schlecht einsteigen konnte und noch schlechter wieder herauskam, unter Umständen überhaupt nicht mehr.

Diese peinliche Erfahrung hatte Didier bereits vor einigen Jahren nach der Testfahrt mit einem Lamborghini machen müssen, als die Verkäuferin ihm aus dem Sitz helfen musste. Er hatte den Wagen dann doch nicht gekauft, sondern einen Porsche Cayenne Geländewagen genommen und sich darüber aufgeregt, dass das Autohaus attraktive junge Verkäuferinnen beschäftigte, vor denen man sich eine solche Blöße geben musste. Früher, da waren dort nur männliche Verkäufer angestellt. Kerle, die kommentarlos verstanden, was ein anderer Mann brauchte und wollte. Dann hatten sie ihr Personal mit weiblichen Angestellten ergänzt. Didier nahm an, dass das eine neue Art psychologischer Verkaufsführung war, um alten Säcken wie ihm das Geld noch schneller aus der Tasche zu ziehen, indem sie gutaussehende Frauen einsetzten, denen man unbewusst imponieren wollte. Aber der Chef des Autohauses hatte Didier eines Besseren belehrt und erklärt, dass sie schlicht und ergreifend deswegen Verkäuferinnen einsetzten, weil die Zahl von weiblichen Kunden zunehmen würde. Es gebe ja immer mehr Frauen in Topjobs und außerdem viele, die sich ihre Autos heute selbst kauften, statt sie von ihren Männern aussuchen zu lassen. Und außerdem, hatte der Mann gesagt: Wo ist der Unterschied zwischen den Geschlechtern bei gleicher Qualifikation? Tja, so verhielt sich das heute. Didier glich einem Dinosaurier aus einer anderen Epoche.

»Ich bin mal weg«, hörte er Jeanne aus dem Haus rufen, danach durch die offenstehenden Flügeltüren das Stakkato ihrer Absätze aus dem Flur, das Rumsen der Haustür und schließlich das Röhren des Porsche-Motors, als sie mit dem Cayenne aus der Einfahrt zurücksetzte und mit Vollgas in Richtung Avignon fuhr. Jeanne traf sich dort mit ihren Freundinnen zum Abendessen. Allesamt alte Schachteln, die sich von den jungen Kellnern gegen üppige Trinkgelder hofieren ließen, wie Didier annahm.

Es war ihm gleichgültig. Sollten sie nur. Jeanne machte ohnehin, was sie wollte. Zum Beispiel jedes Mal die Haustür benutzen, statt durch die Garage zum Auto zu gehen. Dabei hatte Didier extra einen Durchbruch machen lassen, damit man sich einige Meter sparen konnte. Aber Jeanne war es zu schmutzig in der Garage. Vermutlich befürchtete sie, sich einen Ölfleck an der Sohle zu holen oder dass irgendein Abgasgeruch sich mit ihrem Parfüm vermischte.

Er schaute zur Seite und sah, dass Jeannes Handtasche immer noch auf einem der Gartenstühle stand. Sie hatte das Ding glatt vergessen. Oder eine andere mitgenommen, denn eigentlich vergaß sie ihre Handtasche niemals. Alles andere schon, aber nichts aus der Hermès-Chanel-Gucci-Ralph-Lauren-Sammlung, das man sich über den Unterarm oder über die Schulter hängen konnte. Also hatte sie wahrscheinlich eine andere mitgenommen. Außerdem: Ihm doch egal.

Didier platschte mit den Füßen im Wasser des Pools, den niemand außer ihm benutzte. Sein Arzt hatte gesagt, dass Schwimmen gut für Herz und Kreislauf sei. Also hatte Didier den Pool bauen lassen – nach einer Debatte mit Jeanne, die einen Pool für überflüssig hielt, weil sie meinte, dass das Chlor ihrer Haut nicht bekommen würde. Außerdem fand sie es unsinnig, noch mehr Geld in das Anwesen zu stecken, und regte sich darüber auf, dass er, Vital Didier, als Mann der Finanzen nach ihrer Meinung wider besseres Wissen handelte. Sie hasste es hier in Mormoiron, das sie für ein Kaff hielt – und es war ein Kaff, daran gab es nichts zu deuteln. Trotzdem gefiel es Didier, und er hatte sich den Ort als Ruhesitz ausgesucht, eben *weil* es ein Kaff war.

Er hatte genug davon, dass ihm die Leute in der Stadt auf die Nerven gingen – und das war in seiner Zeit als Bankvorstand Tag für Tag geschehen. Mehr als genug. Abgesehen davon war sein Abgang als Bankvorstand, nun ja, aus unterschiedlichen Gründen nicht besonders rühmlich vonstatten gegangen, weswegen Didier es sowieso für besser hielt, sich in Avignon so lange nicht mehr blicken zu lassen, bis Gras über die Sache gewachsen war.

Inzwischen war das längst der Fall. Jeanne verkehrte wieder in der besseren Gesellschaft, in der man die Vorfälle geflissentlich ignorierte – und mal ehrlich, wer hatte denn in diesen Kreisen keinen Dreck am Stecken?

Vital Didier hingegen hatte sich inzwischen an sein Kaff gewöhnt und die Zeit damit verbracht, das alte Bauernhaus in eine ansehnliche Villa zu verwandeln, die inzwischen auf dem Immobilienmarkt drei Millionen Euro bringen könnte, falls man einen Käufer dafür fand. Was nicht so leicht wäre, wie er wusste, denn: Wer wollte schon in Mormoiron leben?

Doch Didier war das gleichgültig. Das Haus wollte er ja ohnehin behalten. Er hatte außerdem genug Geld, um den ganzen Ort zu kaufen, wenn er wollte. Wollte er aber nicht. Er wollte nur hier sitzen, sich die Füße kühlen und endlich eine Entscheidung darüber treffen, welchen Jaguar er sich bestellen sollte. Und zwar unabhängig davon, ob er rein und wieder raus kam oder ihn sich nur von morgens bis abends in der Garage ansehen und darüber freuen würde, so ein schönes Auto zu besitzen.

Es würde die letzte Entscheidung seines Lebens werden.

5

Albin stach mit einer spitzen Gabel in das Fleisch. Sie glitt hinein wie in Butter. Er setzte das sehr scharfe Messer an und schnitt einige Scheiben von der Haxe ab. Sie fielen dampfend und wie in Zeitlupe auf die zahlreichen Knoblauchzehen und breiteten sich fächerförmig darüber aus. Neben dem dicken Küchenbrett aus altem Olivenholz standen Schalen voller Kartoffeln mit Rosmarin und gebackenem Gemüse – Auberginen, Paprika, Zucchini. Schließlich trennte Albin das Fleisch vollständig vom Knochen ab und legte ihn neben den anderen. Es war bereits die zweite Keule.

»Wie ein Profi«, freute sich Berthe und lachte.

Berthe war Gerichtsmedizinerin. Sie kannte sich mit Fleisch und Knochen aus, weswegen Albin das Kompliment mit einem Lächeln annahm. Schließlich trat er einige Schritte vom Tisch zurück, um sich die Hände an einem Küchentuch abzuwischen, das auf dem Beistelltisch lag. Er beobachtete die Horde Raubtiere, die sich über das Gigot hermachte.

Da war zunächst Berthe, die stets eine knallrote Brille und kurzgeschnittene Haare trug. Ihr Mann war heute nicht dabei, sie hatte ihn wegen Krankheit entschuldigt. Wahrscheinlich hatte er einfach keine Lust auf die weite Strecke von Nîmes gehabt, wo Berthe mit ihm lebte und am Rechtsmedizinischen Institut der Universitätsklinik arbeitete, das für den Bezirk rund um Carpentras mit zuständig war. Berthe und Albin hatten viel und oft miteinander zu tun gehabt. Darüber war eine Art Freundschaft entstanden, wenngleich keiner von beiden das Wort verwenden würde: Man kannte sich gut, man war sich sympathisch. Basta. Berthe hatte außerdem eine Vorliebe für süße Backwaren, insbesondere für Schokocroissants. Albin hatte sie bereits mehr als einmal damit gewogen stimmen können und im Gegenzug Informationen erhalten.

Neben ihr saßen seine Tochter Manon und Veronique, die gerade damit befasst waren, den Gästen die Teller zu füllen. Manon lebte von ihrem psychopathischen Ehemann Gilles getrennt und zusammen mit ihrer Tochter Clara bei Albin in der Provence. Sie war aus Paris regelrecht zu ihm geflohen, nachdem sie endlich begriffen hatte, dass Gilles ein Irrer war – und zudem noch gewalttätig. Einige Jahre lang hatten sie und Albin keinen Kontakt miteinander gehabt, denn sie war sauer auf ihn gewesen. Zudem hatte Gilles es verstanden, jegliche Beziehung zwischen Vater und Tochter zu unterbinden. Nun war wiederum ihm jeder Kontakt zur Familie verboten, und er saß alleine in seinem Pariser Autohaus und beschäftigte Horden von Anwälten, um die anstehende Scheidung zu blockieren, die Manon kürzlich eingereicht hatte. Es war zum Verzweifeln. Bei Leuten wie Gilles kamen sogar Albin Mordgedanken.

Dann war da Theroux. Theroux war Polizist und über lange Jahre Albins Protegé gewesen. Obwohl er manchmal etwas schwer von Begriff war und regelrecht auf der Leitung zu sitzen schien, hielt Albin ihn für einen ausgezeichneten Polizisten. Theroux trug eine seiner verschossenen Jeans und dazu ein Polohemd, das mit Aufnähern und Emblemen regelrecht gepflastert war. Seine Pilotensonnenbrille hatte er ins gelockte Haar hochgeschoben, was Albin ziemlich affig fand. Aber immer noch besser als auf der Nase, denn dann glich er mit seiner übertriebenen Halskette und der anderen Kette an seinem rechten Handgelenk einem Pornostar aus den siebziger Jahren.

Neben ihm saß Sophie, seine Frau, die deutlich kleiner und schmaler war als Theroux, sozusagen petite. Sie hatte ein Sommerkleid an, trug die Haare zu einem Bubikopf geschnitten und wirkte extrem schlecht gelaunt, wenngleich sie sich offensichtlich Mühe gab, es anlässlich des kleinen Festes zu überspielen, um niemandem die Stimmung zu verderben. Vielleicht lag die üble Laune an ihrem Sohn Mathis, ein dürrer Schlaks, der inzwischen um die fünfzehn Jahre alt sein musste und ausschließlich mit seinem Handy befasst war. Ihr anderer Sohn, Jerome, war in Claras Alter. Die beiden saßen auf dem Rasen und schlürften Orangina durch Strohhalme. Manon hatte den beiden eine Decke gegeben, damit sie Picknick spielen konnten, wovon Clara deutlich begeisterter zu sein schien als Jerome. Das musste an seinem Alter liegen – davon träumen, ein cooler Ninja zu sein, und dann doch dazu verdammt sein, mit einem Mädchen auf einer geblümten Decke zu sitzen.

Castel saß neben Theroux. Die meisten nannten sie Cat, eine Abkürzung für Caterine. Sie war wenig größer als Sophie, aber deutlich drahtiger und kurzhaariger. Castel war im Streifendienst nach Carpentras gekommen, eine Art Strafversetzung aus Marseille, wo sie bei der Kriminalpolizei und außerdem im Backoffice einer Spezialeinheit tätig gewesen war. Mittlerweile hatte sie sich wieder nach vorn gearbeitet und schob keinen Dienst mehr in Uniform auf der Straße, sondern war wieder Ermittlerin und arbeitete mit Theroux zusammen. Sie hatte ihren Freund dabei, Jean Villeneuve, ein schlanker Mann um die Vierzig mit einer Nerd-Brille. Er war Kurator im Musée Granet in Aix-en-Provence. Eine Polizistin wie Castel, an deren Seele man Diamanten schleifen konnte, und ein Kunstwissenschaftler – wer hätte das gedacht? Albin vielleicht als Vorletzter und Castel als Allerletzte. Aber es schien mit beiden gut zu funktionieren, und darauf kam es schließlich an.

Unter dem Tisch, und damit nicht sichtbar, hielten sich Tyson und Mila auf. Mila war eine Mops-Dame. Castel und Villeneuve hatten sie sozusagen adoptiert, um sie vor dem Tierheim zu bewahren. Mila war schwarz wie die Nacht. Tyson eher hellbeige. Es war augenscheinlich, dass die beiden sich mochten. Albin konnte nicht einschätzen, ob sich Tiere einer Rasse, zudem Männchen und Weibchen, automatisch gut fanden, oder ob mehr dahintersteckte – sofern bei einem Mops überhaupt mehr dahinterstecken konnte, als seinem Instinkt zu folgen.

Schließlich war da noch Matteo und stopfte bereits die zweite Ladung vom Gigot in sich hinein. Er war ein kleiner, rundlicher, aber kräftiger und sehr behaarter Mann. Albin wusste nicht, wie alt Matteo war. Er schätzte, dass sie beide etwa im selben Alter sein mussten. Matteo führte das Café du Midi, war ein glühender Fan von Marine le Pen und dem im Süden Frankreichs sehr starken Front National, der hier inzwischen jede Menge Bürgermeister stellte. Matteo hatte sogar einmal überlegt, ob er bei den Kommunalwahlen für die Partei kandidieren sollte. Der Tag, an dem Matteo in die Politik gehen würde – rechts, links oder in der Mitte –, wäre jedenfalls der Tag, an dem Albin die Koffer packen und auswandern würde. Albin hatte keine Ahnung, ob er und Matteo Freunde waren. Vielleicht. Vielleicht auch nicht. Sie kannten sich jedenfalls seit immer schon, und am Ende kannten sie einander vielleicht sogar besser, als Veronique Albin jemals kennen würde.

Unter Umständen galt das im umgekehrten Fall auch für Matteos Frau Iris, die neben ihm saß und sich blendend mit Veronique zu verstehen schien. Erstaunlich, dachte Albin, dass er Iris in all den Jahren nie persönlich getroffen hatte. Auch Iris stopfte sich, wie ihr Gatte, bereits die zweite Portion rein, wenn nicht sogar schon die dritte. Sie trug einen schwarzen Wickelrock zu einem roten T-Shirt und hatte – bizarrerweise – eine rote Nelke hinters Ohr gesteckt, was sie insgesamt wie eine Flamencotänzerin wirken ließ. Eine kleine, nicht mehr ganz junge Flamencotänzerin. Matteo redete nur selten über sie, und Albin hatte sogar eine Zeitlang geglaubt, Iris sei womöglich nur ein Hirngespinst von Matteo, denn – mal ganz ehrlich – wer wollte denn schon einen wie Matteo heiraten?

Aber ganz offensichtlich hatte das tatsächlich einmal jemand gewollt, nämlich Iris, die ähnlich geformt war wie ihr Mann, allerdings über deutlich weniger Haare auf den Unterarmen verfügte. Vielleicht, dachte Albin, trug sie auf den Zähnen dafür umso mehr. Wäre nicht verwunderlich, wenn sie sich gegen Matteo durchsetzen wollte. Jedenfalls war vollkommen klar, wer von den beiden in der Ehe die Hosen anhatte. Das hatte Albin bereits in den ersten fünf Minuten gespürt.

Sie hatte Veronique eben erklärt, dass sie deswegen nie im Café auftauchte und Matteo aushalf, weil sie seit Jahren als Altenpflegerin arbeitete und ständig Wechselschichten einlegte. Wie Albin weiter im Gespräch zwischen Veronique und Iris mitgehört hatte, war sie der Auffassung, dass sie sowieso nichts mit dem Café zu tun habe, weil sie Matteo bereits mit Café kennengelernt habe und das seine Sache sei. Er helfe ja auch nicht beim Windelwechseln von Bettlägerigen.

Iris lachte außerordentlich viel, derb und laut. Matteo neben ihr lachte heute Abend kaum, und wenn, dann nur zurückhaltend, um ihre außerordentlich gute Laune und ihr feuriges Temperament nicht noch anzufachen. Mit anderen Worten: Er wollte Iris auf gar keinen Fall später noch Flamenco tanzen sehen. Albin ebenfalls nicht.

Veronique war mit Iris ins Gespräch vertieft und bedeutete Albin mit einer Geste, dass er die dritte Haxe aus dem Ofen holen solle, noch bevor er sich selbst etwas auffüllen konnte. Also ging er in die Küche, um genau das zu tun. Dabei konnte schließlich nicht viel schiefgehen.

6

Vital Didier legte das Tablet zur Seite, plätscherte mit den Füßen im Pool und entschied sich, den neuen Jaguar gleich morgen früh zu bestellen. Er stellte sich vor, wie er damit an die Côte d'Azur fuhr und zwischen Cassis und St. Tropez hin und her sauste. Ein paar fünfundzwanzigjährige Ukrainerinnen auf dem Rücksitz. Dann ab auf die Yacht eines Freundes und die Nase in einen Eimer Koks vergraben. Keine schlechte Vision. Und machbar.

Didier wollte gerade aufstehen, als er hinter sich Geräusche hörte. Hatte Jeanne doch ihre Tasche vergessen? Komisch, er hatte ihren Wagen gar nicht gehört. Auch kein Handyklingeln, nach dem Motto: Ich habe meine Handtasche liegengelassen, mach dich nützlich und bring sie mir zur Tür, ich warte im Auto.

Didier drehte sich herum – und sah einen Mann in der offenen Terrassentür stehen. Er war nicht mehr jung, trug einen altmodischen Anzug und hielt eine Waffe in der einen und eines der Versace-Kissen vom Sofa in der anderen Hand. Didiers erster Instinkt war, aufzuspringen und wegzulaufen. Sein zweiter war, um Hilfe zu rufen. Die Vernunft sagte ihm, dass er besser nichts dergleichen tat, sondern ruhig blieb und sich gar nicht bewegte.

»Was …«, begann er und räusperte sich, »wer …?«

»Aufstehen«, erwiderte der Mann. »Langsam. Herkommen. Ebenfalls langsam. Ins Haus gehen.«

Didiers Gedanken fuhren Karussell. Er hatte beim besten Willen keine Ahnung, um wen es sich bei dem Mann handeln konnte oder was er wollte. Er schien jedenfalls kein gewöhnlicher Einbrecher zu sein. Danach sah er nicht aus. Außerdem war er augenscheinlich einfach so ins Haus gelangt. Man kam nicht einfach so ins Haus, es sei denn, man war ein Profi. Als Einbrecher suchte man Wertgegenstände. Was man mit einer Pistole in der einen und einem Kissen in der anderen vorhatte, wollte Didier lieber nicht wissen. Alles zusammengenommen bewies zumindest, dass die Lage deutlich ernster als bei einem Raubüberfall sein könnte und vermutlich sogar persönlich war. Außerdem bereitete es Didier Sorgen, dass der Mann nicht maskiert war. Entweder war es ihm egal, erkannt zu werden, oder er wusste bereits jetzt, dass Didier ihn später niemals beschreiben könnte. Weil …

Didier verdrängte den Gedanken. Weil die Situation eben sehr ernst war, sagte er sich. Weswegen er besser genau das tat, was von ihm verlangt wurde. Er stand auf, streckte die Handflächen nach außen und ging auf den Mann zu, der einige Schritte zurück ins Wohnzimmer trat, um Didier Platz zu machen.

»Was wollen Sie?«, fragte Didier.

Der Mann machte eine Geste mit der Waffe. »Zum Tresor.«

»Ich habe keinen«, sagte Didier und dachte: Geld. Also geht es doch um Geld. Zum Glück, Geld habe ich bergeweise, Schmuck, Armbanduhren und …

Der Mann holte mit der Waffe aus und schlug Didier den

Knauf genau zwischen die Augen, voll auf die Nasenwurzel. Didiers Schädel explodierte. Er ging sofort auf die Knie und spürte, wie ihm das Blut aus der Nase schoss.

»Doch«, hörte er den Mann sagen. »Hast du. Steh auf. Geh zum Tresor. Öffne ihn.«

Didier hielt sich beide Hände vor die Nase, sah das Blut darin. Er blinzelte und brauchte einige Sekunden, bis er wieder klar sehen konnte. Er stand auf, kämpfte mit der Balance und fand sie schließlich.

»Geld?«, fragte er nasal. »Darum geht es?«

»Darum ging es dir doch immer, Vital«, sagte der Mann, machte wiederum eine Geste mit der Pistole, und Didier setzte sich in Bewegung. Er ging auf die Treppe zu und überlegte fieberhaft, wer der Mann war. Er kannte seinen Namen. Er wusste, dass Didier mit Geld zu tun gehabt hatte. Der Mann hatte Didiers Alter. Er war blass und … und bei genauerem Hinsehen sah er aus wie … hatte Ähnlichkeit mit … sprach er wie …

Didier blieb auf der Treppe stehen. »Rey?«, fragte er. »Louis Rey?«

»Deine grauen Zellen funktionieren also doch«, erwiderte Rey, stieß Didier die Pistole ins Kreuz und schob ihn die Treppenstufen hinauf.

Didier stolperte. Ihm war gleichzeitig heiß und kalt. Das Blut lief über seinen bloßen Oberkörper und verfing sich in den grauen Brusthaaren.

»Ich kann alles erklären«, keuchte Didier und spürte einen Tritt im Hintern, als er auf dem Flur angekommen war. Beinahe wäre er der Länge nach hingeschlagen, konnte sich aber an einer Kommode festhalten. »Es ist nicht, wie du denkst, Rey!«

»Natürlich nicht«, sagte Rey und folgte Didier, der durch die nächste Tür ins Arbeitszimmer stolperte. »Es ist nie so, wie die anderen denken. Die letzten fünfundzwanzig Jahre habe ich mir nur eingebildet. Und du hast absolut nichts damit zu tun.«

»Habe ich auch nicht!«

Didier wimmerte. Er drehte sich zu Rey und hob beschwörend die blutverschmierten Hände. Sein Herz raste wie wild. Hinter seiner Schädeldecke hämmerte ein Presslufthammer. Eine eiserne Hand schien seine Blase zu umklammern und immer fester zuzudrücken.

»Hör mal. Rey. Bitte. Hör mich an.«

»Der Tresor. Öffne ihn.«

Der Tresor stand in einem der teuren Eichenregale, mit denen das Arbeitszimmer eingerichtet war. Didier hatte es seinem Büro in der Bank nachempfunden. Seriös. Traditionell. Viel Holz, Leder und Messing. Einem Geschäftsführer angemessen – einem Geschäftsführer, der natürlich seit Jahren keiner mehr war. Didier tippte einen Code auf der Tastatur ein, die an dem Tresor angebracht war. Er hatte das Format von zwei Schuhkartons und war gleichzeitig mit der Wand und dem Regal verschraubt. Es gab einen elektronischen Piepton. Dann sprang der Verschluss auf.

»Ich hatte keine Wahl«, sagte Didier und hustete, weil ihm das Blut hinten in den Rachen lief. »Das weißt du doch. Sie haben alles beschlagnahmt und mich gezwungen, reinen Tisch zu machen. Sie haben mir einen Deal angeboten. Auf den wärst du doch auch eingegangen. Hör mal, das ist alles so lange her, ich …«

Wieder bekam Didier einen Tritt in den Hintern, rammte mit dem Oberkörper gegen das Regal. Die Metallkante der

Tresorklappe schlitzte seine Haut am Bauch auf. Mit zitternden Fingern nahm er vier Bündel Euroscheine heraus. Alles Hunderter. Es mussten insgesamt um die zwanzigtausend in bar sein. Er hielt sie Rey hin.

»Hier«, stammelte Didier. »Nimm. Mehr habe ich nicht da. Du willst mehr? Ich besorge dir mehr.«

Rey stand vollkommen unbeweglich da. Nach wie vor die Waffe in der einen und das Kissen in der anderen Hand.

»Ich …« Didier schluckte einen Mix aus Blut und Spucke. Ihm war schlecht. »Ich mache es wieder gut, hörst du? Rey. Ich … Es ist doch jetzt alles vorbei. Schauen wir nach vorne. Ich gebe dir, was du brauchst, und …«

»Friss es«, sagte Rey.

»Was?«

»Friss dein beschissenes Geld.«

Didier lachte bitter auf. »Ist das … ein Witz? Du willst es nicht?«

»Ich habe gesagt, du sollst es fressen.«

Didier verstand nicht. Oder traute seinen Ohren nicht. »Ich …«

»Schein für Schein«, sagte Rey. »Vielleicht motiviert dich ein Schuss in die Kniescheibe.« Er streckte die Waffe aus.

»Nein!« Didier zitterte. »Bitte! Bitte nicht!«

»Bon appétit«, sagte Rey.

7

»Schmeckt es dir?«, fragte Albin und stellte den Backofen aus.

Er hatte aus den Augenwinkeln wahrgenommen, dass Theroux hereingekommen war und nun hinter ihm in der Küche stand. Theroux wollte gerade antworten, wurde aber von einer Lachkanonade unterbrochen, die Matteos Frau draußen abfeuerte und damit jedes andere Geräusch übertönte.

»Fabelhaft schmeckt es«, antwortete Theroux. »Ganz toll. Du hast das doch nicht etwa selbst gekocht?«

»Ein bisschen«, sagte Albin. »Geholfen habe ich. Schön, dass es dir schmeckt.« Er suchte nach den Handschuhen, um die heiße Kasserolle anfassen zu können. »Und danke für die Visitenkarten«, sagte Albin.

Nicht zu fassen: Er hatte tatsächlich welche bekommen, und zwar von Castel, die eine bestimmte Druckerei aufgesucht hatte, die mit traditionellen Tiefdruckverfahren arbeitete, was die Karten äußerst elegant und exklusiv wirken ließ. Von wegen: Sie *waren* exklusiv. »Polizeiberater« stand darauf. In einem sehr eleganten Font auf knochenfarbenem, handgeschöpftem Papier.

»Ja«, sagte Theroux und rieb sich den Nacken. »Bitte. War Castels Idee. Sie hat es machen lassen. Ich habe mich beteiligt. Also: Wir. Meine Frau und ich.«

»Schlechte Stimmung?«, fragte Albin und sah sich nebenbei weiter um. Wo waren nur die verdammten Handschuhe?

»Warum?«, fragte Theroux.

»Ich weiß nicht, warum. Ist sie beleidigt?«

»Meine Frau?«

Albin nickte, schob zwei Salatköpfe zur Seite, entdeckte darunter schließlich die Handschuhe und nahm sie.

»Nein. Ach. Egal«, sagte Theroux, winkte ab und streckte sich, um die auf die Hüften gerutschte Jeans hochzuziehen. »Nur so eine Stimmung.«

»Hoffe, die Stimmung wird wieder besser.«

Wiederum nickte Theroux. Ihm schien etwas auf den Lippen zu liegen, aber nicht herauszuwollen. Eine Entweder-oder-Situation. Entweder es kam raus, oder es blieb stecken. Albin schlüpfte in die Handschuhe und schwieg, um Theroux Zeit zu geben.

»Sie will noch ein Kind«, sagte Theroux schließlich und starrte an Albin vorbei, stopfte die Hände tief in die Jeanstaschen.

Albin wandte sich zu ihm, den Griff vom Backofen bereits in der Hand. »Ihr habt doch schon zwei«, sagte er.

»Sie will ein drittes. Endlich ein Mädchen.«

»Ich dachte, ihr hättet die Familienplanung abgeschlossen.«

»Das dachte ich auch.«

»Deine Jungs müssen sich doch bald schon rasieren.«

Theroux nickte. »Sie hat es sich in den Kopf gesetzt, und …«

»… und wenn eine Frau sich etwas in den Kopf gesetzt

hat, dann ist es eben so«, vervollständigte Albin. »Und deswegen ist sie schlecht gelaunt?«

Theroux nickte.

»Weil du nicht willst?« Albin öffnete den Backofen. Saharahitze schlug ihm entgegen. Und ein köstlicher Geruch.

»So in der Art.«

»In der Art?«, fragte Albin und nahm die Kasserolle mit der dampfenden, brutzelnden Lammkeule heraus. Sie war von dicken Knoblauchzehen geradewegs umzingelt.

»Es geht nicht um das Wollen.«

Albin blickte Theroux an. *Mehr will ich nicht wissen*, dachte er. *Hier endet es, Theroux. Gib mir nicht mehr Informationen als diese.*

»Ich kann nicht«, sagte Theroux. Dann zog er eine Hand aus der Hosentasche. Er machte mit Zeige- und dem Mittelfinger eine Scherengeste.

Hättest du bloß geschwiegen, dachte Albin.

»Ach du Scheiße«, sagte er dann. Geistesabwesend stellte er die Kasserolle auf der Arbeitsplatte ab, ohne Theroux aus den Augen zu lassen.

»Sie will«, sagte Theroux, »dass ich es rückgängig mache.«

»Wie soll das denn gehen?«

»Nun«, sagte Theroux und seufzte. »Es ist möglich, eine Vasektomie wieder umzukehren.«

»Ach«, sagte Albin und zog sich die Handschuhe aus.

Theroux sah Albin ernst an. »Hast du eine Ahnung, wie weh so eine Vasektomie tut?«

»Theroux …«

»Kannst du dir vorstellen, was das für Schmerzen sind?

Und sich dem noch mal aussetzen, nur damit sie ihren Willen bekommt …«

»Alain. Ernsthaft …«

»Das kann ich mir nicht noch mal geben. Erinnerst du dich, als ich vor ein paar Jahren drei Wochen lang krankgeschrieben war?«

»Ja, aber …«

»Dann hast du in etwa eine Vorstellung davon, wie es ist.«

Eine Vorstellung, dachte Albin, auf die er liebend gerne verzichtet hätte. Aber nun war es zu spät.

»Theroux«, sagte Albin. »Wenn du es rückgängig machen kannst, lass es rückgängig machen. Wenn deine Frau noch ein Kind will, erfüll ihr den Wunsch.«

»Aber …«

»Ist mein guter Rat. Ihr habt zwei Söhne. Prima Kerle. Aber Jungs sind Jungs, und ein kleines Mädchen ist ein kleines Mädchen. In den Jungs erkennst du dich wieder. Deine Frau wünscht sich ebenfalls ein Spiegelbild. Haare kämmen. Mit Puppen spielen. Mädchen- und Frauensachen machen, verstehst du?«

»Ja, aber …« Theroux sah sich um. Suchend. Hob die Nase in die Luft.

»Kein Aber. Ich habe recht, wie du weißt. Du musst dich fragen, was schlimmer ist: drei Wochen lang o-beinig gehen und ein Kühlpack in der Hosentasche tragen – oder dreißig Jahre lang eine enttäuschte Frau erleiden müssen. Ich würde das Kühlpack wählen.«

»Was riecht hier denn so?«, fragte Theroux.

Jetzt roch Albin es auch. Verschmortes Plastik. Wo kam das nur her? Er wirbelte herum und sah zur Arbeitsplatte.

Dort stand die Kasserolle mit dem Gigot auf dem Plastikbrett, das zum Gemüseschneiden benutzt wurde. Mittlerweile war es allerdings eine blasenwerfende Allianz mit dem glühend heißen Boden der Backschale eingegangen.

»Scheiße«, sagte Albin, griff zu den Backhandschuhen und einem Messer, um das Brettchen von der Kasserolle abzukratzen. Theroux eilte ihm zur Hilfe, schnappte sich ein paar Topflappen und murmelte irgendetwas von unters Wasser halten und Abkühlen. Was Albin für verzichtbar hielt. Es würde jede Menge Wasserdampf und Zischen geben und Veronique aufmerksam machen. Er warf Theroux einen Blick zu, deutete mit dem Messer auf ihn, an dessen Spitze geschmolzene Plastikfäden hingen wie Schweizer Käse an einer Fonduegabel.

»Kein Wort«, raunte Albin ihm zu: »Kein Wort über das hier gleich da draußen – oder es gibt eine endgültige Beschneidung.«

»Irreversible Vasektomie«, sagte Theroux, drehte den Wasserhahn auf und spritzte mit den Händen das Nass gegen die Kasserolle. Es zischte nur leise und dampfte kaum. »Meine ist reversibel, glaube ich …«

»Theroux, verflucht«, sagte Albin. »Halt einfach den Mund und mach weiter mit dem Wasser!«

8

Vital Didier zog einen Hunderter aus dem Bündel, zerknüllte ihn und starrte Rey fassungslos an. Dann schob er sich den Geldschein in den Mund und kaute darauf herum.

»Mehr«, sagte Rey.

»Mehr Geld?«, fragte Didier mit vollem Mund. »Ich besorge mehr. Was du willst, Rey … Ich schwöre, ich habe nicht …«

Rey hob das Kissen an, um es als Schalldämpfer zu benutzen. Die Pistole verschwand dahinter. Im nächsten Moment gab es ein dumpfes Knallen. Als habe jemand ein Buch auf den Boden geschmettert. Einige Flocken aus der Kissenfüllung flogen Didier entgegen. Sein Bein knickte ein. Er spürte einen heftigen Schlag, jaulte auf und starrte fassungslos auf seinen Oberschenkel, in den ein rötliches Loch eingestanzt war. Erst zwei Sekunden später kam der Schmerz, glühend heiß und drückend.

»Friss mehr Geld«, sagte Rey.

Didier wimmerte, weinte. Rotz, Tränen und Spucke vermischten sich mit dem Blut, das ihm nach wie vor aus der Nase floss. Mehr davon lief ihm an der Rückseite des Oberschenkels aus der Wunde, die die Kugel aus Reys Pistole gerissen hatte. Dann schluckte er den Geldschein herunter, zupfte weitere aus dem Bündel, stopfte sie sich in den Mund, kaute und flehte Rey an, nicht wieder auf ihn zu schießen.

Rey beugte sich nach vorn, nahm die Geldbündel und steckte sie in die Taschen seines Sakkos. Während Didier weiter kaute und sich zwang, die Euroscheine zu schlucken, beförderte Rey mit Hilfe des Kissens eine Schmuckkassette hervor, ohne sie zu berühren. Sie fiel auf den Boden, sprang auf. Rey griff hinein und steckte sich den Inhalt ebenfalls in die Tasche – zwei Rolex, eine Cartier-Uhr von Jeanne und zwei ihrer Colliers. Nicht, weil er sie haben wollte. Aber es wäre dumm, sie nicht mitzunehmen, wenn man wollte, dass alles nach einem Raubüberfall aussah.

»Ich habe nichts mehr«, hörte Didier Rey sagen. »Gar nichts. Das ist deine Schuld, Didier. Einzig und allein deine Schuld.«

»Ich habe teuer dafür bezahlt«, wimmerte Didier. »Bitte. Ich mache alles wieder gut.«

»Das wirst du«, erwiderte Rey. »Ganz bestimmt.«

9

Rey presste Didier das Kissen in den Nacken, drückte die Waffe tief in den Stoff und schoss ihm zwei Mal in den Hinterkopf. Blut, Teile seines Gesichts und eine glibberige Masse klatschten auf den Fußboden. Einen Sekundenbruchteil später fiel der ehemalige Bankier in sich zusammen wie eine Marionette, der man die Fäden durchgeschnitten hatte.

Rey betrachtete den Toten einen Moment lang. Der Bastard hatte bekommen, was er verdiente.

Vital Didier war Teil eines Räderwerks, das gegen Rey gearbeitet hatte. Eines griff in das andere. Und hätte nur ein Bestandteil nicht funktioniert, wäre Rey niemals in den Knast gegangen. Didier hätte Widerstand leisten können. Die Klappe halten. Loyal bleiben, eine Handvoll Jahre in den Bau gehen und sich sicher sein, dass Rey in der Zwischenzeit für Didiers Familie gesorgt und sich anschließend erkenntlich gezeigt hätte.

Aber Didier hatte sich anders entscheiden. Er war allerdings trotzdem in den Knast gegangen und hielt das für einen großartigen Deal. Schwachsinn. Er war verarscht worden, hatte sich willfährig und voller Angst einseifen lassen. Anschließend hatte er sein Leben weitergeführt, wohlhabend. Kein Unterschied zu dem Leben, das er geführt hätte, wenn er zu Rey gehalten hätte. Doch, einen

Unterschied gab es: Das eine Leben endete irgendwann auf natürliche Art und Weise, das andere vorzeitig mit zwei Kugeln im Kopf.

Didier, der Dummkopf, hätte wissen müssen, dass sein Handeln nicht ungesühnt bleiben würde. Aber so waren die Menschen: klammerten sich an die Hoffnung, dass schon alles gutgehen würde, und mit jeder Woche, die sie das Übel ausblendeten, das ihnen drohte, verblassten die Gedanken daran und die Hoffnung wuchs, dass nichts passierte.

Eindeutiger Irrtum. Didier hatte die Quittung bekommen und war in Badehose und auf Knien wimmernd krepiert.

Und alles, dachte Rey und steckte die Waffe wieder ein, würde aussehen wie ein Raubüberfall. Die Polizei würde keinerlei Spuren finden, höchstens Reys Schuhabdrücke, die auch zu einem beliebigen anderen Besucher oder Vital Didier selbst passen konnten, weil die Sohlen glatt und aus Leder waren und kein Profil zeigten. Das Kissen, an dem sich Spuren befanden, würde er mitnehmen. Und an der Haustür …

Rey gefror in der Bewegung. Er hörte das Geräusch eines vorfahrenden Autos. Schwerer Motor. Diesel. Er lief auf den Flur, achtete darauf, in keinen Blutstropfen zu treten. Der Motor erstarb. Rey spurtete die Treppe hinab. Sah sich im Wohnzimmer um. Blickte zur offenstehenden Terrassentür. Zur Eingangstür, die direkt gegenüber lag, zehn Meter dazwischen. Er hörte Geräusche an der Tür. Schlüsselklirren, Schritte. Zu wenig Zeit, die Terrasse zu erreichen. Rechts von ihm gab es eine weitere Tür. Er drückte den Griff mit dem Versace-Kissen in der Hand herab und glitt in den Raum, ein Gäste-WC, und zog die Tür zu, als auch schon jemand hereinkam. Rey spähte durch einen Spalt, nahm die Waffe hoch und zielte auf die Frau, die die Wohnung betrat. Würde sie ihn entdecken, würde er sofort schießen. Nicht durch das Kissen, sondern direkt.

Aber die Frau rauschte vorbei.

»Vital?«

Rey hörte ihr Rufen. Klackern von Absätzen auf dem Marmorfußboden.

»Vital? Ich habe meine Tasche vergessen. Wo ist meine Tasche? Vital? Wo bist du?«

Die Schritte entfernten sich. Wurden langsamer. Dann änderte sich etwas in der Tonlage.

»Vital?«

Die Stimme der Frau klang nun besorgt. Überrascht. Rey ging davon aus, dass sie das Blut auf dem Fußboden entdeckt hatte. Die Schritte kamen zu Rey zurück, langsamer.

»Vital? Wo bist du? Ist etwas passiert? Bist du oben? Vital? Hallo?«

Rey hörte ein Stakkato von Schritten auf der Treppe. Zeit zu gehen, dachte er und bewegte sich rückwärts aus dem WC, die Waffe ausgestreckt, das Kissen unter den Arm geklemmt. Er sah gerade noch, wie die Frau um die Ecke bog. Dann war er schon rücklings an der Eingangstür, spürte mit dem Ellenbogen nach dem Griff und drückte ihn herunter. Er ging rasch hinaus, vorbei an dem SUV von Porsche, der eben noch nicht dagestanden hatte, als Rey durch die offenstehende Garage und einen dortigen, unverschlossenen Eingang ins Haus gelangt war. Ein glücklicher Zufall. Ebenso glücklich wie der Umstand, dass das Haus nicht mit Überwachungskameras geschützt war, sondern nur mit einer herkömmlichen Alarmanlage, die Didier nicht aktiviert hatte, weil er zu Hause war. Die Frau hatte Rey allerdings nicht auf der Karte gehabt.

Er verließ das Haus im Laufschritt, blickte sich um, sah aber keine Menschenseele. Er ging in Richtung der Straße, in der er sein Auto abgestellt hatte. Als er fast dort angelangt war, konnte er die fernen Schreie der Frau hören, die soeben ihren Mann im Arbeitszimmer entdeckt hatte.

10

Albin schaute zufrieden in die Runde und kreuzte unter dem Tisch die Finger, dass Veronique das Desaster in der Küche erst später bemerken würde. Albin hatte das Gigot kurzerhand aus der Problem-Kasserolle in eine andere, bereits leere vom Esstisch umgefüllt. Mittlerweile war auch diese wiederum geleert – sowie einige Flaschen Wein, nach Albins Einschätzung hatte den größten Teil davon Matteos Frau Iris intus. Ihre Wangen glühten, ihr Busen wogte mit jedem Atemzug. Gerade trocknete sie sich die Augen vom vielen Lachen. Veronique tat dasselbe.

Jetzt legte Iris ihre Hand auf Veroniques Oberarm und kicherte: »Also gut. Nur einen noch. Einen einzigen.«

Veronique gluckste bereits. Matteo betrachtete mit ernster Miene zum x-ten Mal seine Armbanduhr, als sei auf dem Zifferblatt ein Geheimcode eingraviert, den er vergeblich zu entschlüsseln versuchte.

Iris sagte: »Geht eine Schwangere in eine Bäckerei und sagt: Ich bekomme ein Brot. Antwortet der Bäcker: Na, Sachen gibt's.«

Worauf Iris eine Lachexplosion erlitt, Veronique ebenfalls. Albin beobachtete, dass Berthe, Castel und Villeneuve höflich mitlachten. Theroux gab sich ebenfalls Mühe, wenngleich seine Frau Sophie sich suchend nach den Kindern umsah. Das Wort »Schwangere« schien im

Moment nicht besonders gut bei ihr anzukommen. Matteo wiederum regte sich überhaupt nicht, sondern hielt sich die Uhr noch näher vors Gesicht. Am Heben und Senken seiner Brust konnte Albin erkennen, dass er seufzte.

Berthe neigte sich zu Albin. Sie flüsterte: »Vielleicht solltest du deinen Freund etwas trösten.«

»Jeder bekommt, was er verdient«, murmelte Albin zurück.

»Veronique scheint sich jedenfalls köstlich mit ihr zu amüsieren.«

»Ja, das bereitet mir ebenfalls Sorgen.«

Berthe gab Albin einen Knuff an den Oberschenkel. Er schmunzelte und verfolgte, wie Jean Villeneuve Castel einen Kuss auf die Wange drückte, bevor sie sich wieder Manon zuwandte und sich erneut ins Gespräch mit ihr vertiefte. Die beiden verstanden sich nach wie vor blendend. Albin war einerseits froh darüber. Manon hatte immer noch nicht wirklich soziale Kontakte in ihrer neuen Heimat geknüpft. Kürzlich war eine ihrer Freundinnen aus Paris zu Gast gewesen. Aber damit hatte es sich auch schon, was daran lag, dass Manon und Gilles im Wesentlichen einen gemeinsamen Freundeskreis gehabt hatten – und der war von Gilles infiltriert und vergiftet worden. Damit, dass Manon ihn verlassen hatte, hatte sie gleichermaßen ihr bisheriges Leben auf Null geschaltet und alles hinter sich gelassen. Und das betraf nicht nur ihr eigenes Leben. Auch das von Clara. Das alles hatte es Manon ja so schwergemacht, sich von dem Psychopathen zu trennen, den sie geheiratet hatte – sie hatte gewusst, was sie aufs Spiel setzen würde, und es dann schließlich doch getan.

Andererseits gefiel es Albin nicht sonderlich, dass Manon

ausgerechnet Castel zur Freundin erwählt hatte. Eine Polizistin und Albins Kollegin. Da verschmolzen Privates und Dienstliches zu sehr miteinander – allerdings war Albin ja nicht mehr im Dienst und Castel daher nicht wirklich eine Kollegin.

Nachdem sie sich erst nicht hatten ausstehen können, bestand mittlerweile eine große Sympathie zwischen den beiden. Das lag nach Albins Meinung auch daran, dass es Castel ähnlich erging wie Manon. Sie hatte ebenfalls ein Leben hinter sich gelassen, nämlich in Marseille, und Castel hatte nach Albins Wissen noch keine neuen Freundschaften in der Provence geknüpft. Ihre Kontakte beschränkten sich auf den Kollegenkreis – was sich geändert hatte, als Jean Villeneuve in ihr Leben getreten war. Er hatte viele Freunde und tat Castel gut. Albin fand, dass sie lockerer geworden war, seit sie mit ihm zusammen kam. Ihre gesamte Ausstrahlung hatte sich verändert. Sie war viel positiver. Villeneuve war ein ausgleichender Faktor, obwohl er wie aus einer fremden Welt zu kommen schien: Ein Schöngeist und eine Polizistin, sollte man meinen, hatten nicht viel gemeinsam. Der eine schwebte mit dem Kopf in den Wolken, die andere steckte stets mit der Nasenspitze im Abschaum. Aber offensichtlich gab es einen Raum dazwischen, in dem man sich begegnen konnte.

Und noch jemand war fideler als sonst. Tyson. Der Mops war sowieso kein Kind von Traurigkeit. Aber seit diese Mopsdame Mila um ihn herum war … Schrecklich. Ständig schnüffelten die Tiere aneinander herum, knurrten, hüpften, spielten. Daran war ja nichts Schlechtes. Gleich und Gleich gesellt sich eben gern. Es tat Tyson bestimmt gut, sich mit einem anderen Hund zu befassen. Aber irgendwie interessierte sich Tyson überhaupt nicht mehr für ihn, seitdem diese Mila zugegen war. Und das, musste Albin zugeben, passte ihm irgendwie überhaupt nicht.

Da klingelte ein Handy. Es war das von Castel. Sie suchte in ihrer Handtasche. Ein zweites meldete sich. Albin sah, wie Theroux sich abtastete. »Oops«, machte Berthe. Nur einige Sekunden später meldete sich auch ihr Smartphone.

Es war etwas geschehen, dachte Albin.

Etwas Schlimmes.

11

Albin hatte wie ein Stein geschlafen und war wie ein junger Gott aufgewacht. Merkwürdig. Er hatte damit gerechnet, dass die Feier ihm einige Tage lang in den Knochen stecken würde. Aber nichts dergleichen. Statt sich älter zu fühlen, fühlte er sich jünger, wie zum Bäumeausreißen. Woran das lag, wusste er selbst nicht. Aber wozu sich beklagen? Die Tage im Jahr, an denen nirgends etwas zwickte, ließen sich ohnehin an zehn Fingern abzählen.

Veronique allerdings lag noch unter Decken und Kissen im Bett vergraben. Lediglich ihre Haare waren zu sehen sowie ihre Waden und die nackten Füße. Völlig unbeweglich. Seit Albin aufgestanden war, geduscht und gefrühstückt hatte, hatte sie sich keinen Millimeter bewegt, obwohl die Sonne bereits taghell ins Schlafzimmer schien. Ein leises Schnarchen gab Albin die Sicherheit, dass sie noch lebte. Er beschloss, sie liegen zu lassen, damit sie ihren Rausch von gestern Abend ausschlafen konnte.

Veronique hatte zweifellos sehr viel mehr Wein als Albin, der es für unangemessen befunden hatte, als Gastgeber betrunken zu sein. Außerdem waren die Vorbereitung für das Fest und das Aufräumen anstrengend für sie gewesen – wenngleich die Party ein jähes Ende gefunden hatte, als Theroux, Castel und Berthe zu einem Einsatz bei Mormoiron gerufen worden waren.

Berthe konnte noch fahren. Sie hatte sowieso Bereitschaftsdienst und sich mit dem Wein zurückgehalten. Sie hatte Theroux und Castel mitgenommen – es ging um einen Raubüberfall mit Todesfolge in Mormoiron, weswegen ihre Präsenz vor Ort ebenfalls gefragt war. Theroux hatte sich samt Familie eigentlich ein Taxi rufen wollen und seiner Frau gesagt, dass sie sich mit den Kindern alleine eines nehmen sollte – aber Castels Freund war so höflich gewesen, Theroux' Entourage nach Hause zu fahren. Die Reihen waren also schnell gelichtet. Dennoch hatten Albin, Veronique und Matteo noch ein bis zwei Stunden beieinandergesessen, während Matteos Frau sich zwischenzeitlich zum Sofa geschleppt hatte und prompt darauf eingeschlafen war. Deutlich zu viel Rotwein. Sie war zur Seite gekippt und schnarchte wie ein Rudel kanadischer Holzfäller. Matteo hatte versucht, die Geräusche mit lauterem Sprechen zu übertönen und zur Entschuldigung irgendwelche Dinge über Schlafapnoe und Gaumenprobleme erzählt. Albin war jedenfalls froh gewesen, dass damit das laute Gegackere und die schlechten Witze ein Ende genommen hatten, wenn auch das Geschnarche keine deutlich bessere Alternative war.

Dann war es ans Aufräumen gegangen, und Matteo hatte tatkräftig mitgeholfen. Später rauchte Albin noch eine vor der Tür, und Matteo kam nach draußen.

»Danke für die Hilfe«, sagte Albin, »sicher hast du nur deswegen geholfen, weil du das Gefühl hattest, etwas wiedergutmachen zu müssen.«

Matteo zuckte mit den Schultern. »Sie ist nun mal so, was soll man machen.«

»Ich rede nicht von deiner Frau.«

»Ach so.«

»Du musst dich nicht für deine Frau entschuldigen. Wer entschuldigt sich denn für seine Frau?«

»Sie kann anstrengend sein.«

Albin zog an der Zigarette. »Veronique und sie verstehen sich jedenfalls bestens. Veronique hat eine gute Menschenkenntnis. Also kann es so schlimm nicht sein. Was Witze anbelangt, ist ihr Geschmack allerdings beschissen.«

Matteo lachte. »Da ist was dran.«

»Ist aber noch lange kein Grund, sie jahrelang im Keller vor mir zu verstecken.«

»Ihr Job ist ziemlich verrückt. Und sie hat keine Lust, sich mit dem Café zu befassen. Da ist sie stur wie ein Ochse. Macht sie einfach nicht. Sie will, dass ich es verkaufe.«

»Mach das bloß nicht. Dazu bist du nicht der Typ.«

»Wird das am Ende noch ein Kompliment?«

»Bevor ich dir ein Kompliment mache, verwandele ich eher Wasser in Wein.«

Matteo grinste.

»So wie du Spülwasser in Kaffee verwandelst«, sagte Albin. »Das meinte ich mit Wiedergutmachung. Früher oder später meldet sich bei allen Menschen das schlechte Gewissen. Du hast sozusagen freiwillige Arbeitsstunden abgeleistet im Gegenzug zu der fiesen Brühe, die du mir immer servierst.«

»Morgen«, erwiderte Matteo, »muss ich das Café wahrscheinlich sowieso schließen, weil ich von deinem Fraß eine Lebensmittelvergiftung bekommen habe.«

Albin nickte. Er trat die Zigarette aus. »Eines«, fragte er, »möchte ich aber noch wissen. Deine Frau: Sie mag Flamenco?«

»Wegen ihrer Rose hinter dem Ohr?«

»So insgesamt.«

»Das ist wegen dem Tango. Sie ist in einer Tanzgruppe und macht einen Tangokursus. Bauchtanz wäre mir ja lieber gewesen, aber man kann es sich nicht aussuchen.«

»Tango?«

»Tango.«

»Aber man kann doch nicht alleine Tango tanzen.«

Matteo sagte nichts und blickte in den sternenklaren Himmel.

»Im Ernst?«, fragte Albin grinsend. »Du machst einen Tangokursus?«

»Ist das verboten, meine Güte?«, zischte Matteo.

Albin lachte, klopfte Matteo auf die Schulter und ging wieder rein. »Nein, alles in Ordnung«, sagte er zu Matteo. »Du siehst sicher großartig mit einer zwischen die Zähne geklemmten Rose aus.«

Am nächsten Morgen stand Albin mit einem Kaffee in der Hand in der Küche, leerte den Becher und überlegte, ob er die Spülmaschine ausräumen sollte. Er beschloss, dass das Klappern vom Geschirr zu laut sein und Veronique wecken würde. Sowieso war jetzt zunächst Tyson an der Reihe, der dringend Gassi gehen musste und sich bereits aufgeregt im Kreis drehte. Albin ging zum Kühlschrank und holte eine der Tupperwaredosen hervor, die Veronique gestern Nacht noch mit Resten vom Geburtstagsessen bestückt hatte. Er steckte sie in eine kleine Kühltasche, füllte Akkus aus dem Eisfach hinein und ließ noch eine Flasche Rosé folgen. Dann holte er schließlich die Leine und den Schlüsselbund, um das Haus zu verlassen. Tyson schoss wie ein Blitz nach draußen – stoppte dann aber abrupt und blickte fragend, als Albin nicht nach rechts abbog, wie üblich, sondern nach links ging, wo sein SUV parkte, ein asiatisches Fabrikat.

Warum nicht mal woanders Gassi gehen, dachte sich Albin, schloss den Wagen mit der Fernbedienung auf und hob Tyson in den Kofferraum. Außerdem musste Albin die Tupperwaredose abliefern. Es hatte zwar niemand darum gebeten. Aber schließlich konnte man das nicht alles einfrieren, und es wäre doch zu schade, die Reste verkommen zu lassen. Abgesehen davon, dachte Albin, war eine kleine Köstlichkeit stets ein willkommener Türöffner.

Er stellte die Kühltasche ebenfalls in den Kofferraum. Dann schloss er die Heckklappe, setzte sich ans Steuer und fuhr los.

Was für ein großartiger Morgen, dachte er. Es war gerade mal neun Uhr. Die Luft war noch etwas frisch von der Nacht, der Himmel wolkenlos und das Licht wie zum Fotografieren von Landschaften gemacht. Vielleicht, überlegte Albin, sollte er unterwegs mal anhalten und mit seinem Smartphone Bilder machen. Das Gerät war in der Lage, gestochen scharfe Aufnahmen zu produzieren, die man qualitativ sogar noch verbessern konnte. Kein Mensch brauchte heute noch teure Fotoapparate und schwere Objektive, zumindest nicht für den privaten Einsatz. Abgesehen davon konnte Fotografie möglicherweise ein schönes neues Hobby sein, warum nicht? Es gab genug Galerien in der Umgebung, in denen man Fotos sogar ausstellen konnte – oder die größte Galerie von allen: Instagram.

Veronique hatte Albin die App kürzlich auf dem Smartphone eingerichtet, nachdem er davon erzählt hatte, wie bei seinem Kursus bei dem berühmten TV-Koch Luc Comtat einige Teilnehmerinnen permanent von Insta-dies und Insta-das gesprochen hatten. Albin hatte zunächst angenommen, es sei *Instant* statt *Insta* gemeint, was er deplatziert fand. Man redet doch nicht von Instant, wenn man mit einem Nobelkoch zu tun hat. Schließlich hatte ihm Veronique im Detail erläutert, was dieses Instagramm war.

Jedenfalls war die Bilderflut in dieser App erschlagend, wenn man sich die Profile mancher Leute und sogenannte Hashtags ansah, für die man in Frankreich sogar ein eigenes Wort erfunden hatte: *mot-dièse*. Wie es schien, konnte heute Jedermann ein Künstler sein. Hatte das nicht auch mal irgendein Deutscher gesagt? Jeder ist ein Künstler?

Na, egal, dachte Albin, bog auf die Schnellstraße in Richtung Orange ab und stellte das Radio ein. Der Sender spielte Musik aus den frühen achtziger Jahren, an die sich Albin noch ganz gut erinnern konnte, wobei ihm heute nicht danach zumute war. Also startete er die CD, die ihm Manon zum Geburtstag geschenkt hatte. Moderne Chansons von einer talentierten Sängerin namens Zaz. Das gefiel ihm schon deutlich besser.

»Ein Herrenhaus in Neuchâtel, das ist nichts für mich. Bietet mir den Eiffelturm an, was soll ich damit? Ich will Liebe, Freude, guten Humor. Es ist nicht euer Geld, das mich glücklich macht. Ich will mit der Hand auf dem Herzen sterben«, sang sie, und Albin trommelte den Takt mit den Fingern auf dem Lenkrad mit.

»Genauso sieht's aus«, murmelte er und fuhr auf die Autobahn und blickte in den Rückspiegel.

Da hast du recht, erwiderte Tyson aus dem Laderaum. *Was soll man mit dem Eiffelturm?*

»Allein die Unterhaltungskosten«, antwortete Albin in

Gedanken. »Und was hat man davon? Lebt man besser mit dem Eiffelturm? Lassen sie dich an der Kasse nach vorn, weil es heißt: Macht Platz, der Besitzer vom Eiffelturm kommt mit dem Einkaufswagen? Sicher nicht. Kein Arzt wird einem eine Sonderbehandlung zukommen lassen. Oh, lá, lá, der Herr Eiffelturmbesitzer kommt höchstpersönlich zum Belastungs-EKG, man rolle den roten Teppich zum Ergometer aus. Von wegen.«

Völlig richtig, Chef. Geld macht nicht glücklich.

»Ein bisschen schon. Es macht vieles leichter und sorgenfreier.«

Damit kennst du dich besser aus.

»Ohne Geld kein Hundefutter. Und dich möchte ich mal sehen, wenn ich nur das billige kaufen könnte, mein Freund.«

Willst du mein Fell ruinieren?

Albin schmunzelte und rollte mit Schrittgeschwindigkeit durch die Péage-Anlage, bevor er dann wieder Gas gab und nach Süden fuhr.

»Dein Fell«, erwiderte Albin, »kümmert dich doch nur wegen dieser Mopsdame Mila.«

Im Kofferraum herrschte Schweigen. Albin streckte sich etwas und versuchte, Tyson im Rückspiegel zu erkennen, was aber nicht möglich war.

Wie auch immer, schien Tyson schließlich zu erwidern. *Ein Hund sollte immer auf sich achten.*

»Aha, der feine Herr Tyson wird eitel, kaum dass eine rassige Ukrainerin ihm den Hof macht. Oder ist es andersherum?«

Kein Kommentar.

»Du hattest gestern nur Augen für sie und hast mich

vollkommen ignoriert, obwohl ich Geburtstag hatte, das habe ich sehr wohl bemerkt.«

Hunde wissen nichts mit dem Geburtstag ihres Chefs anzufangen.

»Rede dich nicht raus.«

Ich rede mich nicht raus. Abgesehen davon hast du *doch Mila eingeladen.*

»Castel habe ich eingeladen. Samt Anhang. Und dazu gehört auch die Hundedame. Es wäre unhöflich gewesen, sie auszuladen.«

Das hätte ich dir übelgenommen.

»Kann ich mir vorstellen.«

Wohin fahren wir überhaupt?

Albin fädelte auf die rechte Fahrspur ein. Er kam an einem Schild vorbei, das die Entfernungen anzeigte. Weit war es nicht mehr.

»Nach Nîmes«, antwortete Albin.

12

Albin nahm die Rechnung vom letzten Reifenwechsel aus dem Handschuhfach, außerdem eine Quittung von der letzten Inspektion, einen alten Briefumschlag sowie einen Kugelschreiber. Er wendete sich zu der Kühltasche, die aus einem silbrigen Aluminiummaterial gefertigt war, schob die Flasche Rosé nach ganz unten, die zwei Tupperwareboxen mit dem Gigot von gestern nach ganz oben und legte die Papiere drauf. Schließlich stieg er aus, holte Tyson aus dem Kofferraum und marschierte ins Gerichtsmedizinische Institut, wo er an der Anmeldung sagte, dass er vom Bestattungsinstitut Leclerc komme und zwei Gehirne für Madame Berthe zur Untersuchung dabei habe, deren Empfang sie persönlich quittieren müsse. Dazu zeigte er die Kühltasche mit den Plastikboxen und bedruckten Zetteln obenauf kurz vor.

Die freundliche Dame am Empfang sah gar nicht richtig hin, nickte beiläufig und schien mehr an Tyson interessiert zu sein als an Albin, der weitersprach und meinte, er müsse nicht angemeldet werden, man erwarte ihn sowieso, und außerdem kenne er den Weg.

»Ach«, fragte er noch, »könnte ich meinen Mops so lange bei Ihnen lassen? Im Auto ist es zu heiß, und ich darf ihn hier natürlich nirgends mit hinnehmen.«

»Aber sicher!«, erwiderte die Dame strahlend, fummelte

in ihrer Handtasche herum und förderte ein Leckerchen zutage, worauf Tyson automatisch die Nase hob und in Richtung Leckerchen zog. Offensichtlich war sie selbst Hundebesitzerin.

Albin übergab der Empfangsdame die Leine und marschierte los, durchquerte die einsamen Flure, bis er zu Berthes Büro gelangte. Aber es war leer. Sie mochte zwar sonst wo stecken, aber Albins Gefühl sagte ihm, dass sie um diese Uhrzeit eigentlich nur an einem Ort sein konnte, nämlich im Sektionsraum. Albin wusste aus seiner aktiven Zeit natürlich, wo sich dieser befand. Er marschierte dorthin, klopfte pro forma an die Flügeltür und ging dann hinein.

Der Saal war wenig spektakulär, recht groß und mit weißen Fliesen am Boden und an den Wänden gekachelt. Darin standen drei Sektionstische aus Aluminium, allerlei kleinere Tische und Handwagen. Es herrschte viel Betrieb. An jeder Station wurde gearbeitet. Auf jedem Tisch lag eine Leiche. Darum gruppierten sich Ärzte und Assistenten. Albin nickte einigen Bekannten zu, sah sich kurz um, lokalisierte sein Ziel und ging auf den Tisch in der Mitte zu, wo er Berthe ausgemacht hatte, die sich mitsamt Castel und Theroux über einen Körper beugte, dessen Rippenflügel wie bei einem Schrank aufgeklappt waren und das Innere preisgaben. Zwei Sektionsassistenten schauten auf. Albin grüßte sie ebenfalls mit einem Nicken. Die anderen bemerkten ihn erst, als er unmittelbar neben ihnen stand und die Leiche betrachtete, die die von Vital Didier sein musste. Am Gesicht konnte man ihn jedenfalls nicht mehr erkennen – das fehlte zum größten Teil.

Theroux blickte als Erster zu Albin und benötigte einen Moment, um zu verstehen, wer da vor ihm stand.

»Das kann doch wohl nicht wahr sein, Albin«, sagte er.

Castel drehte ihren Kopf zu Albin und gab nur ein Seufzen von sich, während Berthe sich nicht bei der Arbeit unterbrechen ließ und einfach nur sagte: »Vergiss es, Albin. Die Antwort ist: Nein.«

»Ich kam zufällig vorbei und dachte, ich bringe deinem Team etwas Gigot von gestern. Es ist so viel übriggeblieben.« Er sah zu den Sektionsassistenten. »Mögt ihr doch, oder? Und eine Mikrowelle habt ihr auch?«

»Lammkeule?«, fragte einer zurück. »Hatte jemand Geburtstag?«

»Ich«, erwiderte Albin.

Die beiden Sektionsassistenten beglückwünschten Albin nachträglich. Auch von den Nachbartischen kamen Glückwünsche sowie Anmerkungen darüber, ob man auch etwas vom Gigot abhaben könne, was Castel ein genervtes Stöhnen abrang und Theroux ein Augenrollen.

»Du bist unmöglich, Albin«, sagte Berthe und schaute ihn dann tadelnd an. »Und jetzt raus hier.«

13

»Geldscheine?«, fragte Albin. »Im Magen und im Mund und in der Speiseröhre?«

Er öffnete den Kofferraum, um Tyson etwas stilles Wasser in einen Napf zu gießen. Eine Metallschale aus der Rechtsmedizin, die Berthe ihm mitgegeben hatte. Tyson stürzte sich sofort auf das Nass und schlabberte los. Albin und Castel sahen dabei zu. Theroux war schon wieder abgerauscht. Stinkwütend auf Albin, der hier einfach so aufgetaucht war. Er war so blindlings verschwunden, dass er nicht einmal Castel mitgenommen hatte, die darüber zwar nicht amüsiert war, der aber nach Theroux' Abgang nichts anderes übriggeblieben war, als Albin zu fragen, ob er sie mit nach Carpentras zurücknehmen könne.

»Einige hundert Euro«, antwortete Castel und setzte die Sonnenbrille auf.

»Vital Didier war Bankier.«

Castel senkte das Kinn und blickte Albin über den Rand der Sonnenbrille hinweg an. »Das wissen wir, Albin. Wir sind nämlich Polizisten.«

»Stimmt«, antwortete Albin und warf die Heckklappe wieder zu. »Ganz vergessen. Ihr seid ja bei der Polizei.«

»Polizisten finden Dinge über Menschen heraus. So wie Ex-Polizisten …«

»Polizeiliche Berater«, korrigierte Albin.

»… herausfinden, wohin andere Polizisten zum Einsatz gerufen werden. Wer hat Ihnen gegenüber jemals den Namen Vital Didier erwähnt?«

»Keiner.«

»Sondern?«

Albin zuckte die Achseln. »Als ihr gestern Abend zu den Autos gelaufen seid, habt ihr darüber geredet. Und ich habe es gehört, aufgemerkt, als der Name fiel, und mir meinen Teil gedacht.«

Castel seufzte. »Wir sollten künftig in Geheimsprache kommunizieren, wenn Sie dabei sind, Albin.«

»Hilft nichts. Ich kann Geheimsprache.«

»Sie kennen Didier?«

Albin ging um den Wagen herum und bedeutete Castel, ebenfalls einzusteigen. »Kennen wäre zu viel gesagt«, erklärte er beim Anschnallen. »Er war die Art von Bankier, die mal im Knast saß.«

»Aha?«, machte Castel. »Das wusste ich nicht. Wir haben bislang noch nicht in die Tiefe ermitteln können. Das hatte ich heute Nachmittag vor, nachdem die offiziellen Ergebnisse der Spurensicherung vorliegen.«

Albin ließ den Wagen an, setzte zurück und fuhr auf die Straße, die zur Autobahn führte.

»Was besagen die inoffiziellen Ergebnisse der Spurensicherung bislang?«, fragte er.

»Nichts Besonderes«, antwortete Castel, stellte die Klimaanlage auf ihrer Seite etwas kälter und blickte dann aus dem Fenster. »Der oder die Täter müssen eingedrungen sein, nachdem Didiers Frau das Haus verlassen hat. Entweder sind sie oder er durch die Garage gekommen, von der aus es einen direkten Zugang zum Haus gibt. Oder

Didier hat die Eingangstür geöffnet, nachdem geklingelt wurde, was uns aber eher unwahrscheinlich erscheint. Es gibt Blutspuren am Swimmingpool, im Wohnzimmer, auf der Treppe, die zum Arbeitszimmer führt, wo die Leiche gefunden wurde. Das spricht dafür, dass er geschlagen wurde, um ihn zur Herausgabe von Geld aus dem Tresor zu zwingen. Dann ging es ins Arbeitszimmer. Didier wurde ins Bein geschossen. Vielleicht, weil er nicht Folge leisten und den Tresor öffnen wollte. Die Waffe wurde gedämpft – wir denken: Mit einem Kissen. Es wurden Flocken aus der Füllung gefunden. Schließlich muss Didier den Tresor geöffnet und den Inhalt ausgehändigt haben. Dann wurde er erschossen: zweimal in den Kopf, von hinten. Schließlich kam Didiers Frau zurück, weil sie ihre Handtasche vergessen hatte, und fand die Leiche. Ob der oder die Täter noch im Haus waren oder schon fort, wissen wir nicht.«

»Sie haben keine Spuren hinterlassen?«

»Nein.«

»Und ihr wisst nicht ...«

»... ob es ein Einzelner oder mehrere waren? Nein, noch keinerlei Anhaltspunkte.«

»Es gibt immer irgendwelche Spuren.«

»Ich weiß. Aber bislang gar nichts.«

»Warum hatte Didier Geldscheine im Bauch?«

»Vermutlich, weil er gezwungen wurde, welche zu essen? Ich kann mir kaum vorstellen, dass er das freiwillig getan hat.«

Albin nickte, schwieg und bog auf die Autobahn ab. Er erhöhte das Tempo, blieb aber auf der rechten Fahrspur. »Sieht dennoch alles nach einem Raubmord aus?«, fragte er.

»Natürlich. Warum auch nicht? Nach Angaben der Ehefrau müssten einige zehntausend Euro fehlen. Sie wusste allerdings nicht verlässlich, wie viel Geld genau Didier im Safe aufbewahrte. Finden Sie, es spricht etwas gegen Raubmord?«

»Sie etwa nicht, Castel?«

»Ein Bankier, der gezwungen wird, Geld zu essen – klingt ungewöhnlich, nicht?«

»Allerdings«, murmelte Albin.

»Zudem wird er erschossen, nachdem er die Beute ausgehändigt hat.«

»Was daran liegen kann, dass der oder die Täter nicht maskiert waren und Didier sie hätte identifizieren können. Mord zur Vertuschung. Ist dennoch nicht die gewöhnliche Vorgehensweise von Räubern.«

»Nein«, sagte Castel. »Räuber verschwinden lieber unerkannt mit der Beute. Räuber sind keine Killer.«

»Ein Schuss ins Bein zur Ermunterung, Geld fressen lassen, dann ein Schuss in den Hinterkopf und einen hinterher zur Sicherheit, ein Kissen zum Abdämpfen der Schüsse ...«

»Klingt professionell.«

»Und klingt danach, als ob es nach Raubmord aussehen soll, aber keiner war«, ergänzte Albin und setzte an, einen Lkw zu überholen.

»Dann glauben Sie an gezielten Mord?«

»Wer weiß«, sagte Albin und trat aufs Gaspedal. »Aber ihr solltet euch Didier genau anschauen. Vielleicht hat er sich in den letzten Jahren die Hände schmutzig gemacht, krumme Geschäfte betrieben und wurde deswegen umgelegt. Ach, und: Castel?«

»Ja?«

»Danke für die Visitenkarten. Das ist nicht auf Theroux' Mist gewachsen, und er hasst es sicherlich. Ich weiß das wirklich zu schätzen.«

Aus den Augenwinkeln nahm Albin wahr, dass Castel lächelte.

»Gern geschehen«, sagte Castel.

14

Louis Reys kleine Wohnung befand sich im dritten Stock des Hauses gegenüber der Bar von Marc Ledoux. Wenn er aus dem Fenster sah, konnte er beobachten, wer dort ein und aus ging. Zu jeder vollen Stunde dröhnten die Kirchenglocken. Das Appartement war preiswert möbliert. Man konnte es mit wenigen Schritten durchmessen. Es gab ein Bad mit einer Wanne, in das zwei Personen kaum hereinpassten. In der Mitte des Wohnraums stand ein großes Bett, davor ein hochmoderner Flachbildfernseher. Alles in allem konnte man nicht klagen. Eine der Ukrainerinnen, die für Ledoux anschaffen ging, hatte Rey gestern in die Wohnung gebracht und erklärt, dass sie sich hier häufig mit Kunden getroffen hätten, das jetzt aber woanders tun würden. Und Ledoux hatte sich dafür entschuldigt, Rey, der darauf verzichten wollte, etwas offiziell zu mieten, auf die Schnelle nichts Passenderes anbieten zu können. Rey war das nur recht so. Je weniger Spuren er hinterließ, umso besser.

Jetzt nahm er die Sachen aus der Einkaufstüte, die er von Didiers Geld in der Stadt gekauft hatte. Ein paar Hosen, Hemden, ein leichtes Sakko, vier Paar Schuhe. Alles preiswerte Ware, irgendwo in Indonesien gefertigt. Seine alte Kleidung hatte er inzwischen entsorgt, die Schuhe ebenfalls. Er breitete die Kleidung auf dem Bett aus, sortierte ein, zwei Outfits zueinander und ging dann zum offenen Fenster, wo seine Zigarettenschachtel direkt neben dem kleinen Vogelkäfig lag. In dem Käfig saß ein Wellensittich. Die Ukrainerin hatte gesagt, er höre auf den Namen Maurice, und hatte ihm auch erzählt, warum. Aber das hatte Rey wieder vergessen. Genau wie den Namen der Nutte, die ganz süß war und jung und ihm gesagt hatte, er solle sich gerne melden, wenn er etwas benötigte, egal was – es gehe alles aufs Haus, sie eingeschlossen.

Darauf hatte Rey verzichtet und würde es auch weiter tun. Im Gegensatz zu manchen anderen Männern interessierten ihn jüngere Frauen im Alter seiner Tochter nicht. Und Prostituierte hatten ihn noch nie gereizt, auch nicht nach fünfundzwanzig Jahren der Enthaltsamkeit. Er hatte sich einerseits an das Mönchtum gewöhnt, und andererseits war es das letzte bisschen Würde, das ihm verblieben war: Er nahm sich keine Frauen, die auch jeder andere Mann haben konnte. Er war immer noch Louis Rey – und die, die es anging, würden das zu spüren bekommen wie gestern Vital Didier.

Rey steckte sich mit dem frisch aufgefüllten Cartier-Feuerzeug eine Zigarette an und betrachtete den Wellensittich. Er war grün gefiedert, lief ab und zu von der linken Seite seiner Kletterstange zur rechten, spreizte mal die Flügel, schüttelte sich gelegentlich und zwitscherte manchmal leise. Er schien das Leben da draußen vor dem Fenster nicht zu vermissen und könnte mit der Freiheit wohl nichts anfangen, wenn Rey den Käfig öffnete, um das Tier freizulassen. Wahrscheinlich würde er sogar verrecken, weil er nicht wusste, wo er etwas zum Fressen und zum Trinken finden sollte. Vermutlich hatte der Vogel nie ein anderes

Leben kennengelernt als das hinter Gittern. Er musste annehmen, dass das Gefängnis das natürliche Habitat für seinesgleichen war.

Louis Rey stieß den Rauch aus und sah der Wolke hinterher, die sich über dem kleinen Platz vor der Bar zwischen den Ästen der Platanen verflüchtigte. Er selbst hatte jahrelang angenommen, dass das natürliche Habitat für Menschen wie ihn Villen, Yachten, schnelle Autos und teure Restaurants waren. Scheiße, er hatte ja sogar zwei Privatflugzeuge besessen und eine Hütte in Gstaad.

Menschen wie Louis Rey – das waren solche, die aus eigener Kraft von der Gosse nach ganz oben gelangt waren – wie verfluchte Maulwürfe, die sich bis zur Erschöpfung durch den Dreck ans Licht gewühlt hatten. Louis Rey war im nördlichen Teil Marseilles aufgewachsen, besser bekannt als Cité, den man heute nur betreten sollte, wenn man eine Schutzweste trug, ein Schnellfeuergewehr mit sich führte und fließend arabisch sprach. Damals waren die Häuserblocks, in denen heute der Drogenkrieg tobte, noch neu gewesen. Andere Bereiche der Cité waren da schon regelrechte Slums gewesen – Auffanglager für Auswanderer aus aller Welt, zumeist aus Afrika und dem Maghreb.

Seine Eltern hatten nicht viel Geld gehabt. Reys Vater war Dockarbeiter gewesen, der sich in der Freizeit die Haare wie Johnny Hallyday kämmte und im Sommer wie im Winter nie ohne Lederjacke das Haus verließ. Reys Mutter arbeitete in einer Wäscherei, wo sie die Klamotten der Reichen bügelte. Auf der Straße und in der Schule hatten sich die Kinder und Jugendlichen der Vorortgangs stets über Reys Namen lustig gemacht, nachdem ihnen jemand verraten hatte, was er auf Spanisch bedeutet. »König«. Verspottet hatten sie ihn. Seine Mutter, die jeden Sonntag zur Kirche ging, hatte Rey gesagt, er solle sich nichts draus machen, sich einfach umdrehen und weggehen.

Aber so einfach war das nicht. Sein Vater wiederum hatte ihm erklärt, dass man sich niemals die Wurst vom Brot nehmen lassen durfte, und ihn – ohne Wissen seiner Frau – mit in den Boxclub genommen, nachdem Louis zum ersten Mal mit einer blutigen Nase nach Hause gekommen war. Dort hatte er gelernt, dass es besser war, als Erster und sehr hart zuzuschlagen und sich Respekt zu verschaffen, wenn man einen Kampf schnell beenden wollte. Dort hatte er außerdem begriffen, dass man nur dann als »König« verspottet wird, wenn man keiner war. Der logische Schluss daraus war, dass man besser zu einem werden sollte.

In diesem Bewusstsein wuchs Rey auf, führte schließlich seine eigene Gang und machte die ersten Geschäfte in den späten Sechzigern, als die Hippies in den Süden Frankreichs strömten und Marihuana und Haschisch ganz groß im Kommen waren. Rey verstand dabei sehr schnell, dass in den miesen Vierteln der Stadt nicht viel Geld zu machen war. Viel interessanter waren die Spots außerhalb der Großstadt an der Küste, wo einerseits die Langhaarigen in Kommunen und VW-Bullis lebten und von morgens bis abends nackt an den Stränden herumliefen, sowie andererseits die In-Spots rund um St. Tropez von Leuten frequentiert wurden, die viel hipper als die Hippies waren und richtig viel Geld in der Tasche hatten. Um an dieses Geld heranzukommen, brauchte Rey Stoff. Viel Stoff, und nicht nur was zum Kiffen.

So kam er als Teenager in Kontakt mit der »French Connection«. Ein großer Name, vor allem bekannt durch den Film mit Gene Hackman, wo er in der Rolle des Polizisten Jimmy »Popeye« Doyle wie ein Sprinter Autos und U-Bahnen hinterherrennt und einen Killer dann mit einem so gezielten Präzisionsschuss abknallt, als sei er nicht mal drei Meter weit gelaufen. Ziemlich verrückt, aber: Die Realität der echten French Connection war noch verrückter. Viel verrückter sogar.

Über Jahre hinweg, insbesondere in den späten Sechzigern und frühen Siebzigern, war Frankreich Zentrum des internationalen Heroinhandels und hatte zeitweise sogar einen Anteil von neunzig Prozent am amerikanischen Markt. Rund um Marseille brodelten die Heroinküchen Tag und Nacht und sozusagen mit Paul Bocuse um die Wette. Die Qualität des französischen Heroins war erstklassig. So gepriesen wie der Wein aus dem Bordeaux, der französische Champagner, Trüffel oder Käse aus Korsika. Normalerweise verfügte Heroin über einen Reinheitsgrad von sechzig bis siebzig Prozent, aber das der French Connection lag bei achtzig Prozent. Was bedeutete: Man konnte es wie verrückt strecken und damit den Erlös vervielfachen. Es waren unfassbare Zeiten, und die Strukturen in Marseille für den Vertrieb und die Herstellung bereits vorhanden. Sie waren in den frühen dreißiger Jahren von der korsischen Mafia zementiert worden. Alle spielten damals mit und profitierten, im Krieg sogar die Deutschen und die Gestapo im besetzten Marseille. Letztlich hatten sich die korsischen Gründerväter des Netzwerks die Rezepte zum Heroinkochen von Wissenschaftlern der Nazis organisiert und die Produktion perfektioniert.

Das Räderwerk war zur Zeit der French Connection jedenfalls optimal geölt. Das Opium aus der Türkei flutschte über Marseille als internationaler Hafen nur so in die Vereinigten Staaten, deren Drogenfahnder einige Jahre brauchten, um zu kapieren, wie der Hase lief, und schließlich tatkräftig dabei halfen, die Connection zu kappen – was in New York zu einer immensen Hexenjagd innerhalb des Polizeiapparats des NYPD geführt hatte. Die genialen amerikanischen Geschäftspartner der French Connection hatten nämlich reihenweise Polizisten geschmiert und dadurch Zugang zu den Asservatenkammern erlangt. Sie marschierten einfach in die Lagerhäuser und tauschten das beschlagnahmte Heroin Lkw-weise gegen Mehl aus. Das Beste daran: Die Spaßvögel hatten nicht irgendein Mehl benutzt, sondern echtes französisches Brioche-Mehl. Legendär. Zudem eine phantastische Win-Win-Situation: Das NYPD und die zuständigen Ermittler und Staatsanwälte profitierten von dem Ruhm, Hunderte Kilo Heroin zu beschlagnahmen – und die Mafia davon, dass die Polizei wie ein Kurier fungierte, die auf Frachtern konfiszierten Drogen über die New Yorker Häfen ins Land brachte und so lange aufbewahrte und bewachte, bis die Mafia sie abholen und verteilen konnte.

Glorreiche Tage. So etwas ging zu Reys Glanzzeiten nicht mehr. Und heutzutage sowieso nicht. Alles hatte sich verändert. Alles war komplizierter geworden.

Jedenfalls quoll Rey bereits im Alter von neunzehn Jahren das Geld nur so aus den Taschen – und irgendwann fand er sich gefesselt und mit einem Revolver an der Schläfe am Hafen wieder, wo ihm zwei Korsen erklärten, wie sein weiteres Leben verlaufen könnte. Es gab zwei Alternativen. Die eine war die Zukunft in einer Wanne mit bereits angerührtem Beton, neben der eine Kreissäge lag. Die andere war, künftig nicht mehr selbständig, sondern als Angestellter zu arbeiten.

Rey entschied sich für die Zukunft als Angestellter. Diese Zukunft war mit einem Ortswechsel verbunden. Rey zog aufs Land, nach Avignon, von wo aus er die Inlandsverteilung regeln sollte und damit von jetzt auf gleich zum stellvertretenden Geschäftsführer eines Speditionsunternehmens für Feinkost wurde – nur dass mit der Feinkost und dem eleganten Catering auch kiloweise Drogen transportiert wurden. Später übernahm Rey die Firma, und mit den fliegenden Wechseln nach dem Ende der French Connection und den nachfolgenden Organisationen nutzte Rey einige Nischen, um sich schließlich in den achtziger Jahren wieder selbständig zu machen – was nicht jedem gefiel und schließlich darin endete, dass Rey im Knast lebendig begraben und alles zerschlagen wurde, was er sich in Jahrzehnten aufgebaut hatte. Das heißt: Es wurde nicht wirklich zerschlagen. Es wurde umverteilt. Es war ein Putsch, eine Machtübernahme.

Und jetzt, dachte Rey, jetzt kam er zurück wie der Graf von Monte Christo.

Er spürte etwas Feuchtes unter der Nase und wischte sich mit der Hand über die Lippen. Eine blutige Spur blieb auf den Fingern zurück. Rey legte den Kopf in den Nacken, ging zum Badezimmer und ließ eiskaltes Wasser über einen Waschlappen laufen, den er sich ins Genick presste. Einige Minuten später nahm er seine Medikamente, starke Medikamente, die er zu festen Zeiten einnehmen musste. Ein Takt, der sein Leben in den letzten zwei Jahren bestimmt hatte und ihn stets daran erinnerte, dass ihm nicht mehr viel Zeit blieb. Weswegen er besser jede Minute sinnvoll nutzte, statt am Fenster zu stehen und seinen Erinnerungen freien Lauf zu lassen. Die Zukunft, dachte Rey und zog sich an, lag nicht hinter ihm. Sie lag immer vorne.

15

Woher es kam, dass er Rosen liebte und die Pflanze seit Jahrtausenden von Abermillionen anderen Menschen geliebt worden war – Gaston Vollant wusste es nicht. Quer durch alle Glaubensrichtungen, Kulturkreise und Epochen galt sie als ein ganz besonderes Symbol, als Königin der Blumen, wurde den höchsten Göttern, Weihen und Festen zugeordnet. Irdisches Überbleibsel der Morgenröte, mit Aphrodite dem Meerschaum entstiegen, Zeichen von Liebe, Freude und Jugendfrische – ja, dafür stand die Rose seit eh und je. Aber auch für den Schmerz wegen ihrer Dornen, für das Blut wegen ihrer Farbe und damit auch für Tod und Vergänglichkeit.

Jedenfalls liebte er Rosen und hatte sein Restaurant nach ihnen benannt: *La Rose de Provence*, ganz in der Nähe von Gordes.

Allerdings führte er es seit einigen Jahren nicht mehr. Sein Sohn hatte es übernommen – ein vorgezogener Generationenwechsel, nachdem Gaston Vollant im Anschluss an den überraschenden Tod seiner geliebten Ehefrau ein Herzinfarkt ereilt hatte und anschließend ein zweiter. Seither gab er sich in seinem Garten in dem abseits liegenden ehemaligen Bauernhaus aus rötlichen Steinen voll und ganz den Rosen sowie den Massagen seiner Lebensgefährtin hin, die in der Bäckerei von Joucas arbeitete und sich mit dem

Kneten von Teig mindestens so gut auskannte wie mit dem von Muskeln und sich auch ansonsten um ihn kümmerte.

Nur an seine Rosen ließ er sie nicht.

Vollant stand schwitzend und mit einem Spaten in der Hand am Pflanzbeet. Es war früher Abend, aber immer noch drückend heiß. Er trug ein mit Erde verschmiertes Unterhemd zu seiner von Hosenträgern gehaltenen Jeans. Die blasse Haut glänzte vom Schweiß. Der kahle Schädel kochte unter der Baseballkappe.

Er stützte sich auf den Spaten, nahm die Mütze ab und fuhr sich mit einem Papiertaschentuch über den nassen Kopf. Neben ihm lag ein stattlicher Rosenstock auf dem Rasen, der neben die anderen in den Boden gesetzt werden wollte. Er hatte ihn heute Morgen im Gartenmarkt erworben. Wenngleich aktuell keine Pflanzzeit war, hatte er nicht widerstehen können. Die Lücke zwischen den anderen Büschen störte ihn schon seit langem, wenn er auf der kleinen Terrasse saß und den Blick über seine Pflanzen wandern ließ. Es war ihm vorgekommen wie ein ansonsten perfektes Gebiss, in dem ein Zahn fehlte.

Als Vollant, der regelmäßig zum Zeitvertrieb ins Gartencenter fuhr, die neuen, gelben Stammrosen gesehen hatte, musste er einfach eine davon haben. Sie würde eine prächtige Ergänzung zu den roten und orangefarbenen Buschrosen bilden, die jetzt im Hochsommer in voller Blüte standen und einen betörenden Duft verströmten.

Und nun pflanzte er den Hochstamm an die kleine Mauer, die vom Garten zum Hof vor dem Anwesen führte, das früher einem Weinbauern gehört hatte. Er steckte das Taschentuch wieder ein und wollte gerade weitermachen, als er sah, wie ein Kleinwagen von der Landstraße abbog, erst zögerlich auf den Hof zufuhr und schließlich schneller wurde – als sei sich der Fahrer nicht ganz sicher, ob er die richtige Ausfahrt gewählt hatte.

Mit Sicherheit war es die falsche, dachte Vollant, denn hier wohnte niemand außer ihm selbst, und er kannte niemanden, der ihn besuchen würde. Alle früheren Kontakte waren erloschen, das alte Leben hatte er hinter sich gelassen, nachdem er aus dem Knast gekommen war, und das war inzwischen mehr als zehn Jahre her. Mit anderen Worten: Er hatte keine Ahnung, was der Fahrer oder die Fahrerin von ihm wollte, weswegen er sich auf den Spaten stützte, abwartete und verfolgte, wie der Wagen hinter der Mauer verschwand und den Geräuschen nach dort geparkt wurde.

Vollant überlegte, ob er nachsehen sollte, was da los war, entschied sich aber dagegen. Wozu unnötig Energie verschwenden? Falls jemand zu ihm wollte, dann würde er sowieso gleich um die Ecke kommen. Was einen Moment später auch geschah. Ein Mann trat in Vollants Sichtfeld. Er hatte ihn noch nie im Leben gesehen. Nichts klingelte im Hinterstübchen. Jemand, der ebenfalls jenseits der Sechzig sein musste, nicht sehr groß und mit Sachen gekleidet war, die ziemlich neu aussahen.

Das Problem mit dem Kerl war allerdings, dass er eine Waffe in der Hand hielt und damit auf Vollant zielte.

Es war nicht die erste Waffe, die auf ihn gerichtet wurde, wenngleich er gedacht hatte, diese Zeiten seien ein für alle Mal vorbei. Vollant betrachtete den Mann, der sich langsam näherte, nun eingehender. Doch nach wie vor klingelte bei ihm nichts. Er hatte keine Ahnung, wer das war und was er plante. Wenn er Vollant wirklich töten wollte, würde er längst in der Horizontalen liegen und den trockenen Boden mit seinem Blut wässern. Das war aber nicht der Fall. Also war die Lage zwar sehr ernst, aber nicht hoffnungslos, dachte Vollant und schwieg, um dem Mann das erste Wort zu lassen. War taktisch besser.

»Du magst Rosen, hm?«, fragte der Mann und kickte gleichgültig gegen den Erdballen des gelben Rosenbaums.

Vollant schwieg.

»Dann grab weiter«, sagte der Mann.

Vollant regte sich nicht.

»Nur zu.«

Vollant blieb unbeweglich.

Der Mann wechselte die Waffe in die linke Hand, beugte sich nach unten, ohne Vollant aus den Augen zu lassen, und griff das Rosenbäumchen am Stamm, nahm es auf und hielt es wie einen Tennisschläger in der Hand.

»Grab weiter, habe ich gesagt.«

»Wer sagt das, und warum?«, fragte Vollant schließlich und reckte das Kinn etwas hoch.

Im nächsten Moment holte der Mann mit dem Rosenbusch aus wie zum Aufschlag. So plötzlich und schnell, dass Vollant nicht reagieren konnte. Die Dornenzweige trafen sein Gesicht wie eine mit Stacheln bewehrte neunschwänzige Katze. Es fühlte sich an, als werde ihm mit einem Schlag die Haut vom Leib gerissen und gleichzeitig mit kochendem Wasser verbrüht. Er jaulte auf, riss die Hände hoch, um sein Gesicht darin zu vergraben und es zu schützen. Dabei fiel ihm der Spaten aus der Hand. Alles war voller Blut. Es quoll ihm zwischen den Fingern hindurch. Vollant schrie auf, da traf ihn ein weiterer Schlag mit dem Rosenbusch, der seine Arme aufriss und das Unterhemd zerfetzte. Dann nahm ihm ein Tritt in die Magengrube den Atem und außerdem das Gleichgewicht.

Vollant stürzte zu Boden. Seine Hände suchten nach dem Spaten, um sich damit gegen den Angreifer zu wehren. Aber seine Finger wühlten nur in staubiger Erde und trockenem Rasen. Schließlich drehte er sich um die eigene Achse, starrte aus der Froschperspektive auf den Mann, der nun über ihm stand und den Spaten statt dem Rosenbusch in der Hand hielt.

»Weißt du, wer ich bin?«, fragte er.

Vollant wimmerte und schüttelte den Kopf. Er spuckte Blut, das von den zerfetzten Lippen in seinen Mund gelaufen war.

»Ich habe keine Ahnung«, keuchte er.

»Es ist fünfundzwanzig Jahre her«, sagte der Mann.

Und dann begriff Vollant. Bilder blitzten durch seinen Kopf. Vollant am Hafen von Marseille, wo er in einem Kühlhaus zwischen in Styropor verpacktem Fisch und drei in Plastikfolie gewickelten, gefrorenen Leichen von Drogenkurieren stand und ihm gesagt wurde, dass sich im Gewerbe der Feinkost- und Lebensmittelspedition dringend etwas ändern müsse. Zumindest wenn Vollant nicht ebenfalls in Plastikfolie verpackt und tiefgefroren in diesem Kühlhaus landen wollte. Er sah sich bei einem konspirativen Treffen nach Mitternacht in seinem Restaurant, das damals sowohl Tarnung als auch Schaltzentrale für Drogentransporte in den Norden gewesen war. Er sah Hände, die seine drückten, und hörte Stimmen, dass es nicht zu seinem Nachteil sein werde. Dass es besser war, ein paar Jahre im Knast zu sitzen und danach finanziell ausgesorgt zu haben, als mit einer Axt zerstückelt zu werden. Er sah Louis Rey ausgelassen beim Abendessen feiern und sich selbst zwei weitere Flaschen Wein auf den Tisch stellen, obwohl Vollant bereits sehr genau wusste, was geschehen würde. Louis Rey, der – nicht mehr lächelnd – vor TV-Kameras in Handschellen aus seiner Villa abgeführt wurde.

Jetzt sah er Rey wieder vor sich, gealtert, ausgezehrt, mit verbitterten Gesichtszügen, und alles wurde klar. Vollant würde sterben. Hier und jetzt.

»Du hast mich lebendig begraben lassen, Vollant«, sagte Rey und hob den Spaten. »Rate mal, was ich jetzt mit dir machen werde.«

Der Spaten sauste hinab. Bohrte sich in die trockene Erde vor Vollants Gesicht.

»Na los, mach weiter«, sagte Rey. »Schaufel dir dein Grab.«

16

Die Sonne hatte bereits gebrannt, als Castel am frühen Morgen aufgestanden war und am Himmel die letzten Lavendel- und Orangetöne von einem gleißenden Blau durchdrungen wurden. Jetzt, am Vormittag, während sie etwa zwei Meter neben der Leiche hockte, stach ihr die Sonne unbarmherzig in den Nacken – ein Fluch ihrer ansonsten sehr praktischen Kurzhaarfrisur.

Der Tote war in einer grotesken Haltung vorgefunden und seither nicht bewegt worden. Das würde erst gleich erfolgen, wenn die Rechtsmedizinerin und die Spurensicherung an der Leiche tätig wurden. Castel ließ ihre Augen über die Leiche wandern. Dann stand sie auf, rieb sich den Hinterkopf mit der rechten Hand und drehte ihr Gesicht in die Sonne, wo Theroux innerhalb der Absperrung der Spurensicherung stand und wie Castel Plastiküberzieher über den Sneakers trug, um den Fundort nicht mit seinen Schuhabdrücken zu kontaminieren. Wenigstens wurden ihnen beiden nur die Füße gebacken. Die Forensiker aus dem PTS-Team, der Police Technique Scientifique von Bruno Grinamy, steckten hingegen bereits in ihren faserfreien weißen Overalls mitsamt Kapuzen und waren keinesfalls zu beneiden.

Theroux deutete mit einer Kopfbewegung zur Leiche. »Das ist wirklich schräg«, sagte er.

»Allerdings«, erwiderte Castel. »Und der Tote Nummer zwei innerhalb von weniger als achtundvierzig Stunden.«

Zudem, dachte Castel, der zweite Tote, bei dem es bizarre Begleitumstände gab. Der Bankier Vital Didier hatte den Bauch mit Geldscheinen vollgestopft. Und dieser hier, der ehemalige Gastronom Gaston Vollant, steckte mit dem Kopf in einem Erdloch, das zugeschüttet worden war. Man hatte seinen Schädel begraben.

Auf den ersten Blick hatte es gewirkt, als sei er enthauptet worden und als würde nur der Körper zwischen den Rosenbüschen liegen, die einen betörenden Duft verströmten und wunderschön aussahen. Ein krasser Widerspruch zu der Situation. Seine Lebensgefährtin hatte ihn so aufgefunden. Sie wusste, dass er eine Rose gekauft hatte und sie einpflanzen wollte. Aber von dem Busch war nichts zu sehen. Es lag auch nirgends Werkzeug herum. Dann hatte die Frau bemerkt, was mit ihrem Partner angestellt worden war, hatte den Kopf nicht gesehen und darüber dann einen Zusammenbruch erlitten. Der Notarzt hatte sie in die Klinik gebracht.

Castel und Theroux verfolgten jetzt, wie sich die Spurensicherung an die Arbeit machte, um die Erde vom Kopf des Mannes zu entfernen. Die Kollegen gingen sehr behutsam vor. Sie hatten kleine Pinsel dabei und befreiten damit den Schädel wie Archäologen ein Dinosaurierei, um bloß nichts zu beschädigen. Das wenige Erdreich beförderten sie dann mit kleinen Schaufeln in Plastikbehälter, um es später sieben zu können. Vielleicht, dachte Castel, hatten sie Glück, und irgendetwas wurde gefunden. Bei Didier hingegen gab es immer noch keine brauchbaren Hinweise auf den oder die Täter, und es würde wohl noch einige

Wochen dauern, bis das Kriminaltechnik-Labor die diversen im Haus abgenommenen Finger- und Schuhabdrücke analysiert, mit anderen verglichen, sortiert und schließlich zugeordnet hatte.

Hier, dachte Castel, würde es wohl nicht anders sein – mit dem Unterschied, dass es nichts gab, wo man Fingerabdrücke hätte nehmen können. Dafür standen die Chancen ziemlich gut, dass der Täter Fußspuren im Erdreich hinterlassen hatte. Vielleicht fand man sogar brauchbare Reifenmuster im Staub, die sich einem Fahrzeug zuordnen lassen könnten. Das wäre dann schon fast die halbe Miete. Doch auch das wäre nicht von heute auf morgen machbar.

Außerdem war sie noch nicht dazu gekommen, sich mit der Vergangenheit Didiers zu befassen. Albin hatte ihr erzählt, dass er im Knast gewesen war, wenngleich das schon einige Jahre her war. Aber wichtiger war zunächst die Gegenwart – zum Beispiel jede Menge Zeugenbefragungen in der Nachbarschaft, die Vernehmung und Überprüfung von Didiers Ehefrau. Sie war zunächst die erste Adresse für die Polizei. Mehr als achtzig Prozent aller Morde hatten einen Beziehungshintergrund, und manchmal wurden Morde von Ehefrauen in Auftrag gegeben. Warum nicht auch von Didiers Gattin?

Weiter galt es zu klären, ob Didier aktuelle Feinde hatte oder ob Raubmorde nach einem ähnlichen Schema anderswo in Frankreich geschehen waren. Wer wusste, vielleicht war es das Markenzeichen einer bestimmten Bande, ihren Opfern Geld in den Mund zu stopfen. Schließlich gab es nichts, was es nicht gab, und vielleicht handelte es sich um moderne, aber skrupellose Robin Hoods, die reiche Leute ausplünderten, umbrachten und dann sagen wollten: Sollen sie an ihrem Geld doch ersticken.

Castel musterte Theroux, der schlecht gelaunt auf seinem Handy herumtippte. »Alles klar?«, fragte sie.

»Warum?«, erwiderte Theroux, ohne aufzublicken.

»Du bist so still in letzter Zeit.«

»Wer, ich?«

»Nein. Leonardo da Vinci.«

Jetzt schaute Theroux auf. »Wieso Leonardo da Vinci?«

Castel verdrehte die Augen. Manchmal war Theroux wirklich schwer von Begriff.

»Warum fragst du das überhaupt?«

»Nur so. Menschen erkundigen sich nach dem Wohlbefinden von einem anderen, wenn dieser sein Verhalten verändert.«

»Was ist mit meinem Verhalten?«

»Du bist schlecht gelaunt.«

»Ich bin nicht schlecht gelaunt, und mein Verhalten ist vollkommen normal«, brummte Theroux und befasste sich dann wieder mit dem Telefon. Dieses Mal wählte er eine Nummer und sprach wegen einiger Zeugenaussagen aus Mormoiron mit der Gendarmerie.

Castel sah erneut den Forensikern bei der Arbeit zu. Berthe von der Gerichtsmedizin war ebenfalls mit einem Assistenten vor Ort. Beide saßen im Schatten, spielten Karten und warteten darauf, bis die Spurensicherung die Leiche und den Fundort freigab, was manchmal Stunden dauern konnte und der Grund war, aus dem Berthe immer Karten oder ein Buch dabeihatte.

Theroux, dachte Castel, war jedenfalls schon seit Tagen nicht er selbst. Selbst bei Albins Geburtstag nicht. Irgendetwas lag ihm auf der Seele – und ihr auch. Der Unterschied war, dass Theroux seine Launen gerne heraushängen ließ und Castel sich zusammenriss.

Dabei würde sie zurzeit am liebsten von morgens bis abends fluchen wie ein Schiffschaukelbremser. Das Problem war Jean Villeneuve, ihr Freund, oder besser: Das Problem war seine Ex. Sie hatte ihn in erhebliche finanzielle Schwierigkeiten gebracht, die mit der Scheidung und mit einem gemeinsamen Haus zu tun hatten. Mit anderen Worten hatte er immense Schulden, die er kaum alleine schultern konnte. Man bekam keinen Kredit über einige Hunderttausend Euro, wenn man bereits seine Kreditwürdigkeit mit einem Hausbau-Darlehen ausgeschöpft hatte – und schon gar nicht, um mit dem neuen Kredit den alten abzubezahlen. Ein Teufelskreis. Cat hätte vermutlich nie etwas von Jeans Schulden erfahren, wenn sie nicht … Ja. *Wenn* sie nicht. Und *dass* sie trotzdem einen Blick in seine Daten geworfen hatte, um ihn zu überprüfen, nahm er ihr vermutlich immer noch übel, wenngleich er es nicht zeigte. Die Verträge und Besitz- und Vermögensverhältnisse nach der Scheidung waren äußerst schwierig gewesen, aber am Ende verhielt es sich so, dass seine Ex das Haus versteigert und mit dem Erlös ihren Teil der Schulden gedeckt hatte, während Jean nach wie vor mit einer erheblichen Summe in der Kreide steckte.

Nun forderte die dumme Gans zudem Unterhalt von ihm, weil sie von heute auf morgen ihren Job verloren hatte – womöglich sogar gezielt, um sich von Jean aushalten zu lassen. Unterhalt, und das, obwohl keine Kinder im Spiel waren.

Mit anderen Worten: Jean war nicht zu beneiden. Cat

aber auch nicht, denn wenn ein Partner Karussell fuhr, dann drehte es sich für den anderen meist mit – in diesem Fall für Cat. Jeans Geld- und Anwaltssorgen drückten auch auf ihre Stimmung. Und am Anfang einer neuen Liebe war es noch unpassender, wenn derartige Altlasten den Weg versperrten. Andererseits: So war das eben, wenn man keine dreißig mehr war. Cat wollte aber nicht, dass ihre frische Beziehung beschwert wurde. Sie konnte ja nicht einmal ernsthaft darüber nachdenken, mit ihm in den Urlaub zu fahren, weil er kein Geld dafür hatte und der größte Teil seines Gehalts als Kurator am Museum in Aix jeden Monat an die Bank ging. Natürlich könnte sie ihn zu einem Urlaub einladen. Aber er war nicht der Typ Mann, der eine solche Geste ohne weiteres annehmen würde. In dieser Hinsicht war er etwas altmodisch, und ein bisschen gefiel das Cat sogar.

Jedenfalls hatte sie sich vorgenommen, ihm zu helfen. Was nicht so einfach war, wenn seine Ex nicht mitspielte – und es sah nicht danach aus, als wäre sie bereit, das zu tun. Außerdem wusste Cat nicht, wie genau sie Jean helfen sollte. Sie konnte kaum selbst ein Darlehen aufnehmen und ihm das Geld geben, weil er es sowieso nicht annehmen würde. Unter Umständen *wäre* das vielleicht trotzdem ein Weg gewesen – aber dennoch indiskutabel, weil es überhaupt nicht infrage kam, dass Cat ihm Geld gab, damit er es an seine Ex weiterleitete und damit Schulden beglich, die aus dem Leben mit ihr resultierten. Auf gar keinen Fall. Dazu war Cat zu stolz. Da musste eine andere Lösung her. Sie wusste noch nicht, welche, aber ihr würde schon noch etwas einfallen. Ganz bestimmt.

Schließlich schien die Spurensicherung vorerst fertig zu

sein. Bruno Grinamy, der eigentlich längst im Ruhestand sein sollte, machte eine entsprechende Geste in Richtung von Castel und Theroux, die sich ebenso wie Berthe und ihr Assistent in Bewegung setzten und zu dem Rosenbeet gingen.

Berthe nahm die Leiche einige Minuten lang in Augenschein, ließ Fotos machen und drehte sie dann mit Hilfe ihres Kollegen um. Castel fiel auf, dass das Gesicht des Mannes, den sie erst jetzt offiziell als Gaston Vollant würden identifizieren können, zerfetzt war. Als wäre ihm ein Tiger mit der Pranke quer über die Nase gefahren. Außerdem gab es eine Platzwunde an der Schädelseite, die violett verfärbt war. Berthe nahm einige weitere Untersuchungen vor.

Dann sagte sie: »Es gibt kleine Einblutungen in den Augen. Das spricht für einen Erstickungstod. Aber es gibt keine Würgemale.«

»Er wurde lebendig begraben?«, fragte Castel.

»Man kann annehmen, dass er mit dem Kopf voran begraben wurde, damit er keine Luft mehr bekommt. Es spricht einiges dafür, dass er nicht bei Bewusstsein war und einen Schlag mit einem schweren Gegenstand gegen das Schläfenbein erlitt, bevor sein Kopf verbuddelt wurde.«

»Verrückt«, murmelte Theroux.

»Was ist mit seinem Gesicht passiert?«, fragte Castel.

Berthe zuckte mit den Schultern und öffnete dann ihren kleinen Koffer mit medizinischen Gerätschaften, um weitere Vorort-Untersuchungen an der Leiche vorzunehmen.

»Sieht aus«, sagte Castel, »als sei er in seine eigenen Rosen gefallen.«

»Es war von einem Rosenbusch die Rede«, meinte Theroux, »den er einpflanzen wollte. Aber wir haben keinen gefunden. Außerdem fehlte die Schaufel, die er für sein Vorhaben in jedem Fall dabeigehabt haben muss. Vermutlich war das die Schaufel, mit der sein Kopf begraben wurde.«

»Vielleicht hat er ihn damit bewusstlos geschlagen.«

»Ja. Und die Schaufel dann mitgenommen, weil er Fingerabdrücke daran hinterlassen hat. Möglicherweise auch Spuren an dem Rosenbusch, den Vollant eingraben wollte. Gewebe, vielleicht hat er sich gestochen. Deswegen hat er beides mitgenommen. Hat nichts dem Zufall überlassen.«

»Klingt schlüssig«, sagte eine tiefe Stimme hinter Theroux und Castel. Beide drehten sich um und blinzelten gegen die grelle Sonne, die die weißen Haare des Mannes wie eine Korona und seinen Körper wie einen dunklen Schatten wirken ließ. Er hatte einen Mops dabei.

»Aber die entscheidende Frage«, sagte Albin, »ist: Warum macht sich der Täter einen solchen Umstand?«

17

Louis Rey schlenderte über den großen Platz vor dem Papstpalast und betrachtete die Touristenmassen, die vor dem Eingang auf Einlass warteten. Die Sonne blendete ihn. Im Gehen steckte er sich eine Zigarette an und warf beiläufig einen Blick auf die Kratzer am Zeigefinger, die die Dornen vom Rosenbusch verursacht hatten. Das Gewächs lag jetzt irgendwo in der Nesque-Schlucht. Rey hatte es entsorgt, zusammen mit dem Spaten, mit dem er Vollant bewusstlos geschlagen hatte, um anschließend seinen Kopf zu verbuddeln, damit er erstickte. Praktischerweise hatte Vollant bereits eine kleine Grube ausgehoben und bereitwillig und um sein Leben jammernd noch etwas weiter geschaufelt, nachdem Rey ihn dazu aufgefordert hatte. Das sparte etwas Arbeit und außerdem Zeit.

Lieber wäre Rey gewesen, er hätte den gesamten Bastard lebendig begraben können. Doch das hätte zu lange gedauert, wäre zu anstrengend und zu riskant gewesen. Das für die Rosen bestimmte Erdloch hatte seinen Zweck mehr als erfüllt, und Vollant war krepiert. So, wie er es verdient hatte.

Rey warf einen Blick auf den riesigen Palast, den er immer eher klobig als besonders schön gefunden hatte. Er ging daran vorbei und steuerte auf eine Treppe zu, die zu einer Rotunde vor der an den Palast angeschlossenen Kathedrale hinaufführte, der Notre Dame des Doms d'Avignon, von deren Turm eine riesige, goldene Marien-Statue über die Stadt blickte. Rey stoppte an dem Kreuz vor dem Eingang der Kathedrale, das einige Meter hoch war, umzäunt und an allen vier Ecken von Engelsfiguren flankiert. Er blickte hinauf zu der Christus-Figur und widerstand der routinierten Geste eines Katholiken, sich zu bekreuzigen.

Damit hatte er vor Jahren abgeschlossen. Nicht, weil er sich im Gefängnis von Gott abgewendet hätte. Nein, ganz im Gegenteil. Außerdem hatte der Glaube sich viel zu tief in ihm eingegraben. Seine Mutter hatte ihn regelmäßig mit in den Gottesdienst genommen, und damit hatte er auch später nicht gebrochen, war regelmäßig zur Kirche gegangen, jeden Sonntag, und ließ sich die Beichte abnehmen. Es lag vielmehr an dem, was diese Kirche und ihre irdischen Werkzeuge repräsentierten. Was sie ihm angetan hatten. Insbesondere eines dieser Werkzeuge.

Rey nahm das Smartphone zur Hand. Nachdem er sich etwas intensiver damit befasst hatte, war er der Überzeugung, eine der größten technischen Errungenschaften der Menschheit in den Händen zu halten. Es war ein wunderbares Gerät. Die aus den frühen Neunzigern waren ein Schiss dagegen. Mit diesem Smartphone konnte man absolut alles machen, was man sich nur vorstellen konnte, und die Möglichkeiten waren vermutlich noch längst nicht ausgereizt. Die ukrainische Nutte hatte ihm ein wenig bei der Bedienung geholfen und ihm erklärt, was man mit dem Handy anstellen kann, wie man es bedient und wie man damit das Internet nutzt. Oder andersherum: Es war gar nicht möglich, das Internet nicht zu nutzen. Alles war mit allem verbunden. Kinderleicht zu begreifen und zu erlernen.

Es war ein Klacks gewesen, Vital Didier damit aufzuspüren. Bei Gaston Vollant war es nicht anders. Jetzt suchte Rey erneut nach den beiden – und fand Einträge bei Onlinemedien darüber, dass sie unglückseligerweise verschieden waren. Didier war bei einem Raubmord ums Leben gekommen. Und es war eine Leiche gefunden worden, bei der es sich unter Umständen um den Gastronomen Vollant handeln könnte, was bislang noch nicht bestätigt war. Möglicherweise, wurde im Netz spekuliert, sei er bei der Gartenarbeit umgekippt.

Rey steckte das Handy in die Hosentasche, nahm die billige Sonnenbrille, die er von dem fliegenden Händler gekauft hatte, und setzte sie auf. Er steckte sich eine Zigarette an und zuckte nicht einmal zusammen, als die gewaltigen Glocken zu schlagen begannen.

Die Polizei würde vielleicht ein paar Tage brauchen, bevor sie auf die Idee kam, in der Vergangenheit der Toten herumzustochern. Sie ging systematisch vor, dass wusste Rey. Deswegen hatte er bei Didier einen anderen Modus angewendet als bei Vollant – damit die Polizei jeweils andere Ermittlungsmuster verfolgte. Aber früher oder später würde man sich fragen, ob es persönliche Feinde aus älteren Tagen gab. Und dann würde man unweigerlich auf Rey stoßen und darauf kommen, dass er aus dem Gefängnis entlassen worden war. Dann würde man mit ihm reden wollen, falls man ihn fand.

So oder so blieb Rey nicht viel Zeit, seine Angelegenheiten zu regeln. Er musste schnell sein, schnell bleiben, weiterhin scheinbar irrational handeln. Er nahm das Handy wieder aus der Tasche, drehte sich in den Schatten und googelte eine Weile, bis er gefunden hatte, wonach er suchte. Er blickte noch einmal hinauf zu Jesus am Kreuz. »Vergib ihnen, denn sie wissen nicht, was sie tun«, schien ihm auf den Lippen zu liegen. Aber das galt nicht für diejenigen, dachte Rey, die sehr wohl gewusst hatten, was sie taten. Und setzte sich in Bewegung.

18

Theroux stieß genervt die Atemluft durch die Nasenlöcher aus. Wie ein Stier – mit dem Unterschied, dass Theroux nicht gleichzeitig mit den Hufen scharrte, um auf Albin loszugehen.

»Wie …«, fauchte er, »und was, zum Teufel …«

Albin zückte lediglich seine Visitenkarte und hielt sie Theroux unter die Nase, während er sich neben Castel stellte und sagte: »Polizeilicher Berater. Öffnet Türen und Absperrungen. Grandioses Geburtstagsgeschenk.«

Albin lächelte Castel an. Sie erwiderte das Lächeln nicht und blickte außerdem demonstrativ an ihm vorbei, stopfte die Hände in die Hosentaschen und drehte sich dann ganz von ihm weg. Berthe ließ sich nichts anmerken und machte einfach ihre Arbeit weiter.

»Krieg dich wieder ein, Theroux«, sagte Albin.

»Albin«, sagte Castel sehr leise und gefährlich, und warf ihm einen Seitenblick zu. »Diese Visitenkarten sind keine Polizeimarke. Dazu waren sie nicht gedacht …«

»Ich weiß«, redete er dazwischen.

»… sie waren dazu gedacht, dass man sich damit sozusagen legitimieren kann, für den Fall, dass …«

»Habe ich ja getan.«

»Aber der Fall ist nicht eingetreten. Wir haben Sie nicht um Hilfe gebeten …«

»Noch nicht.«

»Albin«, sagte Theroux und rieb sich den Nacken. »Woher weißt du überhaupt, dass …«

»Man trinkt einen Kaffee«, sagte Albin, »man hört so dies und das. Die Vöglein zwitschern viel.«

»Aber keiner hat nach deiner Hilfe gerufen, richtig?«

»Die Lieder der Vögel sind unergründlich.«

Castel starrte auf die Spitzen ihrer Turnschuhe. Sie sagte: »Bonnieux wird gleich kommen.«

Verflucht, dachte Albin. Luc Bonnieux, der Staatsanwalt. Er mochte zwar abgesegnet haben, dass Albin als ein polizeilicher Berater fungieren durfte, falls man ihn darum bitten würde. Aber da ihn niemand gebeten hatte und Bonnieux sowieso kein Fan von Albin war … Nein, das war zu schwach ausgedrückt. Bonnieux fand Albin einfach unausstehlich. Andersherum war es ebenso.

Deswegen blickte Albin zu Tyson herab und sagte: »Tyson? Man will uns nicht. Wir gehen.«

Er sah noch, wie Berthe ihm winkte, ohne dabei aufzublicken. Dann drehte er sich um und ging wieder zum Auto, das hinter der Absperrung am Rand der Einfahrt zum Hof stand. Tyson trottete neben Albin her.

»Eine Schande, wie die Polizei mit ihren Beratern umgeht«, murmelte er in Richtung Tyson.

Tyson schwieg, stoppte dann am Heck von Albins SUV und sah seinen Chef abwartend an, der zunächst den Wagen mit der Fernbedienung öffnete und dann die Heckklappe.

»Und du steckst mit denen doch unter einer Decke«, brummte Albin und bückte sich, um den Mops anzuheben, weil er von alleine nicht in den eindeutig zu hohen Kofferraum springen konnte.

Ich sage doch gar nichts!, schien Tyson ihm zu antworten.

»Alles nur wegen dieser Möpsin. *Mila*. Erzähl mir nichts. Deswegen hast du die Klappe gehalten und mich nicht verteidigt«, erwiderte Albin. »Willst es dir mit Castel nicht verscherzen.«

Albin setzte Tyson auf der Ladefläche ab. Der Hund sah ihn mit großen Augen an, schleckte über die Lefzen und gab ein Fiepen von sich, das *Kein Wort habe ich gesagt!* bedeuten mochte.

Albin warf die Heckklappe zu.

Und jetzt?, vernahm er Tysons gedämpfte Stimme.

»Jetzt«, murmelte Albin und stieg ein, »machen wir Polizeiberaterarbeit.«

Denn Albin hatte so ein Gefühl, eine Idee, eine Art Vorahnung, der er unbedingt nachgehen wollte. Und wenn ihm keiner zuhören wollte, dann würde er schon dafür sorgen, dass sie es taten.

19

Albin konnte sein Glück kaum fassen, als er die freie Parklücke unmittelbar vor dem Hôtel de Police in der Ortsmitte von Carpentras entdeckte. Das Gebäude lag am dicht mit großen Platanen bewachsenen Boulevard Albin Durand, was immer wieder zu dummen Späßen von Albins Kollegen geführt hatte, als er noch im Dienst war. Nicht wegen der Platanen, sondern wegen des »Boulevard Albin«.

Albin hatte sich nicht darum geschert. Gegen Frotzeleien war er stets immun gewesen. Abgesehen davon: Sollten sie doch eine Straße nach ihm benennen, warum denn nicht? Gab genug Leute, die es weniger verdient hätten.

Die trockene Mittagshitze war im Schatten der Bäume etwas erträglicher, fand Albin beim Aussteigen. Er holte Tyson aus dem Kofferraum und ging schließlich durch die Eingangstür des Hôtel de Police, über der eine schlappe Trikolore hing, die nicht mal ansatzweise Anstalten machte, sich im Wind zu bewegen.

Er betrat das angenehm klimatisierte Foyer, zeigte der uniformierten Polizistin seine Visitenkarte vor und erklärte, dass er im Auftrag von Commissaire Caterine Castel und Commissaire Alain Theroux eine Akteneinsicht vornehmen solle, wogegen die junge Frau keine Einwände hatte – erst recht nicht, als Albin sie bat, so lange auf Tyson zu achten.

Bei Frauen, das musste man dem Mops lassen, kam er stets gut an.

Albin marschierte die Treppe hinauf, betrat den Flur vom Kommissariat und grüßte einige Kollegen, die ihn fragend ansahen, was er mit der Bemerkung »Papierkram für Castel und Theroux« quittierte. Schließlich suchte er Castels Büro auf, in dem eine Affenhitze herrschte, obwohl das Fenster gekippt war. Er sah sich darin um, bemerkte keine persönliche Gegenstände, was nach seiner Meinung ihrem Wesen entsprach. Sie war äußerst pragmatisch. Das kleine Häuschen, in dem sie wohnte, hatte sie möbliert gemietet und seines Wissens noch nichts daran geändert, um dem Ganzen eine individuelle Note zu verleihen. Und bei der Arbeit legte sie ebenfalls keinen Wert darauf, ihre Persönlichkeit nach außen zu kehren wie andere, die ihre Schreibtische und Wände mit Fotos, Postkarten und Mitbringseln dekorierten. Albin hatte das auch nie getan und sich ebenso wenig um eine vernünftige Ernährung bemüht wie Castel, die, wie Albin früher, sich vorwiegend von Dosenfutter und Mikrowellenfraß ernährte. Aber vielleicht änderte sich das dadurch, dass sie nun in einer Beziehung lebte – na ja, dem Anfang einer Beziehung.

Jedenfalls musste sie heute früh bereits im Büro gewesen sein, denn ihr Computer war noch eingeschaltet. Außerdem stand eine Tasse mit kaltem Kaffee auf ihrem Schreibtisch. Albin nahm Platz, weckte den Computer auf, indem er mit der Maus ruckelte, worauf ein leises Surren aus dem Computergehäuse erklang und der schwarze Bildschirm aufleuchtete.

Albin dachte kurz nach. Er wandte sich zum Telefon und zog einen DIN-A-4-großen Zettel darunter hervor, auf dem Castel alle möglichen Durchwahlen notiert hatte. Er suchte die heraus, die er benötigte, und musste kurz schmunzeln, weil sich die Durchwahl nicht geändert hatte. Er wählte die Nummer, plauderte einen Moment mit Yves Roisin über dies und das und Albins neue Beratertätigkeit für die Polizei, die gleichzeitig Anlass seines Anrufes sei, wie er Rosin schilderte. Dann sagte er ihm, was er benötigte und wohin er es liefern sollte. Roisin sagte, dass das kein Problem sei und in einer Viertelstunde an Ort und Stelle wäre.

Albin legte auf, überlegte noch einen Moment, ob er auf Castels PC herumstöbern sollte, entschied sich dann aber dagegen – denn alles, was ihm im Kopf herumspukte, sollte sich in den Akten finden, die Roisin heraussuchte.

Schließlich verließ Albin das Zimmer, holte Tyson am Empfang ab und setzte sich mit ihm wieder in den Wagen, um die Ortsmitte zu verlassen.

Wo geht's hin?, schien Tyson beim Einsteigen fragen zu wollen.

»Ins Büro«, sagte Albin.

20

An Albins Stammplatz im Café du Midi, seinem »Büro«, war die Hitze erträglich, falls man sich nicht viel bewegte, was Albin auch nicht tat. Er saß im Schatten der Platanen, vor sich einen Kaffee und eine eiskalte Limonade, rauchte und dachte nach, während Tyson unter dem Bistrotisch döste und Matteo irgendetwas im Inneren der Bar mit seinem Radio anstellte, wobei er gelegentlich fluchte.

Albin dachte über Vital Didier und Gaston Vollant nach, die beide auf befremdliche Art und Weise und innerhalb kürzester Zeit umgebracht worden waren. Das mochte ein Zufall sein. Aber Albin glaubte nicht an Zufälle, insbesondere nicht an solche. Denn zwischen den beiden Toten gab es eine Verbindung. Und er selbst, Albin Leclerc persönlich, war ein Teil dieser Verbindung. Er kannte beide, Didier und Vollant, hatte beide verhaftet, was etwa fünfundzwanzig Jahre her war. Beide waren in einen Fall verwickelt gewesen, einen ziemlich großen sogar, und hatten einige Zeit im Knast verbracht, nicht lange, aber immerhin. Die alten Akten sollten inzwischen auf Castels Tisch liegen, wenn Roisin gespurt hatte, woran Albin nicht zweifelte.

Albin hatte keine Ahnung, ob sich Didier und Vollant in der Zwischenzeit in eine andere Sache verstrickt hatten, die sie am Ende das Leben gekostet hatte. Es war ein Sprichwort, dass die Zeit alle Wunden heilte. Aber vielleicht, dachte Albin, vielleicht heilte sie nicht wirklich *alle* Wunden und nicht die Wunden von *jedem*.

Er rauchte fertig, drückte die Zigarette aus. Er leerte den Kaffee und zog dann das Handy aus der Hosentasche, um nach einer Telefonnummer zu suchen. Was nicht so einfach war, denn selbst im Schatten reflektierte das Sonnenlicht wie der Teufel auf dem Displayglas. Abgesehen davon waren Albins Augen nicht mehr die besten und seine relativ großen Fingerkuppen nicht sehr feinfühlig, weswegen er – wie so oft – mehrere Anläufe benötigte, um in die verdammte Suchleiste des Browsers einzugeben, wonach er suchte, und sich das Telefon wenige Zentimeter vor die Augen halten musste. Verdammt, er sollte sich wirklich eine Brille zulegen. Aber wann hatte ein vielbeschäftigter Mann wie er denn schon mal Zeit, um zum Optiker zu gehen?

Schließlich tippte er die Nummer ein, ließ sich dann durchstellen und erreichte die Person, mit der er reden wollte. Das Gespräch dauerte nicht sehr lange. Aber am Ende kam dabei heraus, was Albin befürchtet hatte.

Er ließ die Information noch etwas sacken, nachdem er das Telefonat beendet hatte, steckte sich eine weitere Zigarette an und dachte nach. Schließlich wählte er Castels Nummer. Sie ging sofort dran.

»Seid ihr noch bei Vollant?«, fragte Albin.

»Ich bin auf dem Rückweg. Fahre noch kurz in die Klinik zu seiner Lebensgefährtin. Zwei Fliegen mit einer Klappe, Didiers Frau ist auch dort.« Castel lachte kurz auf. Man konnte im Hintergrund die Fahrtgeräusche hören. »Na ja, man kann es ihnen nicht verübeln. Schocks halt.«

»Fahren Sie später dahin, Castel.«

»Warum?«

»Fahren Sie zuerst ins Büro. Dort liegt etwas für Sie. Schauen Sie sich das an. Dann telefonieren wir.«

»Aber …«

»Kein aber. Machen Sie das. Damit Sie im Bilde sind.«

»Aber wie …«

»Castel! Stellen Sie keine Fragen, meine Güte. Ich war im Präsidium und habe heraussuchen lassen, was Sie brauchen. Ende der Durchsage.«

Bevor Castel erneut protestieren konnte, beendete Albin das Gespräch. Er legte das Handy auf den Bistrotisch, warf dann einen Blick darunter und ignorierte Castels Rückrufe zweimal, bis sie aufgab.

Sie ist hartnäckig, schien Tyson zu sagen.

»Das ist ihre Qualität«, erwiderte Albin in Gedanken.

Was genau geht dir durch den Kopf, Chef?

»Nichts Gutes, Tyson.«

Das heißt?

»Wir bekommen vielleicht Ärger, du und ich. Gewaltigen Ärger.«

Und von wem?

»Von einem König ohne Königreich.«

Du meinst …

»Ja. Den meine ich.«

21

Schließlich rief Castel tatsächlich zurück – eine halbe Stunde später. Nach Albins Berechnung sollte sie inzwischen im Büro eingetroffen sein und die Akten zumindest einmal quergelesen haben, die er auf ihrem Schreibtisch hatte platzieren lassen. Und deswegen ging Albin dran, weil das Telefonat jetzt einen Sinn haben würde.

»Und?«, fragte er grußlos.

»Und?«, blaffte Castel zurück. »Und? Was soll das heißen: Und? Albin – Sie sind unmöglich, und ich ärgere mich inzwischen wirklich, dass ich Ihnen diese Karten habe machen lassen, wenn Sie damit nichts als dummes Zeug anstellen!«

»Habe ich nicht.«

»Oh doch!«

»Haben Sie die Akten gelesen?«

»Außerdem«, schimpfte Castel, die nach wie vor auf hundertachtzig war, »ist es eine unerträgliche, manipulative …«

»Ja.«

»… Art und Weise, mich hierher zu schicken …«

»Ja. Ja.«

»… mich am Telefon zu ignorieren …«

»Castel.«

»… und sich vorher in mein Büro geschlichen zu haben, eingedrungen zu sein und amtliche …«

»Ich weiß.«

»… Vorgänge über mein Telefon vorgenommen zu haben und polizeiinterne Akten …«

»Pscht.«

»Albin, das ist eine echte Frechheit!«

Albin trank einen Schluck Kaffee, während Matteo neben ihm stand und ihn groß anblickte. Castels Kanonade war offensichtlich laut genug, dass Matteo zumindest mitbekommen konnte, dass am anderen Ende der Leitung jemand stinksauer war und Albin den Marsch blies. Nicht, dass Matteo das schlimm zu finden schien. Dennoch duckte er sich spielerisch weg und verzog sich.

»Also«, sagte Albin und griff nach der Gitanes-Schachtel, um sich eine anzustecken. »Haben Sie jetzt in die Akten geschaut oder nicht?«

»Sie …« Castel schnaufte. Ihr Atem zischte über die Sprechmuschel. »Boah, Albin. Sie sind ignorant, dreist, und …«

»Castel. Sie sind nicht die Erste, die das bemerkt, okay? Nichts davon ist neu für mich. Können wir jetzt bei der Sache bleiben?«

»Ich *bin* bei der verfluchten Sache! *Sie* sind die Sache, und …«

»Es wird nicht bei den zwei Toten bleiben«, sagte Albin, zündete die Zigarette an, sog den Rauch tief ein und stieß ihn durch die Nasenlöcher wieder aus.

»Was?«

»Es steckt mehr dahinter, als Sie annehmen, Castel. Deswegen die alten Fallakten. Die Akten von Didier, Vollant – na, und eben die anderen beiden Akten.«

»In der kurzen Zeit konnte ich alles nur einmal überfliegen. Was meinen Sie außerdem damit, dass es weitere Tote geben wird?«

»Ich meine es, wie ich es gesagt habe.«

Wieder schnaufte Castel, schien sich dann aber etwas zu sammeln und fragte: »Okay. Gut. Ich bin ganz Ohr. Also, warum war Didier im Knast?«

»Ist ein Vierteljahrhundert her«, erzählte Albin. »Didier war Bankier, aber korrupt bis an die Halskrause und außerdem Teil einer kriminellen Vereinigung. Er hat Geld gewaschen, gegen einen Drogenboss ausgesagt und dafür im Gegenzug Hafterleichterung erhalten.«

»Sie haben die Akten gelesen?«

»Nein, brauchte ich nicht. Ich kenne sie.«

»Ihr Gedächtnis funktioniert immer noch gut.«

»Kunststück«, erwiderte er. »Das war damals *mein* Fall.«

»Okay?«

»Es gingen so einige Leute in den Bau, die wir seit langem auf der Wunschliste hatten. Große Sache. Der Drogenboss bekam fünfundzwanzig Jahre. Louis Rey, schon mal gehört?«

Castel sagte: »Nein. Aber die Akte …«

»Liegt vor Ihnen. Schauen Sie sie sich genau an.«

»Was hat es mit Rey auf sich?«

»Wir haben sein Imperium zerschlagen.«

»Nachhaltig?«

»Bedingt«, sagte Albin. »Andere haben die Lücke gefüllt, die er hinterlassen hat. Vielleicht wollten sie auch gezielt in diese Lücke treten und haben daher Rey beseitigen wollen. Beides möglich. Nur an die kamen wir nicht ran.«

»Und wer füllte diese Lücke?«

»Flores«, sagte Albin.

Castel hustete. »Meine Güte«, keuchte sie, »Aristide Flores?«

»Nein. Der war noch zu jung. Zunächst Olivier Flores. Sein Vater. Aristide kam später.«

»Puh«, machte Castel. »Das, ehm … Wow! Das ist ganz großes Kino.«

Ja. Puh. Und Wow. Das konnte man wohl sagen, dachte Albin. Denn es ging um das ganz große Drogengeschäft und um zig Millionen Euro, die damit Jahr für Jahr umgesetzt wurden. Louis Rey war dessen König gewesen. Allerdings hatte er das Zepter nicht freiwillig aus der Hand gegeben. Olivier Flores hatte Rey regelrecht vom Thron gestoßen, und heute regierte dessen Sohn Aristide über das Reich, das Louis Rey geschaffen hatte.

Zunächst musste man sich vor Augen führen, dass es jede Menge Wege gab, auf denen Drogen in die Grande Nation geschmuggelt wurden. Manche wechselten mit der Zeit, aber es gab sozusagen einige Hauptschlagadern. Und jedes Mal, wenn man eine dieser Adern ankratzte oder glaubte, sie gekappt zu haben, wuchs das Leck im Handumdrehen wieder zu. Man konnte sich auf den Kopf stellen oder wie Donald Trump eine Mauer gegen die Drogen aus dem Rest der Welt bauen – es war alles sinnlos. Drogen suchten sich ihren Weg wie Wasser. Irgendwo kamen sie immer durch.

Milliarden wurden für den Kampf gegen das verdammte Zeug verschleudert. Die teuerste Technik und besten Leute darauf angesetzt, und zwar seit Jahrzehnten. Am Ende waren alles nur Arbeitsbeschaffungsmaßnahmen, denn die Drogen flossen weiter ins Land, und zwar immer mehr statt weniger. Natürlich konnte man nicht tatenlos zusehen und musste etwas unternehmen. Deswegen war der Kampf gegen die Drogen natürlich trotzdem richtig. Aber manchmal dachte Albin: Gebt die Milliarden lieber für Kindergärten, Schulen und Sozialhilfe aus – es werden deswegen weder mehr noch weniger Drogen ins Land kommen, die Zahl der Süchtigen würde wahrscheinlich sogar einigermaßen konstant bleiben. Aber in den Kindergärten und Schulen könnte man die Kinder mit den restlichen Milliarden wenigstens so erziehen, dass sie später keine Drogen nehmen. Und wer etwas gegen soziale Not tut, entzieht dem elenden Teufelszeug sowieso einen erheblichen Teil seiner Grundlage. Nicht unbedingt eine populäre Meinung, weswegen Albin sie für sich behielt. Vielleicht lag er ja auch falsch, Politik war sowieso nicht sein Ding.

Den größten Marktanteil hatte nach wie vor Cannabis, das aus Marokko und Libyen direkt nach Frankreich oder Spanien kam. Opium aus Afghanistan wurde tonnenweise durch die Türkei transportiert, Kokain aus Südamerika über die Karibik. Kleine Privatjets hatten außerdem genügend Reichweite, um von Brasilien auf die Kanaren zu fliegen, aufzutanken und dann weiter aufs spanische Festland, von wo aus es nach Südfrankreich ging – entweder auf dem Landweg, in schwer zu überwachenden kleinen Sportflugzeugen, oder per Schiff. Vor den Küsten wurden gut verpackte und mit Sendern ausgestattete Drogenpakete ins Mittelmeer geworfen und dort von Speedbooten oder Fischereitrawlern abgeholt und in den unübersichtlichen Küstenabschnitten rund um Marseille abgeliefert.

Woher auch immer das Rohopium, Kokain, Haschisch, Marihuana und weiß der Teufel was kamen: Nachdem es in den Laboren des Südens verarbeitet und für den Straßenverkauf gestreckt worden war, ging es entweder auf die Märkte in Richtung Norden oder es blieb im Süden. Die Verteilung bedurfte einer gewissen Logistik. Zumal man sich die Dimensionen vorstellen musste. Die letzte Statistik, die Albin kannte, besagte, dass die Franzosen jährlich an die vier Milliarden Euro für Hasch, Gras, Koks, Crack, MDMA, Amphetamine, LSD und anderes ausgaben. Vier Milliarden Euro für den Rausch. Mehr, als jedes Jahr im Profifußball umgesetzt wurde. Tonnenweise musste das Zeug verteilt werden, und darum musste sich jemand kümmern.

Louis Rey war zu seiner aktiven Zeit einer davon gewesen. Er war ein Verteiler, ein Libero, ein Quarterback. Der Mann für die Logistik. Nachdem er aus dem Verkehr gezogen worden war, folgte ihm Olivier Flores nach – und heute war Flores' Sohn Aristide am Drücker, weil sein Vater inzwischen eines natürlichen Todes gestorben war.

Das waren alles offene Geheimnisse. Jeder wusste, was Flores machte. Aber Burschen wie ihm konnte man nichts am Zeug flicken. Man bekam sie einfach nicht in die Finger. Sie waren mit einer Mischung aus Olivenöl und Vaseline gesalbt. Sie glitschten weg wie Aale.

Deswegen war es damals eine so große Sache gewesen, als Louis Rey der Polizei plötzlich auf dem Silberteller serviert wurde.

Allerdings war das nicht zufällig passiert. Man hatte ihn den Gesetzeshütern vielmehr zum Fraß vorgeworfen. Es war ein Königsmord, ganz klar. Es ging um Macht innerhalb der Drogenkartelle, der Mafia, der Clans. Der Hintergrund spielte für die Ermittlungsgruppe rund um Albin damals aber nicht wirklich eine Rolle. Sie hatten Rey am Haken und ein paar weitere Fische im Netz. Nur das war wichtig.

»Ist lange her«, sagte Albin zu Castel. »Aber es kommt jetzt mit Wucht wieder auf uns zurück.«

»Vital Didier hat also Geld gewaschen«, nahm Castel den Faden wieder auf. »Was war mit Gaston Vollant?«

»Es gab einen Drogenumschlagspunkt«, erklärte Albin. »Die Ware aus dem Süden musste in den Rest des Landes verteilt werden. Dazu gab es ein Netz aus Kurieren und Firmen, die den Transport erledigten. Eine davon war eine Spedition für Feinkost und Delikatessen unter der Leitung von Louis Rey. Gaston Vollant führte verschiedene Restaurants und eine Importfirma für hochklassige Lebensmittel. Stellen Sie sich also vor, dass der eine erstklassigen Fisch aus Marseille für seine eigenen Restaurants bezieht, ihn aber auch gleichzeitig an Restaurants in Lyon, Paris und sonst wohin liefert. Wir reden hier über eine Tarnorganisation für Drogenschmuggel.«

»Okay. Ich weiß. Das ist genau, was heute …«

Doch Albin redete einfach weiter. »Vollants Fisch, Obst und Gemüse kommen also aus Marseille, und Reys Spedition fährt sie im ganzen Land herum und steckt vorher ein paar Beutel Heroin oder Kokain in die Frischhalteboxen. Und das war Vollants Rolle: Er sorgte sozusagen für die Verpackung.«

»Warum flog alles auf?«

»Es ging um Geld, um Macht. Was genau die Motive waren, weiß ich nicht. Man kann annehmen, dass Rey in

Ungnade gefallen war. Olivier Flores sollte ihm nachfolgen. Rey musste weg. Mit ihm wurde gleich das gesamte System ausgetauscht und Vollant und Didier angehalten, gegen Rey auszusagen und gleichzeitig Deals auszuhandeln, die sie dann auch bekamen.«

»Und jetzt glauben Sie, dass …«

»Rey ist entlassen worden«, fuhr Albin dazwischen. »Kurz darauf sterben Didier und Vollant. Zählen Sie eins und eins zusammen, Castel.«

»Gut. Wir werden ihn vorladen.«

»Den kriegen Sie nicht.«

»Werden wir ja sehen.«

»Ich kenne Rey. Ich habe ihn zwanzig Jahre lang nicht in die Finger bekommen – erst, als andere ihn mir auf dem Servierteller präsentierten. Und es gibt bislang nicht eine Spur zum Täter, richtig?«

»Nein. Aber wir haben Hoffnung. Warum haben Sie eben gesagt, dass es nicht bei den beiden Toten bleiben wird?«

»Ganz einfach: Wenn Rey auf einem Rachefeldzug ist, stehen noch andere auf seiner Liste. Andere, die dafür gesorgt haben, dass er in den Knast ging und alles verlor.«

»Also will er Olivier Flores.«

»Olivier Flores lebt nicht mehr. Aber da ist sein Sohn Aristide.«

»Nie im Leben kommt er an Aristide Flores heran. Das haben nicht mal wir in den ganzen Jahren geschafft.«

»Rey ist aber nicht wie wir.«

»Okay. Mir läuft die Zeit davon. Ich schaue mir die Fallakten an. Aber erst muss ich ins Krankenhaus, Didiers Ehefrau und Vollants Lebensgefährtin befragen.«

»Können Sie sich sparen.«

»Sie wissen doch, wie das läuft, Albin.«

»Achten Sie außerdem auf Claudel Nadal.«

»Wer ist das denn jetzt?«

»Schauen Sie in die Akten.«

»Ja. Später.«

»Er ist gefährdet.«

»Albin, bitte, lassen Sie mich meine Arbeit machen? Ja?«

»Natürlich, aber …«

»Aber es handelt sich um eine vage Annahme, dass dieser Louis Rey dahinterstecken könnte, der erst vor zwei Tagen aus dem Gefängnis entlassen wurde, wofür ich keinerlei Bestätigung habe – außer Ihrer Behauptung. Albin. Noch mal. Sie wissen doch, wie das läuft. Ich nehme die Anregungen selbstverständlich auf. Aber wir sind hier nicht im Wilden Westen.«

Leider nicht, dachte Albin.

Castel sagte: »Ich muss jetzt los. Und Sie halten die Füße still. Auf Ihren Visitenkarten steht zwar ›Polizeilicher Berater‹, und ich habe mich auch wirklich für Sie ins Zeug gelegt, aber wenn Sie das missbrauchen, Albin …«

»Ich missbrauche es nicht. Ich berate Sie, zum Teufel!«

»Niemand hat Sie bisher darum gebeten.«

»Dann bitten Sie eben darum!«

»Ich habe Sie gebeten, die Füße stillzuhalten.«

»Meine Güte! Gut. Versprochen«, sagte Albin.

Dann beendete Castel das Gespräch, und Albin dachte darüber nach, dass er Castel einen wesentlichen Namen der Personen, mit denen Rey vermutlich abrechnen wollte, nicht genannt hatte. Seinen eigenen. Dann stand er auf, um Tyson anzuleinen und zum Auto zu gehen.

Er hatte Castel versprochen, die Füße stillzuhalten. Nicht die Räder. Außerdem war er schon lange nicht mehr in der Kirche gewesen.

22

Saint-Pantaléon war eine kleine Gemeinde zwischen Gordes und Goult. Kaum zweihundert Einwohner. Eigentlich nur eine Ansammlung von ein paar Häusern, die sich zwischen Wein- und Gemüsefeldern um die kleine romanische Kapelle aus dem 12. Jahrhundert gruppierten, die dem Ort den Namen gegeben hatte. In der Nähe gab es ein Felsgräberfeld, und damit hatte es sich dann schon. Der Namenspatron Pantaléon war ein Heiliger aus dem 3. Jahrhundert, der jede Menge Stress mit seinem Kaiser Maximilian bekommen hatte, weil er sich nicht wieder den alten Göttern zuwenden, sondern Christ bleiben wollte. Immerhin hatte er im Namen Jesu bereits Lahme geheilt. Man kann sich die Folgen vorstellen.

Pantaléon wurde mit Nägeln zerfleischt, in Blei getaucht, mit Feuer gebrannt, gerädert – doch alles zwecklos. Man warf ihn Tieren zum Fraß vor, aber die wurden schlagartig zahm. Schließlich nagelte man ihm die Hände an den Kopf, um diesen schließlich abzuschlagen, doch statt Blut floss ihm Milch aus den Wunden. Was bei Pater Nadal in jedem Fall Messwein und Pastis sein würden, sollte ihn mal jemand enthaupten wollen, dachte Albin. Denn Pater Claudel Nadal war, in kurzen Worten, so ziemlich das Gegenteil eines Heiligen, jedenfalls damals.

Albin fuhr von der Landstraße ab und stoppte den Wagen

neben einer Bushaltestelle. Direkt gegenüber davon lag die alte Kirche. Sie war nicht besonders groß, aus Bruchsteinen gebaut und wirkte eher wie eine Kapelle. Sie war von einer ebenfalls aus Bruchstein errichteten, einfachen Mauer umgeben, die einen Friedhof einfasste. Dahinter befand sich ein kleines Wohnhaus.

Albin stieg aus, blinzelte in die glühende Sonne und hörte nichts als den Wind, roch nichts als wilden Rosmarin und Thymian. Alles war still wie in einem postapokalyptischen Film, in dem alle Menschen von der Erdoberfläche verschwunden waren – bis auf einen Mann und seinen Hund, der sich nach wie vor nicht traute, aus dem relativ hohen Kofferraum zu springen und sich daher von Albin herausheben ließ.

Albins Schritte knirschten im trockenen Kies. Er ging auf die Straße zu und betrachtete die kleine Kapelle mit ihrem kaum nennenswerten Türmchen im Gegenlicht. Früher hatte Claude Nadal eine weitaus imposantere Kirche gehabt. Eine, in der Louis Rey regelmäßig zur Beichte gegangen war.

Albin stoppte an der Straße, sah nach links und rechts – reine Routine. Es kam sowieso kein Auto. Alles wie ausgestorben. Tyson hielt neben ihm an und blickte hoch zum Chef.

Was, schien er zu fragen, *hat es noch mal genau mit diesem Nadal auf sich?*

»Manche Pfarrer«, antwortete Albin in Gedanken und kramte in der eigenen Erinnerung, »haben es mehr mit dem Irdischen.«

Das heißt?

»Dir kann ich es ja erzählen«, erwiderte Albin. »Nadal

war früher regelmäßig im Puff. In einem ziemlich teuren. Haben mir seinerzeit die Vöglein geflüstert.« Insbesondere ein Vöglein, dachte Albin, ein ganz spezielles. Er zog die zerknautschte Gitanes-Packung aus der Hosentasche und steckte sich eine an.

Auch ein katholischer Pfarrer, sagte Tyson, *hat Bedürfnisse.*

»Logisch«, murmelte Albin und paffte, sah, in Gedanken vertieft, noch einmal nach links und rechts, wo immer noch kein Auto zu sehen war. »Jedenfalls ließ er es dort immer richtig krachen. Champagner statt Messwein. Kaum vorstellbar, dass er das mit seinem Gehalt bezahlen konnte.«

Du meinst, er hat …

»Keine Ahnung. Aber ein einzelner Griff in den Klingelbeutel dürfte dafür nicht ausgereicht haben. Abgesehen davon war er regelmäßig blau. Nicht richtig blau, aber stets leicht angetrunken. Das ist ein Level, das man nur als Profi halten kann – immer nur ein bisschen betrunken, dass es kaum jemandem auffällt und man damit gut über den Tag kommt.«

Und dann?

»Dann kam der Tag, an dem es begann, eng für Louis Rey zu werden, und Didier und Vollant ihre Bereitschaft signalisierten, ihn zu belasten. Aber es fehlte der richtige Grip in den Ermittlungen. Also bin ich zu Reys Priester gegangen und habe gesagt: Hör mal, Nadal, es gibt einerseits das Beichtgeheimnis, es gibt andererseits die allgemein anerkannte Auffassung der katholischen Kirche, dass Priester nicht saufen, huren und in die Gemeindekasse greifen sollten – wie sieht's aus?«

Das war Erpressung, Chef.

»Das ist kein schönes Wort, Tyson.«

Aber ein wahres!

Albin paffte und zuckte die Schultern. »Jedenfalls hat sich Nadal entschieden. Aber mit dem Beichtgeheimnis ist das so eine Sache. Man darf es nicht brechen und wird sofort exkommuniziert, wenn man es tut. Allerdings entbindet das Beichtgeheimnis in Frankreich nicht von der Verpflichtung, Straftaten gegen Wehrlose oder Personen unter fünfzehn Jahren anzuzeigen.«

Das heißt?

»Ganz einfach: dass es garantiert in Frankreich Wehrlose unter den Drogensüchtigen oder Personen unter fünfzehn Jahren gegeben hat, die Stoff aus Reys Netzwerk nahmen. Und wenn Nadal Informationen über Reys Geschäfte in der Beichte bekommen hatte, dann fiel das unter die Informationspflicht, richtig? Nadals Aussage über einige Dinge, die Rey ihm anvertraut hatte, brachten schließlich den entscheidenden Durchbruch. Seine Aussage war rechtens. Trotzdem musste die Kirche reagieren und hat Nadal …«, Albin deutete mit der Zigarette in der Hand auf die Kirche St. Pantaléon, »strafversetzt. Er hatte Glück. Sie hätten ihn auch rauswerfen können.«

Und Rey weiß, dass Nadal …

»Ich gehe fest davon aus«, sagte Albin und setzte sich dann in Bewegung.

Tyson trottete ihm über die Straße hinterher. Sie gingen entlang der mannshohen Mauer um den kleinen Friedhof herum zur Kirche. Albin wollte zunächst weitergehen – zu dem Haus hinter der Kapelle, wo nach seiner Einschätzung Claude Nadal wohnen musste, denn eine Mischung aus Küster und Pfarrer wohnte stets sehr dicht am Arbeitsplatz.

Er bemerkte allerdings eine Reaktion von Tyson, der zu stocken und etwas zu zittern schien. Er streckte sich zu dem schmalen Durchgang zwischen Friedhofsmauer und der Frontfassade des Gotteshauses.

»Alles klar?«, fragte Albin.

Ich glaube … Nein. Nicht alles klar.

Albin warf die Zigarette auf den Boden und trat sie aus. Dann ging er zur Kapelle und ging hinein. Nein, dachte er einige Sekunden später. Mit einem Heiligen hatte Pater Nadal immer noch nichts gemeinsam. Aber mit dem, was am Ende aus Pantaléon geworden war, inzwischen schon.

Hackfleisch.

23

Einige Stunden zuvor hatte Pater Claude Nadal ein Glas Rotwein an die Lippen gesetzt und mit großen Schlucken getrunken. Er saß, gebückt wie ein alter Geier und mit fast kahlem Schädel, an einem einfachen Holztisch in der kleinen Wohnung neben der Kirche, in der er seit fast einem Vierteljahrhundert lebte. Nadal brach etwas Brot ab, aß dazu Salami und blickte auf den Feigenbaum vor dem Fenster, während im Fernseher eine Talkshow an ihm vorbeilief. Er führte ein einfaches, bescheidenes Leben. So schlicht wie das Gotteshaus Saint-Pantaléon, das er betreute.

Manchmal hockte er gerne auf einem Holzstuhl vor dem Portal, blickte auf die alten Grabsteine und dachte über die Zeit nach, die hier bereits verstrichen war. Fünfundzwanzig Jahre waren nichts, gar nichts. Die Kirche stand hier schon seit tausend Jahren, und der, in dessen Namen man sie errichtet hatte, war weitere siebenhundert Jahre zuvor gestorben. Kreuzzüge waren unternommen worden, dreißig- und hundertjährige Kriege sowie zwei Weltkriege ausgefochten. Die kleine Kirche stand immer noch. Sie hatte Epochen, Herrscher, Erfindungen und Königreiche überdauert. Alles war spurlos an ihr vorbeigegangen. Sie stand da wie ein Fels in der Brandung. Nichts hatte sich verändert – außer, dass irgendwann einmal Bleiglasfenster, eine neue Glocke und einige schlichte Bänke eingebaut worden waren.

An Claude Nadal war das Leben nicht spurlos vorbeigegangen, und in seinen melancholischen Momenten spendete ihm der Anblick der Kapelle Trost.

Nadal nahm das scharfe Messer und schnitt einige weitere Scheiben von der Salami ab, hauchdünn, und legte sie wie Hostien auf die Zunge, ließ den Geschmack eine Weile wirken, bevor er zu kauen begann und mit Rotwein nachspülte. Es hatte bessere Zeiten in seinem Leben gegeben. Je nachdem, wie man es betrachtete. Zeiten mit sehr viel mehr Spaß jedenfalls, wenngleich ihm als katholischer Geistlicher die körperlichen, irdischen Freuden eigentlich versagt waren. Nadal hatte sich den Verlockungen dennoch hingegeben – und am Ende bitter dafür bezahlt.

Er leerte das Weinglas, stand auf und wischte die Krümel von der Soutane, brachte das Brettchen mit der Wurst und dem Brot zurück in die Küche, um sich an diesem Vormittag auf den Motorroller zu setzen und nach Gordes zu fahren, wo er ein paar kleinere Einkäufe erledigen wollte, darunter ein paar frische Blumen für die Kapelle. Er stellte die Sachen ab und vernahm ein leises Läuten. Nadal blickte zum Fenster. War das der Wind, der irgendetwas in den Weinfeldern zum Klingen brachte? Dann hörte er es erneut. Nein, das war die Glocke der Kapelle. Man konnte an einem Draht ziehen und sie in Schwung versetzen. Manchmal kamen Touristen vorbei, die Fotos machten und sich über die Kirche erkundigten oder auf dem Friedhof herumspazierten, um die umfassende Stille und den morbiden Charme zu genießen. Was wohl wieder mal der Fall zu sein schien.

Manchmal ging Nadal dann hin, um nach dem Rechten zu sehen oder einen kleinen Schwatz zu halten. Gelegentlich hatte er Glück und es war eine jüngere Frau dabei, der er ein wenig auf die Brüste schauen konnte. Kürzlich zum Beispiel waren es zwei dänische Radlerinnen gewesen, die hier stoppten. Äußerst hübsch, sie erinnerten ihn an zwei der Damen aus dem Etablissement, das er früher gelegentlich aufgesucht hatte, damals, in den besseren Zeiten, bevor …

Wieder läutete die Glocke. Also gut, dachte Nadal, schauen wir mal, wer heute dabei ist.

24

Wenn Louis Rey die Wahl gehabt hätte, dann wäre er stundenlang in der Gegend herumgefahren. Einfach so und ohne irgendein Ziel. Es war wunderbar, die Freiheit zu spüren, zu sehen, zu riechen und zu schmecken. Er hatte die Klimaanlage ausgeschaltet, dafür aber die beiden Seitenfenster vollständig heruntergelassen, damit die Welt ungefiltert in das Auto hineinströmen konnte. Rey streckte eine Hand aus dem Fenster, spürte den Fahrtwind, die Kraft.

Wenn das hier alles vorbei war und so ausging, wie er es sich erhoffte, wäre er bald nur noch an der frischen Luft. Nacht für Nacht hatte Rey in seiner Zelle auf dem Bett gelegen und sich an einer Vision für sein restliches Leben festgehalten. In der Gefängnisbücherei war ihm ein Bildband in die Hände gefallen, den er wieder und wieder durchgeblättert hatte. So lange, bis er ihn fast auswendig konnte.

Wenn er die Augen schloss, dann sah er das Meer vor sich. Türkis. Die karibische See. Weiße Strände, ewig blauer Himmel. Auf der Insel Martinique gab es an einem dieser Strände ein sehr kleines Dorf mit bunten Hütten. Wenn man zum Meer ging, lag auf der linken Seite eine in Rostrot und Azurblau gestrichene Strandbar mit in den Sand gerammten Pfeilern, über denen Palmblätter die Gäste an den einfachen, zumeist gelb und grün gestrichenen Tischen vor der Sonne schützten.

Louis Rey sah sich als Betreiber dieser Bar an einem dieser Tische auf einem dieser Stühle sitzen, neben sich einen Aschenbecher und ein Glas Zuckerrohr-Rum, und auf das Meer schauen, wo die Surferinnen in ihren knappen Bikinis hinauspaddelten, um die perfekte Welle zu erwischen. Wo sie, mit Wasserperlen auf der braunen Haut, zurückkehrten, die Haare im Gehen auswrangen und schließlich in »Rey's Strandbar« den Tag bei Reggae-Musik, Drinks und karibischem Hühnchen ausklingen ließen, bis Rey den Laden abschloss und dann mit einer letzten Zigarette im Mondschein am Wasser entlangging, auf das Meer schaute, das unter dem Sternenhimmel dalag wie ein mit Diamanten durchsetzter Teppich – und schließlich irgendwann tot umfiel.

Ja, dachte Rey, genauso stellte er sich seine letzten Tage vor. Und es würde niemanden geben, der sich ihm auf dem Weg dorthin in die Quere stellte. Obwohl: Wahrscheinlich würde ihm früher oder später jemand in die Quere kommen. Aber Rey würde ihn hinwegfegen wie ein Taifun.

Schließlich passierte er mit dem Auto die Einfahrt zu »Serre Frères« – ein großer Steinbruch, in dem alles Mögliche angeboten wurde, um sich damit das Haus zu verkleiden, den Boden zu belegen oder den Garten zu gestalten. Kurz dahinter durchfuhr er eine Kurve und erblickte schließlich den winzigen Ort, in dem sein Ziel lag. Er wählte die Einfahrt zu einem Weinfeld, um dort das Auto abzustellen, und ging entlang der Reben weiter, bis er an den Rand eines weiteren Feldes gelangte und schließlich zur Mauer des Friedhofs an der Kapelle von Saint-Pantaléon. Er sah eine Eidechse, die an dieser Mauer in der glühenden Sonne verharrte. Er sah einen Skorpion, der vor seinen Schuhen blitzartig unter einem Stein verschwand.

Rey bewegte sich um die Einfriedung herum, stieg über einige Felsen, in denen er Einbuchtungen sah, die wie in den Stein geschlagene Gräber wirkten. Dann gelangte er zur Front der Kirche und ihrem Haupteingang – eine geöffnete Flügeltür aus braun gestrichenem Holz. Rechts daneben war ein Schaukasten an die Fassade geschraubt, in dem die Zeiten für Gottesdienste angeschlagen waren.

Er ging hinein in das Halbdunkel, spürte, wie die Luft schlagartig etwas kühler wurde, und sah sich um. Links und rechts gab es kleinere Gewölbe. Einige einfache Stühle waren dort im Inneren aufgestellt. Vor ihm befand sich eine Handvoll schlichter Bänke. Alles in allem, schätzte Rey, war hier drinnen Platz für nicht mehr als fünfzig Menschen – und dann würde es bereits brechend voll sein.

An einer Wand hing ein Gemälde, das die Jungfrau Maria mit dem Jesuskind auf dem Schoß darstellte. Ein winziges, in den hellen Kalksandstein eingelassenes Bleiglasfenster leuchtete bunt über einem steinernen Altar, auf dem ein Metallkreuz vom Format eines Kerzenleuchters stand. Ein weiteres Kreuz war über dem Fenster an der Wand angebracht. Unmittelbar vor dem Altar stand ein Holztisch, über den ein weißes Tischtuch gebreitet war. Von der Decke baumelte ein großer Kandelaber aus Messing.

Rey drehte sich um, blickte wieder zum Ausgang, über dem es ebenfalls ein kleines Bleiglasfenster gab, das in roten Tönen erstrahlte. Er bemerkte dort einen Draht, der von der Decke zu einem Griff in der Ecke neben dem Portal führte. Mit drei Schritten war Rey dort, umfasste den Griff und löste ihn aus einer Arretierung. Er zog daran – und hörte nach einem Moment das helle Läuten der Glocke von Saint-Pantaléon.

Wie passend, dachte er. Claude Nadal wurde zum Gottesdienst gerufen. Rey läutete ein weiteres Mal. Dann nahm er auf einem Stuhl in der hintersten Ecke Platz – und wartete ab, ob Nadal dem Ruf folgen würde. Falls nicht, würde Rey sich eben etwas anderes überlegen müssen.

25

Claude Nadal schlurfte über den Kies, betrat das schmale Stück, das man wohl Bürgersteig nennen sollte, und ging in Richtung Kreuzung, an der die Kirche lag. Daneben befand sich ein Parkplatz für Gäste von Gottesdiensten oder Trauerfeiern. Aber ein Fahrzeug sah er dort nicht. Also waren es in der Tat wieder irgendwelche Radfahrer, dachte er, blickte nach rechts zum einzigen Haus außer seinem im Umkreis von zweihundert Metern, wo Maurice Seurrat und seine Familie wohnten. Aber es war natürlich niemand zu Hause, alle bei der Arbeit oder in der Schule.

Gegenüber der Verkehrsinsel scherte Nadal links ein, wo das Hinweisschild mit der Aufschrift »Église XIIeme, Nécropole Rupestre« zwischen drei Zypressen in ein Pflanzbeet mit einer niedrigen Buchsbaumhecke und großen Rosmarinbüschen, das Nadal hegte und pflegte, gerammt war. Er ging über den gepflasterten Weg durch das gusseiserne Tor, schaute auf die mit zwei Sitzbänken ausgestattete Kiesfläche links neben der Kirche, sah aber auch keine Fahrräder. Weiß der Geier, dachte er, wo sie die wieder abgestellt hatten. Aber vielleicht waren es ja auch Wanderer. Zwar wollte ihm beim besten Willen nicht einfallen, warum man bei dieser Affenhitze unter der heißen Sonne wandern sollte – aber mit dem Radfahren war es ja ähnlich. Auch das war mit irrsinniger Anstrengung verbunden.

Nadal ging voran und stand schließlich vor dem Eingang zur Kirche, dem die Pforte zum Friedhof direkt gegenüberlag. Zwischen den Gräbern sah er niemanden, der sich über die Inschriften beugte oder an den Grabsteinen Selfies machte. Also waren die Störenfriede wohl drinnen und bewunderten die kleine Kapelle, oder sie fragten sich, warum, um Gottes willen, sie bloß dem Autor des Reiseführers auf den Leim gegangen waren, der von den herrlichen Bleiglasfenstern schwärmte, die in der Realität winzig waren. Abgesehen davon: Jede Kirche hatte verdammte Bleiglasfenster, und vermutlich verfügten sämtliche Gotteshäuser Frankreichs über beeindruckendere Exemplare als diese.

Wie dem auch sei, dachte Nadal und betrat die Kapelle – er würde seine Litanei über die Fenster und die Kirche und die Felsgräber abspulen. Und die Touristen würden sich schrecklich freuen, sozusagen aus erster Hand etwas erfahren zu haben. Allerdings, bemerkte Nadal, war die Kirche leer und keine Touristen zu sehen.

»Verfluchtes Pack«, murmelte er und blinzelte immer noch, um sich an die plötzliche Dunkelheit zu gewöhnen. Seine Augen waren so oder so nicht mehr die besten. Waren die Touristen schon wieder fort? Waren es irgendwelche blöden Kinder gewesen, die aus Spaß an der Glocke geläutet hatten? Oder war da etwas kaputt? Hatte sich der Draht aus der Befestigung gelöst und der Wind die Glocke in Schwung versetzt? Hatten vielleicht die elenden Elstern mit ihren Schnäbeln dagegengepickt?

Einen Moment später begriff Nadal, dass nichts davon der Fall gewesen war und sich tatsächlich jemand in der Kirche aufhielt.

»Ja«, hörte er eine Männerstimme sagen. »Was für ein verfluchtes Pack.«

»Huch«, machte Nadal und sah sich suchend um, rieb sich über die Augen und schlurfte noch etwas voran bis zum Tisch vor dem Altar, an dem er immer das Abendmahl zelebrierte. Ganz rechts, in der hintersten Ecke, saß jemand auf einem Stuhl.

»Willkommen in Saint-Pantaléon«, sagte Nadal, räusperte sich und versuchte, den Mann besser zu erkennen, der keineswegs wie ein gewöhnlicher Tourist wirkte und weder ein buntes Freizeithemd trug noch ein leuchtendes Radlertrikot. Er schien älteren Semesters zu sein, aber nicht so alt wie Nadal selbst, der auf die achtzig zuging. »Die Kirche ist romanisch, sie wurde im 12. Jahrhundert errichtet und ist eine der …«

»Es ist mir scheißegal, Claude, wie alt deine Kirche ist«, sagte die Stimme. »Aber du hattest schon mal eine wesentlich größere unter deiner Fuchtel.«

Nadal war unsicher, ob er richtig gehört hatte. So redete doch niemand in einer Kirche, und so sprach doch niemand einen Geistlichen an? Außerdem nannte der Mann ihn beim Vornamen, was einerseits respektlos war und andererseits dafür sprach, dass er ihn kannte.

»Wer«, fragte Nadal, »sind Sie?«

Der Mann stand auf. Die Stuhlbeine kratzten über den Steinboden. Er machte zwei Schritte auf Nadal zu und stand schließlich direkt vor ihm. Das rote Licht des Bleiglasfensters fiel auf sein Gesicht, in dem Nadal nach bekannten Zügen suchte, aber keine fand.

»Eigentlich solltest du das wissen«, sagte der Mann. »Allerdings haben wir uns zumeist im Beichtstuhl gesehen.

Was dich jedoch nicht davon abgehalten hat, alles auszuplaudern, was ich dir dort anvertraut habe.«

In Nadals Gehirnwindungen ratterte es. Schließlich ahnte er, wer vor ihm stand. Ja, es gab keinen Zweifel. Es konnte nur einer sein.

»Louis Rey«, sagte Nadal. Die Stimme klang röchelnd, blieb ihm fast im Halse stecken.

»Korrekt«, sagte Rey.

»Du bist wieder draußen und kommst direkt zu mir?«

»Ich war ein Vierteljahrhundert im Gefängnis, Claude. Wegen deiner Aussage. Sie hat alles ins Rollen gebracht.«

»Ich habe dafür bezahlt«, sagte Nadal. »Sieh dich nur um. Das hier ist mein Gefängnis.«

»Ich habe alles verloren.«

»Ich ebenfalls.« Nadal reckte das Kinn, betrachtete das rotglühende Gesicht von Louis Rey und erkannte schließlich einige ihm bekannte Züge. Die Augen. Den Mund. Den Klang der Stimme. »Was«, fragte Nadal, »willst du?«

»Ich habe viel in der Bibel gelesen«, sagte Rey, der irgendetwas in der Hand hielt. »Und wie heißt es dort? Mein flammendes Schwert und meine Hand sollen euch richten. Ich werde Rache nehmen an meinen Feinden und Vergeltung üben an denen, die mich hassen. Oh Vater, erhebe dich zu meiner Rechten und zähle mich zu deinen Heiligen.«

»Es ist vermessen«, sagte Nadal heiser, »dich mit dem zu vergleichen, der diese Sätze gesagt hat.«

»Wir waten durch ein Meer von Blut – gib uns dafür Kraft und Mut, heißt es dort ebenfalls, Claude.«

»Du willst Rache nehmen. Ich verstehe deine Gefühle, Louis. Aber Vergebung ist so viel süßer.«

»Es gibt keine Vergebung«, sagte Rey und fragte Nadal, der keinen Schritt zurückwich: »Hast du denn gar keine Angst, Claude?«

Und ob Nadal Angst hatte. Sein Anus fühlte sich an, als werde er sich jeden Moment öffnen und alle Schleusen freischalten. Seine Hände waren schlagartig klatschnass geworden. Aber dennoch, dachte Nadal, dennoch werde ich mich keinen Zentimeter von der Stelle bewegen. Der Herr gibt mir Kraft. Er ist mein Hirte, und wenn er mir diese Prüfung auferlegt hat, dann werde ich sie bestehen, ich werde ...

»Du sollst nicht rachgierig sein«, röchelte Nadal, »noch Zorn halten gegen die Kinder deines Volkes. Du sollst deinen Nächsten lieben wie dich selbst.«

»Nein«, sagte Rey. »Das kannst du vergessen, Claude.«

Jetzt bewegte Rey seine rechte Hand. Nadal erkannte, was er darin hielt: Es war das Metallkreuz, das immer auf dem Tisch stand. Er hatte gar nicht bemerkt, dass es fehlte. Rey hatte es genommen und hielt es am Fuß gepackt wie ein Schwert in der Hand. Oder wie eine Axt.

»Kehr um«, flüsterte Nadal mit zitternder Stimme, »kehr um auf den Pfad der Gerechten, Louis, wende dich ...«

Rey machte eine kraftvolle Bewegung. Im Licht, das durch das Bleiglasfenster fiel, sah das auf Nadals Kopf zurasende Kreuz aus, als bestehe es aus glühendem Metall. Blut spritzte im hohen Bogen gegen die alten Mauern.

26

Schließlich marschierte Rey durch die Weinfelder zurück zum Auto. Er öffnete den Kofferraum und nahm den Müllbeutel heraus, den er zusammen mit einem Kanister Bleichmittel im Baumarkt gekauft hatte. Er zog sich erst die Handschuhe, dann alles andere aus, goss die chemische Flüssigkeit über seine Unterarme und Hände, denn er konnte nicht ausschließen, dass kleinste Bluttröpfchen hindurchgedrungen waren. Er schüttete sich das Zeug über die Unterschenkel und die Füße, nahm eine Rolle Küchenpapier und wischte sich außerdem Gesicht und Hals ab, wobei er darauf achtete, dass die Augen nicht mit der Bleiche in Kontakt gerieten. Anschließend öffnete er eine Flasche mit klarem Wasser und reinigte damit Hände, Unterarme, Füße, Schenkel und auch das Gesicht.

Nachdem er die frische Kleidung herausgenommen und angezogen hatte, stopfte er alles in den Müllsack. Den Inhalt würde er auf dem Weg zurück in die Stadt dort verbrennen, wo er seine Backup-Kiste vergraben hatte, in der sich auch wieder die Waffe befand, die Vital Didier auf dem Gewissen hatte.

Nachdem das erledigt war, fuhr er ins Freibad, für das er bereits auf dem Hinweg ein Ticket gelöst hatte. Er zog sich in der Umkleidekabine seine Badehose an und steckte die Kleidung wiederum in einen Müllbeutel, den er auf dem Rückweg ins Appartement in einem Altkleidercontainer entsorgen würde. Im Anschluss ans Baden würde er in neue Klamotten schlüpfen, an der sich keinerlei Spuren befinden dürften, auch nicht Bleichmittelrückstände.

Er verließ die Umkleidekabine, um ins gechlorte Wasser zu springen, das noch die allerletzten Mikro-Blutspritzer aus seinen Falten und Haaren waschen und seinen Körper desinfizieren sollte. Er schwamm zwei Bahnen, bevor er schließlich das Becken verließ, sich auf eine der Bänke setzte und in der Sonne trocknen ließ.

Er betrachtete die Mütter mit den kleinen Kindern, fing einen Ball auf, den andere Kinder versehentlich zu ihm schossen, kam kurz mit ihnen ins Gespräch und unterhielt sich mit zwei Damen knapp über das Wetter, bevor er noch zwei Runden schwamm. Falls irgendjemand ihn fragen würde, was er am heutigen Tag gemacht hatte, könnte er in jedem Fall ein Freibadticket vorzeigen, das zwei Stunden vor dem Tod von Claude Nadal gelöst worden war. Fraglos würden sich auch einige Kinder an den freundlichen Mann erinnern, der ihnen den Ball zurückgeschossen hatte, sowie zwei Mütter, die mit einem Mann im Freibad gesprochen hatten, der genauso aussah wie Louis Rey und sich auch mit diesem Namen beiläufig bei ihnen vorgestellt hatte.

Nicht mehr lange, dachte Rey, als er, frisch geduscht und ausgiebig mit Duschgel abgewaschen, schließlich zurück zur Umkleidekabine ging. Nicht mehr lange, dann wäre er hier fertig. Dann könnte er endlich ein Ticket nach Martinique lösen und die Strandbar kaufen. Aber davor standen noch die zwei größten Brocken auf seiner Agenda.

Einer trug den Namen Albin Leclerc.

27

Albin betrachtete beiläufig das Innere der Kirche und richtete den Blick schließlich wieder auf das, was vorher einmal Pater Claude Nadal gewesen sein musste. Zumindest nahm er an, dass es Nadal war, denn die Leiche auf dem Boden trug eine Soutane – und soweit er es beurteilen konnte, musste es sich um einen älteren Mann handeln.

Der Körper war auf einen Tisch gefallen, auf dem eine ehemals weiße Decke lag, die nun tiefrot eingefärbt war. Auf dem Boden befand sich eine große Blutpfütze. Und wie zum Spott hatte jemand dem Priester ein Kreuz auf die Brust gestellt. Das Metall glänzte rot und nass. Wie es aussah, war die Skulptur dazu verwendet worden, Claude Nadal den Schädel zu Brei zu schlagen. Die hellen Steinwände im Umkreis von zwei Metern waren ebenfalls mit Blut bespritzt – als wäre jemand mit einem Zerstäuber herumgelaufen und hätte statt Wasser eine rote Flüssigkeit im Tank gehabt.

Albin musterte instinktiv den Boden, erkannte aber keine blutigen Fußabdrücke. Womöglich – hoffentlich – würde Bruno Grinamy mit seinem Team von der Spurensicherung dennoch welche sichtbar machen können. So oder so würden sie zu spät kommen. Albin war ebenfalls zu spät gekommen, wenngleich der Mord an Nadal noch nicht lange her sein konnte.

Wäre er eine halbe Stunde eher hier gewesen …

Hätte Castel Albins Warnungen in Bezug auf Nadal ernst genommen …

Albin zog das Handy aus der Tasche. Er wählte Castels Nummer. Sie ging sofort dran und sagte: »Albin, beim besten Willen, ich …«

»Schwingen Sie sich ins Auto«, fuhr Albin ihr dazwischen. »Die Kirche von Saint-Pantaléon. Claude Nadal ist tot und liegt auf seinem Abendmahltisch.«

28

Dieses Mal, dachte Albin einige Zeit später, hatten sich Theroux und Castel zurückgehalten und Albin vor Ort nicht zusammengestaucht. Wäre ja auch noch schöner. Immerhin hatte er Nadal entdeckt und recht damit gehabt, dass der Priester in Lebensgefahr war.

Albin schlenderte mit Tyson an der Leine über den kleinen Friedhof, nahm auf den Stufen eines winzigen Mausoleums im Schatten Platz und steckte sich eine Gitanes an. Tyson machte es sich neben ihm bequem. Albin beobachtete den Eingang zur Kapelle, sah ständig Kollegen von der Spurensicherung hin und her laufen und schließlich Theroux und Castel, die auf ihn zukamen. Er blickte auf, als beide vor ihm stoppten. Fast simultan vergruben sie die Hände in den Taschen ihrer Jeans. Alles war still, lediglich ein paar Grillen zirpten, und ein heißer Wind strich durch die Luft.

»Woher haben Sie das mit Nadal gewusst?«, fragte Castel schließlich.

»Eine Art Intuition, und außerdem war er an der Reihe«, sagte Albin. »Die beiden anderen waren Belastungszeugen. Nadal ebenfalls.«

»Also ist es Louis Rey?«

»Ich gehe davon aus. Rey selbst. Oder jemand, der von ihm beauftragt worden ist.«

»Nadal«, sagte Theroux, »ist mit einem Metallkreuz erschlagen worden.«

»Das habe ich gesehen. Noch bin ich nicht blind«, erwiderte Albin.

»Wir werden ihn uns vorknöpfen.«

»Falls ihr ihn findet.«

»Er ist aus dem Gefängnis entlassen worden und hat einen festen Wohnsitz angegeben.«

»Viel Erfolg«, wünschte Albin.

Castel und Theroux wurden von irgendjemandem gerufen. Castel blickte über die Schulter und signalisierte mit einer Geste, dass sie sofort kämen.

»Da ist noch etwas«, sagte Theroux und druckste herum.

»Ja?«, fragte Albin.

»Du hast damals die Ermittlungen geleitet.«

Albin nickte.

»Du hast die inzwischen Verstorbenen seinerzeit dazu gebracht, gegen Rey auszusagen, und du kennst Rey.«

»Und?«

Theroux atmete tief ein und aus. Er rang sichtlich nach Worten, wollte etwas sagen, brachte es aber nicht fertig.

»Meine Güte«, murmelte Castel und sagte: »Albin, wir haben eben mit Bonnieux gesprochen und möchten Sie als polizeilichen Berater in diesem Fall hinzuziehen.«

Albin unterdrückte ein Lächeln. »Aha«, machte er.

»Der Täter agiert viel zu schnell, als dass wir uns in so kurzer Zeit in die Vergangenheit und die Fallakten einarbeiten könnten«, ergänzte sie. »Sie haben das Hintergrundwissen dazu. Abgesehen davon strolchen Sie sowieso schon längst überall herum, und wir wollen nicht, dass es deswegen Schwierigkeiten gibt.«

»Verstehe.«

»Wir müssen uns heute noch intensiv über den Louis-Rey-Fall unterhalten.«

»Klar«, bestätigte Albin.

»Wer alles darin verwickelt war. Wer noch als potentielles Opfer infrage kommen könnte, und ...«

Wieder wurden Castel und Theroux gerufen.

»Du bewegst dich kein Stück, ohne uns vorher Bescheid zu geben«, sagte Theroux mit drohend erhobenem Zeigefinger in Richtung von Albin. »Ich habe höchstpersönlich mit dem Staatsanwalt gesprochen, und das war eine enorme Überwindung, das kannst du mir glauben. Du hältst die Füße still, und ...«

Ein erneuter Ruf schallte nach Theroux und Castel. In der Kirchentür stand Bruno Grinamy von der Spurensicherung in einem weißen Overall und machte eine Geste, die zu fragen schien, ob es vielleicht irgendjemanden endlich einmal interessieren würde, dass er Castel und Theroux am Tatort benötigte.

»Schon gut«, sagte Albin.

Theroux und Castel nickten. Dann drehten sie sich um und gingen zu dem sichtlich genervten Grinamy, der mit ihnen im Inneren der Kirche verschwand.

Albin paffte vor sich hin, hörte den Grillen zu, beobachtete eine Eidechse, die über die Stufen flitzte, um in einem Spalt zwischen den Steinen zu verschwinden. Dann sah er zu Tyson, kraulte ihn im Nacken und sagte: »Polizeilicher Berater. Hast du gehört? Theroux hat sich ziemlich überwinden müssen, es herauszulassen.« Albin grinste amüsiert. Geschah Theroux recht, wenngleich er ihm auch etwas leidtat – ein Mann in Theroux' Situation, von der eigenen Frau unter Druck gesetzt, sich einer schmerzhaften Operation zu unterziehen, um sich noch ein Kind an den Hals zu laden.

Du hast richtig gelegen mit Nadal und auch mit deiner Einschätzung hinsichtlich der anderen beiden. Tyson hockte neben Albin, den Kopf leicht angehoben, mit der Nase herumschnuppernd. Er roch das Blut.

»Es nutzt nicht viel«, erwiderte Albin in Gedanken, »recht zu haben, wenn am Ende jemand tot ist.«

Castel hätte wegen Nadal auf dich hören sollen.

»Ja. Aber ich weiß nicht, ob ich selbst auf mich gehört hätte. Sie hat den Tisch voller Arbeit. Machen wir ihr keinen Vorwurf.«

Das war Louis Rey, nicht?

»Ich bin mir sicher, dass er es war.«

Castel und Theroux werden ihn früher oder später aufspüren, vernehmen und verhaften.

»So leicht wird das nicht. Er hat fünfundzwanzig Jahre lang Zeit gehabt, seinen Plan auszuhecken.«

Am Ende gewinnen wir immer.

»Meistens.«

Trotzdem mache ich mir wirklich Sorgen, Chef.

»Ich auch. Denn Rey wird sich um noch jemanden kümmern wollen.«

Aber Olivier Flores ist doch tot?

»Der schon. Aber seine Familie nicht.«

Du meinst …

»Ja. Genau das.«

Sein Sohn und …

»Richtig. Die Mutter.«

Oops, das ist doch die …

»Exakt. Die ist das.«

Solltest du sie warnen?

»Aristide Flores und seine Familie sind besser abgesichert als der Papst. Er hat eine Privatarmee um sich herum geschart. Rey ist irre, wenn er sich da heranwagen will.«

Hm.

»Was?«

Na ja, du hast gesagt er sei irre.

»Eben. Das ist das Problem. Ich nehme an, dass etwas in Rey gereift ist, das sich nach fünfundzwanzig Jahren nun Bahn bricht und wohlüberlegt ist.«

Und du meinst, er …

»… ist auch irre genug, sich an alternde Ex-Polizisten heranzuwagen.«

Davon sollte Veronique am besten nichts wissen.

»Auf gar keinen Fall!«

Na gut. Und jetzt?

»Ich werde meine Pistole putzen und mich auf die Suche nach Louis Rey machen.«

Ernsthaft?

Ja, dachte Albin. Ernsthaft. Er nahm nicht an, dass Castel und Theroux ihn aufstöbern würden. Sie mussten sich an Dienstvorschriften halten. Aber er, Albin Leclerc, musste das nicht. Und es war immer besser, auf Probleme zuzugehen, statt vor ihnen wegzulaufen.

29

Theroux und Castel fuhren in Richtung Westen. Im Dienstwagen stand die Klimaanlage auf Anschlag. Castel hatte Theroux zwar zum wiederholten Male gesagt, er solle sie so stellen, dass sie nicht zehn Grad unter der Außentemperatur lag, aber er hatte den Kopf geschüttelt und gesagt, er wolle nicht gekocht werden. Zum Glück konnte man die Klimaanlage auf Castels Seite gesondert regeln, und da stand sie nun auf 23 Grad, während sie auf Theroux' Seite, der am Steuer saß, 16 Grad anzeigte.

Castel hatte mit zwei Telefonaten herausgefunden, wo Louis Rey sich zur Zeit aufhielt. Albin hatte sich in der für ihn typischen Hochnäsigkeit zwar skeptisch gezeigt, dass sie Rey auftreiben würden. Von wegen, dachte Castel.

»Ich mache mir Gedanken«, sagte Theroux und fädelte von der zweispurigen Straße in eine schmalere, um das Tempo zu reduzieren und die Augen nach einer Parklücke offenzuhalten.

»Das ist nie verkehrt.«

»Wegen Albin, meine ich.«

Castel reckte ihren Hals ebenfalls, um eine Möglichkeit zu erhaschen, wo sie das Auto abstellen könnten. »Was meinst du damit?«, fragte sie.

»Er hat Rey in den Knast gebracht. Ich hoffe, dass er nicht ebenfalls auf seiner Abschussliste steht.«

Castel nickte schwach. Daran hatte sie auch schon gedacht, wenn auch nicht wirklich ernsthaft. Sie konnte sich nicht vorstellen, dass sich jemand an einen Polizisten heranwagte – selbst dann nicht, wenn es ein Ex-Polizist war. Sie erspähte eine Parklücke, deutete mit dem Finger darauf und spürte einen Ruck nach rechts, als Theroux sofort reagierte und in die Lücke am Fahrbahnrand einscherte.

»Albin«, sagte Castel und suchte in der Handtasche nach ihrer Dienstwaffe, während Theroux den Wagen einparkte, »hat etwas von Olivier Flores erzählt. Dem Vater von Aristide Flores.«

»Was?«, blaffte Theroux und stellte den Motor aus. »*Der* Flores?«

»Ja, *der* Flores.«

Castel fand die Pistole. Sie steckte in einem Holster, das man sich an den Gürtel klipsen konnte, was sie auch tat, nachdem sie sich abgeschnallt hatte. Außerdem lud sie eine Kugel in den Lauf, indem sie den Schlitten zurückzog und wieder einrasten ließ.

»Scheiße«, sagte Theroux, zog den Schlüssel ab und griff in ein Fach neben sich, um ebenfalls die Dienstwaffe herauszunehmen und im Sitzen anzulegen. Außerdem zog er zwei Armbinden hervor. Sie waren leuchtend rot und mit der Aufschrift »Police« versehen. Er gab Castel eine. Die andere legte er selbst an.

»Falls es wirklich um Flores geht, dann sollten wir den Kerl vielleicht gewähren lassen, bis er ihn umgelegt hat.«

»Besser nicht«, sagte Castel und sicherte die Armbinde mit dem Klettverschluss.

»Wäre ein gewaltiges Problem weniger. Wie lange versuchen wir schon, an den heranzukommen?«

Castel kommentierte das nicht. Sie stieg aus, sah sich um – und nahm schließlich das Haus in den Blick, in dem Louis Rey sich nach ihren Informationen aufhalten sollte.

30

Louis Rey saß in einem Sessel und reihte die Tabletten auf dem Tisch vor sich auf. Er goss Mineralwasser in ein Glas, schob die Pillen in eine akkurate Linie und fragte sich dabei, warum er sie überhaupt nahm. Ebenso gut hätte er sich bunte M & Ms oder Traubenzucker einwerfen können. Alles sinnlos. Nichts änderte etwas an der Tatsache, dass seine Tage gezählt waren. Angeblich linderten die Medikamente die Symptome oder bewirkten irgendetwas an und mit seinen Zellen. Aber, ehrlich gesagt, war das am Ende nicht zielführend. Rey wusste, worauf es hinauslief. Alles war nur eine Frage der Zeit.

Er warf eine Tablette nach der nächsten in den Mund. Manche waren nur dazu da, die Nebenwirkungen der anderen zu bekämpfen. Ein idiotischer Kreislauf. Aber wenn es am Ende so war, dass die Medikamente ihm vielleicht einen oder zwei Monate mehr brachten – dann immer her damit.

Als er fertig damit war, lehnte sich Rey im Stuhl zurück und starrte zum Fenster. Er hörte die Geräusche von der Straße und außerdem das leise Zwitschern des Wellensittichs, der mit sich selbst zu reden schien. Wie war noch mal sein Name? Die Ukrainerin hatte ihn ihm genannt, aber er hatte ihn wieder vergessen. Besser so, dachte Rey. Wenn er ihn beim Namen rief, würde er sich womöglich noch an das Tier gewöhnen. Aber er hatte ohnehin nicht vor, noch lange zu bleiben. Wenn alles verlief, wie er es geplant hatte, dann wäre er allenfalls noch eine Woche vor Ort, um dann den Aufenthalt zu beenden und sich auf seine Abreise vorzubereiten, Tickets zu ordern – und dann ab in die Karibik.

Er stand auf, ging zu seiner Sporttasche und nahm den Reiseführer von Martinique zur Hand, um darin zu blättern. Er betrachtete die Bilder, sah türkisfarbenes Wasser und weiße Strände, lächelnde Menschen in knallbunten Kleidern, die Fische verkauften, Posaune spielten oder auf Trommeln schlugen. Er sah farbenfrohe Holzboote, deren Rümpfe von azurblauem Wasser umspielt wurden, und pastellfarbene Häuser unter Palmen.

Er schloss die Augen, hörte das Rauschen der Wellen, blickte an sich herab und betrachtete, wie das Meer seine Füße umspielte. Er spürte das Brennen der Sonne auf dem Rücken, hob den Blick und sah die Strandbar, die etwas zurückversetzt lag. Lounge-Musik wehte herüber, Lachen, und er selbst grinste, als er zwei Surferinnen in pinkfarbenen Bikinis mit ihren Brettern unter den Armen an sich vorbeilaufen sah. Knackbraune Körper, athletisch, die Haare von der Sonne gebleicht. Sie grüßten ihn winkend, und er hob lässig eine Hand, um dann zur Bar zurückzugehen. Er spürte den heißen Sand unter den Füßen. Hinter dem Tresen griff er nach einer Flasche Rum, goss zwei Gläser halbvoll und ließ Cola und Eis folgen. Damit ging er zu einem Tisch, stellte eines vor einer attraktiven Frau im mittleren Alter ab, die einen gelben Bolero um die Hüften gebunden hatte. Sie sah einem kleinen Kind beim Spielen im Sand zu, lächelte und stieß mit Rey an. Am Ende, dachte er und ließ die Augen zu seiner Tochter und seinem Enkelkind gleiten, ganz am Ende hatte er dann doch alles richtig gemacht.

Er öffnete die Augen wieder und starrte auf den Käfig mit dem Wellensittich. Er warf den Reiseführer zurück in die Tasche. Gerade als Rey zur Küchenzeile gehen wollte, um sich ein Sandwich zu machen, vernahm er Geräusche an der Haustür im Erdgeschoss. Er wusste, dass hier niemand lebte – nur er selbst. Kam da jemand, um nach dem Rechten zu sehen? Er könnte aus dem Fenster blicken, um es zu überprüfen. Aber besser, er zeigte sich nicht. Denn es könnte auch ganz jemand anders sein. Ungebetene Gäste.

31

Castel ignorierte die Blicke der Passanten ebenso wie Theroux. Zwei Polizisten, bewaffnet im Einsatz und mit leuchtend roten Armbinden – natürlich war das ein Hingucker. Und natürlich waren die beiden das gewohnt. Castel betrachtete die Haustür, dann das Haus insgesamt, während Theroux auf dem Handy noch einmal die Adresse checkte und sie mit ihrer Position auf Google-Maps abglich. Er nickte, und Castel nickte zurück.

Das Haus war alt, mehrgeschossig, ein schmales Mehrparteienhaus mitten im Zentrum, das den Anschein machte, als sei es nicht bewohnt. Es gab einige Klingelschilder, aber keines davon war mit einem Namen versehen. Abfalltonnen standen links und rechts neben dem Eingang. Sie schienen eher zu den Nachbarhäusern zu gehören. Es war nicht zu erkennen, ob die Haustür verschlossen war. Wahrscheinlich war sie das. Castel machte dennoch einen Test, legte die Hand an das verwitterte Holz, das einmal grün gestrichen gewesen war, und drückte dagegen. Zu ihrer Überraschung sprang die Tür auf.

Theroux blickte erstaunt. Castel zuckte mit den Achseln. Dann gingen beide hinein.

32

Rey sah sich in der Küche nach etwas Brauchbarem um. Er hätte sicherstellen sollen, dass er über eine Waffe verfügte. Was er aus Sicherheitsgründen aber nicht getan hatte. Er hatte die Pistole – samt dem erbeuteten Schmuck, für den er keine Verwendung hatte – wieder in der Box im Weinfeld versteckt, weil er damit Didier erschossen hatte. Man durfte sie auf keinen Fall bei ihm finden. Dabei sollte er sie aus Sicherheitsgründen besser bei sich führen oder Ledoux fragen, ob er ihm eine neue besorgte. Ja, dachte Rey, hätte er tun sollen. Aber zu spät jetzt. Er zog die Schublade neben der Spüle auf und hörte, wie draußen eine schwere Tür ins Schloss fiel. Schritte auf den Treppenstufen.

Rey sah einige Messer, entschied sich aber dagegen. In einem anderen Fach lag etwas Werkzeug. Ein Hammer. Er wählte den Hammer. Dann könnte er immer noch sagen, dass er einen Nagel einschlagen wollte, wenn man ihn damit ertappte. Wenn man hingegen mit gezücktem Messer eine Tür öffnete – eher schlecht. Rey ging mit dem Hammer in der Hand durch den Raum und positionierte sich neben dem Türrahmen. Er presste ein Ohr gegen das Holz, hörte die Schritte. Sie kamen näher. Schließlich ertönte ein Klopfen an der Tür …

33

Castel und Theroux bewegten sich durch den Hausflur und die Treppen hinauf. Es herrschte diffuses Licht, Halbdunkel, und es roch modrig. Die Holzdielen knarzten unter ihren Schuhen. Unten schienen sich keine Wohnungen zu befinden. Dort wirkte es eher, als habe es einmal Geschäftsräume gegeben. In der oberen Etage sah das schon etwas anders aus. Dort erkannte Castel auf dem Flur eine vernagelte Tür auf der linken Seite und eine intakt wirkende auf der rechten. Sie nickte in Richtung von Theroux, der bereits dasselbe festgestellt hatte und auf die andere Seite vom Flur wechselte. Gleichzeitig zog er seine Dienstwaffe aus dem Holster, legte den Finger neben den Abzug und richtete den Lauf auf den Boden. Castel tat es ihm nach. Sie blickte gleichzeitig nach oben, sah aber, dass die weiteren Stufen des Treppenhauses zerstört waren. Es sah nicht so aus, als würde dort oben jemand leben. Aber hier … Das musste das richtige Appartement sein.

Castel baute sich links neben dem Türrahmen auf, Theroux daneben. Er klopfte mit der freien Hand an. Wartete ab. Dann klopfte er nochmals an. Fester. Von drinnen war ein Geräusch zu vernehmen. Die Polizisten wechselten einen Blick. Dann öffnete sich die Tür.

34

Rey öffnete die Tür und hielt den Hammer fest umgriffen hinter dem Rücken versteckt. Er blickte in das Gesicht einer jungen Frau.

Erst auf den zweiten Blick erkannte er sie und entspannte sich wieder. Es war die kleine ukrainische Nutte, die ihm vor zwei Tagen das Zimmer gezeigt hatte. Sie lächelte freundlich und hielt eine große Tupperwaredose in der Hand sowie eine gefüllte Plastiktüte.

»Ja?«, fragte Rey und ließ die Hand mit dem Hammer wieder sinken. Die Frau nahm das beiläufig wahr und schien sich nichts dabei zu denken.

»Ich habe Ihnen etwas zu essen mitgebracht, zwei Flaschen zu trinken und etwas zum Anziehen.«

Rey musterte sie. Sie war hübsch, aber zu stark geschminkt. Das Make-up schien ihre Müdigkeit zu überdecken und nach Reys Einschätzung auch einen blauen Fleck auf dem rechten Wangenknochen. Die Haare waren viel zu blond. Die Brüste unter dem dünnen Top schienen gemacht zu sein. Außerdem trug sie Hotpants und knallpinke Flipflops, die Fußnägel sowie die Fingernägel mit Glitzersteinchen beklebt. Eine tätowierte Pflanze rankte sich am Bein hinauf.

»Schickt dich Ledoux?«, fragte Rey.

»Nein. Er hat zwar gesagt, ich soll mich um Sie kümmern. Aber ich schicke mich selbst. Ich dachte mir, Sie könnten ein paar Dinge gut gebrauchen – zum Beispiel ungarisches Gulasch. Nach dem Rezept meiner Mutter.« Sie kicherte und drängte sich einfach an Rey vorbei, dem eine penetrante Parfümwolke in die Nase stieg. Ungarisches Gulasch. Also war sie gar keine Ukrainerin.

Rey sah ihr hinterher, wie sie mit schwingenden Hüften zur Küchenzeile ging und ihre Sachen abstellte, zwei große Wasserflaschen aus der Tüte nahm und zwei Poloshirts mit aufgedruckten Applikationen. Rey konnte nicht einschätzen, wem die Hemden zuvor gehört haben mochten. Neu waren sie jedenfalls nicht. Er nahm wahr, dass sie auf seine Tablettenverpackungen schaute. Als er den Hammer auf dem Küchentisch ablegte, drehte sie sich zu ihm um.

»Sind Sie krank?«, fragte sie und schaute betroffen drein.

»Ich bin alt. Ich brauche Pillen.«

Sie nickte. »Haben Sie mit dem Hammer etwas repariert? Soll ich den Hausmeister schicken?«

»Nein, alles in Ordnung«, sagte Rey.

»Kann ich sonst noch etwas für Sie tun?«, fragte sie, trat dichter an ihn heran und setzte ihr eingeübtes Lächeln auf.

»Wie heißt du?«, fragte Rey und zwang sich, durch den Mund zu atmen. Der süßliche Parfümduft machte ihn ganz schwindlig.

»Chantal. Ich bin neunzehn.«

»Und wie heißt du wirklich?«

Sie überlegte einen Moment. »Maria.«

»Und dein Alter?«

Sie kicherte wieder. »Das fragt man doch eine Dame nicht.«

Rey schwieg.

»Ich bin zweiunddreißig«, sagte sie dann.

»Du hast ein gutes Herz, Maria.«

»Danke«, sagte sie.

Rey dreht sich herum, was Maria mit einem Schmollmund beantwortete. Er ging zu seiner Sporttasche, nahm eine etwa handbreite Papiertüte hervor und hielt sie Maria hin.

»Nimm«, sagte er.

»Was ist das?«, fragte sie und öffnete die Tüte. Ihr gingen die Augen über.

»Für das Gulasch und die Shirts«, sagte Rey. In der Tüte befanden sich zwei Bündel aus Vital Didiers Tresor. Es dürften zwanzigtausend Euro Cash sein.

»Aber …«

»Du hast mir auch in den vergangenen beiden Tagen Essen gebracht, richtig? Maria?«

Sie blickte Rey fragend an.

»Gestern zum Beispiel. Vorgestern und am Tag davor. Abends warst du hier. Du hast das Essen warm gemacht. Wir haben zusammen diniert und die halbe Nacht durchgevögelt, weil ich nach fünfundzwanzig Jahren Knast ausgehungert war. Immer noch recht fit auf meine alten Tage.«

Maria bekam den Mund nicht zu, nickte aber. »Aber … Haben wir doch gar nicht? Aber ich …«

Rey verschloss die Tüte, die Maria in den Händen hielt. »Es ist deins. Wenn dich jemand fragt, weißt du, was du antwortest.«

Sie nickte wieder. Und schien jetzt zu kapieren, was Rey von ihr wollte: ein Alibi kaufen. »Wir können«, stammelte sie. »Also: Wenn Sie mögen, dann können wir die ganze Nacht durch, ich mache alles, worauf Sie stehen, und …«

»Haben wir doch«, sagte Rey. »Die letzten Nächte. Seit ich hier bin. Schon vergessen?«

»Nein. Ich meine: Ja, haben wir.« Maria nickte. »Alles klar. Ja. Okay. Nach dem Essen, davor und bis morgens früh. Sie sind immer noch fit wie ein Turnschuh.«

Rey lächelte. »Genau, Maria«, sagte er. »Genauso.«

35

Castel lief sichtlich genervt die Treppenstufen hinab und blickte sich nicht um. Kein Interesse, Theroux' dämliches Grinsen noch einmal zu sehen. Er hatte sogar kurz laut gelacht, und zwar, nachdem sich die Tür zu dem schäbigen Appartement wieder geschlossen hatte. Denn dort wohnte kein Louis Rey. Dort lebte vielmehr eine ziemlich alte und reichlich verwirrte Frau, deren Wohnung man nur betreten konnte, nachdem man sich den Weg durch den Flur freigeschaufelt hatte. Cat hatte das getan und sich währenddessen ununterbrochen beschimpfen lassen. Sie hatte nirgends einen Hinweis auf Rey entdeckt und immer wieder das Gefühl gehabt, sich zwischen all dem Abfall und dem Gestank übergeben zu müssen.

Sie würde die Wohnung und die Frau auf alle Fälle der Ordnungs- oder Sozialbehörde melden. Es war offensichtlich, dass sie Hilfe brauchte. Doch wo Louis Rey steckte …

»Vielleicht hast du es falsch notiert«, rief Theroux, der versuchte, mit Castel Schritt zu halten.

»Habe ich nicht!«, schnaubte sie und marschierte durch den Flur zur Haustür.

»Aber irgendetwas muss ja falsch sein, denn …«

»Ach, sag nicht so was, Theroux«, fauchte sie und riss die Tür auf. »Wirklich – es stimmt etwas nicht? So eine Überraschung, habe ich gar nicht bemerkt!«

Castel lief nach draußen, blieb dann auf dem Bürgersteig stehen und sog die frische Luft ein. Am liebsten hätte sie sich sofort gewaschen, mit irgendetwas Desinfizierendem eingesprüht und ihre Kleidung in die Waschmaschine gesteckt.

»Mann«, sagte sie dann, als Theroux neben ihr erschien und die Einsatzarmbinde abnahm, »es ist die angegebene Adresse! Ich bin doch nicht blöd! Das ist die offizielle Anschrift, die ich von …«

»Reg dich schon ab«, murmelte Theroux.

»… der Verwaltung bekommen habe! Hier!«

Sie fummelte das Handy aus der Hintertasche ihrer Jeans und öffnete die Datei, die ihr gemailt worden war – ein Bild von einem amtlichen Formular mit den Angaben zu Louis Reys Wohnort – und hielt Theroux das Smartphone vor die Nase. Aber er sah gar nicht hin, sondern stopfte sich die Armbinde in die Tasche.

»Ja«, sagte er, »trotzdem.«

»Wir sind reingelegt worden, ganz einfach«, schnaubte Castel. »Er hat eine Fake-Adresse genannt.«

»Also wohnt er woanders.«

»Scheint so? Blitzmerker!«

»He«, sagte Theroux und machte eine entwaffnende Geste, »ich verstehe ja, dass du sauer bist, und ich bin es auch, aber …«

»Der Kerl ist untergetaucht, verflucht!«

»Die Frage ist nur, wo.«

Castel rang sich ein sarkastisches Lächeln ab. »Ja, genau das ist die Frage.«

36

Albin hatte seinen Wagen außerhalb der alten Stadtmauer abgestellt. Jetzt stand er am Place Saint-Didier und versuchte sich zu orientieren, während Tyson an eine der Platanen pinkelte. Schließlich bewegten sich die beiden auf die heruntergekommene Fassade eines Eckhauses an der Rue Laboureur zu. Daran war ein Schild befestigt: *Le Combattant.*

Albin wich einer jungen Frau aus, die ihn beinahe umrannte, als sie aus dem gegenüberliegenden Gebäude herausstürmte. Sie entschuldigte sich vielmals, sogar bei Tyson. Sie hielt eine braune Papiertüte in der Hand. Ihre Haare waren weißblond gefärbt, das Gesicht zu grell geschminkt. In pinken Flipflops schlappte sie eilig weiter und zog eine unerträgliche Parfümwolke hinter sich her. Im nächsten Moment konzentrierte sich Albin wieder auf die Eckkneipe, die nach seinem Wissen Marc Ledoux gehörte. *Dem* Marc Ledoux.

Albin hatte vorhin mit Jean Courbet telefoniert, der im Knast von Avignon arbeitete. Jean war Schließer. Albin hatte Hunderte Personen an ihn abgegeben. Auf seine alten Tage hatte Jean aber mittlerweile die Stelle gewechselt. Er arbeitete jetzt in der »Lebensmittelausgabe«, wie er es nannte, wo die Gefangenen nach ihren Haftstrafen auscheckten.

»Was hat das mit Lebensmitteln zu tun?«, hatte Albin am Telefon gefragt.

»Na, sie bekommen alles, was sie zum Leben brauchen, von mir ausgehändigt, oder?«, hatte Jean erwidert und gelacht, als sei es der größte Witz des Jahrhunderts.

Jean hatte Albin zuvor bestätigt, was er längst wusste: dass Louis Rey entlassen worden war, und zwar von ihm höchstpersönlich. Er hatte Albin aufgezählt, was Rey alles mit sich führte, wie er heute aussah, was er gesagt hatte.

»Hat er wieder was ausgefressen?«, fragte Jean. »Kommt er bald zurück?«

»Wer weiß«, antwortete Albin und fragte: »Wo ist er untergekommen?«

»Wo er wohnt?«

»Ja.«

»Hast du das nicht in den Akten?«

»Doch, aber hat er was gesagt?«

»Nein.«

»Kannst du in eine Besucherliste hereinschauen? Reys regelmäßige Gäste? Mit wem er Kontakt hatte?«

»Brauche ich gar nicht«, sagte Jean. »Er bekam immer nur von einem Menschen Besuch, gelegentlich auch Geschenke und was man so braucht.«

»Wer war das?«

Es war der Inhaber vom *Le Combattant*, das Albin und Tyson nun betraten. Marc Ledoux.

Albin kannte ihn als knallharten Schläger. Wollte jemand seine Schulden nicht bezahlen? Ledoux hatte stets die passenden Argumente. Aber die Zeiten waren vorbei. Schon Jahre vor Albins Pensionierung hatte sich Ledoux aus dem aktiven Geschäft zurückgezogen und trat unter anderem als Vermieter für »Damen auf der Durchreise« auf und als Organisator allerlei zwielichtiger Dinge. Albin wusste zwar nicht, was Ledoux und Rey so miteinander verband, dass Ledoux ihm als Einziger die Treue gehalten hatte. Aber das spielte ja auch keine Rolle.

Eine Rolle spielte hingegen, dass Ledoux nach Albins Meinung wissen müsste, wo sich Rey aufhielt. Denn mit Sicherheit steckte der nicht an der offiziell gemeldeten Adresse. So blöd war Rey wohl kaum. Nein, dachte Albin, Reys allererste Adresse wäre der Mann, der ihm über Jahre hinweg die Fahnentreue gehalten hatte, der als Regler von Dingen bekannt war und als Vermieter jede Menge Wohnungen an der Hand hatte. Zu diesem Mann würde man sofort gehen, um sich einerseits für die Treue erkenntlich zu zeigen und sich andererseits das zu besorgen, was man für den Start ins neue Leben wirklich brauchte.

Und abgesehen davon gab es auch keine anderen Ansprechpartner mehr für Rey. Die Organisation hatte ihn vor fünfundzwanzig Jahren fallenlassen – und wahrscheinlich wäre es schon damals so einigen lieber gewesen, man hätte Rey einfach eine Kugel in den Kopf verpasst, damit er auch im Knast und wenn er wieder rauskam keine Schwierigkeiten machen würde. Was genau jetzt passierte. Einen Fehler haben sie damals gemacht, fand Albin. Sie hätten Rey tatsächlich lieber abknallen sollen.

Das *Le Combattant* war eine simple Mischung aus einer Bar Tabac und einem Bistro, nur wenig eleganter als der Laden von Matteo, dafür aber deutlich größer. Zwei Männer saßen an Tischen am Fenster und betrachteten Albin, als er hereinkam. Einer von ihnen stand unmittelbar auf und verließ den Laden. Nach Albins Meinung hatte er den

Polizeiduft wahrgenommen, der Albin immer noch umwehte. Bei dem anderen Kerl dauerte es einen Moment länger, bis er aufstand und ging. Albin scherte sich nicht drum. Er stellte sich an die Bar – und war für einen Augenblick lang der einzige Mensch im Laden. Im Hintergrund tönte leise Jazzmusik. Jemand spielte Trompete. Im Fernseher lief irgendein Autorennen.

Albin wollte sich gerade nach einer Glocke oder Klingel umschauen, als sich eine Tür hinter dem Tresen öffnete, die einerseits den Blick auf eine kleine Küche freigab und andererseits auf die Gestalt von Marc Ledoux, der zwar etwas gealtert war, seitdem Albin ihn das letzte Mal gesehen hatte, aber immer noch äußerst einschüchternd aussah. Wenn jemand wie Ledoux vor einem auftauchte und etwas forderte, dann würde man es ihm sofort geben, keine Frage. Wenn man es hatte.

»Guten Tag«, sagte Ledoux und trat näher an den Tresen. Albin spürte scannende Blicke auf sich, und schließlich schienen ein paar Zahnräder in Ledoux' kahlem Schädel einzurasten. Aber er schien beschlossen zu haben, darauf vorerst nicht einzugehen.

»Was darf es sein?«, fragte er, legte die Hände auf dem blankpolierten Tresen ab und blickte Albin kalt an.

»Fragen wir uns das nicht alle?«, erwiderte Albin.

»Was?«

»Wer weiß das schon so genau, was es sein darf. Manche finden es nie heraus, nicht wahr?«

Ledoux blinzelte. »Bist du ein Komiker?«

»Du weißt, was ich bin.«

»Leclerc, richtig?«

»Höchstpersönlich.«

»Also: Was darf's sein?«

»Louis Rey.«

Ledoux starrte ihn immer noch an. »Ist das ein Cognac? Führe ich nicht.«

»Stell dich nicht blöder als du bist, Ledoux«, sagte Albin, was diesem immerhin ein Lupfen der Augenbraue abrang.

»Bist du noch immer Bulle?«, fragte er.

»Nein, im Ruhestand.«

»Was willst du dann hier?«

»Habe ich schon gesagt.«

»Und ich sage: Wenn du kein Bulle mehr bist, dann scher dich zum Teufel. Mit dir habe ich sowieso noch die eine oder andere Rechnung offen. Also wenn du nicht in den nächsten Tagen dein Essen püriert durch den Strohhalm genießen willst ...«

Albin schmunzelte. Er deutete mit dem Daumen über die Schulter. »Dahinten an der Kirche sind Kameras angebracht, Holzkopf. Ich bin zwar nicht mehr bei der Brigade, habe aber nach wie vor exzellente Kontakte. Ich werde überprüfen lassen, ob eine der Kameras vielleicht Louis Rey gefilmt hat, wie er in deinen Laden spaziert. Ich bin mir sicher: Es wird eine Aufnahme davon geben. Und dann kommen wir zurück mit einem ganzen Trupp von Polizisten, die deinen Laden nach allen Regeln der Kunst auseinandernehmen – dich inklusive. Das wird dir nicht viel ausmachen, aber ich bringe die Steuerfahndung mit – und das wird dir dann etwas ausmachen. Glaub mir: Wenn wir nichts finden, *die* werden was finden und dir die Hosen runterziehen.«

Ledoux senkte den Kopf ein wenig. Hob ihn dann wieder. Dann setzte er sich in Bewegung und kam um die Theke herum, um sich vor Albin aufzubauen. Eine routinierte Übung für jemanden wie Ledoux: Imponiergehabe. Albin spürte, dass ein Ruck durch Tyson ging, der eben noch neben seinen Schuhen gesessen hatte und sich nun auf alle viere wuchtete.

Albin roch Ledoux' Schweiß und seinen schlechten Atem. Er spürte einen heftigen Druck, als Ledoux ihm mit dem Zeigefinger vor das Brustbein stieß.

»Ich zähle jetzt bis drei«, murmelte Ledoux.

»Weg mit dem Finger«, sagte Albin.

»Sonst was?«

»Sonst breche ich ihn dir.«

»Weißt du nicht, wen du vor dir hast, Dummkopf?«

Albin zuckte mit den Schultern. »Probier es aus und zähl bis drei, Ledoux. Aber ich rate dir: Lass dich nicht von meinem Alter täuschen.«

»Eins …«, sagte Ledoux.

»Rey hat ein paar Leute umgelegt, seit er aus dem Knast raus ist.«

»Zwei …«

Tyson begann zu knurren.

»Ich bin mir sicher, dass du weißt, wo er steckt.«

»Drei …«

»Du wirst es mir nicht sagen, aber ich garantiere dir, dass wir es herausfinden.«

»Du hast es nicht anders gewollt«, sagte Ledoux und hob die eine Hand, um Albin am Hemdkragen zu packen – und die andere, um zuzuschlagen.

Tyson kläffte los und sprang gegen Ledoux' Unterschenkel. Für eine Sekunde war der Wirt dadurch abgelenkt. Ausreichend Zeit für Albin, um Gegenmaßnahmen zu ergreifen.

Albin riss sein Knie hoch und rammte es Ledoux voll in die Weichteile. Der Kerl veränderte seinen Gesichtsausdruck ganz erheblich und ging in die Knie. Ganz automatisch. Als habe man einen Knopf gedrückt. Albin setzte sicherheitshalber noch einen Tritt hinterher, den Ledoux mit einem Keuchen quittierte und sich daraufhin nach Luft ringend auf dem Boden krümmte. Ziemlich miese Sache, einen anderen Mann an dieser Stelle zu treten. Aber gegen einen wie Ledoux hatte man keine andere Möglichkeit – und abgesehen davon hatte Ledoux ohne Frage Unmengen anderer Männer sehr viel nachhaltiger beschädigt. Ein schlechtes Gewissen musste man wahrhaftig nicht haben. Tyson knurrte ihn immer noch an – jetzt kläffte er auch und schien kurz davor zu sein, Ledoux an die Gurgel zu gehen.

»Ich sagte doch«, murmelte Albin, »unterschätz mein Alter nicht. Aber unterschätz deines auch nicht, Ledoux. Du bist ebenfalls in die Jahre gekommen.«

Ledoux japste lediglich.

Albin griff in seine Tasche. Er zog eine seiner Visitenkarten hervor, wendete sich dann zum Bartresen, beugte sich zur Kasse und fand dort einen Kugelschreiber. Auf der Rückseite der Karte notierte er etwas und warf sie dann auf Ledoux, der inzwischen wieder Luft zu bekommen schien, aber nach wie vor mit beiden Händen zwischen den Beinen stöhnte.

»Ich bin mir sicher«, sagte Albin, »dass du zu Rey Kontakt aufnehmen kannst. Tu das. Sag ihm, wer nach ihm gefragt hat. Und gib ihm die Karte.«

Ledoux stöhnte nur.

»Komm, Tyson«, sagte Albin und ging dann raus. Tyson

knurrte noch einmal in Richtung von Ledoux – dann folgte er Albin.

Draußen warf Albin im Gehen einen kurzen Blick auf den Mops. »Du hast mich verteidigt«, sagte er in Gedanken und wich einer Passantin aus.

Der wollte dir was tun, Chef! Natürlich gehe ich dann auf den los!

»Guter Hund.«

Danke!

»Hast du gesehen, wie der Kerl umgefallen ist?«

Ja.

»Nicht schlecht für einen Kerl in meinem Alter, was?«

Ja, aber …

»Wie ein Sack Mehl. Und Ledoux – ich sage dir: Das war ein brutaler Schläger früher. Der war bei der Legion und hat eine Einzelkämpferausbildung.«

Ja, doch …

»Aber – zack! Hab ihn einfach abserviert! Hätte natürlich auch anders ausgehen können.«

Aber …

»Aber – was ist denn, meine Güte?«

Das mit dem Knie in den Unterleib, das war nicht die feine englische Art …

»Ledoux versteht keine andere Sprache. Und wenn dich jemand bedroht, musst du schnell, entschlossen und effizient sein, Tyson. Vor allem bei einem wie dem da. Der hat früher alles unangespitzt in den Boden gerammt. Der Typ kann mit bloßen Händen Knochen brechen. Da musst du schnell sein. Es gibt nichts Effizienteres als …«

Ich hab's gesehen, Chef.

»Der arme Theroux.«

Warum denn jetzt auf einmal Theroux?!

»Wegen seiner … du weißt schon. Ich muss gerade daran denken, was er erzählt hat. Wird ähnliche Schmerzen haben nach der Vasektomie-OP, deswegen drückt er sich davor.«

Chef?

»Hm?«

Das wirst du mit mir doch niemals machen, richtig?

»Schnippschnapp meinst du?«

Mhm.

»Kommt drauf an, ob du ein guter oder ein böser Hund bist.«

Von wegen!

»Ist jedenfalls nicht der Plan. Und du hast in diesem Zusammenhang doch nur diese Möpsin Mila in deinem dicken Schädel, Tyson!«

Den Dickschädel hat hier wer anders.

»Lenk nicht ab!«

Denk doch mal: zig kleine Mops-Welpen, die Hälfte schwarze, die andere Hälfte helle!

»Das könnte dir so gefallen, du Schwerenöter!«

Aber, Chef – zurück zum Thema: Was hast du mit diesem Rey vor?

»Weiß ich noch nicht. Erst mal aus der Reserve locken.«

Aber das ist ein Mordverdächtiger, und du kannst doch nicht einfach …

»Entweder er reagiert auf meine Einladung – oder er reagiert nicht.«

Du meinst, er reagiert vielleicht darauf, weil …

»… ich ihn in den Knast gebracht habe und auf seiner Abschussliste stehe und er jetzt neugierig ist, was ich von ihm will. Aber wenn Ledoux ihm meine Karte gibt, dann weiß er, dass ich weiß, dass er mir ans Leder will. Und das ändert die Voraussetzungen, weißt du? Sorgt für Augenhöhe und macht Rey klar, dass ich vorbereitet sein werde.«

Er könnte es aber erst recht zum Anlass nehmen, dir etwas anzutun.

»Schon klar. Riskant ist das. Aber nach meiner Meinung auch die schnellste Art und Weise, an ihn heranzukommen. Ledoux, den könntest du verhaften und monatelang vernehmen – der würde kein Wort sagen.«

Also meinst du, Rey wird glauben …

»… er wird überzeugt sein, dass ich nicht einfach so hinnehmen werde, dass er mir am Zeug flicken will. Ich habe keine Lust, auf irgendwelchen Abschusslisten zu stehen. Ich will meine Ruhe. Außerdem ist natürlich nicht hinzunehmen, dass er drei Menschen umgelegt hat und sicherlich noch weitere folgen.«

Und falls er es tut? Falls er darauf reagiert und sich bei dir meldet oder dorthin kommt, wo du …

»Dann sehen wir weiter, Tyson«, kürzte Albin ab. »Ich glaube, dass Rey etwas erreichen will. Ich habe das Gefühl, dass es nicht ausschließlich um Rache gehen kann. Da schwingt noch etwas anderes mit. Der Mann braucht ein Auskommen nach dem Knast. Der war mal Multimillionär. Jedenfalls – wenn er wirklich ein anderes Ziel hat als nur die pure Rache, dann kann man verhandeln, nicht?«

Ehrlich gesagt: Du sprichst in Rätseln.

»Wie ich erwähnte: Ich weiß noch nicht genau, worauf ich selbst hinauswill. Ist alles nur so ein Gefühl.«

Das kenne ich inzwischen, erwiderte Tyson und stoppte an einer Platane, um zu pinkeln. *Und es hat uns bisher stets in Schwierigkeiten gebracht, wenn du dieses komische Gefühl hattest!*

Albin grinste und sparte sich einen Kommentar. Er holte ein Päckchen Gitanes aus der Tasche und steckte sich eine an. Als Tyson fertig war, gingen beide weiter, und Albin beschloss, sich auf dem Platz vor dem Papstpalast noch einen Kaffee zu gönnen – selbst, wenn er das Dreifache von dem bei Matteo kosten würde. Immerhin hatte er eben im *Le Combattant* in einer Art Kampf »David gegen Goliath« obsiegt. Und, ehrlich gesagt: Das fühlte sich großartig an und musste gefeiert werden.

Wenigstens ein kleines bisschen, bevor er Clara aus dem Kindergarten abholen und auf dem Heimweg noch einkaufen würde.

37

Albin stand mit Veronique in der Küche und putzte Gemüse, während Clara vor dem Fernseher saß und sich irgendwelche merkwürdigen Abenteuer ansah, die ein gelber Schwamm und ein rötlicher Seestern unter Wasser auf dem Meeresgrund erlebten. Jedes Mal, wenn die hysterischen Geschöpfe den Höhepunkt ihres Wahns erreichten, kicherte Clara vollkommen entfesselt – während ein Stockwerk höher ihre Mutter in ihr Kopfkissen weinte. Wie Albin eben erfahren hatte, gab es wieder mal Stress mit Gilles, ihrem Noch-Mann in Paris, der sich neue Schandtaten überlegt hatte, um die Scheidung zu blockieren und Manon zu diskreditieren.

Albin starrte auf das Gemüse, das für ein Ragout benötigt wurde, ein Bœuf à la Provençale. Dafür brauchte man Tomaten, eine Persillade, gewürfeltes Rindfleisch, Oliven und Kräuter. Veronique wollte es mit etwas Paprika und Möhren ergänzen. Dazu gab es Ofenkartoffeln mit Rosmarin. Seine Finger wirkten vom Entkernen und Häuten der Tomaten beinahe wie mit Blut getränkt. Er wischte sie an einem Lappen sauber und nahm sich ein paar Möhren vor, um sie abzuschaben.

»Er hat allen Ernstes obszöne Bilder von ihr ins Internet gestellt«, begann Veronique, »und außerdem ein Gesundheits-Attest angefordert, weil er ihr unterstellt, drogensüchtig zu sein. Er zielt darauf, das alleinige Sorgerecht zu bekommen.«

»Weißt du, was ich mit dem gerne machen würde?«

»Denk nicht mal darüber nach, Albin.«

»Muss ich aber.«

»Er ist ein armer Irrer. Man wird seine Spielchen aushalten müssen, Manons Anwältin sagt, dass sich das nach der Scheidung alles wieder legen wird.«

»Sie nimmt aber doch keine Drogen.«

»Albin, das hat er nur erfunden, um Manon unter Druck zu setzen.«

»Aber das ist verletzend und …«

Veronique legte das Messer zur Seite und nahm Albins Hand. »Ich weiß es doch«, sagte sie besorgt. »Es ist ganz schrecklich, aber man muss es so gut wie möglich ignorieren. Alles andere feuert den Kerl nur an.«

Albin nickte. Aber derlei Dinge ignorieren? Nein, das war zu viel verlangt. Das konnte man nicht ignorieren.

»Woher«, fragte er, »kommen denn diese Bilder – und was hat er damit gemacht?«

»Na ja«, sagte Veronique und befasste sich wieder mit dem Rindfleisch. »Junge Leute machen vielleicht einmal erotische Fotos, weißt du? Und wie es aussieht, verfügt Gilles über solche und hat außerdem Zugang zu Manons E-Mail-Konto. Da hat er welche hochgeladen, an sämtliche Kontakte von Manon geschickt und in den Begleittext die Tarife für eine Stunde …«

Albin warf angewidert das Messer von sich. »Er hat – er … Er hat – was?«

Veronique nickte nur. »Genau das, Albin.«

»Als sei sie – eine … Als würde sie …«

»Richtig.«

Albin schnaubte vor Wut. Er rupfte sich das Handtuch vom Leib, das er sich wie eine Schürze hinter den Gürtel geklemmt hatte. Dann drehte er sich um und ging die Treppe hinauf.

»Albin – lass sie einfach in Ruhe!«, rief Veronique ihm hinterher.

Kann ich nicht, dachte Albin. Will ich auch nicht.

Einen Moment später stand er auf dem Flur und klopfte an die Tür seines früheren Arbeitszimmers. Darin hatten Manon und Clara für eine Weile gelebt, bevor sie eine andere Bleibe in der unmittelbaren Nachbarschaft gefunden hatten. Nach einem endgültigen Häuschen für die beiden, das bezahlbar war, suchte Albin immer noch.

»Ja?«, hörte er gedämpft durch die Tür.

Er öffnete sie vorsichtig, lugte durch den Spalt – und sah Manon auf dem Schlafsofa hocken, ein Kissen im Arm und an die Brust gepresst. Die Augen rot, die Wangen nass – neben ihr jede Menge amtliche Papiere.

»Darf ich reinkommen?«, fragte er.

»Natürlich.«

Albin betrat das Zimmer, schloss die Tür hinter sich und setzte sich auf das Schlafsofa neben seine Tochter. Er warf einen Blick auf die Dokumente, dann auf seine Tochter.

Sie schniefte. »Hat Veronique dir erzählt, was …«

Albin nickte nur. »Fürchterlich«, sagte er und schüttelte den Kopf. »Absolut fürchterlich.«

»Es ist so schlimm, Papa. Wenn ich daran denke, mit was für einem Monster ich so lange verheiratet war, wie ich mir alles schöngeredet habe, obwohl ich doch hätte wissen müssen, was …«

»Schsch«, machte Albin und legte den Arm um Manon. Sie drückte ihr Gesicht in seine Halsbeuge. Das letzte Mal, dachte er, dass sie so dagesessen hatten und er Manon getröstet hatte, musste zwanzig Jahre her sein. »Gilles ist ein Schwein«, sagte Albin. »Ich würde ihm am liebsten die Gurgel herausreißen, aber das lassen wir besser.«

Denn Albin hatte sich einmal mit ihm angelegt, vor ein paar Jahren, und das war massiv in die Hose gegangen. Nachdem ihm klargeworden war, dass Gilles Manon schlug, hatte er sich nicht unter Kontrolle gehabt und Gilles eine verpasst. Das Ergebnis war gewesen, dass Manon, die damals noch zu ihrem Mann hielt, jeglichen Kontakt zu ihrem Vater abgebrochen hatte – ermuntert durch den intriganten Psychopathen, der schließlich sogar Albin damit gedroht hatte, ihn wegen Körperverletzung anzuzeigen, wodurch Albin seinen Job hätte verlieren können.

»Ich wünschte«, murmelte Manon, »er wäre tot. Ich war so dumm.«

»Du darfst dir keine Vorwürfe machen«, sagte Albin. »Das liegt alles nur an Gilles. Das ist alles ausschließlich seine Schuld.«

»Aber ich habe …«

»Du hast in der Vergangenheit ein paar Dinge verdrängt und nicht wahrhaben wollen, das ist ganz normal. Das darfst du dir nicht vorwerfen. Der Einzige, dem etwas vorzuwerfen ist, ist Gilles.«

»Ich hasse ihn.«

»Mit Recht.«

»Warum tut er das nur?«

»Einfache Antwort: Weil er irre ist. Er ist ein Psychopath. Menschen wie ihn kann man nicht nach normalen Kriterien beurteilen. Er hat die Kontrolle verloren – die Kontrolle über dich. Dabei hält er sich für den klügsten und besten Menschen der Welt. Deine Reaktion passt nicht in sein Weltbild. Das bringt ihn zum Durchdrehen. Außerdem will er mit seinem provokanten und unmöglichen Verhalten Reaktionen verursachen, verstehst du? Am härtesten triffst du ihn, indem du mit Ignoranz zurückschlägst. Mit Passivität. Du machst gar nichts. Hältst die Füße still und lässt deine Anwältin machen.«

»Aber das ist so schwer.«

»Ist es«, sagte Albin. »Aber nicht zu ändern. Also Augen zu und durch. Ein kluger Mann hat einmal gesagt: Schau nach vorne und blick dich nicht um, denn hinter dir lauern nur die Monster, die dich jagen.«

»Das ist ein ziemlich blöder Satz. Man sieht auch ziemlich viel Schönes, wenn man zurückblickt.«

Albin lachte. »Aber nicht immer, Manon.« Er drückte ihr einen Kuss aufs Haar und stand auf, reichte ihr die Hand. »Jetzt komm runter und vergiss den ganzen Mist. Dein Kind schaut sich durchgedrehte Schwämme und Seesterne an. Du musst einschreiten.«

Jetzt lachte auch Manon. Sie nickte und stand auf. »Spongebob.«

»Der Schwamm?« Albin öffnete die Tür und ging auf den Flur. »Ja. Spongebob ist der Schwamm, und sein Freund ist Patrick, der Seestern.«

»Der Schwamm scheint manisch-depressiv zu sein und der Seestern strunzdoof, wenn du mich fragst.«

Jetzt lachte Manon hell auf, wischte sich die Augen und Wangen trocken. »Das stimmt, fürchte ich«, sagte sie. »Du hast gut aufgepasst.«

Albin grinste und folgte Manon. Dann hörte er das Handy klingeln. Es lag auf der Kommode im Flur. Also bog er nicht nach rechts in die Küche ab, sondern ging nach links, um nachzusehen, wer ihn anrief. Das Display zeigte einen anonymen Anrufer. Albin ging trotzdem ran.

»Da schau her«, tönte Louis Reys Stimme aus dem Gerät.

»Du hast meine Nachricht also erhalten«, erwiderte Albin.

»Ledoux geht zur Zeit etwas o-beinig.«

»Er wird es überleben.«

»Du willst mich sprechen, Leclerc?«

»Viele Leute wollen im Moment mit dir sprechen, Rey.«

»Ist das so?«

»Und einige andere können nicht mehr reden. Vital Didier, Claude Nadal und Gaston Vollant zum Beispiel.«

»Diese Namen … Ich erinnere mich vage.«

»All drei sind tot.«

»Das tut mir herzlich leid.«

»Und du steckst dahinter.«

Rey lachte. »Aber ganz und gar nicht. Ich bin gerade entlassen worden und ein unbescholtener Mann.«

»Red kein dummes Zeug.«

»Worüber willst du mit mir sprechen?«

»Du weißt, worüber.«

»Ich habe keinen Schimmer.«

»Über alte Zeiten.«

»Kein Interesse.«

»Und deine nächsten Ziele.«

»Welche sollten das sein?«

»Stell dich nicht dumm, Rey.«

Rey schwieg eine Weile. »Wann und wo?«, fragte er dann.

Albin sagte es ihm. Dann beendete er das Gespräch und überlegte, dass er die im Kleiderschrank versteckte Waffe dringend warten sollte. Sie war seit mindestens zwei Jahren nicht mehr benutzt worden. Aber vorher versendete er noch eine Textnachricht, stellte das Smartphone dann auf lautlos und ignorierte für den Rest des Abends die eintreffenden Antworten.

38

Castel fluchte und schrieb Albin die fünfte Textnachricht. Schließlich warf sie das Handy ärgerlich auf den Küchentresen und entschied, dass es keinen Sinn hatte. Der Sturkopf hatte wieder einmal beschlossen, eigene Sache zu machen. Castel hasste es, wenn er sich so verhielt, und das geschah wirklich nicht gerade selten.

Sie stampfte zurück ins Wohnzimmer ihrer kleinen Wohnung, die vor Urzeiten einmal als Ferienhaus gedient hatte. Es ging unmittelbar in eine kleine Küche über. Sie bemerkte den Blick von Jean, der dort gerade einen Salat zubereitete, und marschierte weiter auf die Terrasse. Dort griff sie die Roséflasche aus dem Kühler voller gestampftem Eis, goss sich ein Glas ein und trank es in einem Zug halb leer. Kurz darauf kam Jean zu ihr, zwei Teller in der Hand, die er auf dem Tisch abstellte. Er trug Khaki-Shorts und ein bedrucktes T-Shirt. Die mit grauen Strähnen durchzogenen Haare hatte er vorhin mit kaltem Wasser zurückgekämmt. Seine modische Brille baumelte ihm um den Hals. Jean war weitsichtig, fühlte sich für eine Gleitsichtbrille jedoch noch zu jung, weswegen er seine aktuelle immer wieder abnehmen musste, um gut sehen zu können.

»Probleme bei der Arbeit?«, fragte er.

»Leclerc«, zischte Cat.

»Oh. Das erklärt alles.« Jean grinste. Immer, wenn er das

tat, musste Cat lächeln, wenngleich es im Moment etwas gequält ausfiel. Sein Grinsen war einfach ansteckend.

Sie ließ sich mit einem Keuchen auf den Gartenstuhl fallen und fuhr sich mit beiden Händen durch die kurzen Haare, gab einen Stoßseufzer von sich und verfolgte, wie sich Jean ebenfalls setzte und zwei Aktenordner samt Laptop zur Seite schob, um Platz für die Teller zu machen.

»Er kann ein Quälgeist sein, hm?«, fragte Jean.

Cat nickte lediglich. »Er kann und will sich einfach nicht mit der Tatsache abfinden, dass er im Ruhestand ist. Ich verstehe das ja, und er hat es wirklich immer noch drauf, aber …« Sie zuckte mit den Schultern und machte sich über den Salat her. »Aber er ist nun mal, wie er ist.«

»Wo mischt er sich denn diesmal ein?«

»Darf ich dir nicht sagen«, erwiderte sie mit vollem Mund, überschlug die Beine und wackelte nervös mit dem Fuß, was ihren Flipflop immer wieder an die Fersen klatschen ließ. »Laufendes Verfahren.«

Jean nickte lediglich.

»Ich habe nachgedacht«, sagte Cat. »Wegen deiner Ex.« Sie deutete mit der Gabel auf die Aktenordner und den Computer. Jean war eben ein erneutes Mal seine Finanzen durchgegangen.

»Cat«, sagte er, »lass das doch meine Sorge sein. Es ist nicht dein Problem. Es sind meine Altlasten, und …«

»Sie ist eine blöde Kuh, okay? Ich meine – ihr habt damals beide das Haus gekauft, und sie hätte sich auch anständig verhalten und es gemeinsam mit dir verkaufen können, anstatt sich einfach aus der Affäre zu ziehen und dich im Regen stehen zu lassen.«

»Die Kredite laufen aber nun mal auf meinen Namen, weil sie damals keinen Job hatte, und …«

»Und sie sollte außerdem kein Geld von dir fordern, erst recht nicht für Unterhalt, das ist ja lächerlich!«

»Das haben wir doch schon etliche Male durchgesprochen, hm? Ich habe einen Termin beim Anwalt in Aix, und mit ihm werde ich …«

»Jean. Das bringt dich doch nicht weiter. Es hat dich bisher nicht vorangebracht und wird es auch künftig nicht tun.«

Jean schwieg. Er wollte etwas essen, legte dann aber die Gabel wieder zurück. Er überlegte, ob er etwas sagen sollte, zögerte, sagte es aber schließlich doch.

»Du regst dich über Leclerc auf und dass er sich überall einmischt – aber du bist auch nicht besser. Das sind meine Altlasten, Cat. Du hast sogar damals meine Finanzen durchleuchtet, und …«

»Bitte, Jean. Ich dachte, das hätten wir durch. Ich habe mich zig Male dafür entschuldigt.«

»Es ist und bleibt meine Sache«, sagte er kühl und aß dann weiter.

Und da war sie wieder. Diese Stimmung zwischen ihnen, die Cat unerträglich fand. Die Tatsache, dass Jeans Vergangenheit ihre junge Beziehung überschattete. Und sie, Caterine Castel, konnte sich einfach nicht bremsen, sondern wollte etwas dagegen unternehmen. Sie wollte ihm helfen – und damit gewissermaßen auch sich selbst. Doch sie spürte, dass sie es mit jedem Versuch nur noch schlimmer machte. Aber wenn sie nichts tat, würde es auch nicht besser werden.

Cat trank das Glas Wein leer und goss sich nach. Jean schwieg vor sich hin.

»Tut mir leid«, sagte sie.

Er blieb stumm.

»Ich bin ebenfalls eine dumme Kuh«, ergänzte Castel.

»Bist du nicht«, murmelte Jean.

»Worüber ich nachgedacht habe … Also: Es ist nicht spektakulär.«

»Sag es trotzdem.«

»Ihr habt euch getrennt, weil es einfach so aus war, nicht? Niemand ging fremd. Trotzdem gab es böses Blut.«

»Ja.«

»Du musst mit ihr reden.« Cat hasste es, das zu sagen, und noch mehr, es sich vorzustellen. Aber sie sah keinen anderen Ausweg.

»Nie im Leben«, antwortete Jean.

»Du hast mit ihr in der letzten Zeit ausschließlich über Anwälte kommuniziert – und sie mit dir. Ich kenne diese Amtssprache. Sie macht dich verrückt. Sie hetzt die Leute gegeneinander auf.«

»Nicht meine Schuld.«

»Vielleicht will sie gar keinen Unterhalt und keinen Ausgleich für Hausrat und so weiter. Vielleicht legt der Anwalt ihr das nur in den Mund, um dir die Instrumente zu zeigen, weißt du? Um Druckmittel in der Hand zu haben – für den Fall, dass du Forderungen gegen sie erheben willst. Und von der Logik her bedeutet das: Du könntest Forderungen gegen sie erheben. Ansonsten könnte man es sich ja sparen, Druck gegen dich aufzubauen.«

»Cat.« Jean atmete tief durch und legte das Besteck zur Seite. »Am liebsten wäre mir, wenn ich mit dem ganzen Mist nichts zu tun hätte.«

»Das wird nicht funktionieren.«

»Und mir wäre außerdem lieb, wenn wir nicht jeden Tag darüber reden würden.«

»Aber es beschäftigt dich jeden Tag – und damit beschäftigt es auch mich.«

»Du kennst doch diese verrückten Bilder von Treppenhäusern, die endlos ineinander übergehen, obwohl es gar nicht sein kann.«

»Escher«, erwiderte Jean. »Natürlich kenne ich die. Falsche Perspektiven.«

»Vielleicht ist es ja ein wenig so mit der gesamten Situation: Man schaut sie sich an, es gibt keinen Ausweg, alles dreht sich im Kreis und geht immer so weiter. Aber es liegt am Ende nur daran, dass die Perspektive falsch ist und man einfach seine Sichtweise ändern muss.«

»Ich weiß nicht.«

»Dennoch finde ich, dass du mit ihr reden solltest. Weißt du: Eine verletzte Frau, die man darüber hinaus ignoriert, ist der schlimmste aller Gegner.«

»Jetzt ergreifst du auch noch Partei für sie?«

»Du weißt, dass ich das nicht tue.«

Jean schwieg. Aß weiter. »Ich denke darüber nach«, sagte er dann. »Können wir jetzt bitte das Thema wechseln?«

Cat lächelte und nickte. »Welches Thema ist dir lieber?«

Jean legte das Besteck zur Seite. Er sagte: »Das sollten wir vielleicht unter einer erfrischenden Dusche besprechen. Es ist immer noch irre heiß.«

Castel lachte leise. »Gute Idee«, erwiderte sie.

»Na dann los, Commissaire Castel«, sagte Jean grinsend.

39

Louis Rey stand am Ufer der Rhône und betrachtete abwechselnd den frühen Abendhimmel und sein Handy. Das tiefe Blau dort oben war mit Kondensstreifen von Flugzeugen durchzogen. Alles spiegelte sich im dunklen Wasser des Flusses, auf dem Ausflugsschiffe kreuzten.

Rey steckte das Handy wieder ein, setzte die preiswerte rote Sonnenbrille auf, die er vor wenigen Tagen hier am Fluss dem fliegenden Händler abgekauft hatte – noch mit Francs-Scheinen. Von denen besaß er nun kaum mehr welche, und nur noch wenige in Euro. Die meisten hatte er Maria gegeben, damit sie dichthielt und ihm, falls nötig, ein Alibi geben würde. Und Rey hatte das dringende Gefühl, dass es nötig werden würde. Außerdem war es vorteilhaft, kaum Geld in der Wohnung zu haben: Niemand würde etwas finden können, das Rey mit dem mutmaßlichen Raubmord an Vital Didier in Verbindung brachte. Auch hier hatte er das Gefühl, richtig gehandelt zu haben. Denn wenn es so weit käme, dass Maria ihm ein Alibi geben müsste, dann wäre es auch angezeigt, eine unverdächtige Wohnung zu haben, weil die Polizei sie fraglos durchsuchen würde.

Alles nur wegen Albin Leclerc. Schon wieder. Der Kerl war eine Pest, eine Seuche.

Natürlich, dachte Rey, wäre ihm die Polizei früher oder

später sowieso auf den Fersen gewesen. Man wäre ein Dummkopf, würde man vom Gegenteil ausgehen. Dennoch schien Leclerc die Sache zu beschleunigen. Er war schneller als erwartet auf den Trichter gekommen, war an der richtigen Adresse vorstellig geworden und hatte laut Ledoux nicht lange gefackelt, sondern seine Interessen sehr deutlich gemacht. Er hatte den Kerl umgehauen, wenngleich es Ledoux sehr peinlich gewesen war, das zuzugeben, als er vorhin bei Rey vorbeigekommen war, um ihm die Visitenkarte zu geben. Das musste man sich mal vorstellen: Ein Pensionär wie Leclerc legt einen erfahrenen Schläger wie Ledoux aufs Kreuz. Durchaus respekteinflößend. Und vielleicht war genau das ein Wink mit dem Zaunpfahl in Richtung von Rey: Wenn du dich mit mir anlegen willst, dann rechne mit allem.

Unnötig, dachte Rey, denn er rechnete mit allem. Zugegeben, dass Leclerc dazwischenfunkte, das hatte er nicht angenommen. Er hatte gedacht, der Mann würde seinen Ruhestand genießen, sich mit irgendwelchen blödsinnigen Hobbies befassen und nicht erwarten, dass ein Schatten der Vergangenheit nach ihm griff.

Rey vergrub die Hände in den Hosentaschen und schlenderte am Kai entlang. Er hörte die Glocken der Kathedrale schlagen und fragte sich, was Leclerc von ihm wollte. Ob es nicht zu riskant war, sich mit ihm zu treffen. Denn Leclerc war kein Dummkopf. Außerdem mochte er die Polizei verständigt haben, deren Berater er offensichtlich war. Zumindest stand das auf der Visitenkarte. Das Treffen könnte also eine Falle sein, aber egal. Offiziell hatte sich Rey schließlich nicht das Geringste zuschulden kommen lassen. Nachweisen konnte man ihm überhaupt nichts, da war er sich sicher.

Dass er es früher oder später mit der Polizei zu tun bekäme, hatte er ohnehin auf der Agenda. Dann eben früher.

Trotzdem schien es Leclerc um etwas anderes zu gehen, dachte Rey. Er nahm an, dass Leclerc Angst bekommen hatte. Er wollte seinen Hintern retten. Ahnte, dass er selbst dran war – so wie Didier, Vollant und Nadal. Die Idee gefiel Louis Rey, dass der große Superermittler Albin Leclerc vor seinem Richter um Gnade winseln würde.

Andererseits war Leclerc nicht der Typ dafür. Eventuell wollte er sich freikaufen und Rey ein Angebot machen. Und dazu war Rey immer noch Geschäftsmann genug, dass er wusste, dass man sich ein Angebot zunächst einmal anhören sollte, bevor man entschied, ob man es annahm oder nicht. Denn umlegen könnte er Leclerc jederzeit. Selbst bei dem morgigen Treffen könnte er das tun. Und er würde es tun, ohne zu zögern, falls erforderlich. Noch plante er das zwar nicht. Vor Leclerc gab es erst noch etwas Wichtigeres zu erledigen. Aber man konnte nicht wissen, wie sich das Gespräch entwickeln würde. Und zu verlieren hatte Rey so oder so nichts – höchstens die Perspektive auf eine Strandbar in der Karibik. Ehrlich gesagt, hatte er ja nicht einmal sein Leben zu verlieren, denn die Uhr lief ab, ticktack, ohne Unterlass.

Wie automatisch fuhr er mit der Hand unter seine Nase. Eine inzwischen routinierte Geste. Aber die Finger waren nicht blutig. Immerhin etwas, dachte Rey, blickte im Gehen wieder zum Himmel und fragte sich, welche Farben die Wolken über Martinique um diese Uhrzeit haben würden.

40

Am frühen Morgen hatte Albin Veronique und Manon gebeten, Tyson heute mit ins Geschäft zu nehmen, weil er an einer Besprechung teilnehmen musste. Die beiden Frauen hatten nicht wissen wollen, um welche Art von Besprechung es sich handelte, und lediglich geseufzt, die Augen verdreht, aber genickt.

Albin war an Venasque vorbei zum Col de Murs in Richtung Gordes gefahren, wo er mitten im felsigen Niemandsland an einem für Picknicks vorgesehenen Platz den SUV parkte und einige hundert Meter querfeldein ging, bis er von nichts anderem mehr als Natur, zerklüfteten grauen Felsen und dichtem, dunkelgrünem Bewuchs umgeben war. Er stoppte an einem großen Stein, stellte den Einkaufskorb ab und nahm einen Schuhkarton hervor, den er öffnete. Er nahm die Waffe heraus und wog sie in der rechten Hand. Er steckte sie in den Hosenbund, drückte neun Patronen vom Kaliber Neunmillimeter Parabellum in das Magazin, zog dann die Pistole wieder aus der Hose und schob das Magazin in den Handgriff, wo es mit einem leisen Klicken einrastete.

Albins Waffe war eine alte MAC 50, die über Jahrzehnte hinweg bis 1987 die Standardpistole bei der Armee gewesen war, bis die Beretta 92 sie ablöste. Sie verfügte an der Seite noch über einen Sicherungshebel für den Schlagbolzen.

Moderne Pistolen hatten den nicht mehr, sondern einen kleinen Knopf am Abzug, der die Waffe entsicherte, sobald man den Zeigefinger drauflegte. Ganz praktisch. Aber Albin machte sich sowieso nicht viel aus Waffen. Hauptsache, sie funktionierten.

Und genau deswegen war er hier, denn es hieß mit Recht: Vertraue niemals einer Pistole, mit der du noch nicht geschossen hast. Und die MAC 50, seine private Pistole, hatte zu lange im Dornröschenschlaf gelegen. Es war zwar ein wenig albern, sie in einem Einkaufskorb herumzutragen – aber, meine Güte, er konnte schließlich schlecht mit einem Holster herumlaufen oder bei dieser Affenhitze mit einer Jacke, um die MAC zu verdecken.

Eigentlich, dachte Albin, war es sowieso kein Problem für ihn, eine Waffe bei sich zu führen. Er war Berater der Polizei. Und die Beschäftigten der Police Nationale durften seit einigen Jahren ihre Waffen auch privat tragen. Früher musste man sie nach Dienstschluss abgeben und Entnahmen quittieren, durfte die Waffe nur führen, wenn man auch eine schusssichere Weste dazu trug. Heute war das anders. Heute musste man jederzeit damit rechnen, dass ein Islamist oder ein anderer Irrer plötzlich ein Messer zückte und auf einen losging.

Und deswegen durfte die Polizei ihre Waffen nun auch privat mit sich führen, um einschreiten zu können. Außerdem waren die Gesetze für den Einsatz von Schusswaffen aus Notwehr gelockert worden. Was innerhalb von einem Jahr dazu führte, dass der Dienstwaffengebrauch um vierundfünfzig Prozent angestiegen war. Im Ergebnis gab es mehr Tote und mehr Verletzte – und damit auch eine sehr viel schärfere Stimmung gegen die Polizei.

Die Gewaltbereitschaft war in den letzten Jahren sowieso regelrecht explodiert. In manchen Vierteln der größeren Städte kochte die Stimmung regelmäßig über, man konnte fast meinen, die Bilder im Fernsehen seien in Bürgerkriegsgebieten aufgenommen worden und nicht mitten in Frankreich. Albin hatte die Videos von der Silvesternacht in Paris gesehen, als ein Mob mehrere Polizisten krankenhausreif geprügelt hatte. Man musste mit immer härteren Aktionen rechnen – und zugleich schob die Polizei zweiundzwanzig Millionen Überstunden, und zwar ohne irgendeine Aussicht, diese jemals abzubauen oder vergütet zu bekommen – was sich wiederum auf die Moral der Truppe auswirkte, die immer weiter sank. Kurzum musste man sagen, dass die Terroristen im Grunde längst gewonnen und mit ihren Anschlägen die Grande Nation ziemlich destabilisiert hatten. Aber natürlich durfte man das nicht offiziell zugeben.

Er zog am Schlitten der Waffe und ließ ihn wieder zuschnappen, um eine Patrone in den Lauf zu laden. Dann löste er das Magazin aus dem Handgriff und füllte eine Parabellum nach. Es war immer besser, einen Schuss mehr zu haben – eine Kugel im Lauf und ein volles Magazin.

Die Sonne brannte in seinem Nacken. Alles war vollkommen still. Er sah sich um, entdeckte schließlich in etwa fünfzehn Metern Entfernung einen armdicken Ast vor einem Felsen. Er stellte die Beine etwas auseinander, nahm die Waffe mit beiden Händen in den Anschlag und visierte. Verdammt, dachte er, er sollte sich wirklich endlich eine Brille zulegen. Wenngleich ihm seine Kurzsichtigkeit in diesem Fall etwas entgegenkam. Kimme und Korn sah er rasiermesserscharf, das Ziel eher nicht. Wie dem auch sei, dachte Albin und drückte viermal in kurzer Folge ab.

Die Schüsse krachten und hallten in dem kleinen Canyon. Irgendwo flatterte etwas Schweres und Großes in den Bäumen auf. Vielleicht ein Uhu, der aus dem Tiefschlaf geweckt worden war und die Flucht ergriff. Pulvergeruch vermischte sich mit dem von Rosmarin, Thymian und Pinien. Immerhin hatten drei Schüsse einigermaßen gesessen, soweit Albin es von seinem Standort aus erkennen konnte.

Er blinzelte, fuhr sich über die Augen und rieb sich das Handgelenk. Er ging erneut in Position und feuerte das Magazin leer. Die ausgeworfenen Hülsen schlugen klingelnd auf den Felsen auf. Albin kletterte über die Steine, ging zu seinem Ziel und betrachtete den immer noch leicht wippenden Ast. Er konnte sechs Treffer erkennen, drei hatten den Ast nur gestreift und Splitter herausgerissen. Also, großzügig gerechnet, zwei Drittel im Ziel, gar nicht schlecht. War aber auch nicht wichtig. Falls Albin schießen müsste, dann auf ein weitaus größeres Ziel, das sich zudem deutlich näher vor ihm befinden würde.

Schließlich ging er zurück zu seinem Einkaufskorb. Er lud die Waffe mit frischen Kugeln – neun im Magazin und eine im Lauf. Er verzichtete darauf, sie zu sichern, und ließ sie im Korb verschwinden. Dann machte er sich auf den Rückweg zum Auto und warf einen Blick auf die Uhr. Nicht mehr lange bis High Noon, dachte er und hoffte, dass Louis Rey nicht kneifen würde.

41

Albin bog auf den Parkplatz vom Intermarché in Carpentras und wählte die Stellfläche, die er immer nahm – unmittelbar neben dem Unterstand mit den Einkaufswagen im Schatten. Er stieg aus und betrat den Supermarkt, in dem er für gewöhnlich einkaufte, manchmal auch im Hypermarché E. Leclerc, wenngleich es ihn gelegentlich in Richtung Avignon zum Auchan zog, falls größere Einkäufe erforderlich waren. Früher war er sowieso nie dorthin gefahren. Aber seit er mit Veronique zusammen war, hatten sich die Verhältnisse grundlegend verändert. Da war Qualität gefragt.

Viel los war um diese Uhrzeit nicht. Albin ging durch die Halle, ließ den Eingang zum Verkaufsbereich links liegen und bewegte sich auf den kleinen Bäckereistand zu, dessen Wände in einem ins Rötliche changierenden Purpurton gestrichen waren, der vermutlich Appetit auf Kuchen machen sollte, wovon es in den Auslagen hinter Glas reichlich gab. In der Mitte standen einige kleine Bistrotische aus Aluminium und dazu passende Stühle. Albin bestellte einen Kaffee, wartete, bis dieser aus einem Vollautomaten gezapft worden war, und setzte sich mit der Tasse an einen der Tische. Er stellte den Einkaufskorb griffbereit zwischen seinen Füßen ab – und wartete.

Eine ganze Weile geschah nichts. Albin betrachtete die

Menschen, die an ihm vorbeigingen, ihre Einkaufswagen hin und her schoben oder beim Bäcker etwas kauften. Und er trank dabei seinen Kaffee, der bei weitem nicht so gut war wie der von Matteo, aber das brauchte Matteo nicht zu wissen. Hinterher würde er sich womöglich noch etwas darauf einbilden.

Schließlich war die Tasse leer und einige Zeit vergangen, fast eine halbe Stunde. Albin nahm an, dass Louis Rey nicht mehr erscheinen würde und es sich anders überlegt hatte. Das konnte man ihm nicht verübeln. Vielleicht war er inzwischen sogar schon über alle Berge und hatte das Gespräch mit Albin zum Anlass genommen, sich in Luft aufzulösen, denn spätestens jetzt wusste er ja, dass die Polizei ihm auf den Fersen war, allen voran Albin Leclerc höchstpersönlich.

Albin warf einen Blick auf die Uhr seines Handys. Er las zwei eingegangene Mitteilungen, die allerdings nicht von Rey stammten, sondern von Castel. Er beantwortete eine davon. Dann beugte er sich herab und verstaute das Handy in dem Einkaufskorb.

Als er wieder aufsah, stand Louis Rey vor ihm und grüßte Albin mit einem Nicken.

Auf den ersten und auch auf den zweiten Blick hätte Albin Louis Rey nicht wiedererkannt. Er hätte neben ihm an der Kasse stehen oder ihm sogar auf die Füße treten können – es hätte nichts geklingelt.

Rey wirkte auf Albin wie ein entfernter Verwandter des bekannten Mafia-Paten John Gotti. Mit dem Unterschied, dass Rey deutlich ungesünder aussah, was an der langen Zeit im Knast liegen musste – er war ja seit noch nicht einmal einer Woche wieder auf freiem Fuß. Rey trug eine schlichte helle Jeans und ein Poloshirt mit Aufnähern in Dunkelblau, in dessen Ausschnitt eine billig aussehende Sonnenbrille mit rotem Gestell klemmte. Ansonsten hatte er nichts dabei, was Albin etwas beruhigte, denn damit sank die Wahrscheinlichkeit, dass er seine Waffe einsetzen musste, ganz erheblich. Sie sank noch etwas mehr, als sich Rey mit einem überheblichen Lächeln auf den Lippen einmal sehr langsam um die eigene Achse drehte und dabei die Hände leicht anhob. Er wollte Albin damit zeigen, dass er im Hüftbund keine Pistole stecken hatte.

Rey stellte sich weder vor, noch grüßte er Albin oder kommentierte sein Zuspätkommen. Im Anschluss an seine Pirouette nahm er sich einen Stuhl, setzte sich und faltete die Hände auf dem Tisch. Er sah sich um, bemerkte eine Verkäuferin, die ihn fragend ansah, und bestellte einen Milchkaffee. Als Rey zu Albin sah und mit dem Finger auf ihn zeigte, lehnte Albin mit einer Handbewegung ab: Noch ein Kaffee, und er würde heute Nacht kein Auge zutun.

Schließlich faltete Rey die Hände erneut wie zum Gebet auf dem Tisch. Dann blickte er auf, lächelte wieder dieses überhebliche Lächeln und sagte: »Ist lange her.«

»Nicht lang genug«, erwiderte Albin.

»Ein Bäckerei-Café im Supermarkt. Hätte gedacht, du hast mehr Klasse.«

»Ein öffentlicher Ort. Gut einsehbar. Unauffällig. Ziemlich sicher für uns beide.«

»Hast du Angst vor mir?« Rey schmunzelte.

»Nicht vor dir. Aber vor dem, was du tust.«

»Keine Ahnung, was du meinst.«

Albin lehnte sich etwas nach vorn. Er faltete die Hände

ebenso auf dem Tisch, wie Rey es tat. »Was hast du vor – jetzt nach dem Knast?«

»Vielleicht dasselbe, was du nach der Pensionierung so tust.«

Albin lachte. »Keine Ahnung, ob du das wirklich willst. Ich bin ein Junkie. Ich kann nicht loslassen. Normalerweise sollte ich den ganzen Tag am Meer sitzen und aufs Wasser blicken oder mir ein Hobby zulegen und die Enkelkinder zählen. Kann ich aber nicht. Ich habe zwar meine Familie um mich herum – aber, ehrlich gesagt, bin ich ein Desaster. Geschieden, meine Tochter hat über Jahre hinweg nicht mit mir gesprochen. Sie ist mit einem Psychopathen verheiratet, der sie geschlagen hat, und jetzt wirft er ihr Steine in den Weg und will die Trennung verhindern. Meine Lebensgefährtin enttäusche ich regelmäßig, weil ich nicht das Leben führen kann, das sie sich für uns vorstellt. Wenn ich länger als fünf Minuten still sitzen muss, drehe ich durch. Dann fühle ich mich unnütz und alt – vielleicht habe ich auch nur Angst davor, dass mich die Schatten der Vergangenheit einholen, und davor laufe ich fort.«

»Wird das eine Therapiesitzung?«

»Ich sage dir nur, warum du nicht tun willst, was ich tue.«

»Du kannst nicht loslassen. Das ist alles.«

Albin nickte. »Nein, vermutlich kann ich das nicht. Ich kann nicht nichts tun, wenn ich weiß, dass Leute wie du draußen unterwegs sind und andere umbringen.«

»Du tust, was du tust. Ich tue, was ich tue.«

»Und was hast du als Nächstes auf dem Plan?«

»Ich habe nichts mehr, Leclerc. Meine Familie ist zerrüttet. Alle sind fort. Ich habe verloren, was ich besessen hatte. Und ich habe nur noch ein Jahr zu leben.«

»Tut mir leid, das zu hören. Krebs?«

»So in der Art. Spielt keine Rolle. Nicht heilbar. Aber ich habe nicht vor, meine letzten Tage hier zu verbringen und in einer Klinik, an Geräte angeschlossen, zu krepieren.«

»Verstehe.«

»Mir gefällt die Karibik. Martinique. In der Zelle habe ich jeden Tag davon geträumt. Es gibt dort eine Strandbar, die ich kaufen möchte. Und dort sitze ich dann so lange, bis ich einfach umkippe.«

»Gibt Schlechteres. Was treibst du dann noch hier?«

»Kleingeld sammeln.«

»Von wem?«

Rey schwieg.

»Hör mal«, sagte Albin und beugte sich noch etwas weiter vor. »Ich weiß, was du tust. Du bist auf dem Rachetrip und hältst dich für eine Art Erzengel Gabriel mit flammendem Schwert. Du legst alle um, die dich damals in den Knast gebracht und nach deiner Auffassung dein Leben zerstört haben. Ich kann diesen Zorn sogar nachvollziehen, und ich behaupte nicht, dass Vollant, Nadal und Didier es nicht verdient hätten. Du bist geschickt genug, dass du keine Spuren hinterlassen hast, nehme ich an. Du hattest lange genug Zeit, alles genau zu planen. Fünfundzwanzig Jahre hast du in deiner Zelle gesessen und es dir Tag für Tag ausgemalt. Aber du bist jetzt am Ende angekommen, Rey. Von hier aus geht es nicht weiter.«

»Irgendwie«, sagte Rey, »geht es immer weiter.«

»Auf deiner Liste steht als Nächster Olivier Flores. Aber der ist tot.«

»Ich weiß.«

»Und an seinen Sohn Aristide kommst du nicht heran.«

Rey kommentierte das nicht.

Albin sagte: »Er hat eine kleine Privatarmee und lebt in einer Art Festung. Keine Chance für dich.«

»Aristide Flores interessiert mich nicht. Mich interessiert, was Olivier getan hat. Und dafür sollte seine Familie geradestehen.«

»Und finanzielle Wiedergutmachung leisten, damit du dir davon eine Hütte in der Karibik kaufen kannst?«

Rey sagte nichts.

»Das Einzige, was du von ihm bekommst, ist eine Kugel in den Kopf. Davon hast du nichts. Und wir von der Polizei eigentlich auch nicht.«

»Kommen wir jetzt also endlich zum Punkt?«

»Jetzt kommen wir zum Punkt. *Du* willst etwas von Aristide Flores. *Ich* will etwas von Aristide Flores.«

»Du?«

»Schon vergessen? Im Herzen bin ich immer noch ein Bulle.«

»Worauf willst du hinaus?«

»Wir haben das gleiche Ziel. Ich habe vielleicht die Möglichkeit, dich mit Flores in Kontakt zu bringen, ohne dass dir sofort das Gehirn herausgeschossen wird. Und du hast vielleicht die Möglichkeit, ihn mir auf dem Silbertablett zu liefern.«

»Wie soll das gehen?«

»Das lass ruhig meine Sorge sein.«

»Du willst mich als Köder einsetzen?« Rey lachte.

Albin lehnte sich wieder im Stuhl zurück. »Deine Entscheidung. Du gehst zu ihm. Sprichst mit ihm. Vielleicht kommt etwas Brauchbares für mich heraus, und du …«

»… ich spaziere mit einem Batzen Geld heraus …«

»… und wir schnappen uns Flores, weil du uns belastbares Material besorgt hast. Du bekommst das Geld, das du willst. Und die Genugtuung, Aristide Flores in den Knast gebracht zu haben, wo er einige Jahre sitzen und zusätzlich für das bezahlen wird, was sein Vater dir angetan hat. Wie klingt das?«

»Im Grunde nicht schlecht. Aber vielleicht bekomme ich dennoch eine Kugel in den Kopf.«

»Ein gewisses Risiko ist dabei. Du wirst damit umgehen müssen. Ein Jahr mehr oder weniger, was tut das schon zur Sache.«

Rey schwieg eine Weile. Grinste vor sich hin. »Die Sache hat einen Haken«, sagte er schließlich. »Dich.«

»Du weißt nicht, ob du mir trauen kannst«, sagte Albin, »und ich weiß nicht, ob ich dir trauen kann. Wir sitzen also im selben Boot.«

Rey massierte seine Fingerknöchel. »Nach deiner Logik«, sagte er, »bin ich auf einem Rachefeldzug, an dessen Ende du stehst, Leclerc. Du solltest etwas weiter denken, denn falls ich wirklich auf diesem Rachefeldzug bin, könnte ich mir kaum vorstellen, dass du davonkommst. Und wiederum könnte ich mir kaum vorstellen, dass du mich einfach davonkommen lassen würdest, da du mich doch für den Mörder von Nadal, Didier und Vollant hältst.«

»Kommt drauf an«, sagte Albin. »Kommt drauf an, ob du es warst oder nicht.«

»Natürlich war ich es nicht.«

Albin schmunzelte mitleidig. »Vielleicht sollten wir das mit dem logischen Denken bleiben lassen und denen überlassen, die das besser können.«

»Am Ende bleibt dennoch ein Haken, Leclerc.«

»Ich weiß. Für uns beide, hm?«

Rey nickte.

»Dennoch haben wir das gleiche Ziel.«

»Eventuell.«

»Das Ganze funktioniert sowieso nur, wenn die Polizei feststellt, dass du mit den Morden nichts zu tun hast, wie du sagst, und du ein gänzlich unbescholtener Bürger bist.«

»Nichts anderes wird sie herausfinden.«

Albin nickte. »Dann sind alle glücklich – und du kannst nach Lust und Laune Flores besuchen und anschließend gehen, wohin du willst.«

»Man wird nichts finden, das gegen mich spricht.«

»Na, perfekt. Dann hast du eine Sorge weniger und kannst mit mir ins Geschäft kommen.«

»Was nichts zwischen dir und mir ändert«, erwiderte Rey mit eiskaltem Blick. »Du kannst dich nicht freikaufen.«

»Ich will Profit aus unserem gemeinsamen Problem schlagen – und biete dir ebenfalls Profit an. Eine Win-win-Situation.«

»Das begleicht deine Rechnung nicht.«

»Unterm Strich«, sagte Albin, »bleibst du, was du bist, und ich bleibe, was ich bin. Und wenn du noch etwas mit mir zu klären hast, bevor du an deinen Strand abfliegst, dann klären wir das.«

»Vielleicht sehen wir uns auch nie wieder – je nachdem.«

»Ja, je nachdem«, sagte Albin mit einem Nicken und blickte dann auf.

»Louis Rey?«, fragte Castel, die mit Theroux und zwei Streifenpolizisten hinter Rey aufgetaucht war.

Rey blickte sich kurz um, sah dann wieder zu Albin. »Was wird das?«

»Vielleicht in ein bis zwei Tagen ein Blankoschein für einen gänzlich unbescholtenen Bürger – oder noch mal fünfundzwanzig Jahre Knast«, erwiderte Albin, während Castel herunterratterte, aus welchen Gründen Louis Rey vorläufig verhaftet sei und Theroux irritiert und mit der Situation überfordert zwischen Rey und Albin hin und her blickte.

42

Angelina »Fleur« Flores sog am Strohhalm, bis es schnorchelnde Geräusche gab und im Glas nur noch eine Pfütze Tonicwater stand. Sie stellte das Glas auf den Beistelltisch neben ihrer Sonnenliege und wischte einen herabgefallenen Tropfen von ihrem perfekt gebräunten Oberschenkel ab. Auf dem anderen ruhte das iPad, auf dem sie beunruhigende Nachrichten gelesen hatte. Sie steckte die Sonnenbrille in die rabenschwarzen Haare. Das Gestell hatte dasselbe Tiefrot wie der Nagellack an ihren schlanken Fingern und Zehen. Es harmonierte mit dem Farbton vom Lippenstift und dem Bikini, der – passend zu ihrem alten Künstlernamen Fleur – mit kleinen weißen Blümchen bedruckt war. Der Körper, der darin steckte, war einerseits üppig, andererseits trainiert und so athletisch, wie er in ihrem Alter knapp über sechzig nur sein konnte. Dafür sorgte ihr Personal-Trainer Serge, der früher im französischen Vierer-Bob-Team den Anschieber gegeben hatte, dreimal in der Woche vorbeikam und keine Gnade mit ihr kannte.

Fleur lag zwar unter einem weit ausladenden Sonnenschirm, beschattete aber dennoch die Augen mit der linken Hand, an der immer noch der Ehering steckte. Unter der Liege, ähnlich elegant drapiert, ruhte ihre Bengalkatze, die auf den Namen Sinon hörte. Fleurs Blick glitt über die hellen Fliesen, die zum azurblauen Swimmingpool führten, hin zur anderen Seite, wo drei Männer in der glühenden Sonne standen, abwechselnd telefonierten und sich dabei leise unterhielten. Ihre Augen ruhten schließlich auf dem Mann in der Mitte, der als Einziger keinen Anzug und keine Sonnenbrille trug, sondern lässige Jeans, Turnschuhe und ein Polohemd. Sein dichtes Haar war mit Gel nach hinten gekämmt und glänzte, als sei es mit Diamanten durchsetzt. Trotz der sportiven Erscheinung strahlte er Überlegenheit aus, Souveränität. Wer ihm gegenübertrat, spürte diese Präsenz sofort. Das hatte er von seinem Vater, wie so vieles andere. Für das gute Aussehen ihres Sohnes hingegen machte Fleur eher ihre Gene verantwortlich.

Aristide bemerkte den Blick seiner Mutter, lächelte ihr zu und vertiefte sich dann wieder in das Gespräch mit seinen Geschäftspartnern. Männer, die nur gebrochen französisch sprachen und einen starken russischen Akzent hatten. Sie waren in geschmacklosen, übertrieben großen und mit viel Chrom ausgestatteten Landrovern zur Villa in den Weinbergen gekommen, einem alten Landadelssitz. Zwei ihrer Begleiter hatten sich auf der Terrasse im Barbecue-Bereich positioniert, wo sie schweigend neben Aristides persönlichem Assistenten standen. Sie trugen Sakkos, um ihre Schulterhalfter darunter zu verdecken, während Aristides Angestellte sich gar nicht erst die Mühe machten und ihre Waffen zum Teil sichtbar in kleinen Holstern am Gürtel und dazu Poloshirts mit einem Logo-Aufdruck der Flores-Transportfirma für Lebensmittel trugen.

Der heiße Wind wehte den betörenden Duft der Lavendel-, Rosmarin- und Thymianbüsche herüber, die zwischen dem blühenden Hibiskus und den Bougainvilleas am Rand des Grundstücks vor den elektrischen Stacheldrahtzaun und die dezent platzierten Überwachungskameras gepflanzt waren. Die Villa war eine Festung, aber eine mit Charme. Aristides verstorbener Vater hatte sich vor einigen Jahren von der Hacienda eines Geschäftspartners in Mexiko inspirieren lassen. Der Hausbesitzer hatte bei der Einrichtung sehr viel Geschmack und Kunstverstand walten lassen. Ein reizender Mann. Er gehörte zum Sinaloa-Kartell.

Und trotzdem, trotz der Kameras, des Stacheldrahts, der Infrarot-Sensoren und der Schnellfeuergewehre im Schrank auf dem weitläufigen Flur im Inneren machte sich Fleur Sorgen um ihren Sohn. Der Grund dafür waren die Zeitungsberichte, die sie eben im Internet gelesen hatte. In den vergangenen Tagen waren in der Provence drei Menschen ums Leben gekommen. Zwar verrieten weder die Journalisten noch die Sprecher von Polizei und Staatsanwaltschaft irgendwelche Details, aber es schien sich jeweils um Mord zu handeln. Ein ehemaliger Bankier namens Vital Didier war bei einem Raubüberfall in seinem Wohnhaus in Mormoiron getötet worden. Den Gastronomen Gaston Vollant hatte man in seinem Garten tot aufgefunden, sowie – für die Allgemeinheit sehr schockierend – den katholischen Geistlichen Claude Nadal in seiner Kirche. In allen Fällen ging man von Fremdverschulden aus. Zwar wurden fast täglich Menschen in Frankreich ermordet. Aber drei in der Provence in so kurzer Zeit, das war ungewöhnlich.

Vor allem, und das beunruhigte Fleur insbesondere, hatten diese drei Männer etwas gemeinsam. Sie gehörten alle in eine Reihe, und zwar in eine, zu der auch Olivier Flores gezählt hatte.

Allerdings war ihr Mann vor fünf Jahren an einem Herzinfarkt gestorben. Olivier, der Dummkopf, hatte sich für unsterblich gehalten. Obwohl sein Herz mit einem Schrittmacher und vier Stents gespickt war, hatte er sich benommen, als sei er noch dreißig. Vor Saint-Jean-Cap-Ferrat hatte er sich den ganzen Tag lang auf der Yacht in der heißen Sonne gegrillt, war dann mit Anlauf von Bord ins eiskalte Mittelmeer gesprungen – und nicht wieder lebend aufgetaucht.

Aristide hatte das Geschäft übernommen und machte seine Sache wirklich gut. Ganz ausgezeichnet sogar und sehr zum Gefallen seiner Mutter, die so lange im Hintergrund die Fäden gezogen und die Hand über ihren Sohn gehalten hatte, bis er in den Stiefeln stehen konnte, die sein Vater ihm vererbt hatte, und seine eigenen Fußabdrücke hinterlassen konnte.

Fleur hatte eine schreckliche Ahnung davon, was im Augenblick vor sich ging und wer dahintersteckte. Und sie fürchtete: Wenn sein Vater Olivier Flores nicht mehr in eine Reihe mit Vital Didier, Gaston Vollant und Claude Nadal gestellt werden konnte, dann vielleicht Aristide, sein Sohn. Ihr Sohn. Ihr Ein und Alles. Ihr Leben.

Sie betrachtete Aristide noch eine Weile, seine geschmeidigen Bewegungen, sein strahlendes Lächeln. Das Lächeln eines Filmstars, der mit eben diesem Lächeln nicht zögerte, einem Gegner das Genick zu brechen. Fleur selbst konnte sich keinen attraktiveren, gebildeteren und talentierteren Mann vorstellen als ihren Sohn, der eine erstklassige Schulbildung genossen hatte, ein fabelhafter Schwimmer und Tennisspieler war und den Fleur schon früh mit der Oper und Kunst vertraut gemacht hatte. Gott, wenn er nicht ihr Sohn wäre und sie ein paar Jährchen jünger, hätte sie einen wie Aristide ja selbst angehimmelt. Frauen lagen ihm zu Füßen. Er konnte sie alle haben.

Aber er vertrödelte mit knapp über dreißig Jahren seine kostbare Lebenszeit immer noch mit zweitklassigen Sternchen und vertröstete Fleur stets: »Nichts Ernstes, Mama, was glaubst du von mir?«

Aber sie wusste, dass es schnell ernst werden konnte, dass so manche Frau einen Mann wie Aristide als Lottogewinn sähe und ihn an sich ketten wollen würde, wozu so einigen manches Mittel recht wäre. Zum Beispiel, schwanger von ihm werden. Fleur dachte an damals zurück. Olivier war ihr regelrecht verfallen gewesen. Er hatte sie angebetet. Und sie, nun ja, sie hatte das Beste genommen, was eine wie sie bekommen konnte. Denn der, den sie wirklich geliebt hatte, war stets außer Reichweite gewesen. So wie der Halley-Komet, der gelegentlich einmal vorbeizog und den man nur aus der Ferne bewundern konnte. Sie lebten in vollkommen unterschiedlichen Welten. Er hätte sie niemals in seine hineingelassen. Deswegen hatte Fleur es auch nie probiert, dort einzudringen. Sie hatte ihm nie gezeigt, dass ihre Tür offenstand, wenngleich sie sich sicher war, dass er es wusste. Schließlich hatte sie dann Olivier geheiratet – und damit waren die beiden Welten noch viel weiter und endgültig auseinandergedriftet.

Fleur erinnerte sich zurück an ihren Privatclub in Avignon, in dem sie auch ihren späteren Mann kennengelernt hatte und wo ein Geistlicher namens Claude Nadal einige Male aufgetaucht war und die Puppen hatte tanzen lassen. Sie dachte zurück an die frühen achtziger Jahre, das Schwarzlicht im mondänen Foyer, die Theke aus weißem Klavierlack mit leuchtend-bunten Drinks darauf, der Boden im Schachbrettmuster gefliest, die schönen Frauen mit toupierten Haaren, die in teuren Schuhen für die reichen Männer mit Schulterpolstern darauf tanzten, um ihnen anschließend das Gehirn aus dem Schädel zu vögeln, Musik von Bryan Ferry, Robert Palmer, den Eurythmics und Duran Duran aus den Lautsprechern.

Dann schwere Arbeitsstiefel zwischen den Stillettos. Der Schatten eines großen Mannes, der auf Fleur fiel, der Geruch nach Zigaretten und einem Aftershave mit dezenter Vanillenote. Das Klicken von Handschellen und ihr überraschter Blick in das harte Gesicht mit den gutmütigen Augen, das sie an jenem Abend zum ersten Mal sah. Ihre dumme, kokette Frage, begleitet von heftigem Herzklopfen: »Sie stehen auf Fesseln?« Sein Kopfschütteln und die Antwort »Ich bin Romantiker«, bevor er sie abführte und zu den anderen in den Polizeiwagen steckte.

Fleur erwachte mit einem Kopfzucken aus dem Tagtraum. Sie setzte die Sonnenbrille wieder auf und winkte einen der Angestellten heran, einen recht gutaussehenden jüngeren Mann mit halblangem Haar. Fleur sagte ihm, was sie wollte. Der Mann nickte, trat einige Meter zur Seite und führte zwei Telefongespräche. Zwei Minuten später wusste Fleur, wie sie Albin Leclerc erreichen konnte und wo er wohnte.

43

Claude Montfavet war ein massiger Mann und sprengte beinahe das hellblaue Uniformhemd, als er die Arme vor der Brust verschränkte und sagte: »Nicht einmal über Nacht.«

Castel und Theroux standen in Montfavets Büro. Die Fenster waren weit geöffnet. Lärm vom Feierabendverkehr drang hinein. Ein Standventilator drehte sich und schwenkte von links nach rechts – so wie der Kopf vom Polizeichef gerade eben.

Castel schnaubte. Theroux suchte nach Worten. Aber ehrlich gesagt: Cat hatte es sich schon gedacht. Sicherlich, sie hätten eine Verzögerungstaktik anwenden und Louis Rey ein paar Tage in Untersuchungshaft behalten können. Nach dem Motto: Die angegebene Zeugin für sein Alibi, diese Ungarin, rufen wir erst etwas später an, zum Beispiel morgen, und machen für übermorgen einen Termin mit ihr. Aber diese Zeit hatten sie ja selbst nicht, denn sie mussten so schnell wie möglich wissen, ob Louis Rey für die Morde als Täter infrage kam oder nicht. Einerseits sprach sehr viel dafür. Andererseits stimmten keine an einem der Tatorte gefundenen Finger- oder Schuhabdrücke mit seinen überein. Außerdem besaß er kein Auto, an dem man Reifenabdrücke hätte abnehmen können, hatte sich zu einem der Tatzeitpunkte nachweislich im Freibad aufgehalten und konnte entsprechende Quittungen über Eintrittsgelder vorlegen, auf Augenzeugen hinweisen sowie außerdem einen triftigen Grund angeben, warum er nicht an der aktenkundigen Adresse wohnte: Ein guter Bekannter hatte ihm vorübergehend eine bessere Wohnung verschafft, und Rey war in den vergangenen paar Tagen noch nicht dazu gekommen, diesen Hinweis an die Behörden weiterzuleiten – beziehungsweise hatte gar nicht daran gedacht, dass das wichtig sein könne.

Mit anderen Worten: Sie hatten nichts in der Hand, gar nichts, und diese Zeugin, die Castel für eine Prostituierte hielt, hatte versichert, dass sie sich mehrfach um Rey gekümmert hatte und mit ihm zusammen gewesen war – »nach so einer langen Zeit im Knast«, wie sie lächelnd erwähnte. Da es also keine Spuren oder Anhaltspunkte gab und lediglich die Mutmaßung, dass Rey auf einem Rachefeldzug sein könne, gab es keine Handhabe, ihn weiterhin in Haft zu behalten – zumal Rey einen Freund angerufen hatte, der eine Bar in Avignon führte und zugleich als weiterer Zeuge eine Aussage zugunsten von Rey gemacht hatte. Jener Wirt hatte außerdem einen Anwalt eingeschaltet, der persönlich zur Polizei gekommen war und gegenüber Montfavet soeben glaubhaft versichert hatte, dass der Vulkanausbruch von Pompeji ein Witz gegen das gewesen sei, womit er das Hôtel de Police überschütten würde, falls sein Mandant länger als erforderlich dort festgehalten würde – zumal Albin angeblich seinen Mandanten angegriffen und in die Weichteile getreten haben sollte. Unglaublich.

»Außerdem«, sagte Montfavet und fuhr sich mit der Hand über den Catcher-Nacken, »sehe ich keinen Gewinn darin, ihn weiterhin festzuhalten. Es bringt die Ermittlungen nicht voran.«

»Aber verhindert womöglich weitere Taten«, sagte Castel – wenngleich sie wusste, dass das Argument denkbar schwach war.

»Vielleicht verhindert es sogar«, sagte Montfavet, »dass in China ein Sack Reis umfällt.«

Theroux merkte auf und fragte: »Was hat denn China jetzt damit zu tun?«

»Was?«, fragte Montfavet.

»China. Sie haben gerade gesagt: Es könnte verhindern, dass in Ch…«

»Alain«, kürzte Castel ab. »Das war nur eine Redewendung. Es hat nichts mit China unmittelbar zu tun.«

Theroux blinzelte und nickte langsam.

»Ja. Vielleicht.«

»Aber …«

Manchmal fragte sich Castel wirklich ernsthaft, ob Theroux gelegentlich nur so naiv tat oder gerade an etwas vollkommen anderes dachte und deswegen nicht richtig zuhörte – oder, na ja, manchmal irgendeine Leitung in seinem Gehirn blockiert war.

Montfavet betrachtete Castel schweigend.

»Also«, fragte sie dann, »lassen wir ihn wieder gehen?«

Montfavet nickte.

»Na toll«, murmelte Castel, drehte sich dann auf den Hacken um und verließ das Büro wortlos. Theroux hastete ihr hinterher.

»Und jetzt?«, fragte er.

»Nichts«, antwortete Castel im Gehen. »Jetzt fangen wir wieder ganz bei null an und gehen alles noch mal und noch mal und noch mal durch und warten weitere Ergebnisse aus der Forensik ab.«

»Aber Albin …«

Castel blieb stehen. Theroux lief beinahe auf sie drauf und stoppte unmittelbar vor ihrer Nase.

»Was ist mit dem?«, fragte Castel und wich zwei Kollegen aus, die sich auf dem Flur an ihr und Theroux vorbeidrängten, zwinkerten und schmatzend Kussmünder machten, weil Castel und Theroux so dicht voreinander standen.

»Warum hat der sich mit Louis Rey getroffen?«, fragte Theroux.

»Weil er sicher ist, dass Louis Rey hinter den Morden steckt.«

»Aber wir haben keine Beweise, verflucht noch mal. Wir haben gar nichts.«

»Das hat er vorhergesagt«, bemerkte Castel. »Dass es sich so entwickeln wird.«

»Wer?«

»Albin. Er hat gesagt, dass wir nichts gegen Rey finden werden, weil er viel zu geschickt ist und seinen Rachefeldzug fünfundzwanzig Jahre lang geplant hat. Und so ist es gekommen, scheint es.«

»Warum muss er bloß immer recht behalten?«

Castel zuckte mit den Schultern. »Er meint, dass Aristide Flores als Nächster an der Reihe ist.«

»Sollte uns doch nur recht sein, wenn der Drogenbaron aus dem Weg geräumt wird.«

»Wir sollten Flores' Haus observieren.«

Theroux schüttelte den Kopf. »Du weißt doch, dass der zu den Unantastbaren gehört. Sobald nur ein Polizeiwagen an der Straße entlangfährt, an der er wohnt, kleistern uns seine Anwälte doch schon mit Aufsichtsbeschwerden zu.«

»Ich weiß.«

»Vielleicht sollten wir also lieber Louis Rey beobachten.«

»Der jetzt vorgewarnt ist und noch vorsichtiger sein wird.«

»Oder früher oder später einen entscheidenden Fehler macht.«

Castel schwieg. Rieb sich mit dem Daumen über die Unterlippe. Dachte nach. Schließlich sagte sie: »Ich kann mir nicht helfen, aber …«

»Aber?«

»Er heckt etwas aus.«

»Rey?«

»Albin. Er hat Rey hinter unserem Rücken aufgetrieben und sich mit ihm zum Kaffee getroffen. Das tut er nicht einfach nur so.«

»Na ja, er wollte ihn zum Aufgeben bewegen, denke ich, und außerdem wollte er, dass wir ihn festnehmen. Das war eine Falle für Rey.«

Castel kaute am Daumennagel. »Nein. Da ist mehr. Der plant etwas.«

»Flores?«

Castel machte ein genervtes Geräusch. »Sag mal, Theroux, tust du eigentlich manchmal nur so blöd?«

»Warum?«

»Vergiss es.«

»Also Flores plant etwas?«

Castel verdrehte die Augen. »Leclerc plant etwas.«

»Vielleicht …« Theroux stutzte.

»Ja?«

»Vielleicht hat Albin Angst, dass Rey auch ihn auf dem Kieker hat.«

»Es wäre möglich und verständlich.«

»Und darum ging es bei dem Gespräch, könnte ich mir denken«, sagte Theroux und nickte selbstzufrieden.

Castel musterte Theroux abwesend. Ja, dachte sie, vielleicht hatte er recht. Aber im nächsten Moment dachte sie: Nein, da war noch mehr im Gang. Inzwischen hatte sie eine Vorstellung davon, wie Albin tickte. Und im Augenblick leuchtete Castels persönliche Leclerc-Warnampel mindestens in Hellorange.

44

Die Stimmen der Vergangenheit waren sehr laut in diesen Tagen, dachte Albin und steckte sich eine Gitanes an. Vielleicht wurden sie umso deutlicher, je älter man wurde. Mochte sein. Vielleicht deswegen, weil alles um einen herum ruhiger wurde und man intensiver auf die Echos lauschte. Vielleicht auch deswegen, weil das Sprichwort stimmte: Man sieht sich immer zweimal im Leben.

Er lehnte sich im Stuhl zurück, paffte eine Wolke in den blauen Morgenhimmel und trank einen Schluck Kaffee aus der dickwandigen Tasse, die Matteo ihm eben auf den Bistrotisch im Café du Midi gestellt hatte. Der Lieferverkehr rauschte über die Straße. Eilige Autos beförderten die Menschen in Büros. Und über allem thronte im fernen Dunst die Spitze des Mont Ventoux, dem das alles völlig egal war. Der Berg hatte viele kommen und gehen sehen und gab sich auch völlig unbeeindruckt von dem roten Porsche-Cabriolet, das gerade in einer freien Lücke vor dem Café du Midi parkte.

Eine Frau in einem roten Kleid mit weißen Punkten stieg aus und wirkte wie ein Filmstar aus der guten alten Zeit, der gerade zu den Filmfestspielen in Cannes eintraf. Eine Mischung aus Brigitte Bardot und Catherine Deneuve, Mitte sechzig, allerdings sehr gut erhalten für ihr Alter, die jetzt die Tür vom Porsche zuwarf und auf jemanden zusteuerte, der viel von einem Jean Gabin hatte.

Albin legte die Zigarette in den Aschenbecher und stand auf. Fleur Flores, wie sie leibt und lebt, dachte Albin. Er hätte nie gedacht, dass er sie noch einmal zu Gesicht bekommen würde.

Fleur schwebte heran, perfekt gestylt wie eh und je, lächelte strahlend unter ihrer Sonnenbrille und begrüßte Albin mit einem Kuss auf die Wangen. Sie duftete betörend, sicher nach Chanel oder irgendeinem anderen sündhaft teuren Parfüm. Er wartete, bis sie Platz genommen hatte, und verfolgte, wie Matteo aus dem Inneren der Bar Tabac trat, das Wischtuch in der Hand, und große Augen machte. Schließlich kam er zum Tisch, wo Albin für Fleur einen großen Café au Lait bestellte, sich dann ebenfalls setzte und wahrnahm, wie auf der gegenüberliegenden Straßenseite Veronique und Manon vor dem Blumenladen standen und damit innegehalten hatten, die dekorativ gealterte Schubkarre neu zu dekorieren. Beide sahen zu ihm herüber. Einen Augenblick später drehte sich Veronique einfach um und verschwand im Laden. Das, dachte Albin und nahm die Zigarette wieder auf, verhieß nichts Gutes.

»Fleur«, sagte er dann mit einem Lächeln, während diese gerade unter dem Tisch Tyson erblickt hatte, der sich ausgiebig von ihr tätscheln ließ.

»Du hast ja einen Hund, Albin. Das passt so gar nicht zu dir. Ein Haustier bedeutet Verbindlichkeiten.«

»Er heißt Tyson.«

Fleur lachte hell auf, setzte sich dann gerade hin und nahm die Sonnenbrille ab. Verdammt, sie war immer noch eine attraktive Frau. Zudem eine reiche, die sich die besten Schönheitschirurgen der Welt leisten könnte. Allerdings war nicht eine Spur von Botox, Liftings, Fettabsaugungen oder Silikonaufpolsterungen zu erkennen. Entweder, sie hatte es nicht nötig und alterte in Würde und Schönheit wie ein Spitzenwein, oder ihr Chirurg war ein wahrer Künstler.

Fleur lächelte Albin tadelnd an. »Tyson? Ein merkwürdiger Name. Der arme, kleine Hund. Ich habe eine Katze. Sie ist fast genauso groß.« Sie lachte.

Albin zuckte mit den Schultern, zog an der Zigarette. »Mit Katzen kann ich nichts anfangen.«

»Gehört er deiner Frau?«

»Man hat ihn mir zum Ruhestand geschenkt. Ich bin geschieden.«

»Oh?« Fleur schien aufzumerken.

Er deutete mit dem Kopf nach schräg gegenüber. »Meine Freundin führt den Blumenladen dort drüben.«

»Ah?«, machte Fleur, allerdings mit einer etwas anderen Betonung als zuvor. »Es ist schön, dass du nicht alleine bist und sich jemand um dich kümmert.«

»Finde ich auch«, erwiderte Albin und sah Matteo mit einem Tablett aus der Bar kommen. Er schwieg so lange, bis Matteo serviert hatte und wieder abschwirrte – nicht ohne mit Hochachtung die Augenbrauen in Richtung Albin gelupft zu haben, aber so, dass Fleur es nicht sehen konnte.

»Dein Mann ist gestorben«, sagte Albin. Eine Feststellung, denn natürlich wusste er das. »Du bist nicht wieder verheiratet?«

»Nein.«

»Du würdest doch an jeder Straßenecke einen finden, Fleur.«

»Wer will schon einen von der Straßenecke?« Sie lachte, strich mit den fein manikürten Fingern über die Tischplatte. »Alles ist gut. Es geht mir gut. Ich habe meinen Sohn, Aristide. Ich habe das Geschäft, um das ich mich nach Oliviers Tod zum Teil kümmern muss. Das füllt mich ziemlich aus.«

Albin nickte und drückte die Zigarette aus. Fleur war stets eine engagierte Geschäftsfrau gewesen. Albin hatte sie irgendwann in den Achtzigern bei einer Razzia kennengelernt. Sie muss damals Ende zwanzig gewesen sein, hatte Kunstgeschichte studiert und sich nebenbei Geld als Callgirl verdient. Als sie erkannt hatte, dass damit mehr Geld zu verdienen war als mit dem Analysieren von Gemälden und dass einige Kommilitoninnen sich auf die gleiche Art und Weise das Studium finanzierten wie sie, hatte sie das Studium abgebrochen und einen exklusiven Club in Avignon eröffnet.

Der Laden war sehr exklusiv. Die Kundschaft ebenfalls. Außerdem verkehrte dort eine kriminelle Klientel, an der Albin sehr interessiert war. Und da Fleur, die eigentlich Angelique hieß, eine Geschäftsfrau war, hatte er ihr nach der Razzia einen Deal vorgeschlagen: Informationen gegen Straffreiheit. Und irgendwie wollte er sich Fleur sowieso nicht gerne im Gefängnis vorstellen. Dafür war sie zu fein. Er mochte sie. Ihre Art gefiel ihm. Sie hatte etwas Faszinierendes an sich.

Natürlich wusste Fleur wie keine Zweite, Männer dazu zu bringen, sie zu mögen, aber Albins Sympathie hatte nichts mit irgendwelchen Tricks oder Flirts zu tun, zumal sie auf Gegenseitigkeit beruhte. Manchmal war es eben so: Ein anderer Mensch lag einem. Man hatte dieselbe Wellenlänge. Pure Magie. So war es mit ihm und Fleur gewesen.

Tatsächlich hatte Albin das Gefühl, dass sich im Laufe ihrer Zusammenarbeit sogar mehr als Sympathie zwischen ihnen entwickelt hatte. Jedenfalls von ihrer Seite aus.

Doch Albin hatte nie diese Art von Interesse an Fleur gehabt, wenngleich er oft ihren Verlockungen hätte erliegen können, und einmal sogar …

Aber wie hieß es in diesem Lied von Bruce Springsteen: You can't start a fire without a spark. Und dieser zündende Funke war bei Albin zu keinem Zeitpunkt vorhanden gewesen. Zumal: Es wäre dabei nie etwas Gutes herausgekommen – ein Polizist und eine Highclass-Nutte. Also, bitte. Außerdem war Albin verheiratet und Vater. Andere Frauen hatten schlicht und ergreifend keine Rolle für ihn gespielt.

Schließlich hatte sie Olivier Flores geheiratet. Er war damals schon eine große Nummer im Drogengeschäft und bereits eine Art Zwischenhändler für das, was in Marseille anlandete und im Hinterland verteilt werden musste. Flores war der Mann, der seinerzeit Louis Rey ans Messer geliefert hatte, um dessen Thron zu besteigen. Fleur hatte das alles gewusst. Vielleicht hatte sie die Augen davor verschlossen, sich die Ohren zugehalten und dabei die Marseillaise gesungen, um bloß nicht mitzubekommen, was um sie herum geschah. Aber wohl eher nicht. Fleur stand mit beiden Beinen im Leben und ging mit offenen Augen durch die Welt. Sie wusste, worauf sie sich damals einließ, als sie Flores heiratete. Sie wusste genau, was er tat, kannte jeden Schritt. Da war sich Albin hundertprozentig sicher. Insofern war sie keine Unschuldige.

Mit der Heirat von Fleur und Flores hatte sich das Verhältnis zwischen Albin und Fleur radikal verändert. Sie wurde schwanger, gab den Club auf, womit Albins Informationsquelle versiegte. Und als Frau von Olivier Flores konnte sie sich nicht mit einem Polizisten blicken lassen, geschweige denn Deals mit ihm machen. Es war zu gefährlich, sie hatte ihrem Mann gegenüber loyal zu sein, und außerdem gab es keine Grundlage mehr für die Übereinkunft zwischen ihr und Albin und nichts, womit Albin ihr noch hätte drohen können.

Albin nahm einen Schluck Kaffee und musterte Fleur, die ihn unverwandt ansah. »Das Geschäft«, wiederholte er.

»Import, Export, Speditionsgewerbe für Feinkost und Lebensmittel.«

»Das Übliche also.«

Fleur lachte hell auf und nickte. »Ich unterstütze meinen Sohn«, erwiderte sie.

»Natürlich«, sagte Albin, setzte die Kaffeetasse ab und faltete die Hände über dem Bauch. »Weswegen hast du mich angerufen?«, fragte er.

»Wegen Vital Didier, Gaston Vollant, Claude Nadal«, erwiderte sie. »Und wegen Louis Rey.«

»Verstehe«, sagte Albin. Fleur war nicht dumm. Sie war gut informiert, vorsichtig und anscheinend äußerst alarmiert.

»Siehst du es denn nicht auch?«, fragte sie.

»Ich bin im Ruhestand. Mein vorrangiges Interesse ist das Wohlergehen meiner Enkeltochter. Das alles reicht mir vollkommen aus.«

Fleur ließ die Information, dass Albin Opa war, kurz sacken und nickte knapp. »Du und Ruhestand«, ergänzte sie dann mit einem süffisanten Lächeln. Scheichs und Sultane hätten Millionen für dieses Lächeln bezahlt. Manche hatten es womöglich sogar getan. »Ich verfolge die Presse, Albin. Ich weiß, was du im angeblichen Ruhestand so treibst.«

Albin hüstelte. »Gelegentlich, zugegeben, helfe ich mal aus. Da ruft man mich als Berater hinzu.«

»Mhm.« Fleur lächelte immer noch, nippte dann am Milchkaffee und leckte sich mit der Zungenspitze den Schaum von der Oberlippe. »Worauf ich hinauswill …«, sagte sie schließlich.

»Du machst dir Gedanken«, kürzte Albin ab.

»Ja.«

»Olivier hat damals die entscheidenden Informationen an die Polizei gegeben, die Louis Rey in den Knast brachten.«

»Manche behaupten das.«

»Und ich weiß es sogar.«

Fleur nickte.

»Didier, Nadal und Vollant«, fuhr Albin fort, »hingen mit drin. Sie sagten allesamt gegen Rey aus, nachdem Olivier ihnen verdeutlicht hat, dass er nach dem Putsch die Hand schützend über sie halten wird.«

»Möglich«, sagte Fleur.

»Jetzt sind sie tot. Olivier, der Reys Geschäfte übernommen hatte, ist ebenfalls tot. Aber er hat Rey alles genommen. Er ist so schuldig an Reys Schicksal wie Didier und Vollant und Nadal.«

»Ich habe mich erkundigt. Rey ist raus«, sagte Fleur.

»Ich weiß.«

»Er könnte auf einem Rachefeldzug sein.«

»Und da Olivier nicht mehr lebt, fürchtest du, Rey könnte sich an dich wenden.«

»An meinen Sohn. An Aristide.«

»Falls Rey auf einem Rachefeldzug ist, dann könnte das möglich sein«, sagte Albin.

»Denkst du, dass er das ist?«

»Man kann es nicht ausschließen.«

»Aber es muss doch eine Handhabe gegen ihn geben?«

»Nicht, soviel ich weiß.«

»Man muss doch Spuren gefunden haben? Die Polizei ist doch nicht blind?«

Albin zuckte mit den Schultern. »Gäbe es eine Handhabe, wäre er bereits verhaftet. Aber ich weiß absolut nichts über Rey, Fleur. Nicht, wo er steckt, gar nichts. Dafür ist mir aber klar, dass Rey eines wissen wird: Weder du noch dein Sohn können etwas mit seiner Verhaftung zu tun gehabt haben. Aristide muss damals …«

»Er war vier Jahre alt.«

»Rey kann und wird ihn nicht zur Rechenschaft ziehen wie die anderen. Er ist von altem Schrot und Korn.«

»Ich weiß nicht. Aristide erkennt das alles noch nicht, die möglichen Zusammenhänge. Ich habe mit ihm auch noch nicht darüber gesprochen …«

»Aber mit mir sprichst du.«

»Ja.«

»Was willst du, Fleur?«

»Halte ihn auf. Halte Rey auf.«

»Wird das ein Auftrag?«

Fleur schwieg, zuckte mit den Schultern. »Du kennst ihn. Du hast ihn in den Knast gebracht. Du …« Sie betrachtete Albin. Irgendetwas schien hinter ihrer Stirn vor sich zu gehen. »Mein Gott«, sagte sie dann, nachdem die Zahnräder eingerastet waren.

»Richtig«, sagte Albin. »Falls er eine Liste hat, stehe ich ganz oben.«

»Zieh ihn aus dem Verkehr.«

Albin schmunzelte und steckte sich noch eine an, schüttelte den Kopf. »Rey ist vom alten Schlag«, sagte er dann. »Auge um Auge, Zahn um Zahn. Aber Olivier ist tot. An dem kann er sich nicht mehr rächen. Er wird stattdessen Wiedergutmachung fordern. Du und dein Sohn habt vom Agieren deines Mannes profitiert. Davon will Rey etwas abhaben, weil er der Meinung ist, dass ihr euch an seinen Esstisch gesetzt und von seinem Kuchen gegessen habt. Denke ich mir.«

»Geld?«

»Vermutlich.«

Fleur atmete tief ein und etwas zitternd wieder aus, hielt sich mit beiden Händen an der Kaffeetasse fest. Sie war wirklich zutiefst besorgt. Und das mit Recht.

»Weißt du, wo er ist?«, fragte sie.

»Wie gesagt: Ich habe keine Ahnung«, sagte Albin. »Wenn jemand Mittel und Wege hat, ihn aufzutreiben, dann dein Sohn.«

Fleur nickte kaum wahrnehmbar. »Ja«, sagte sie, schaute auf ihre Fingernägel und ergänzte. »Weißt du, manchmal wünschte ich mir, ich wäre ganz weit weg und hätte mit alledem nichts mehr zu tun.«

»Du kannst dich jederzeit in ein Flugzeug setzen und verschwinden.«

Sie schüttelte den Kopf. »Nein. Kann ich nicht.«

»Ich sage immer: Wer mich nervt, das entscheide immer noch ich. Wenn du dich also weiterhin nerven lassen willst – deine Entscheidung.«

Fleur lachte und sah Albin wieder an. Sie leerte ihren Café au Lait.

»Aristide«, sagte sie, »wird Rey aus dem Verkehr ziehen und umlegen.«

»Rey ist kein Dummkopf und weiß das. Er ist gefährlich wie eine Klapperschlange.«

»Er ist allein. Aristide hat eine ganze Armee.«

»Ist Rey unter Umständen scheißegal. Wäre mir auch scheißegal.«

»Dir mit Sicherheit.« Fleur grinste.

»Im Ernst«, erklärte Albin. »Macht Rey ein Angebot, das er nicht ablehnen kann. Und dann ist Ruhe im Karton.«

»Manche Männer«, sagte Fleur und sah Albin an, »sind für Angebote, die man nicht ablehnen kann, unempfänglich.«

»Manche schon. Die Art von Mann, die auf dem Sterbebett über die verpassten Chancen im Leben jammern wird.«

Fleur lachte. »Nein, eher die Art von Mann, die es viel zu selten gibt. Männer mit Prinzipien.«

»Dabei kann es so schön sein, sich von Prinzipien zu trennen.«

»Es zeugt mehr von Stärke und Charakter, wenn man widersteht.«

Albin schmunzelte. »Hör auf, mit mir zu flirten, Fleur Flores. Ich bin immer noch immun gegen dein Gift.«

Fleur tat so, als habe sie das gar nicht gehört. »Weißt du«, sagte sie und stand dann auf, »es ist kein Gift. Es war niemals eines.«

»Ich weiß«, sagte Albin und stand ebenfalls auf, um Fleur mit zwei Wangenküssen zu verabschieden. »Zahlt Rey aus«, sagte er. »Alles andere endet nur in einem Blutbad, das niemand braucht, das niemand will und das viel zu gefährlich ist. Dein Sohn will sich doch nicht wegen einer solchen Lappalie ins Visier der Behörden begeben.«

»Du meinst …«

»Ich meine, dass weder ich noch meine Kollegen blöd sind, Fleur. Natürlich habe ich über Zusammenhänge der Morde nachgedacht. Natürlich hat die Polizei das ebenfalls getan. Die haben Rey selbstverständlich im Visier. Wenn Aristide ihn umlegt oder umlegen lässt, zählen die Kollegen eins und eins zusammen und klingeln übermorgen mit einem Durchsuchungs- und Haftbefehl an eurer Haustür.«

»Ja«, sagte Fleur. »Wahrscheinlich hast du recht. Wenn du etwas hörst wegen Rey, wo er steckt …«

»Ich habe deine Nummer«, sagte Albin und sah Fleur dabei zu, wie sie in ihren Porsche stieg und abfuhr. Schwingende Hüften.

Eine Frau mit Klasse und Rasse. Aber das war Veronique ebenfalls. Sie musste sich wahrlich nicht hinter Fleur verstecken. Im Gegenteil. Jeder vernünftige Mann würde sich allenfalls auf eine Affäre mit einer Frau wie Fleur einlassen – der Fluch ihres Lebens, das Schicksal einer Kurtisane. Ihr verstorbener Mann hatte das damals anders gesehen, weswegen Fleur sofort zugegriffen hatte. War ihr nicht zu verübeln. Womöglich hatte sie sich mit den Jahren sogar geändert. Aber nicht wesentlich. Sie umgab immer noch eine Aura des Verruchten, des Verbotenen und der Gefahr, für das viele Männer sehr empfänglich waren. Nur Albin nicht. Er hatte zeitlebens mit so viel Verruchtem, Gefahr und Verbotenem zu tun gehabt, dass er einzig und allein nach Normalität strebte.

Er zog an der Zigarette und nahm wieder Platz.

Tyson blickte ihn fragend an.

Was hast du vor?, schien er zu fragen.

»Ich weiß noch nicht«, erwiderte Albin in Gedanken.

Aber du hast etwas vor.

»Denke schon.«

Fleur ist immer noch eine atemberaubende Frau.

»Und eine Kriminelle«, erwiderte Albin und löschte die Zigarette im Aschenbecher. »Ihr Sohn führt den größten Drogenumschlagsplatz nördlich von Marseille, vergiss das nicht. Sie mischt kräftig mit. Ihr Lippenstift ist mit zerstörten Schicksalen, Mord und Elend bezahlt.«

Dafür warst du aber sehr freundlich zu ihr.

»Sympathy for the devil«, erwiderte Albin. »Manchmal muss man Feuer mit Feuer bekämpfen.«

Aber sie hält dich ebenfalls für freundlich.

»Sie weiß sehr genau, wer und was sie ist und wer und was ich bin. Das hat sie immer gewusst, Tyson. Daran gab es nie auch nur den Hauch eines Zweifels. Wir stehen und standen stets auf unterschiedlichen Seiten.«

Du hast sie angelogen. Du weißt, wo Rey steckt. Du weißt, was er will. Und du willst mit ihm sogar gemeinsame Sache machen.

»Gewissermaßen, ja.«

Das ist ziemlich mies ihr gegenüber.

»Kommt dir vielleicht so vor, mein Freund. Auf der anderen Seite hast du noch nie eine verkommene Wohnung gesehen, in der eine Mutter noch mit Spritze im Arm an ihrem Erbrochenen erstickt ist und ihr Baby seit zwei Tagen im Zimmer schreit. Das ist sehr viel mieser, und mir ist daran gelegen, einen der Verursacher für solche Dinge aus dem Verkehr zu ziehen.«

Aristide.

»Ja.«

Und Fleur ebenfalls?

»Falls nötig – ja. Und bevor du fragst: Das weiß sie. Sie hat es immer gewusst und genau aus diesem Grund stets Wege gefunden, um mit nichts in Verbindung gebracht zu werden. Aber sie hat immer mittendrin gesteckt. Seit Oliviers Tod mehr denn je.«

Sie riecht gut.

»Ja«, sagte Albin seufzend, hob die Nasenspitze, streckte das Gesicht der Sonne entgegen und schloss für einen Moment die Augen. »Teuflisch gut.«

Als Albin die Augen wieder öffnete, blickte er in das Gesicht von Matteo.

»Mein lieber Mann«, sagte er und räumte die Kaffeetasse ab, an deren Rand roter Lippenstift haftete. »Wer war das denn?«

»Eine alte Kontaktperson«, antwortete Albin.

»So alt wirkte die aber nicht.«

»Hat sich gut gehalten.«

»Kann man wohl sagen. Die würde mir auch gefallen.«

»Soll ich das deiner Frau ausrichten?«

»Soll ich es deiner ausrichten?«

Albin blickte über die Straße zu Veroniques Blumenladen. Der alte Handkarren war inzwischen dekoriert und Manon ebenfalls wieder im Geschäft verschwunden.

»Ich denke«, sagte Albin, »das hat sich bereits von selbst erledigt.«

Matteo nickte, zog ein löchriges Handtuch aus der Hintertasche seiner Jeans und wischte damit über den Bistrotisch. »Aber du hast ja ein reines Gewissen«, sagte er. »Niemand, der ernste Absichten hätte, würde sich mit der jüngeren Schwester von Sophia Loren direkt auf dem Präsentierteller verabreden.«

»Exakt.«

»Und deine Tochter wird dich kaum in die Pfanne hauen.«

»Es gibt sowieso keinen Anlass dazu.«

Matteo nickte erneut und stopfte das Tuch zurück in die Hosentasche. »Was treibt eigentlich Manons bekloppter Ex-Mann?«

»Er blockiert die Scheidung.«

»Ernsthaft?«

»Lässt seine Anwälte Steine in den Weg werfen, wo er nur kann. Wegen der Unterhaltszahlungen stellt er sogar infrage, dass er Claras leiblicher Vater ist. Gäbe ja keine medizinischen Belege dafür, lässt er seine Anwälte ausrichten, was auch immer das für die Unterhaltszahlungen zur Folge hätte. Wahrscheinlich nichts, aber es verletzt Manon, lässt sie als Lügnerin und Schlampe dastehen – und darum geht es ihm wohl hauptsächlich. Und er hat nachgelegt. Behauptet, sie nehme Drogen.«

»Nein.«

»Doch. Tut er. Zahlt so lange keinen Unterhalt, wie das mit der Vaterschaft nicht geklärt ist.«

»Aber …«

»Kein Aber.«

»Das tut er dem Kind an? Mann, Mann …«

»Er ficht alles an. Will alles über die Gerichte laufen lassen.«

»Hat Manon einen guten Anwalt?«

»Eine Anwältin, ja. Die Beste. Trotzdem. Er mobbt sie sogar, verschickt fragwürdige Bilder von ihr übers Internet, stellt sie bloß, behauptet, sie sei eine Professionelle.«

Matteo fuhr sich mit der Hand durchs Gesicht, ballte die andere zur Faust. »Dieser Gilles ist ein Psychopath.«

»Das war er schon immer.«

»Vollkommen irre.«

»Allerdings. Wenigstens lässt er sich nicht mehr persönlich blicken.«

»Mhm«, machte Matteo, kratzte sich im Nacken und schien über etwas nachzudenken.

»Was ist?«, fragte Albin.

»Nichts«, sagte Matteo, »gar nichts, alles in Ordnung.« Dann drehte er sich um, um wieder in der Bar zu verschwinden. Albin sah ihm schweigend hinterher. Manchmal, dachte er, war Matteo wirklich rätselhaft.

45

Am frühen Abend saß Albin auf der Terrasse, trank einen kalten Pastis, rauchte eine Gitanes und überlegte, ob er seinen neuen Rasenmäher einsetzen oder noch ein wenig damit warten sollte. Er entschied sich für das Warten, dachte nach, ließ die Gespräche mit Rey und Fleur Revue passieren und sah dem Zigarettenrauch hinterher, der sich mit dem Wind verflüchtigte. Fast zeitgleich mit dem Schlagen der Kirchturmuhr öffnete sich die Haustür.

Verdammt!, dachte Albin und suchte hektisch nach einer Möglichkeit, die Gitanes verschwinden zu lassen. Er durfte nur vor der Haustür rauchen, und normalerweise kam Veronique immer etwas nach sechs Uhr nach Hause, weil sie um Punkt sechs Uhr den Laden schloss und noch etwas Zeit mit der Kasse benötigte. Jetzt würde sie ihn in flagranti erwischen. Er stand rasch auf, versteckte die Kippe hinter dem Rücken und wendete sich zur Tür, durch die er Veronique hereinkommen sah.

»Nanu?«, fragte er. »Früher Schluss heute Abend?«

Veronique wuchtete zwei Einkaufstaschen auf die Arbeitsplatte, warf Albin einen kurzen Blick zu und sagte: »Du musst dir gar nicht einbilden, dass ich deine Zigarette nicht riechen würde, Albin Leclerc.«

»Ja«, erwiderte er und suchte nach einer Ausrede, während er die Kippe wieder hinter dem Rücken hervorholte.

»Also, das ist eher Zufall. Ich hatte sie vor der Haustür angezündet und in der Garage etwas für den Garten gesucht und bin wohl geistesabwesend dann mit der Zigarette im Mundwinkel wieder reingegangen und raus auf die Terrasse und …« Er zuckte mit den Schultern. »Na ja, so in der Art jedenfalls.«

Veronique blieb stumm wie ein Fisch und befasste sich damit, die Einkäufe zu verstauen. Albin schnippte die Zigarette über die Gartenmauer, wo sie auf der anderen Seite in die schmale Gasse fallen und keinen Schaden anrichten würde. Dann ging er rein.

»Ich bekomme vieles mit«, sagte Veronique und sortierte einige Verpackungen in den Vorratsschrank, »von dem du vielleicht denkst, ich merke es nicht. Halt mich bloß nicht für blöd.«

»Würde ich niemals. Und ich weiß, dass du vieles mitbekommst. Vor einer Frau und Mutter kann man nichts verbergen.« Albin wollte Veronique von hinten an die Hüften fassen und ihren Nacken küssen.

»Das solltest du dir hinter die Ohren schreiben«, antwortete sie und wich ihm aus.

Albin atmete tief ein. Er lehnte sich mit der Hüfte an die Arbeitsplatte und sagte dann im Ausatmen: »Ihr Name ist Fleur Flores. Ich kenne sie von früher.«

Veronique lachte auf, stellte sich auf die Zehenspitzen, um das obere Fach zu erreichen. »*Fleur Flores?* Wer heißt denn so? Was ist denn das für ein lächerlicher Name? Klingt ja wie ein Pornostar.«

»Fleur ist ihr Künstlername. Eigentlich heißt sie Angelique. Flores ist ihr richtiger Nachname. Und sie war mal so etwas wie ein Pornostar, nicht wirklich, aber ähnlich.«

»Wie bitte?« Veronique verharrte in der Bewegung und starrte Albin über die Schulter hinweg an.

»Ist lange her«, erklärte Albin. Und schilderte Veronique dann, um wen es sich bei Fleur Flores genau handelte und woher sie sich kannten.

»Und dann trifft man sich einfach mal auf einen Kaffee?«, fragte Veronique spitz.

»Sie hat mich angerufen, und …«, erwiderte Albin.

»Woher hat sie denn deine Nummer? Mobil oder Festnetz? Auf dem Festnetz doch sicher nicht? Außerdem hast du überhaupt nichts davon erzählt. Das erzählt man doch: Du, ich treffe heute eine alte Freundin – du redest doch sonst dauernd über alte Zeiten?«

»Keine Ahnung, woher sie die Nummer hat, sie ist …«

»Ziemlich aufgetakelt hatte sie sich für euer Rendezvous, und fährt mit einem roten Porsche herum. Also, wirklich. Und so ein lächerlicher Platz, um sich zu treffen. Bei Matteo und direkt vor meiner Nase.« Veronique lachte spöttisch und machte mit dem Kühlschrank weiter, ohne Albin auch nur eines Blickes zu würdigen.

Albin verschränkte die Arme vor der Brust. »Da sind diese drei Morde. Fleur befürchtet, ihr Sohn könnte das vierte Opfer werden. Also findet sie meine Nummer heraus, weil wir uns von früher kennen, berichtet mir von ihrer Furcht und fragt mich, ob ich nicht etwas tun kann. Eine besorgte Mutter. Mehr nicht. Eine stinkreiche besorgte Mutter, weswegen sie so aussieht, wie sie aussieht, und mit einem Porsche herumfährt.«

Veronique hörte zu. Sie schloss den Kühlschrank, verstaute dann die leeren Einkaufstaschen.

»Du bist doch nicht etwa eifersüchtig?«, fragte Albin.

Veronique lachte wieder, stellte sich dann direkt vor Albin hin. »Ich? Ich doch nicht.«

Albin grinste. »Doch, bist du.«

Sie musterte Albin von oben bis unten. »Das bilde dir mal bloß nicht ein, dass ich annehmen würde, irgendeine andere Frau würde dich auch nur geschenkt haben wollen.«

»Die Familie Flores ist aus einem ganz bestimmten Grund stinkreich.«

»Interessiert mich nicht.«

Albin erklärte es Veronique dennoch.

»Um Himmels willen«, sagte sie, als er fertig war. »Warum verhaftet ihr die dann nicht alle?«

»Weil niemand etwas gegen sie in der Hand hat. Ist so wie eine Grippe: Du weißt und spürst, dass sie im Anzug ist, und hast auch eine Ahnung, wo du sie dir gefangen hast – aber die Nase läuft noch nicht. Oder so, wie du genau weißt, dass Fleur Flores keine Rolle für mich spielt – und mich sowieso keine geschenkt nehmen würde.«

Veronique schmunzelte jetzt. »Und?«, fragte sie, »hilfst du ihr?«

»Einerseits ja, andererseits nein.«

»Das ist nicht sehr präzise ausgedrückt.«

»Präziser kann ich es im Moment nicht ausdrücken.«

»Ist sie nett?«

»Sie ist freundlich.«

»Hattet ihr mal was miteinander?«

»Zu keinem Zeitpunkt bestand von meiner Seite aus jemals die Gefahr, ernsthaft etwas mit ihr zu haben.«

»Und von ihrer?«

»Man schaut den Leuten nur vor den Kopf.«

Veronique schwieg einen Moment, musterte Albin und

sagte dann: »Das ist alles lange her. Wenn eine Mutter Angst um ihren Sohn hat, sollte man ihr helfen, finde ich.«

»Aristide Flores ist ein ziemlich spezieller Sohn. Und wie ich sagte: Einerseits werde ich ihr helfen.«

»Und andererseits?«

»Dafür sorgen, dass es endlich gelingt, ihn dorthin zu bringen, wohin er gehört: in den Knast.«

Veronique seufzte. Sie hob die Hände und strich Albin damit über die Brust. »Du solltest dich da besser raushalten, Albin.«

»Zu spät.«

»Das habe ich befürchtet. Bring dich bitte nicht in Gefahr.«

»Werde ich nicht«, erwiderte Albin, fasste nach Veroniques Händen und küsste alle beide. »Werde ich absolut nicht«, wiederholte er.

Im nächsten Moment schreckte Veronique zusammen, als Albins Handy klingelte. Er löste sich von ihr und ging zum Flur, wo das Telefon auf einer Kommode lag. Auf dem Display sah er, dass es Castel war, und ging dran.

»Was, zum Teufel, haben Sie vor?«, hörte er ihre Stimme.

»Castel«, sagte Albin. »Ich habe keine Ahnung, wovon Sie da reden.«

»Haben Sie wohl.«

»Darüber spricht man nicht am Telefon. Außerdem habe ich keine Zeit. Ich muss mit Tyson Gassi gehen.«

»Prima. Ich auch.«

»Mein Mops geht ausschließlich mit mir Gassi.«

»Ich rede von meinem.«

»Mila?«

»Ja.«

»Und?«

»Gehen wir zusammen. Und reden.«

Albin stellte sich das Bild vor. Zwei Polizisten mit zwei Möpsen an der Leine, einer hell, der andere dunkel, die darüber sprechen, wie sie einen der führenden Drogenbosse schnappen, indem sie ihn mit einem ehemaligen Drogenboss ködern. Lächerlich.

»Nie im Leben«, sagte Albin.

46

Fleur Flores stand im großen Empfangsraum der alten, aber hochmodern sanierten Villa und blickte durch die offenstehenden Flügeltüren nach draußen zum Pool, der von jeder Menge Menschen umringt war. Sie lachten, prosteten sich zu, redeten miteinander, waren leger bis elegant gekleidet. So wie sie selbst, die heute Abend ein luftiges, helles Kostüm von Yves Saint Laurent trug. Das Champagnerglas hatte sie auf dem Klavier abgestellt, das niemand benutzte, und suchte mit den Blicken nach Aristide, bis sie ihn schließlich im Feuerschein einiger in den Boden gesteckten Fackeln am Ende des Pools im Barbecue-Bereich entdeckte, wo er sich gerade etwas auf den Teller nachfüllen ließ. Er trug eine leichte Stoffhose, dazu ein Poloshirt, und war umgeben von drei jungen Frauen, die äußerst attraktiv waren und an seinen Lippen zu hängen schienen, während er abwechselnd mit ihnen und dem Koch sprach.

Die Party heute Abend galt einigen Freunden, sowohl Geschäftsfreunde als auch persönliche. Ari gab häufig solche Feiern. Fleur war sich sicher, dass es anschließend noch mit den Autos in die Stadt gehen würde, um dort in irgendwelchen angesagten Clubs weiterzufeiern. Sie missgönnte es ihm nicht. Er war jung. Er war gutaussehend. Er hatte Geld und Macht. Warum sollte er das nicht ausnutzen und sich vergnügen?

Dennoch war sie besorgt. Aristide war zwar perfekt geschützt und ging niemals ohne seine »Assistenten« aus, die bewaffnet und im Nahkampf trainiert waren. Aber hatte nicht Albin selbst gesagt, dass man bei Louis Rey mit allem rechnen musste? Mit *wirklich allem*? Fleur wusste nicht, was genau das sein könnte. Sie hatte nur diffuse Vorstellungen davon, wie Louis Rey sich möglicherweise an ihrem Sohn für das rächen könnte, was ihr Mann ihm angetan hatte. Albin hatte zwar gemeint, Rey wolle nur Geld. Dennoch verspürte sie Unbehagen – großes Unbehagen und Angst, weswegen sie beschlossen hatte, auf Albins Rat zu hören. Sie musste mit Ari reden. Sofort.

Sie griff nach ihrem Champagnerglas, als sie Fred Béranger bemerkte, der sich unauffällig neben sie gestellt hatte und ihr halbvolles Glas gegen ein volles austauschte. Er war lässig gekleidet, hatte eine dunkelbraun gebrannte Glatze und seit langem ein Auge auf sie geworfen. Was nicht auf Gegenseitigkeit beruhte. Fleur genoss seine Aufmerksamkeiten nicht einmal. Er war ebenfalls im Import-Export-Geschäft, hatte allerdings nichts mit Feinkost zu tun. Er handelte vielmehr mit dem Beschaffen von Informationen – ein lukratives Geschäft. Fleur selbst hatte Béranger damit beauftragt.

»Fred«, sagte Fleur. »Danke.«

»Nicht für den Sekt.«

»Danke im Voraus für deine Dienste. Bist du deswegen hier?«

»Ja.« Er nickte, senkte die Stimme dann etwas und wandte sich näher zu Fleur. »Die Polizei hat Louis Rey festgenommen, aber wieder auf freien Fuß gesetzt. Es heißt, man kann ihm nichts nachweisen – noch nicht. Er hat sich mit einem Ex-Polizisten zum Kaffeetrinken getroffen: Albin Leclerc. Bei der Gelegenheit fand die Festnahme statt.«

»Ah.« Fleur merkte auf. Also wusste Albin wohl doch, wo sich Rey aufhielt, zumindest hatte er Kontakt zu ihm. Im Gespräch mit Fleur hatte er noch das Gegenteil behauptet. Warum? Wahrscheinlich, weil er keine Schwierigkeiten haben wollte.

Béranger sagte: »Es ist allerdings noch nicht bekannt, wo Louis Rey lebt. Er hält sich ab und zu in der Bar eines seiner ehemaligen Getreuen auf. Ledoux ist der Name und …«

»Ich kenne ihn.«

Béranger nickte. »Man kann annehmen, dass Ledoux ihm hilft. Die Adresse, unter der Rey gemeldet ist, existiert jedenfalls nicht. Das heißt: Es gibt diese Adresse, dort lebt er aber nicht. Nur eine verwirrte alte Dame, die mit ihm aber nichts zu tun hat. Vermutlich hat er die Adresse nur zur Tarnung angegeben.«

Fleur nippte an dem Glas. Sie betrachtete Béranger, ohne ihn wirklich anzusehen. Sie überlegte – und fasste den Entschluss, dass es besser wäre, in die Offensive zu gehen, statt abzuwarten und den Dingen ihren Lauf zu lassen. Sie wollte die Angelegenheit »Louis Rey« so schnell wie möglich vom Tisch haben.

»Geht es dir gut?«, fragte Béranger, die Jazzmusik und die Partygeräusche von draußen übertönend.

»Ja«, sagte Fleur und setzte das Glas von den Lippen ab. Der Rand war mit rotem Lippenstift beschmiert.

»Du siehst besorgt aus.«

Sie zuckte mit den Schultern.

»Gibt es etwas, das ich tun kann?«, fragte er. »Irgendetwas?«

Fleur schenkte ihm ein Lächeln, strich mit der Hand über seinen Unterarm.

»Ja«, sagte sie, sah Hoffnung in seinen Augen aufglimmen und wieder erlöschen, als sie anfügte: »Hol Aristide zu mir. Ich möchte etwas mit ihm besprechen.«

Béranger nickte und setzte sich in Bewegung. Fleur folgte ihm mit dem Blick. Sah, wie er sich durch die Menge drängte, am Pool entlang zum Grill, wo Aristide sich zu ihm neigte und dann in Richtung Haus sah, nickte und ihm den frisch gefüllten Teller in die Hand drückte. Zwei Minuten später stand Aristide bei seiner Mutter, die seine Hand nahm, ihn etwas abseits zur Bibliothek führte und die Tür leise hinter ihnen schloss. Sie liebte diesen Raum. An den Wänden standen antike Regale, die mit zahllosen Büchern gefüllt waren. Sie hatte Olivier niemals eines lesen sehen und zweifelte daran, dass er in ihrer Abwesenheit jemals eines in die Hand genommen hatte. Dennoch hielt er sich hier oft auf, saß in einem der gesteppten Ledersessel und unterhielt sich am Kamin mit Geschäftsfreunden. Es war sein Raum gewesen. Zudem gefiel ihr die Aura des Zimmers, das Ruhe, Wissen und Macht ausstrahlte – ohne dass sie genau sagen konnte, woran es lag.

Fleur betrachtete ihren Sohn, der sich lässig an eines der Ledersofas lehnte und sie fragend ansah.

»Es gibt ein Problem«, sagte sie.

»Müssen wir ausgerechnet jetzt darüber sprechen?«, fragte er.

Fleur nickte. »Ich möchte die Sache so schnell wie möglich aus der Welt haben. Ich könnte es ohne dich regeln, aber ich regle es lieber mit dir – wenngleich es mit dir nichts zu tun hat, aber …« Fleur fuhr mit der flachen Hand über die glatte Oberfläche eines großen, antiken Globus, der neben dem Kamin aufgestellt war.

»Du sprichst in Rätseln«, sagte Aristide.

Fleur gab dem Globus etwas Schwung und betrachtete, wie er in der Verankerung rotierte. Schließlich erzählte sie ihrem Sohn von Louis Rey. Von dem, was er nach ihrer Meinung getan hatte, seitdem er aus dem Gefängnis entlassen war. Sie erzählte außerdem, was Louis Rey vermutlich noch vorhatte – und warum. Ari nickte zwischendurch, unterbrach seine Mutter nicht und ignorierte das Klopfen an der Tür, als ihn irgendjemand zurück auf die Party holen wollte, aber nicht wagte, die Tür zur Bibliothek einfach so zu öffnen.

Schließlich sagte Aristide: »Du fürchtest, dass ein einzelner, alter Mann uns Ärger machen wird?«

»Ja.«

»Mama, bitte …«

»Du weißt nicht, wozu er imstande ist. Du weißt nicht, ob er nicht doch noch gute Kontakte hat. Er kennt Marc Ledoux. Marc Ledoux kennt wiederum andere Leute.«

»Wir hatten mit weitaus schlimmeren und gefährlicheren Situationen zu tun.«

»Ich habe ein schlechtes Gefühl.«

»Ich kümmere mich darum. Wir lassen das Problem verschwinden.«

»Nein.«

Aristide merkte auf.

Fleur sagte: »Was dein Vater getan hat – es ist für Louis Rey unverzeihlich. Er …«

»Louis Rey war der Schwächere. Er hat verloren. Ganz einfach. So läuft das eben.«

»Du verstehst mich nicht. Dein Vater hat Louis Rey etwas angetan, das schlimmer war, als ihn einfach zu erschießen. Er hat ihn vernichtet. Er hat ihn lebendig begraben.«

Aristide lachte auf. »Hätte er ihn mal erschießen lassen oder es selbst getan. Dann müssten wir es nicht jetzt erledigen.«

»Das werden wir nicht.«

»Aber ...«

»Louis Rey wird dich nicht zur Verantwortung ziehen, weil ...«

»Ich lasse mich von niemandem zur Verantwortung ziehen!«

»... du nicht persönlich für sein Schicksal verantwortlich bist. Aber unsere Familie ist es. Er wird Wiedergutmachung fordern, und wir sollten sie ihm anbieten. Geld.«

»Ich sehe nicht, warum, Mama.«

»Du bist genauso starrköpfig wie dein Vater. Ich habe ihn damals nicht davon abbringen können, sich an die Speerspitze der Männer zu stellen, die sich gegen Louis Rey gewandt haben, und du ...«

»Warum wolltest du ihn aufhalten?«

»Ich war nicht einverstanden mit der Art und Weise. Ehrenvolle Männer hätten sich anders verhalten. Ich wollte, dass er sich als ehrenvoller Mann verhält, verstehst du?«

»Scheiß auf die Ehre.«

»Nein! Ari! Nimm das wieder zurück! Ich will das niemals mehr hören! Die Ehre ist das Letzte, was uns bleibt! Ohne Ehre im Leib bist du nichts!«

Aristide starrte auf seine Schuhe. Etwas im Tonfall seiner

Mutter hatte ihn zusammenzucken lassen – etwas, das immer wirkt, wenn die Eltern ihre Stimme gegen die Kinder erheben und sie zur Ordnung rufen, egal, wie alt sie sind. Aristide machte eine entwaffnende Geste, hob die Hände, ließ sie wieder sinken, gab schließlich auf.

Er sagte: »Du klingst, als hättest du dir bereits überlegt, was du mit diesem Rey machen willst, richtig?«

Fleur schwieg noch einen Moment. Sammelte sich wieder. Strich sich eine lose Strähne hinters Ohr. Dann sagte sie: »Wenn er auf uns zukommt, machen wir ihm ein großzügiges Angebot. Eines, mit dem er zufrieden sein kann. Und jeder, der das mitbekommt, wird wissen, dass die Flores ihre Schulden bezahlen und anständig handeln. Abgesehen davon wäre es nicht nur dumm, sondern auch viel zu gefährlich, Rey auf andere Art und Weise anzugehen.«

»Warum?«

»Weil die Polizei ihm auf den Fersen ist – wegen der Morde. Vielleicht sitzt er sogar schon wieder im Knast, und wir machen uns umsonst Gedanken.« Sie zögerte, betrachtete den Globus, gab ihm wieder Schwung. »Ich kenne da jemanden«, sagte Fleur. »Jemanden, der nach meiner Meinung ebenfalls auf Louis Reys Abschussliste steht.«

»Wer ist das?«

»Albin Leclerc.«

»Nie gehört.«

Sie erklärte ihrem Sohn, dass sie mit ihm gesprochen hatte. Erläuterte ihm, wer Albin Leclerc war, ließ aber einige Details über ihre gemeinsame Vergangenheit aus, insbesondere das, wie sie zu Albin stand und gestanden hatte – nämlich, dass sie zu jeder Zeit alle Zelte abgebrochen hätte, wenn er sie nur angerufen und gesagt hätte: »Komm mit mir.«

»Ich bin mir sicher«, sagte Fleur, »dass Albin weiß, wo sich Rey aufhält.«

»Wir können Rey jederzeit auftreiben, Mama. Wir sind die Flores.«

»Es ist eleganter, wenn er es macht und den Kontakt herstellt. Je weniger wir in Erscheinung treten, desto besser. Und es ist besser für die Verhandlungsposition, wenn Rey zu uns kommt, als wenn wir zu ihm kommen.«

Aristide schmunzelte. »Wie viel willst du ihm anbieten?«

Fleur zuckte die Schultern. »Eine viertel Million?«

»Und wenn ihm das nicht reicht?«

»Dann eine halbe? Oder eine? Das spielt doch keine Rolle.«

»Geld spielt immer eine Rolle.«

»Sagen wir eine Million. Wir haben genug davon.«

»Du meinst wirklich, dann wird er verschwinden? Er könnte mehr wollen.«

»Dann kannst du ihm immer noch eine Kugel in den Kopf jagen lassen.«

Aristide lachte auf. Er schien nachzudenken, lächelte etwas überheblich, so wie Olivier es immer getan hatte. Die Art von Lächeln, die einem vermittelte, nicht vollkommen ernst genommen zu werden.

Schließlich sah er Fleur wieder an und fragte: »Du bist dir ganz sicher, Mama?«

Fleur nickte.

»Kann dieser Rey uns wirklich ernsthaft gefährlich werden?«

Fleur massierte ihre Fingerknöchel. »Er saß ein Vierteljahrhundert im Gefängnis und konnte dort einen Racheplan schmieden. Kaum war er draußen, hat er begonnen, Menschen umzubringen, die er für schuldig an seinem Schicksal hält. Er hat es so angestellt, dass die Polizei ihm bislang nichts anhaben konnte. Er ist sehr entschlossen. Er hat einen Plan und sich sehr genau Gedanken darüber gemacht, wie er ihn umsetzen wird. Und … Na ja. Er war Louis Rey. Er war wie du. Vergiss das nicht. Schau auf dich selbst. Dann frag dich erneut, ob Rey gefährlich ist.«

»Mama, wir haben Profis, die uns schützen.«

Fleur schluckte. Blickte auf ihre Schuhe. Dann wieder zu ihrem Sohn. »Rey weiß Dinge.«

Aristide sah seine Mutter fragend an. »Wie meinst du das? Was für Dinge?«

»Dinge aus der Vergangenheit. Über deinen Vater. Über das Geschäft. Über mich. Er hat bislang offensichtlich nichts darüber erzählt, denn ansonsten wären wir nicht da, wo wir sind, verstehst du?«

»Nein.«

»Ich nehme an, dass er sein Wissen deswegen für sich behält, weil er es zu allerletzt nutzen will – vielleicht als Trumpfkarte gegen uns, wenn wir sein Spiel nicht mitspielen.«

»Mama, ich weiß immer noch nicht, worauf du hinauswillst.«

»Du musst es nicht verstehen. Nimm es einfach hin.«

»Was sollte er über uns wissen, das …«

»Ich rede von mir, Ari«, sagte Fleur und sah ihren Sohn durchdringend an. »Er weiß Dinge über *mich.* Dinge, die ich getan habe, die uns auch nach fünfundzwanzig Jahren gefährlich werden könnten.«

Aristide betrachtete seine Mutter zögerlich. »Bist du sicher?«

»Ja«, erwiderte Fleur und nickte.

»Du musst mir sagen, worum es geht.«

»Nein. Muss ich nicht. Und werde ich nicht. Du weißt jetzt schon zu viel.«

Fleur dachte zurück an diese Dinge und verfluchte sich dafür. Verfluchte sich, dass sie so unvorsichtig gewesen war und sich damals auf so dünnes Eis begeben hatte – wohl wissend, dass es irgendwann brechen könnte. Und es würde brechen. Aber sie konnte und durfte mit niemandem darüber sprechen, was damals vorgefallen war. Louis Rey wusste es. Und eigentlich hatte Aristide Recht – es wäre einerseits besser, ihn einfach zu erschießen und im Hafenbecken von Marseille zu versenken. Andererseits hätte man das vor fünfundzwanzig Jahren schon tun müssen. Jetzt und ganz aktuell war es einfach zu gefährlich. Man musste darauf setzen, dass er lediglich Geld wollte und alles andere auf sich beruhen lassen würde. Immerhin hatte er das Geheimnis schon sehr lange für sich behalten, allerdings vor vielen Jahren dafür gesorgt, dass Fleur wusste, dass er es wusste …

Aristide atmete langsam ein und aus. »Gut«, erwiderte er. »Dann machen wir es so, wie du meinst. Und wie du sagst: Eine Kugel können wir ihm immer noch in den Kopf jagen.«

Fleur nickte. »Ja«, sagte sie. Und wusste, dass sie erneut mit Albin Leclerc reden und ihn um einen Gefallen bitten würde.

47

Louis Rey legte das Nachtsichtgerät wieder zur Seite. Er hatte es in einem Jagdgeschäft in Avignon gekauft – eine Art Fernrohr mit zusätzlicher digitaler Vergrößerung, das die Dunkelheit zum Tage machen konnte. Zwar herrschte gerade erst Dämmerung, die Restlichtaufhellung erfüllte dennoch ihren Zweck – insbesondere der Digitalzoom war extrem wirksam und hilfreich.

Rey lag auf dem Bauch hinter einem größeren Felsen auf einer Anhöhe in einigen hundert Metern Entfernung zu der Villa, in der Fleur Flores mit ihrem Sohn Aristide lebte – sowie ihrer eigenen Privatarmee. Da hatte Leclerc nicht untertrieben. Rey war überrascht gewesen, dass es heute auf dem Anwesen eine Party gab. Gäste fuhren mit Autos vor, kamen und gingen. Währenddessen hatte Rey die Möglichkeit gehabt, alles genau zu inspizieren, denn von hier oben aus hatte er einen günstigen Blickwinkel auch auf den Garten und Poolbereich, wo sich die Menschen drängten. Sogar bis hier oben war die Musik zu hören – zwar nur sehr leise, aber immerhin.

Rey hatte fünf Personen gezählt, die er relativ eindeutig als Wachtposten identifizieren konnte. Zwei davon waren Frauen. Alle fünf mussten zur persönlichen Crew rund um Aristide Flores gehören und trugen Kleidung eines Hostessen- oder Cateringservices. Aber an der Art und Weise, wie sie sich bewegten, an ihrer Körpersprache sowie dem Gestus war eindeutig abzulesen, dass sie sich im Personen- und Objektschutz auskannten sowie wahrscheinlich eine militärische Ausbildung genossen hatten. Im Inneren der Villa hatte Rey natürlich niemanden ausmachen können. Auch im Poolbereich waren die weiteren Personen, die zur Crew und insgesamt zum näheren Umfeld von Aristide Flores gehörten, eher schlecht zu identifizieren. Einerseits trugen sie, wie die Gäste, Zivil, um nicht aufzufallen, nahm Rey an. Außerdem waren sie wahrscheinlich keine Fremdkörper, sondern den Gästen bekannt als Mitarbeiter der Geschäftsleitung, Assistenten, weiß der Himmel was. Rey musste sich nur daran erinnern, wie er damals selbst geschützt war. Da hatte es vergleichbare Konstellationen gegeben, wenngleich bei weitem weniger Security. Auf die fünf erkennbaren Sicherheitskräfte würden vermutlich noch fünf weitere kommen, glaubte Rey. Zwei Teams mindestens. Und vermutlich würden sich noch zwei oder drei weitere Personen außerhalb der Villa befinden – vielleicht in einem nicht sichtbar geparkten Auto oder irgendwo im Umfeld das Gelände sichernd, jedoch nicht so weit vom Haus entfernt, dass Rey ihnen auffallen würde.

Beim Beobachten des Anwesens hatte Rey außerdem diverse an der Außenfassade angebrachte Überwachungskameras gesehen. Es gab eine Umzäunung und Mauern sowie Drähte, die zu kleinen Verteilerkästen führten, was bedeutete, dass diese Drähte unter Strom standen. Rey hatte zudem vier Fahrzeuge gezählt, die sehr ähnliche Kennzeichen hatten und deren Beschriftung sie als Dienstwagen von Flores' Unternehmen auswiesen. Es waren größere SUVs mit getönten Scheiben. Nicht gerade die Art von

Dienstwagen, über die ein herkömmliches Unternehmen verfügte. Und auch in Bezug auf die Fahrzeuge dachte Rey an seine Vergangenheit. Er war stets von ein bis zwei Autos begleitet worden. Sein eigenes Fahrzeug war gepanzert gewesen und mit schusssicherem Glas ausgestattet. Das würde hier nicht anders sein, und Aristide Flores war, angesichts des Umfangs seiner Sicherheitscrew, vermutlich stets im Konvoi unterwegs – ein Fahrzeug voraus, dann Flores' Wagen, dann ein weiteres dahinter und vermutlich ein viertes unauffällig ganz woanders.

Das alles sagte Louis Rey drei Dinge.

Erstens: Das Geschäft war sehr viel gefährlicher geworden als früher. Man hatte es mit weitaus mehr Mitspielern und Gegnern zu tun, gegenüber denen man sich mit einer solchen Privatarmee absichern musste. Woraus zu folgern war, dass die Sensibilität der Sicherheitskräfte gegen alle und jeden geschärft wäre. Daher nahm Louis Rey an, dass die Flores-Crew bereits über ihn im Bilde war – mal ganz abgesehen davon, dass Albin Leclerc ihm gesagt hatte, dass die Flores-Crew nicht dumm wäre.

Zweitens: Er würde nicht alleine an Aristide Flores herankommen. Im Gefängnis hatte er Pläne geschmiedet. Er hatte sich ausgemalt, Flores entweder an einem öffentlichen Ort abzufangen, zu bedrohen und unter Druck zu setzen, um von ihm eine Wiedergutmachung der Taten seines Vaters zu fordern – in Form einer hohen Summe Geld. Außerdem hatte er sich überlegt, in das Haus einzudringen und Fleur Flores als Geisel zu nehmen, um das Geld zu erpressen. Aber auch das konnte er vergessen – und hatte es schon vor einigen Jahren abgehakt, als er im Gefängnis damit begonnen hatte, Informationen über Aristide Flores zu sammeln, und dabei hörte, wie gut er abgesichert war. Außerdem würde er nicht einfach klingeln können und sagen: Hallo, da bin ich, Tag der Abrechnung. Bitte händigt mir einen Koffer mit Geld aus, sonst fange ich an, herumzuschießen oder erzähle unschöne Dinge über Fleur Flores, die sie und ihren Sohn nicht nur diskreditieren, sondern vernichten würden.

Drittens: Er würde mit Leclerc reden und auf seinen Deal eingehen. Falls Leclerc tatsächlich als Vermittler auftreten und dafür sorgen könnte, dass Rey in die Villa gelangte und seine Forderungen erfüllt würden, dann wäre das schlicht und ergreifend die beste und sicherste Option, die Rey aktuell hatte. Wenn er dafür Leclercs Spiel mitspielen und als Maulwurf für die Polizei agieren musste – na ja, ungern, aber kein Problem. Kam am Ende dabei heraus, dass Aristide Flores und am besten auch seine Mutter in den Knast kamen, dann wäre das umso besser. Und mit Leclerc abrechnen könnte und würde Rey dann immer noch. Zudem hätte er in diesem Fall quasi die Polizei als Schutz auf seiner Seite, dachte Rey. Ihm würde also eher nichts geschehen – und falls die Flores ihm doch etwas antun wollten, dann wären die Flics zur Stelle, um Rey rauszuhauen. Gewissermaßen war das amüsant, dachte Rey: Er, der mit der Polizei arbeitet. Er, den die Polizei schützt – einen Mann, dem die Polizei drei Morde nachweisen will, aber es bislang noch nicht geschafft hat. Und bis sie es schafften, dachte Rey, müsste er außer Landes und unter dem Radar sein. So oder so blieb ihm also nicht viel Zeit.

Er schaltete das Nachtsichtgerät aus und verstaute es in einem Köcher aus Textilgewebe. Er hockte sich wieder aufrecht hin, stützte sich mit einer Hand auf dem noch von der Sonne warmen Felsen ab und zog die Luft scharf durch die Nase ein – bevor sie ihm mit einem Mal wegblieb. Er hatte das Gefühl, husten zu müssen. Aber es ging nicht. Ebenso wenig konnte er atmen. Er schlug mit der Faust gegen seine Brust. Hart. Aber es löste den Knoten in seinen Atemwegen nicht. Etwas Warmes strömte aus seiner Nase. Metallischer Geschmack breitete sich in seinem Mund aus. Er schnappte nach Luft wie ein Fisch auf dem Trockenen, bekam aber keine. Seine Bronchien fühlten sich an, als seien sie verknotet worden. Sterne tanzten vor seinen Augen. Rauschen und Pfeifen füllte seine Ohren. Schließlich wurde alles weiß vor seinen Augen. Dann schwarz.

Als er die Augen wieder öffnete, starrte er in den violetten Himmel. Grillen zirpten. Er lag auf dem Rücken, musste husten und spuckte etwas Blut. Rey wusste nicht, wie lange er bewusstlos gewesen war. Aber wenigstens war er wieder zu sich gekommen. Der Arzt hatte ihm erklärt, dass es immer wieder zu solchen Anfällen kommen konnte. Immer häufiger und häufiger, und dann irgendwann … Feierabend.

Rey rappelte sich auf. Er hockte sich hin, wischte sich mit dem Handrücken über den Mund und unter der Nase, wo sich frisches Blut befand. Lange war er wohl nicht weg gewesen. Nein, überlegte er, stand auf und nahm seine Sachen, viel Zeit blieb ihm absolut nicht. Er musste sich beeilen, an das Geld gelangen – und Leclerc anschließend töten und verschwinden lassen. Dann ab in die Karibik, um sein Leben an einem Traumstrand mit Blick auf die Wellen und ein paar Bikinigirls auszuhusten.

Und falls Flores Zicken machen würde … Nun, dann

könnte er seinen Trumpf ausspielen. Das große Geheimnis von Fleur Flores. Und vielleicht würde er das am Ende sowieso noch tun. Aber besser, dachte Rey und ging hustend zum Auto zurück, er würde über alles noch einmal schlafen, bevor er eine endgültige Entscheidung fällte – und dafür beten, dass er wieder aufwachte.

48

Es herrschte Halbdunkel, aber noch reges Treiben an den Ufern des Auzon in Carpentras. Dort befand sich ein Park, eher ein Naherholungsgebiet nahe am Fluss. An den Berges de l'Auzon gab es jährlich ein Fest im Freien. Rentner spazierten über die Promenade. Jogger liefen herum, Teenager trafen sich dort, an fest installierten Tischen konnte man picknicken. Vögel zwitscherten, das Wasser rauschte, Hundebesitzer führten ihre Tiere aus. Zwei davon hatten ihre Autos an der Kirche Notre-Dame-de-Santé abgestellt, die nur wenig größer war als die Kapelle, in der Claude Nadal erschlagen worden war. Sie gingen zunächst schweigend nebeneinander her, blieben dann an einer großen Wiese stehen, den Fluss im Rücken, den Blick auf die Umrisse des zinnenbewehrten Turms der Porte d'Orange gerichtet, der zwischen den Baumkronen zu sehen war. Schließlich ließen sie die Hunde von der Leine, die auf die Namen Tyson und Mila hörten, und verfolgten, wie die Tiere ausgelassen über den Rasen tobten und fortlaufend Töne von sich gaben, die man bei dieser Hunderasse als Bellen bezeichnete.

Albin griff in die Hosentasche, nahm eine zerknautschte Schachtel Gitanes heraus und steckte sich eine an. Er sah, wie Castel lächelte, während sie den Tieren beim Toben zuschaute.

»Die beiden mögen sich«, sagte sie.

»Scheint so«, erwiderte Albin und paffte eine Wolke in den malvenfarbenen Himmel, der bald ganz dunkel werden würde. Es war immer noch sehr warm, aber erträglich, wenn man sich nicht zu schnell bewegte. »Wäre ja auch ein Wunder«, ergänzte er, »wenn ein Mops den anderen nicht ausstehen könnte.«

»Mila mag eigentlich jeden. Sie ist sehr umgänglich.«

»Castel«, knurrte Albin, »Schluss mit diesem vertraulichen Hundebesitzergebrabbel. Die ganze Situation ist lächerlich genug. Wir beide mit den Möpsen. Der Hund gehört nicht mal Ihnen, sondern Ihrem Freund, dem Künstler.«

»Kurator.«

»Sage ich doch.«

Castel wendete sich zu Albin und musterte ihn durchdringend. »Was haben Sie vor, Albin?«

»Keine Ahnung«, antwortete Albin, »was Sie meinen.«

»Louis Rey.«

»Was soll mit dem sein?«

»Sie haben sich nicht einfach nur aus Spaß mit ihm getroffen.«

»Sie sollten mir dankbar sein, dass ich ihn euch auf dem Silbertablett serviert habe. Und was macht ihr? Lasst ihn wieder frei.«

»Weil wir nichts gegen ihn in der Hand haben.«

»Schlimm genug.«

»Was wollten Sie von ihm?«

Albin zuckte mit den Achseln. Inhalierte, stieß den Rauch durch die Nase wieder aus, blickte zu den Hunden. Schwieg.

»Haben Sie Angst«, fragte Castel, »dass auch Sie auf seiner Abschussliste stehen könnten?«

»Wir alle stehen auf der Abschussliste Gottes. Da macht eine Liste mehr oder weniger den Braten nicht fett.«

Castel kommentierte das nicht.

»Rey«, erklärte Albin, »hat nicht mehr lange zu leben. Er ist todsterbenskrank. Also hat er auch nicht viel zu verlieren. Er hat die Idee, seine letzten Monate in der Karibik zu verbringen. Dazu braucht er Geld. Er will Wiedergutmachung für die Taten eines Mannes, der ihn in den Knast gebracht hat. Aber der ist tot. Also will er sich an den Sohn wenden: Aristide Flores.«

Castel lachte auf. »Nicht ernsthaft?«

»Ernsthaft.«

»Was er von dem bekommt, ist eine Kugel in den Kopf.«

»Vielleicht, vielleicht auch nicht – wenn man an die Ehre der Familie Flores appelliert.«

»Ich glaube nicht, dass Aristide Flores …«

»Aber seine Mutter. Sie weiß genau, was sein Vater getan hat. Sie ist vom alten Schlag und kennt die Regeln.«

»Die da wären?«

»Altes Testament. Auge um Auge, Zahn um Zahn. Ein bestimmter moralischer Kodex. Die Familie Flores steht in Reys Schuld. Das weiß Rey. Das weiß jeder. Also will er diese Schuld in Euros beglichen haben.«

»Was hat das mit der Mutter zu tun?«

»Aristide Flores hat das Erbe seines Vaters angetreten. Wir alle wissen, wofür er steht und dass wir nicht an ihn herankommen. Aber Fleur Flores hält die Zügel in der Hand.«

»Ich kenne keine Fleur Flores.«

»Aber ich.«

»Der Name klingt wie …«

»Ein Pornostar, ich weiß. Aber ich würde empfehlen, eher an eine Burleske-Tänzerin zu denken. Eine Mätresse.«

Albin erklärte Castel schließlich, wer Fleur Flores war und woher er sie kannte. Er erzählte von ihrem Treffen.

»Der Weg zu Aristide«, sagte Albin, »führt über die Mutter, die mich um Hilfe gebeten hat.«

»Mir ist nicht klar«, sagte Castel zögernd, »was Sie im Schilde führen, Albin.«

»Beide wollen etwas. Fleur will ihren Sohn in Sicherheit wissen und Rey aus dem Verkehr geräumt haben. Ich habe ihr empfohlen, Rey geräuschlos zu besänftigen. Ein Koffer voller Geld, er verschwindet in die Karibik, und alle sind zufrieden.«

»Das Geld würde ich mir sparen, ihm eine Kugel in den Kopf jagen und seine Leiche im Mittelmeer versenken.«

»Die Idee hat ihr Sohn sicherlich schon gehabt. Aber Fleur ist anders. Wie ich schon sagte: vom alten Schlag, Ehrenkodex und so … Außerdem ist es inzwischen zu gefährlich geworden. Die Polizei klebt Rey an den Hacken. Fleur und Aristide können nicht ausschließen, dass Rey überwacht wird. Es ist schwierig, an ihn heranzukommen, ohne selbst ins Schussfeld zu geraten. Eine geräuschlose Lösung wäre für alle das Beste.«

»Und dann?«

»Kommen wir ins Spiel.«

»Und wie?«

»Ich kann Rey und die Flores zusammenbringen. Zu einem gewissen Preis für Rey.«

»Das heißt?«

»Rey solidarisiert sich sozusagen mit uns – dafür bekommt er einen Koffer voller Geld von den Flores und liefert uns Aristide, was ihm gleichzeitig die Genugtuung verschafft, den Erben des Mannes büßen zu lassen, der sein Leben zerstört hat.«

»Pfff.«

»So denken diese Gangster, Castel. Wie ich schon sagte: Altes Testament. Auge um Auge. Wir wiederum denken ganz pragmatisch. Wir haben vielleicht die Möglichkeit, einen großen Fisch zu fangen. Also spießen wir einen kleineren Fisch als Köder auf den Haken.«

Castel dachte nach, betrachtete wieder die Hunde, die eine Art Wettrennen auf dem Rasen veranstalteten, um dann plötzlich stehenzubleiben und sich gegenseitig zu beschnüffeln, bevor sie wieder losrannten.

»Auf welche Weise«, fragte sie dann zögernd, »sollte Rey Aristide Flores ans Messer liefern?«

»Wir schreiben ein Drehbuch. Rey provoziert darin Aristide zu belastenden Handlungen oder Aussagen, die er an uns weitergeben soll. Andersherum schlagen wir Flores vor, Rey dazu zu bringen, ihm gegenüber die drei Morde zuzugeben und das für uns aufzuzeichnen, damit er den Mann wieder im Knast sehen kann. Tatsächlich gehen am Ende beide in den Knast. Denn wir überwachen das Treffen, ohne dass irgendwer davon weiß. Haben wir unsere Informationen, belastbares Material, greifen wir zu.«

»Mir ist nicht klar, wie das im Detail vor sich gehen soll«, sagte Castel.

»Mir auch nicht.«

»Mir ist ebenfalls nicht klar, ob Rey wirklich mitspielen würde.«

»Vielleicht tut er das nicht.«

»Er könnte bei einem solchen Treffen trotzdem eine Kugel in den Kopf bekommen – und alles war für die Katz.«

»Möglich.«

»Außerdem ist er immer noch ein Mordverdächtiger – auch wenn wir ihn auf freien Fuß setzen mussten und ihm zurzeit nichts nachweisen können.«

»Ja. Ein zurzeit unbescholtener Bürger, der tun und lassen kann, was er will.«

»Ihre Idee ist irrwitzig, Albin, und nicht sehr erfolgversprechend.«

»Dennoch bietet sich eine Chance, an Aristide Flores heranzukommen, falls …«

Albin zog an der Zigarette, stieß den Rauch durch die Nase aus und warf dann die Kippe fort, um sie auszutreten.

»Falls – was?«, fragte Castel.

»Falls man mutig genug ist, diese Chance zu nutzen. Es sei denn, man ist eine Zimperliese.«

Albin lächelte innerlich. Er wusste, dass Castel es hasste, wenn er sie so nannte. Castel gab ein genervtes Geräusch von sich und rief nach Mila, die eher widerwillig herangelaufen kam. Tyson trottete ihr nach. Albin hatte den Eindruck, dass er währenddessen Mila auf den Hintern starrte.

»Sie sind fürchterlich«, sagte Castel, hockte sich hin, tätschelte die hechelnde Mila und nahm sie an die Leine.

»Aber wenigstens nicht feige.«

»Das hat nichts mit Feigheit zu tun.« Castel richtete sich wieder auf. »Wir würden das sowieso niemals genehmigt bekommen.«

»Staatsanwalt Luc Bonnieux dürfte nach meiner Meinung anschlagen wie ein Jagdhund, wenn man ihm von einer Möglichkeit berichtet, Aristide Flores aus dem Verkehr zu ziehen und gleichzeitig einen Dreifachmord aufzuklären.«

»Ich sehe immer noch nicht, wie das gelingen soll.«

»Drehbuch, Castel. Seien Sie mal etwas kreativ.«

»Abgesehen davon könnten wir Rey wohl kaum verkabeln.«

»Eher nicht.«

»Und Flores ...«

»Ich würde die Mutter überzeugen zu kooperieren. Sie will nichts lieber, als Rey loszuwerden.«

Castel blickte in die Ferne. »Für den Fall«, sagte sie leise, »dass Ihre Idee doch nicht so schlecht ist, Rey mitspielt, Flores und Bonnieux ebenfalls, und uns ein Drehbuch einfällt. Also – nur angenommen. Vielleicht ... Gäbe es andere Möglichkeiten, als ihn zu verkabeln.«

Albin lächelte.

»Egal«, sagte Castel schließlich und machte eine abschneidende Handbewegung. »Ich muss jetzt los. Mein Freund wartet zu Hause.«

Albin nickte. »Läuft es gut?«

»Ja und nein«, erwiderte Castel. »Es gibt dieses Problem.«

»Die Geldsorgen wegen seiner Ex?«

Castel sah Albin durchdringend an. »Versprechen Sie mir, es nie in seiner Gegenwart zu erwähnen, dass Sie das wissen?«

»Die halbe Polizeibehörde weiß das, nachdem Sie ihn durchleuchtet haben, Castel.«

»Trotzdem.«

»Ich verspreche es«, sagte Albin. »Vielleicht sollte er mit seiner Ex ein klärendes Gespräch führen. Habe ich auch gemacht. Frauen reden gerne. Ignoriert man sie, werden sie verrückt, sind verletzt und kommen auf die schlimmsten Ideen.«

Castel lachte auf. »Das habe ich ihm auch schon vorgeschlagen.«

»Vielleicht ist sie bloß eifersüchtig, weil sie erfahren hat, dass ihr Ex eine Neue hat.«

»Sie hat ihn verlassen, nicht umgekehrt.«

»Sie wissen doch, wie Frauen manchmal sind.«

»Ist Veronique denn eifersüchtig auf Ihre Flamme Fleur?«

»Das ist hundert Jahre her.«

»Sie wissen doch, wie Frauen manchmal sind«, sagte Castel.

Jetzt lachte Albin und nickte. »Das alles sind Kleinigkeiten im Vergleich zu dem, was einige Männer tun.«

»Manon hat mir von den Problemen mit Gilles erzählt.«

»Er hat nichts begriffen.«

»Und ich fürchte, man ist machtlos gegen ihn.«

»Wir werden sehen«, sagte Albin und blickte in den Himmel, an dem soeben der Nordstern aufgegangen war. Der, der seit Tausenden von Jahren Reisenden den richtigen Weg anzeigte.

Schließlich ging Castel zurück zum Auto, während Albin beschloss, mit Tyson noch ein paar Meter im Park zu spazieren.

»Ich habe das genau gesehen«, murmelte er zu Tyson und kickte einen Kiesel vor sich her.

Ich konnte nirgends anders hinschauen als auf ihren Hintern, rechtfertigte sich Tyson.

»Und? Wie ist er?«

Wieso?

»Meine Güte! Bin ich ein Hund? Wie soll ich das denn beurteilen?«

Chef, sie hat den heißesten Hintern der Provence. Und sie hat Feuer! Auch diese dunkle Farbe – die macht mich ganz verrückt.

»Schluss jetzt damit!«

Du hast doch angefangen?

»Ja, und jetzt reicht es eben.«

Aber …

»Aber – was?«

Können wir sie nicht bald mal wieder treffen?

»Mein lieber Freund, wenn dir irgendetwas in der Art im Kopf herumspukt, das mit dem Zeugen kleiner Möpse zu tun hat – vergiss es ganz schnell.«

Ich frag ja nur.

Albin knurrte, schwang die Leine hin und her und lauschte den Schlägen der Kirchturmuhr. Es war an der Zeit, wieder umzudrehen und nach Hause zu fahren. Weswegen er sich im Gehen eine Zigarette ansteckte. Besser, noch schnell eine zu rauchen. Zu Hause durfte er ja nicht, nur vor der Haustür, und kam sich dabei stets vor wie ein Ausgestoßener.

Meinst du, wollte Tyson wissen, *dass Castel deinen Plan aufgreifen wird?*

»Wenn sie clever ist, schon. Die Chance, dass alles hinhaut, wie ich es mir vorstelle, ist zwar nicht allzu groß. Aber es ist die beste Chance, die wir in Bezug auf Aristide Flores seit Jahren haben.«

Aber du gibst zu, dass dein Plan noch recht vage ist …

»Er wird stündlich konkreter.«

Und wenn Rey oder Flores oder beide nicht mitspielen?

»Dann eben nicht.«

Und wenn Bonnieux alle ausbremst?

»Dann wird es ebenfalls nichts.«

Und wenn Cat gar nicht will?

»Schluss damit – du bist genauso eine Zimperliese wie sie.«

Tyson gab ein schnaubendes Geräusch von sich.

Bin ich nicht, schien er sagen zu wollen.

»Warte nur ab«, sagte Albin und steckte sich noch eine an. »Warte es nur ab. Du wirst schon sehen.«

49

Am anderen Morgen stand Albin früh auf, setzte Tyson in den Kofferraum und holte Clara ab, um sie in den Kindergarten zu fahren. Es würde wieder ein heißer Tag werden. Laut Wetterbericht war damit zu rechnen, dass in diesem Monat einige Rekorde gebrochen werden würden und der heißeste Sommer seit Beginn der Temperaturaufzeichnung im Anflug sei. Aber vielleicht waren es auch nur die Medien, die das Klima der Unsicherheit anheizten. Vermutlich taten sie es gar nicht bewusst, sondern weil es eben so war: Angst verkaufte sich gut. Wen interessierte eine Schlagzeile wie: Sommer verläuft vollkommen normal? Oder: Juli ist so heiß wie die Julis in den Vorjahren? Nein, Hingucker waren doch eher: Frankreich im Hitzeschock, Paris auf dem Grill, Heißer Sommer fordert weitere Tote, oder: Forscher warnen vor Killerklima.

Na ja, dachte Albin, meine Güte, die mussten halt ihre Nachrichten verkaufen. Wer sich davon anstecken ließ – selber schuld. Jedenfalls war es ziemlich warm, und Albin hatte Clara versprochen, nach dem Kindergarten mit ihr ins Freibad zu fahren oder an den Lac du Paty. An beiden Orten würde es gleichermaßen voll sein – von daher war es egal, wofür er sich entscheiden würde. Wichtig war allein, dass Clara sich darauf freute, mit dem Opa schwimmen zu gehen, denn Albin freute sich ebenfalls darauf.

Als er wieder nach Hause kam, war Veronique bereits fort und im Blumengeschäft, wohin Manon ebenfalls aufgebrochen war. Albin warf einen Blick auf die Armbanduhr. Es war halb zehn. Aus dem Briefkasten nahm er einige Werbeprospekte, die er sofort wegwarf, und fand ein amtliches Schreiben aus Paris, das an Manon adressiert war. Albin gab einen Zischlaut von sich, denn er ahnte bereits, dass der Brief mit der Scheidung und Gilles zusammenhängen und schlechte Laune verbreiten würde. Tyson schien den Stimmungswechsel zu spüren und verzog sich unter den Wohnzimmertisch, wo er es sich gemütlich machte und ins Nichts zu blicken schien. Vermutlich, überlegte Albin, träumte er von einer Möpsin namens Mila.

Albin machte sich einen Kaffee, brach sich etwas Brot vom Vortagesbaguette ab, strich Orangenmarmelade darauf und aß beides in der Küche, wozu er ein großes Glas Mineralwasser trank und anschließend alles wieder zur Seite räumte. Er machte sich eine zweite Tasse Kaffee und warf erneut einen Blick auf die Uhr. Es war zwanzig vor zehn.

Albin seufzte, nahm den Kaffee und öffnete die Terrassentür. Er stellte die Tasse auf dem Bistrotisch ab und spannte den Sonnenschirm auf. Da Veronique aus dem Haus war, konnte er ruhig im Garten rauchen. Er zog die Packung Gitanes aus der Hosentasche, steckte sich eine an, stieß den Rauch durch die Nasenlöcher aus und trank noch etwas Kaffee. Er überlegte, ob er sich in einen der Stühle unter dem Sonnenschirm setzen oder einen Rundgang durch den Garten machen sollte. Er entschied sich für den Rundgang, der schnell erledigt war: sechs Meter nach Norden, sechs Meter nach Osten, sechs Meter nach Süden. Er überprüfte die Pflanzen – und fand sie allesamt in tadellosem Zustand vor. Die Beete waren ebenfalls feucht, was kein Wunder war: Albin hatte sie kurz nach dem Aufstehen bereits gewässert. Der Rasen war ebenfalls in Ordnung. Albin überlegte, ob er ihn dennoch mähen sollte, entschied sich aber dagegen, denn die letzte Mahd mit seinem neuen Rasenmäher hatte er erst vor drei Tagen vorgenommen. Man musste es nicht übertreiben. Also kehrte er auf die Terrasse zurück, blickte auf die Uhr: kurz vor viertel vor zehn.

Mit einem genervten Geräusch ließ sich Albin in den Gartenstuhl fallen, rauchte und befasste sich wieder mit der Kaffeetasse. Mit den Blicken folgte er dem Flug einer Biene, die durch die Luft schwirrte, um sich auf einem der Lavendelbüsche niederzulassen, einige Pollen zu sammeln und dann wieder zu verschwinden. Albin nahm eine Bewegung an der Mauer wahr, wo er eine Eidechse entdeckte, die sich ruckartig über die Steine bewegte, schließlich den Sims erklomm und es sich außer Albins Sichtweite in der grellen Sonne bequem machte. Albin rauchte die Zigarette bis zum Filter, stand dann auf, löschte sie auf dem Rasen und warf die Kippe über die Mauer, wo sie in der Seitenstraße landen würde. Er stellte sich auf die Zehenspitzen, streckte das Kinn nach oben und linste über die Mauer hinweg zur Kirchturmspitze, konnte die Uhr aber nicht erkennen, weswegen er wiederum auf die Armbanduhr sah: kurz nach viertel vor zehn.

Um zehn vor zehn hatte Albin die Nase voll davon, sich mit nichts zu beschäftigen, stapfte zurück ins Wohnzimmer und schloss die Terrassentür lautstark, was Tyson aufschrecken ließ.

»Komm, Tyson«, knurrte Albin und stapfte in den Flur,

schnappte die Hundeleine, den Schlüsselbund, das Etui mit der Sonnenbrille und sein Handy von der Kommode. »Gehen wir ins Büro.«

Tyson ließ sich das nicht zweimal sagen.

Kaum zehn Minuten später hatten sie das Büro erreicht und unterwegs am Kiosk die aktuelle Tageszeitung gekauft – viele regionale gab es gedruckt ja nicht mehr. Sie erschienen in der Regel nur noch online, aber das fand Albin albern. Also: Zeitungen auf dem Handy zu lesen. Abgesehen davon war es viel zu anstrengend und absolut verzichtbar, sich das Telefon direkt vors Auge zu halten, damit man die kleine Schrift lesen konnte. Einmal sah das blödsinnig aus. Andererseits hatte Albin keine Lust dazu, sich von seinem Telefon nötigen zu lassen, sich endlich eine Lese- oder Gleitsichtbrille zuzulegen. Telefone waren nach Albins Meinung sowieso zum Telefonieren da und nicht, um darauf zu lesen. Man föhnte sich ja auch nicht mit dem Toaster die Haare. Wenngleich diese Internetgeschichten ganz zweckmäßig waren, die man mit dem Smartphone so anstellen konnte.

Albins Stammplatz an dem Tisch unter der großen Platane vor dem Café du Midi war der, von dem aus er die Umgebung zu allen Seiten perfekt im Blick hatte. Er setzte sich in dem Moment auf einen der Stühle, als die Glocke der Kirchturmuhr zur vollen Stunde schlug. Tyson verzog sich unmittelbar unter den Bistrotisch. Albin betrachtete die hin- und herflitzenden Lieferwagen. Auf der gegenüberliegenden Straßenseite hielt einer an. Veronique kam aus dem Laden, um eine Sendung in Empfang zu nehmen. Sie reckte sich und blickte herüber. Albin winkte. Sie winkte zurück. Perfekt, dachte Albin und lächelte. Alles gut. Dann kam der Lieferant herüber und trug ein Paket. Schließlich blickte Albin zum Eingang des Café du Midi, aus dem Matteo träge herauskam, eine Tasse Kaffee bereits auf dem Tablett, um sie Albin zu servieren. Aus dem Halbdunkel im Inneren der Bar hatte er Albin entweder kommen sehen oder einfach gewusst, dass Albin um zehn Uhr hier aufschlagen würde, weil er es meistens tat. Oft. Also: eigentlich immer.

Albin setzte sich die Sonnenbrille auf, ein klassisches Ray-Ban-Modell, legte die Zigarettenschachtel und das Handy auf den Tisch, entfaltete die Zeitung und ignorierte Matteo, so gut es ging – bis zu dem Zeitpunkt, als dieser die Kaffeetasse mitten auf der Titelseite der Zeitung vor Albin abstellte und sich dann hinhockte, um Tyson eine Schale mit Wasser hinzustellen, über die sich der Mops sofort hermachte. Schließlich nahm er das Paket vom Lieferanten an, quittierte den Empfang und klemmte sich den Karton unter den Arm. Zwischen dem Verkehrslärm hörte Albin das Schlabbern sowie leise Chansons aus der Bar. Nach seiner Einschätzung war es irgendetwas von …

»Schon über ein Jahr her, dass Aznavour gestorben ist, fasst man das? Die Zeit vergeht immer schneller«, sagte Matteo, zog ein altes Wischtuch aus der Hintertasche seiner Jeans und wischte damit beiläufig über den Tisch.

Albin schnippte gegen den Rand der dickwandigen Tasse. »Vermutlich werde ich ihm sehr bald nachfolgen, wenn ich das hier jeden Tag trinke.«

Matteo lachte auf. »Keine Sorge«, erwiderte er. »Ich bin vorsichtig mit dem Gift. Es wirkt zeitverzögert. Ich habe doch keine Lust, dass du mir an Ort und Stelle verreckst.«

»In dem Paket ist sicher Nachschub.«

Matteo schüttelte mit dem Kopf und grinste. »Nein, da ist was anderes drin. Papierrollen. Für die Kasse. Zum Drucken der Quittungen.«

Albin fand nicht, dass der Karton danach aussah, brummte etwas und machte sich über den Kaffee her. Er war deutlich besser als der, den er sich zu Hause selbst gemacht hatte.

»Was gibt's Neues?«, fragte Matteo.

Nichts, dachte Albin, das war es ja, was ihn verrückt machte. Keine neue Entwicklung hinsichtlich Louis Rey, keine Nachrichten von Castel oder Theroux. Gar nichts. Gut, es war noch relativ früh am Morgen und seit seinem Gespräch mit Castel gestern Abend nicht viel Zeit vergangen. Aber Geduld war nie Albins Stärke gewesen. Er hasste Stillstand und hatte sich seit seiner Pensionierung an die Entschleunigung des Lebens einfach nicht gewöhnen können. Gewiss, manchmal genoss er es. Meistens aber eher nicht.

»Nichts«, sagte Albin. »Und bei dir?«

Matteo stellte das Paket auf dem Boden ab, stützte sich mit beiden Händen auf dem Tisch auf, lehnte sich etwas vor und sah Albin an.

Er sagte: »Deine und meine Frau haben sich verabredet.«

Albin hustete. »Ach«, sagte er. »Im Ernst?«

»Im Ernst.«

»Wozu?«

»Weiß ich nicht.«

»Wann?«

»Bald.«

»Veronique hat mir nichts davon erzählt.«

»Meine Frau erwähnte es auch nur beiläufig. Sie scheinen sich gut zu verstehen.«

»Hm«, machte Albin. Vor seinem geistigen Auge erschienen schreckliche Bilder: Matteo mit Frau und Albin mit Veronique beim Pärchenabend im Restaurant, sie alle vier zusammen beim Spaziergehen … Und zu keinem Zeitpunkt konnte man sich vernünftig unterhalten, weil Matteos Gattin die ganze Zeit über brüllend laut lachte und schlimme Witze erzählte. Überhaupt: unterhalten. Worüber denn? Mit Matteo? Über die verfehlte Einwanderungspolitik, die Europäische Union und darüber, welche großen Errungenschaften das Kommunalwahlprogramm des Front National bot? Albin schauderte innerlich.

»Na ja«, machte Matteo und lupfte die Augenbrauen. Albin war sich nicht sicher, ob er womöglich dieselben oder ähnliche Gedanken gehabt hatte.

»Na ja«, ergänzte Albin.

Sie schwiegen einen Moment lang. Dann blickte Matteo auf, kniff die Augen ein wenig zusammen und sagte: »Oh, là, là.«

Damit bezog er sich wohl auf die Frau am Steuer des roten Porsche, der gerade vorfuhr – klassisches Modell. Ein Carrera Cabrio aus den Siebzigern. Als Porsches noch aussahen wie Porsches. Der Wagen parkte prominent ein – sprich: Die Fahrerin scherte sich einen Dreck um das Halteverbot vor dem Café. Einen Augenblick später war Albin klar, warum. Denn am Steuer saß Fleur Flores, die sich selten um etwas wie gesetzliche Vorgaben und Bürokratie kümmerte, was sie Albin stets sympathisch gemacht hatte, obwohl er ja das Gesetz vertrat. Aber in gewissen Grenzen, na ja, so eine gewisse tolerierbare Unschärfe …

Fleur stellte den Motor ab und stieg schwungvoll und trotzdem elegant aus. Sie war an diesem Morgen eher sportlich gekleidet, eine Caprihose aus Jeansstoff, flache Schuhe, eine weite weiße Bluse, Sonnenbrille mit einem so großen Chanel-Logo, dass man es noch auf hundert Meter Distanz erkennen konnte, und ein dazu passendes Handtäschchen.

»Mein Lieber, mein Lieber«, murmelte Matteo und versteckte blitzartig das schmierige Handtuch hinter dem Rücken, »deine Flamme rückt wieder an.«

»Sie ist nicht meine Flamme.«

Matteo sparte sich jeden weiteren Kommentar. Albin stand auf, als Fleur näherkam.

»Albin«, sagte sie mit einem leichten Lächeln, begrüßte ihn mit zwei Wangenküssen, »und der kleine Hund.« Sie lächelte noch breiter und begrüßte Tyson, der ebenfalls aufgestanden war, mit einem Tätscheln zwischen den Ohren. Albin erwischte Matteo dabei, wie er sich zum Karton hinabbeugte, ihn aufnahm und Fleur dabei auf den Hintern sah, als sie sich zu Tyson bückte. Sie richtete sich wieder auf, ignorierte Matteos Blick und nahm Platz. Albin tat es ihr gleich.

Matteo fragte: »Einen Milchkaffee, die Dame?«

Fleur verneinte mit einem Kopfschütteln und legte demonstrativ eine Redepause ein, in der sie Matteo abwartend ansah. Matteo blickte zurück, schien aber nicht zu kapieren, was sie wollte.

»Deine Kaffeemaschine klappert«, sagte Albin schließlich. »Besser, du schaust mal danach.«

Matteo wollte erst antworten, verstand dann aber endlich, dass man ihn loswerden wollte, nickte und schwirrte mitsamt seinem Karton ab.

»Ich dachte mir«, sagte Fleur und wendete sich wieder zu Albin, »dass ich dich hier treffen würde.«

»Ich bin durchschaubar«, sagte Albin.

»Wie aus Glas«, erwiderte Fleur.

»Manche sind eher durchsichtig wie Beton.«

Fleur schmunzelte. »Vielleicht ist das bei manchen auch besser so.«

»Ganz bestimmt.«

Fleur lehnte sich etwas im Stuhl zurück, richtete die Sonnenbrille und wartete, bis Matteo in der Bar verschwunden war. »Weswegen ich hier bin«, sagte sie dann und klang geschäftsmäßig, »ist wegen Louis Rey.«

»Das hatte ich im Gefühl.«

»Du hast ihn getroffen.«

»Habe ich?«

»Hast du. Soll ich dir auch sagen, wo?«

Albin schmunzelte.

Fleur sagte: »Außerdem ist er wieder auf freiem Fuß. Die Polizei konnte ihm nichts nachweisen, wie man hört.«

Albin schmunzelte immer noch. »Deine Quellen«, erwiderte er, »sind immer noch exzellent. Welcher Schweinehund aus der Brigade lässt sich von dir schmieren?«

»Ich schmiere doch niemanden!«, brüskierte sich Fleur.

»Du lässt schmieren, hm?«

Sie schwieg, betrachtete ihre Fingernägel. »Ich möchte«, sagte sie zu Albin, »dass du ihn für mich auftreibst. Sag ihm, wir wollen mit ihm sprechen und klären, was zu klären ist.«

»Ich bin keiner deiner Dienstboten, Fleur.«

»Ich weiß.«

»Dann sprich nicht so mit mir.«

Fleur blickte mit einem Augenaufschlag von ihren Nägeln auf. »Bitte«, sagte sie, »würdest du das für mich tun?«

»Warum sollte ich das?«

»Aus Gefälligkeit. Aus alter Freundschaft zu mir.«

»Was habe ich davon?«

»Etwas gut bei mir.«

»Und das wäre?«

Fleur machte eine Pause. »Was auch immer du willst«, sagte sie.

»Alles?«

Fleur lächelte. »Nein. Aber fast alles. Ich bin mir sicher, dass du den Gegenwert angemessen bewerten wirst.«

Albin sagte: »Ich bin ganz ehrlich: Ich weiß nicht, wie ich ihn erreichen solle. Ich habe keine Telefonnummer, aber …«

»Du hast doch bereits mit ihm Kontakt?«

»Ja, aber …«

»Die Bar von Ledoux. Das Combattant.«

»Ich … Ich weiß, ja«, erwiderte Albin.

»Geh zu Louis Rey. Bitte.«

»Warum klärt ihr das nicht untereinander, Fleur? Welche Rolle soll ich dabei spielen?«

»Ich will nicht, dass jemand von unserer Seite Rey aufsucht oder sich kundig macht. Ich bin mir sicher, dass er von der Polizei überwacht wird. Wir wollen …«

»… sauber bleiben«, ergänzte Albin.

»Jedenfalls so unbeteiligt wie möglich.«

Albin tat so, als müsse er hin und her überlegen, Risiken abwägen und sich zu einer Antwort durchringen. Dabei war seine Entscheidung längst gefallen.

»Gut«, sagte er. »Ich werde mein Bestes versuchen.«

Fleur lächelte zufrieden, stand auf, beugte sich zu Albin und gab ihm einen Kuss auf die Wange. »Ich danke dir. Du weißt, wie du mich erreichst.«

»Weiß ich«, antwortete Albin und verfolgte, wie Fleur zum Porsche zurückging, einstieg und davonfuhr. Als der Sportwagen die Sicht freigab, tauchte dahinter der Lieferwagen auf, der noch vor Veroniques Laden stand. Veronique schien gerade etwas zu unterschreiben, gleichzeitig aber zu Albin herüberzuschauen und dann dem Porsche hinterher, bevor sie schließlich im Blumenladen verschwand.

Na klasse, dachte Albin, fuhr sich durchs Gesicht und knetete den Nasenrücken. Wie es schien, würde er später wieder etwas zu erklären haben. Und Tyson unterm Tisch schien Albin mit einem leisen Fiepen zuzustimmen.

50

Albin machte sich schließlich auf den Rückweg nach Hause. Er plante, von dort aus nach Avignon zu fahren, um das Appartement aufzusuchen, das Ledoux nach Castels Worten Louis Rey zur Verfügung gestellt hatte und das von der Polizei nach Reys Festnahme durchsucht worden war. Aber als er in seine Straße einbog, um die Kurve herumging und das Haus und der Carport mit dem Heck seines SUVs in Sichtweite kamen, sah Albin einen Mann dort stehen, lässig an den Kofferraum gelehnt, während er eine Zigarette rauchte. Louis Rey.

Albin hatte keinen Schimmer, wie Rey herausgefunden hatte, wo Albin wohnte. Andererseits bot das Internet jede Menge Chancen dazu, und Ledoux hatte ihm mit seinen Kontakten fraglos geholfen. Fleur Flores hatte Albin ebenfalls problemlos auftreiben können, und auch sie hatte natürlich diverse Möglichkeiten dazu. Mit Sicherheit noch viel bessere als Rey und Ledoux.

Albin dachte nicht daran, sein Tempo zu beschleunigen, sondern ging einfach weiter wie bisher.

Was will der denn hier?, fragte Tyson, der neben Albin hertrottete.

»Zwei Optionen«, erwiderte Albin, »entweder will er mit mir über meinen Vorschlag und Aristide Flores sprechen. Oder er will mich umlegen.«

Du hast keine Waffe dabei, um dich zu wehren.

»Richtig.«

Das ist ziemlich dumm von dir, Chef.

»Merke ich auch gerade.«

Aber er wird doch kaum bei Tageslicht und vor unserer Haustür …

»Glaube ich auch nicht.«

Aber man kann nie wissen.

»Nein, kann man nicht.«

Albin schob die freie Hand in die Hosentasche, wo er das Handy fand. Im Ernstfall konnte er wenigstens schnell die Notrufnummer wählen. Aber Rey schien nicht auf ihn zu lauern. Er blieb einfach am Wagen stehen, paffte vor sich hin und musterte Albin von oben bis unten – selbst dann noch, als Albin unmittelbar vor Rey zum Stehen kam.

»Du führst alle an der Nase herum, Rey«, sagte Albin.

Rey paffte Albin eine Wolke Qualm ins Gesicht. »Warum sollte ich?«, erwiderte er.

»Die Polizei hat dich wieder laufengelassen.«

»Offensichtlich.«

»Weil du sie an der Nase herumführst.«

»Tue ich nicht. Ich bin ein unbescholtener Bürger. Habe ich dir doch schon gesagt.«

Albin lächelte. »Na, wenn das so ist …«

»Ein unbescholtener Bürger kann tun und lassen, was er will, und gehen, wohin er möchte. Hat mir ein Ex-Flic erzählt.«

»Absolut.« Albin nickte.

»Und trotzdem werde ich überwacht.«

»Wirst du?«

»Ich bin kein Dummkopf. Irgendwo hält sich irgendwer im Hintergrund und klebt an meinen Hacken.«

Albin zuckte die Achseln. »Kann schon sein, weiß ich aber nicht. Ich jedenfalls hätte dir wen auf den Hals gehetzt.«

»Siehst du?«

»Weil du ein Mörder bist.«

»Und du bist ein besserer Mensch, weil du Geschäfte mit einem Mörder machen willst?«

»Ich habe nie behauptet, besser zu sein als du.«

»Bist du auch nicht.«

»Nur anders?«

»Nur anders.«

»Wie bei diesem Yin und Yang – die dunkle und die helle Seite.«

»Ich bin nicht gekommen, um zu philosophieren.«

»Sondern um mir die Einfahrt zu verstopfen?«

»Aristide Flores.«

Albin schmunzelte erneut.

»Komisch …«

»Was ist daran komisch?«

»Vor wenigen Minuten kam jemand zu mir und sagte in einem sehr ähnlichen auffordernden Tonfall zu mir: Louis Rey.«

Rey schien interessiert und hob die Augenbraue. »Wer?«

»Fleur.«

Dieses Mal schmunzelte Rey. »Sie ist immer noch sehr attraktiv.«

»Ist sie.«

»Und nicht auf den Kopf gefallen.«

»Das war sie noch nie.«

»Dafür durchtrieben.«

»Zielbewusst.«

»Durchtrieben«, wiederholte Rey und schnippte dann die Zigarette fort. »Wie du weißt.« Nach der Ergänzung musterte er Albin einen Moment lang. Aber Albin blieb stumm wie ein Fisch.

»Was wollte sie?«, fragte Rey.

»Dich«, antwortete Albin.

»Wissen, wo ich bin, um mich umzulegen?«

»Wenn die Flores dich umlegen wollten, wärst du längst tot.«

»Auch wieder wahr.«

»Sie denkt, dass du etwas von ihr willst. Oder von ihrem Sohn.«

»Wie kommt sie denn *darauf*?«

»Nadal, Didier …«

»Tragische Geschichten, mit denen ich nichts zu tun habe.«

»Erzähl das deiner Großmutter.«

»Die lebt längst nicht mehr.«

»Fleur will Kontakt zu dir. Um dir ein Angebot zu machen. Ihr ist klar, dass die Familie dir etwas schuldet und du die Schuld einfordern wirst. Sie will die Sache klären.«

Rey nickte. »Warum kommt sie dann nicht selbst zu mir?«

»Du hast es eben erwähnt: Dir klebt die Polizei an den Hacken.«

»Fleur will keine Aufmerksamkeit?«

»Exakt.«

Rey nickte, blickte in den stahlblauen Himmel, dann wieder zu Albin. »Ihr Haus ist eine Festung.«

»Habe ich dir doch gesagt.«

»Er hat eine Privatarmee. Früher brauchte man so etwas nicht.«

»Hättest du eine gehabt, wärst du vielleicht nie in den Knast gegangen.«

»Wer weiß«, sagte Rey.

»Sie will ein Angebot machen, um ihre Ruhe zu haben. Darum geht es. Du solltest akzeptieren.«

»Mhm«, machte Rey.

»Hast du über mein Angebot nachgedacht?«, fragte Albin.

»Habe ich. Ich bin einverstanden. Eine Wiedergutmachung in Euroscheinen ist ausgezeichnet. Ein Koffer voller Euros plus die Gewissheit, dass Olivier Flores im Grab rotiert, weil sein Imperium vernichtet wird und sein Sohn in den Knast geht, ist noch viel besser. Es gefällt mir, dass es ein Schutzschild für mich ist, dass die Polizei mir an den Hacken klebt. Mir gefällt außerdem, dass die Familie Flores Angst vor mir hat. Und wenn Fleur offensichtlich bereit ist, zu zahlen … Klingt ausgezeichnet.«

»Also haben wir einen Deal?«, fragte Albin.

»Wir haben einen Deal«, antwortete Louis Rey. »Einen vorübergehenden. Wie geht es jetzt weiter?«

»Ich spreche mit meinen Kollegen. Ein Plan wird erarbeitet. Du bekommst Instruktionen.«

»Ich lasse mich nicht verkabeln.«

»Das würden die merken. Nein, du redest mit Aristide, beschaffst uns ein paar Informationen. Wir werden sie auf ihre Richtigkeit überprüfen. Sind wir zufrieden, verschwindest du in die Karibik, insofern du auch weiterhin ein unbescholtener Bürger bist und dir niemand etwas im Zusammenhang mit den drei Morden nachweisen kann.«

»Wird nicht passieren.«

»Abgesehen davon verlässt du nicht das Land, wenn du nach Martinique auswanderst. Im Fall der Fälle haben wir sofort Zugriff auf dich.«

»Das ändert nichts zwischen dir und mir, Leclerc.«

»Das hast du schon zehnmal gesagt, Mann. Ich habe kein Alzheimer.«

»Du wirst noch bezahlen«, sagte Rey.

»Du ebenfalls. Du hast drei Menschen umgebracht. Das ist so sicher wie das Amen in der Kirche. Und sobald es nur ein einzelnes Indiz gibt, komme ich persönlich in deine Strandbar und führe dich ab.«

»So weit wird es nicht kommen.«

»Lassen wir uns überraschen.«

Rey zuckte mit den Schultern. Er griff in die Brusttasche seines Hemds, zog einen Zettel hervor und reichte ihn Albin.

»Meine Telefonnummer.«

Albin nickte und steckte den Zettel ein.

Rey stieß sich mit der Hüfte vom SUV ab. Er sagte: »Weißt du was? Eigentlich sind wir beide zu alt für einen solchen Scheiß.«

Albin lachte. »Aber wir können nicht anders. Weil wir sind, wer wir sind.«

»Ja«, sagte Rey im Weggehen und hustete, »das sind wir wohl.«

51

Die Wände im Lage- und Besprechungsraum im Hôtel de Police in Carpentras hatten schon vieles gehört und gesehen. Es war ein einfacher Raum, zweckmäßig mit aneinandergeschobenen Schreibtischen ausgestattet, sodass man sich gegenüber sitzen konnte. Überall gab es die Möglichkeit, einen Laptop oder ein Telefon anzustöpseln.

Unter der Decke hing ein Beamer, zwei Whiteboards standen herum. Der Raum war in einem unauffälligen, hellen Eierschalenton gestrichen. An verschiedenen Stellen gab es die Möglichkeit, Papiere oder Fotos an Korkwände zu pinnen oder mit Magneten an Metallbänder zu heften. An einer der Stirnseiten war die Leinwand für den Beamer befestigt, an der anderen eine altmodische Tafel, auf die man mit Kreide schreiben konnte. Zwischen den geöffneten Fenstern hingen große Straßenkarten des Vaucluse, dem Zuständigkeitsbereich dieser Behörde.

Im Lage- und Besprechungsraum wurden Einsätze geplant. In diesem Raum sogar, vor etwas mehr als fünfundzwanzig Jahren, der Einsatz, der zur Verhaftung von Louis Rey geführt hatte. Heute, eine Ironie des Schicksals, wurde hier der Zugriff vorbereitet, bei dem Louis Rey nicht das Ziel war, sondern jemand, der kooperieren wollte, um den Sohn des Mannes dingfest zu machen, der Reys Platz eingenommen hatte.

Schon eine verrückte Geschichte, die sich diese alten Wände heute anhören würden, dachte der in den Fall erheblich involvierte polizeiliche Berater und Ex-Commissaire Albin Leclerc, während er den Blick über die hier versammelte, durchaus illustre Runde schweifen ließ, bei der die Hauptperson, Louis Rey, gegenwärtig allerdings fehlte.

Staatsanwalt Luc Bonnieux hatte sein hellgraues Sakko über die Stuhllehne geworfen. Er trug ein scharf gebügeltes, hellblaues Kurzarmhemd und drehte die randlose Brille in den Händen hin und her. Mit verkniffenem Gesichtsausdruck lauschte er den Vorträgen von Castel und Theroux, sah immer wieder zu Albin und schien weder über dessen Anblick noch über das, was er zu hören bekam, besonders erfreut zu sein. Er war sowieso schlecht gelaunt, denn auf Drängen Albins war die Teilnehmerzahl dieser Besprechung übersichtlich gehalten – angesichts der Dimension des geplanten Einsatzes sehr übersichtlich. Fleur verfügte schlicht über zu gute Informationen aus Polizeikreisen, so dass Albin davon ausging, dass es einen Informanten gab – und genau darüber hatte er Theroux und Castel informiert, die wiederum Bonnieux darüber gebrieft hatten, und diese Information hatte seine Laune in den Keller sinken lassen. Natürlich auch die von Castel und Theroux sowie von Montfavet als Chef der Polizei. Montfavet hatte für einige Sekunden die Augen geschlossen, und hinter seinen Lidern lief fraglos der Film ab: interne Ermittlungen, immense Schwierigkeiten, das Leck zu finden und abzudichten. Abgesehen davon war es so oder so grauenhaft, wenn sich herausstellte, dass es einen käuflichen Maulwurf gab, der Geschäfte mit der Drogenmafia tätigte. Allein der Verdacht war schlimm.

Montfavet saß in Uniform regungslos neben Bonnieux, strich sich gelegentlich über den Catcher-Nacken und wirkte ansonsten völlig neutral, was nach Albins Wissen Montfavets natürliche Haltung gegenüber allen und jedem war. Würde man ihn zu einem Abendessen mit Catherine Deneuve und der jungen Brigitte Bardot schicken, säße er wohl genauso am Tisch, würde kein Wort sagen und hinterher allenfalls bemerken, der Abend sei »angenehm« gewesen.

Castel und Theroux warfen mit dem Beamer einige Bilder von Aristide Flores an die Wand, Diagramme über seine von der Polizei angenommenen Verstrickungen in kriminelle Netzwerke, Aufnahmen und Luftansichten seiner Villa. Albin war beeindruckt. Er hatte bislang nur eine vage Vorstellung davon gehabt, wie Fleur wohnte. Er wusste zwar, wo und im Prinzip auch, wie. Aber wo er es nun konkret sah – Donnerwetter.

Das Anwesen umfasste ein Haupthaus und einen Poolbereich mit zwei kleineren Nebengebäuden. Hinter dem Haus gab es einen Tennisplatz sowie ein weiteres, größeres Gebäude, das vermutlich in früheren Zeiten für Personal vorgesehen war und jetzt offenbar für Wochenendgäste diente. Das Grundstück lag recht abgeschieden und war an zwei Seiten von Höhenzügen umschlossen. In Richtung Süden öffneten sich weitläufige Ländereien, auf denen Wein angebaut wurde. Zum Portal des Anwesens führte eine gerade Allee, die einige hundert Meter lang sein musste. Wenn man von der Hauptstraße abbog, gab es eingangs dieser Allee ein eisernes Tor mit Schließmechanismus, das an einer hohen Mauer befestigt war.

»Mit anderen Worten«, erklärte Castel, »kommen wir

nicht näher als fünfhundert Meter an das Areal heran. Von einem der Höhenzüge aus könnte es durchaus die Möglichkeit zur visuellen Überwachung geben – aber nur unter der Voraussetzung, dass das Treffen im Freien stattfindet. Gehen sie in eines der Gebäude hinein, sind wir raus. Herkömmliche Kameras können wir folglich nicht verwenden. Ebenfalls keine Richtmikrophone, denn die Reichweite ist nicht hoch genug. Sender können wir ebenfalls nicht benutzen, denn wir müssen davon ausgehen, dass unsere V-Person danach abgesucht wird, ob sie verkabelt ist. Wahrscheinlich wird sie auch mit einem Metalldetektor durchleuchtet, so dass wir auch keinen Sender im Körper der Person einsetzen können. Aber wir benötigen Tonaufzeichnungen, unbedingt. Sie sind der Kern des ganzen Einsatzes.«

V-Person war ein großes Wort für Louis Rey, dachte Albin. Ein wirklicher V-Mann der Polizei war er ja nicht. Dennoch: Die Besprechung machte Albin gute Laune. Nicht nur, weil er mittendrin saß. Nicht nur, weil Luc Bonnieux davon offensichtlich schlechte Laune bekam – Albin konnte ihn nicht ausstehen, was auf Gegenseitigkeit beruhte. Nein, es machte einfach Spaß, wieder bei der Truppe zu sein und außerdem Castel bei der Arbeit zu verfolgen. Sie schien vollkommen in ihrem Element zu sein. Was kein Wunder war: In Marseille hatte sie früher mit einem kleinen Team Einsätze der Spezialeinheiten koordiniert und kannte sich folglich mit der Materie sehr gut aus.

Bonnieux atmete tief ein, tief aus, gab einen Seufzer von sich und sagte: »Ich bin nicht überzeugt.«

»Und ich bin noch nicht fertig«, fuhr Castel ihm über den Mund.

Albin grinste.

Bonnieux fuchtelte mit der Brille herum, als würde er eine imaginäre Sinfonie dirigieren. »Wir wollen jemanden zu Flores schicken, der ein mutmaßlicher Mörder mit einem denkbaren Racheplan ist, und wissen nicht, ob er nicht vielleicht auf eigene Faust handeln und Aristide Flores umbringen wird. Uns nutzt er womöglich nur aus, um an Flores heranzukommen.«

Castel kommentierte das nicht. Albin erst recht nicht. Er hatte sowieso beschlossen, sich so weit wie möglich zurückzuhalten, um niemandem in die Parade zu fahren und Bonnieux nicht zu brüskieren, für den Albin stets ein rotes Tuch war. Aber im Grunde war Bonnieux' Einwand nicht falsch. Rey war unberechenbar. Auch wenn man sich kurzfristig zur Zusammenarbeit entschlossen hatte: Man konnte ihm so wenig vertrauen, wie er selbst der Polizei vertrauen würde.

Bonnieux redete weiter. »Weiterhin ist es denkbar, dass Aristide Flores ihn einfach vor unseren Augen umlegen beziehungsweise verschwinden lässt.«

»Das wäre gar nicht so schlecht«, bemerkte Theroux, »dann hätten wir Flores einen Mord angehängt, wären Rey los, und dann könnten wir …«

Bonnieux machte eine abschneidende Geste. Theroux verstummte.

»Außerdem«, sagte Bonnieux, »ziehe ich den Schluss, dass die Voraussetzungen für eine erfolgreiche Aktion gegen Aristide Flores auch technisch denkbar schlecht sind. Zweifelhaft bleibt außerdem, was wir am Ende an belastbaren Ergebnissen erhalten. Vielleicht kommt nichts Brauchbares heraus.«

Castel nickte und zuckte dabei mit den Achseln.

»Vielleicht«, ergänzte Bonnieux, »findet das Treffen noch nicht einmal in der Villa statt. Vielleicht besteht Flores auf einem anderen Ort.«

Castel schwieg. Theroux auch.

»Davon ganz abgesehen«, ergänzte der Staatsanwalt und setzte die Brille wieder auf, »haben wir drei Morde, die nicht aufgeklärt sind und für die Louis Rey in Betracht kommt. Mir wäre lieber, wenn diese Fälle geklärt würden, als dass Sie sich auf ein waghalsiges Unterfangen mit sehr geringen Chancen einlassen – bloß, weil unser polizeilicher Berater das gerne so hätte.«

»Klingt gut«, sagte Albin.

Bonnieux machte ein irritiertes Gesicht.

»Wenn Sie das sagen«, erklärte Albin. »Polizeilicher Berater. Etwas – abfällig, aber doch mit viel Eleganz.«

»Nun reden Sie kein dummes Zeug, Leclerc, also wirklich«, beschwerte sich Bonnieux.

Albin sagte: »Castel und Theroux haben die Morde von Caromb und einen der größten Kunstraube des Landes geklärt. Sie haben einen kriminellen Mädchenhändlerring ausgehoben.« Was zum Teil richtig war. Zumindest blendete Albin seine persönliche Beteiligung an den Erfolgen aus.

»Ich weiß«, sagte Bonnieux.

»Ich würde also an Ihrer Stelle auf die beiden hören.«

»Das wollen Sie nur deswegen, Leclerc, weil die beiden unter Ihrem Einfluss stehen und Sie gerne Ihren Kopf durchsetzen wollen. Sie sind ein intriganter Puppenspieler. Ich sollte mich schämen, dass ich zugestimmt habe, dass Sie sich offiziell als Berater bezeichnen dürfen.«

Albin bemerkte, dass Castel gerade lautstark protestieren wollte, weswegen er ihr schnell ins Wort fiel.

»Bonnieux«, sagte Albin, »drei sehr große Fälle mit landesweitem, teils Europa-, ja, sogar weltweitem Aufsehen sind von diesem Team geklärt worden, und Sie persönlich hat es als Staatsanwalt kein Stück weitergebracht. Das Justizministerium hat Sie immer noch nicht nach Paris geholt. Das macht Sie bockig. Verstehe ich. Keine Ahnung, was mit dem Ministerium los ist. Sie fahren sogar immer noch denselben Dienstwagen.«

»Ich bin nicht …«

»Da wäre ich auch bockig. Aber vielleicht haben die im Ministerium gesagt: Na ja, das alles ist zwar prestigeträchtig und liegt auf dem Schreibtisch von Bonnieux und fällt in seinen Zuständigkeitsbereich und ihm damit in seinen Schoß, aber so wirklich Initiative hat er ja nicht gezeigt, sondern lediglich reagiert und getan, wofür er bezahlt wird. Der ganze Rest war pure Polizeiarbeit.«

»Ich muss doch sehr bitten!«

Albin zuckte die Schultern. »Aber«, sagte er und hob den Zeigefinger, »das liegt im Fall von Aristide Flores vollkommen anders.«

Bonnieux blickte Albin fragend an. Theroux und Castel ebenfalls. Nur Montfavet blickte nach wie vor so, als ginge ihn all das gar nichts an.

»Im Fall von Flores«, sagte Albin, »wird nicht reagiert, sondern agiert. Weil die Staatsanwaltschaft auf Grundlage der ihr vorgetragenen Sachverhalte die Chance erkannt hat, einen massiven Schlag gegen den nationalen und internationalen Drogenhandel zu führen. Geringe Chancen auf Erfolg. Ein nahezu irrwitziges Projekt – aber ein absoluter Husarenstreich, wenn er gelingt. Da wird man sagen: Respekt, und Aristide Flores ist nun wahrlich kein kleiner Fisch. Man denke nur mal dran, wen der alles ans Messer liefern könnte. Da bricht eine ganze Connection zusammen – anders als damals bei Louis Rey, den die Connection selbst ja geopfert hatte. Ist hier genau andersherum. Na ja. Und wenn der Coup nicht gelingt, dann bekommt das in Paris ja keiner mit. Dann war es ein Versuch. Kam nichts Brauchbares herum. Hat nicht geklappt. Haben Sie ja gleich gesagt. Passiert schon mal.«

Bonnieux wirkte amüsiert. Er lachte sogar und schüttelte den Kopf. »Sie werden sich nie ändern, Leclerc.«

»Nein«, erwiderte Albin, »werde ich nicht. Und ich bin noch nicht fertig. Flores hat die Polizeibehörde unterwandert und einen Maulwurf installiert. Deswegen ist er seit Jahren über jeden unserer Schritte informiert. Abgesehen davon versuchen wir seit sehr langer Zeit, ihm etwas am Zeug zu flicken, richtig?«

Es gab keinen Widerspruch.

Albin redete weiter. »Wir haben schon daran gearbeitet, als ich noch im Dienst war. Daher weiß ich genau, dass wir wirklich alles versucht haben. Wir haben beim geringsten Anlass Fahrzeuge beschlagnahmt. Wir haben Geschwindigkeitskontrollen fingiert und seine Delikatessentransporter gestoppt und von Drogenspürhunden absuchen lassen. Alles ohne Erfolg. Wir haben das Gesundheitsamt vorgeschickt und seine Lagerräume untersuchen lassen. Es wurde kein Fitzelchen irgendeiner illegalen Substanz gefunden. Trotzdem wissen wir alle ganz genau, dass Aristide Flores den größten Drogenverteilungsring im Süden führt.«

Wieder gab es keine Einwände.

»Wir wissen nur einfach nicht, wie er es macht. Und deswegen ist es sinnvoll, die Chance zu nutzen, einen Maulwurf bei ihm einzuschleusen. Einen, der ihn dazu provoziert, Hinweise zu geben, auf welche Art und Weise Flores die Drogen in Frankreich verteilt. Das könnte Rey für uns tun, und es gibt nach meiner Meinung durchaus die Möglichkeit, dass Flores und Rey auf Augenhöhe miteinander sprechen, so von Gangster zu Gangster, und dabei etwas herauskommt. Außerdem führt Flores das Geschäft, das sein Vater Louis Rey weggenommen hat. Da ist es nur verständlich, wenn Rey zum Beispiel mal nachfragt: Junge, wie bekommt ihr das nur hin, dass euch niemand auf die Schliche kommt? Bei uns war das damals ja so und so – was sind denn eure Methoden?« Albin zuckte die Schultern. »Na ja, und dann wird dabei entweder etwas herauskommen, das uns weiterhilft – oder eben nicht. Auf der anderen Seite sagen wir Flores, dass er in einem solchen informellen Gespräch Rey dazu bringen soll, die drei Morde zu gestehen und es aufzuzeichnen, um ihn wieder in den Knast zu bringen. Flores wäre dumm, wenn er diese Chance nicht nutzt. Und auch hier gilt: Es klappt – oder es klappt nicht. Viel zu verlieren gibt es dabei eigentlich nicht.«

»Da hat Leclerc recht«, sagte Castel.

Theroux nickte.

Montfavet räusperte sich und sagte: »Und wenn wir schon dabei sind, dann könnte Rey aus Flores noch die Bestätigung herauskitzeln, dass er einen Informanten bei der Polizei hat. Mit etwas Glück springt sogar ein Name dabei heraus, mit dem wir etwas anfangen können. Tonaufzeichnungen helfen uns zwar in keinem Fall vor Gericht weiter.

Aber die gesamte Aktion könnte uns in jedem Fall dabei helfen, den Zug auf das richtige Gleis zu setzen – denn im Moment, vielmehr seit einigen Jahren, fahren wir in Sachen Flores so planlos herum wie Odysseus auf dem Mittelmeer.«

Während Albin für einen Augenblick davon beeindruckt war, dass Montfavet den Namen Odysseus kannte und sogar wusste, womit der Grieche einen großen Teil seiner Freizeit verbracht hatte, schwieg Bonnieux eine Weile. Er nahm die Brille wieder ab und kaute auf dem Bügel, sah zum Fenster hinaus. Setzte die Brille wieder auf. Er strich mit den Handflächen über den Tisch, als wolle er eine verrutschte Decke richten. Dann blickte er zu Castel.

»Und die technischen Hürden?«, erkundigte sich Bonnieux. »Sie haben eben erwähnt, Castel, dass wir faktisch keine Aufzeichnungen machen können. Also erklärt sich mir nicht, wie wir da vorankommen sollen.«

Castel nickte. Sie sagte: »Dazu habe ich bereits eine Idee. Wir benötigen dafür zwar etwas Papierkram, aber ich denke, das ließe sich kurzfristig arrangieren.«

»Das heißt?«

Castel schilderte Bonnieux ihren Plan. Was für ein kluges Kind, dachte Albin und schmunzelte, verkniff sich aber die Bemerkung.

Bonnieux wirkte interessiert. Er dachte nochmals nach. Schien die Pros und Contras abzuwägen und kam zu dem Schluss, dass man sich mit einem Versuch nichts vergeben würde und nur gewinnen konnte – oder eben leer ausging.

»Also gut«, sagte er dann mit einem knappen, professionellen Lächeln. »Legen wir los.«

52

Es war ein merkwürdiges Gefühl, wieder hier zu sein, dachte Castel. Draußen tobte Marseille in dem heißen Fieberwahn, in dem es jeden Tag tobte. Hier drinnen im Polizeipräsidium, in dem Abschnitt, der für die Spezialeinsatzkräfte reserviert war, war es hingegen still und kühl. Lediglich ein kaum wahrnehmbares Sirren erfüllte die Luft. Es klang, als schwebe eine Libelle direkt neben dem Ohr. Es war aber keine Libelle, sondern ein gerade mal sechzehn Zentimeter langer Minihubschrauber, der auf den Namen Black Hornet hörte – eine fünfzigtausend Euro teure Nanodrohne, die auch beim Militär verwendet wurde.

Nad stand neben Castel und hielt einen Kaffeebecher in der Hand. Sie war sogar noch etwas kleiner als Castel, die mit ihrer Körpergröße so gerade eben die Mindestanforderungen für den Polizeidienst erfüllte. Die halblangen, schwarzen Haare trug sie zu einem kurzen Pferdeschwanz gebunden, der über ein lässiges Polohemd fiel, das Nadja zu Jeans und Sneakers trug. Sie war kaum geschminkt. Ein praktisches Mama-Outfit, fand Castel, denn Nadja war genau das: Mutter und Ehefrau – aber eine solche, die sich von der Familie nicht ihre Karriereplanung verderben lassen wollte, weswegen sie ihren Mann nach Hause geschickt hatte, um sich um den Nachwuchs zu kümmern, der inzwischen herangereift war und in die Schule ging. Manchmal beneidete Castel ihre Freundin um das, was sie hatte. Meistens aber nicht.

Nad und Castel hatten hier in Marseille in der logistischen Unterstützung für die Einsätze der Sonderbrigade zusammengearbeitet, bevor Castel zur Kriminalpolizei gewechselt, in Ungnade gefallen und schließlich nach Carpentras versetzt worden war. Sie waren immer noch eng miteinander befreundet, wenngleich sie nicht mehr so viel Kontakt wie zuvor hatten – naturgemäß, wenn man sich nicht mehr jeden Tag bei der Arbeit sah und die eine Familie hatte. Nad, die noch immer bei der Brigade arbeitete, hatte Castel bereits mehrfach mit ihren Kontakten und technischen Möglichkeiten ausgeholfen. Und jetzt war es ein weiteres Mal an der Zeit.

Nadja und Cat hatten telefoniert, sich zunächst erkundigt, wie es der anderen ging – gut so weit, abgesehen von der vielen Arbeit, aber na ja, besser als sich zu langweilen –, und schließlich war Cat zum Punkt gekommen. Die Bri-Bac-Einheiten verfügten – außer dem Geheimdienst und dem Militär – über die beste Überwachungstechnologie im Land. Und auf die hatte Castel es abgesehen. Natürlich gab die Brigade ihr Material nicht einfach so heraus. Erst recht nicht die hochspezialisierten Experten, die sie zu bedienen wussten. Zwar gehörte Nad nicht zu diesem ausgesuchten Kreis. Aber sie hatte Zugang, und um der alten Zeiten willen und auf dem kurzen Dienstweg wäre es wohl kein Problem, sich eine kleine Crew für eine Überwachungsaktion auszuleihen. Zudem hatte Bonnieux bereits den nötigen Papierkram erledigt und die Amtshilfe aus Marseille sehr dringlich gemacht. Und Erfolg gehabt.

»Irre«, sagte Castel leise und starrte wie hypnotisiert auf den kleinen Hubschrauber, der direkt vor ihrem Gesicht schwebte.

»Big Brother is watching you«, sagte Nad mit einem Grinsen. »Wie gut, dass wir Big Brother sind.«

»Aber echt«, merkte Castel an und betrachtete das ebenmäßige Gehäuse des Hightechgerätes, das gerade einmal so lang wie ihre Handfläche war und so konstruiert, dass es kaum Wind machte, fast keine Geräusche und außerdem über eine vollkommen glatte Oberfläche mit einer Art Tarnlackierung verfügte, die sich gewissermaßen der Umgebung anpassen konnte.

Eine Drohneneinheit verfügte über jeweils zwei solcher Fluggeräte, die in einem Kunststoffkoffer steckten, in dem sich außerdem ein Tablet und eine Joysticksteuerung befanden. In Afghanistan hatte das Militär die Geräte eingesetzt, um Scharfschützen aufzuspüren. Man ließ einfach eine Drohne in die Luft – und bekam mittels einer der drei Hochleistungskameras Bilder in 4K-Auflösung. Die Reichweite der Geräte betrug fast zwei Kilometer. Sie konnten über GPS-Wegpunkte gesteuert werden, waren gegen Regen unanfällig und glichen Windstöße automatisch aus. Die Spezialeinheiten nutzten die Nanodrohnen, um Gebäude auszuspähen, bevor sie gestürmt wurden. Außerdem gab es welche, die mit Hochleistungsmikrophonen mit Richtcharakteristik ausgestattet waren, was hieß: Sie nahmen nur in einem sehr engen Winkel auf, um Umgebungsgeräusche auszublenden. Sie waren sehr empfindlich, zeichneten Ton aus großer Entfernung auf und mussten äußert präzise gesteuert werden. Und ein solches Gerät schwebte gerade vor Castel.

Mit im Raum befanden sich Eric Noirot und Melina Miolan. Beide gehörten zu einer Überwachungs-Taskforce, die sich für gewöhnlich mit Wanzen, Kameras, Trojanern und allerlei anderen Dingen befasste, seit einiger Zeit aber auch diese Drohnen einsetzte. Miolan war eine rundliche Mittdreißigerin mit rabenschwarzen Dreadlocks und Nerdbrille, Noirot ungefähr ebenso alt und im weißen T-Shirt mit hellblauer Jeans so unauffällig wie ein Tropfen Wasser im Ozean.

In dem Raum voller technischem Equipment lehnte er an einem Regal und hatte die Steuerungseinheit in der Hand. Miolan hielt Nadja und Castel das Tablet vor die Nase, das hochauflösend das Gesicht von Castel zeigte und jetzt ihre Pupille in Großaufnahme, als Noirot die Zoomfunktion betätigte.

»Das ist nur ein Bruchteil dessen, was sie können«, erklärte Miolan mit einem nordfranzösischen Akzent. »Die Kameras lassen sich auf Nachtsicht und Infrarot umschalten. Dann kannst du damit praktisch durch die Wände sehen, dich an Wärmesignaturen orientieren und die Richtmikros, die ebenfalls durch dickes Mauerwerk lauschen können, danach ausrichten. Die Hornets sind das Beste, was wir zurzeit für mobile Observationen nutzen können. Technisch gibt es zwar noch leistungsfähigere Modelle. Aber die Hornets sind erprobt und haben sich vielfach bewährt. Verlässlichkeit ist ziemlich wichtig in unserem Gewerbe.«

Sie nahm das Tablet in die linke und hob die rechte Hand, worauf Noirot die Drohne sanft darin landen ließ. Miolan steckte sie daraufhin zurück in den Plastikkoffer, sozusagen in den Hangar.

»Mehr brauchen wir nicht?«, fragte Castel.

»Du kannst haben, was du willst«, erwiderte Miolan. »Aber ich denke: Nein, mehr brauchen wir nicht.«

»Und die Crew?«

»Noirot und ich. Das reicht.«

»Und die Drohne …«

»Zeichnet alles auf, was sie aufzeichnen kann.«

»Wann kann es losgehen?«

»Wir haben nichts weiter vor – wenn du willst also jederzeit.«

Perfekt, dachte Castel und wendete sich mit einem breiten Lächeln zu Nad. Einem Lächeln, das »Danke« sagte. Dann drehte sie sich um die eigene Achse und blickte hinter sich, wo im Halbschatten neben der Eingangstür zum Technikraum ein Hüne mit grauem Haar an der Wand lehnte, die Hände in den Hosentaschen vergraben hatte und die ganze Zeit schwieg. Schließlich nickte er.

»Ferngesteuerte Libellen, die durch Wände blicken und hören«, sagte er mit einem Kopfschütteln und fuhr sich durchs Haar. »Die Welt wird immer verrückter.«

53

Am Abend gab es Huhn in Tomatensoße. Albin war aktuell zwar nicht mit der Zubereitung befasst, aber er wusste, was zu tun war: Man warf einfach ein paar Hühnchenteile in Mehl, wälzte sie und schmiss sie in einen Bräter mit Olivenöl, um sie von allen Seiten anzubraten. Dann garte man das Fleisch durch, nahm es anschließend heraus und gab Zwiebeln und Wein in den Bräter, etwas später Tomaten hinzu, aus denen man dann samt einer Persillade und Oliven die Soße machte, die am Ende mit Basilikum garniert wurde.

Kinderleicht, allerdings hatte das Kind des Hauses, Clara, aktuell ihren Geschmack verlagert. Hühnchen mochte sie nicht mehr, höchstens die Chickenstücke von McDonalds, ebensowenig Tomatensoße, nur noch Ketchup, weil sie Tomaten ekelhaft fand. Beides war befremdlich für Albin – immerhin war doch Hühnchen gleich Hühnchen und Ketchup ebenfalls aus Tomaten gemacht. Aber Veronique hatte lediglich gesagt, er solle sich nicht so anstellen, Kinder seien eben so. Tja. Da hatte sie vermutlich recht – Albin konnte sich nicht mehr daran erinnern, wie Manon in diesem Alter gewesen war. Abgesehen davon hatte er den größten Teil ihrer Kindheit mit Arbeit verbracht und dabei fast alles verpasst. Veronique hingegen hatte zwei Kinder selbst großgezogen und außerdem hatte sie auch schon

Enkelkinder. Sie kannte sich aus. Wer wollte da widersprechen?

Jetzt saß Clara vor dem Fernseher und sah sich eine Sendung mit hässlichen Comicfiguren in allen Regenbogenfarben an, die Dinge taten, die sich Albin nicht erschlossen, und ihr Handeln mit Gekreische kommentierten, was Clara ständig kichern ließ. Sollte mal einer die Kinder von heute verstehen, dachte Albin. Veronique und Manon waren in der Küche mit dem Huhn befasst und hatten Albin verscheucht. Während er telefonierte, und zwar mit Louis Rey und anschließend mit Fleur Flores, lauschte er mit einem Ohr dem hysterischen Geschrei von Claras Comic und mit dem anderen Ohr dem Gespräch der beiden Frauen in der Küche. Es ging einerseits darum, dass Veronique am Wochenende ein Familiengrillen plante, zu dem auch ihre Kinder und Enkelkinder kommen und wozu sie Matteo samt seiner schrecklich netten Frau einladen wollte – aber Matteo habe absagen müssen wegen Terminen. Die beiden hätten ja so wenige soziale Kontakte, und schließlich seien Albin und Matteo doch Freunde.

Unglaubliche Unterstellungen, dachte Albin und war für einen Moment darüber amüsiert, dass Matteo das Treffen abgeblasen und sich mit »Terminen« herausgeredet hatte. Als ob der im Leben andere Termine hätte als bei seinem Proktologen. Außerdem hatte er ja sein Café. Aber Albin sparte sich jeden Kommentar, weil er mit Fleur und Rey einiges zu koordinieren hatte. Das heißt: So viel war es gar nicht. Es ging lediglich um die Verabredung eines Termins und eines Ortes für ein Treffen – wobei die Frage des Ortes etwas kitzlig war. Denn: Jeder vernünftige Mensch würde es vermeiden, die Höhle des Löwen aufzusuchen.

Aber genau dort wollten Albin und die anderen Rey platziert wissen. Mittendrin. Die Frage war, wie man das arrangieren konnte, ohne dass Fleur und Aristide hellhörig wurden.

»Ich denke«, hatte Albin zu Fleur am Telefon gesagt, »wir sollten einen neutralen Ort für das Treffen finden. Rey will das Umfeld sehen können. Ein Parkplatz an der Straße nach Gordes vielleicht, einer der Picknickplätze. Aristide kommt dort hin. Rey erscheint, sobald er sicher sein kann, dass Aristide alleine ist und keine Scharfschützen auf Rey lauern.«

»Albin«, sagte Fleur, »sei bitte nicht albern. Wir sind doch nicht im Wilden Westen.«

»Doch«, erwiderte Albin, »das sind wir.«

»Einem solchen Treffen stimmen wir nicht zu. Ebenso gut könnte Aristide dort erscheinen – und Rey lauert auf ihn mit einer Waffe.«

»Was schlägst du dann vor?«

»Rey kommt zu uns. Wir reden. Er geht wieder. Ganz einfach.«

»Unfug«, sagte Albin. »Ich hetze ihn nicht ins Wespennest.«

»Albin, genauso wird es geschehen, und es handelt sich mitnichten um ein Wespennest. Rey will etwas von uns. Also soll er gefälligst auch zu uns kommen.«

»Ihr wollt auch etwas von ihm.«

»Ich denke, seine Bedürfnisse überwiegen die unseren.«

»Das hörte sich kürzlich noch ganz anders an.«

Fleur schwieg.

»Ich kann mir nicht vorstellen«, sagte Albin, »dass Rey dem zustimmen wird.«

»Richte ihm aus, dass es nur diesen Ort für das Treffen geben wird. Albin, wir können uns außerdem nicht vorschreiben lassen, wohin wir zu kommen haben, das verstehst du doch, nicht?«

Albin knurrte leise. »Dann wird das Treffen vielleicht platzen«, sagte er.

»Rey ist nicht der, der uns Bedingungen zu stellen hat.«

»Wer garantiert ihm, dass er lebendig wieder aus eurem Haus herauskommt?«

»Ich verspreche es. Und natürlich wird er das.«

»Er wird nicht viel auf euer Versprechen geben.«

»Albin, weißt du was? Dann komm doch mit.«

»Was?« Damit, zugegeben, hatte Albin nun nicht gerechnet. Das gehörte nicht zum Plan.

»Du bist sein Geleitschutz.«

»Fleur, ich kann nicht an euren Gesprächen …«

»Musst du auch nicht. Du sitzt mit einem Drink am Pool und wartest ab. Durch deine Präsenz kann sich Rey doch sicher sein, dass ihm nichts geschieht? Außerdem kannst du dann mal sehen, wie ich wohne. Ich habe nichts zu verbergen, gar nichts. Abgesehen davon vertraue ich dir – und mir kannst du ebenfalls vertrauen, wie du weißt.«

Verdammt, dachte Albin. Er wusste jetzt schon, dass er aus dieser Nummer nicht mehr herauskommen würde – und jeder Versuch in dieser Richtung könnte verdächtig wirken. Für eine Sekunde fühlte er sich außerdem schlecht – in dem Moment, in dem Fleur von Vertrauen sprach. Die Sekunde verstrich, als sie sagte, dass er ihr ebenfalls vertrauen könne. Das musste ein Witz sein. Früher einmal, ja, da hatte er auf ihr Wort vertrauen können. Aber das war lange vorbei. Zwar hatte sie ihn nie enttäuscht. Dennoch war ihr Profil auf die Kehrseite der Medaille gedruckt. Fleur spielte in der falschen Mannschaft. Schade, aber nicht zu ändern.

»Von mir aus«, sagte Albin. »Wenn Rey nichts dagegen hat?«

Und Rey hatte nichts dagegen, wie Albin im anschließenden Telefonat erfuhr.

»Gehört das zum Plan?«, fragte Rey.

»Nein«, erwiderte Albin.

»Ich brauche keine Anstandsdame.«

»Das bin ich auch nicht.«

»Was dann?«

»Eine Rückversicherung. Die Flores sind der Meinung, dass du dir sicher sein kannst, dass sie dich nicht abknallen, wenn ich dabei bin.«

»Na und? Ist denen im Ernstfall doch egal. Knallen sie dich eben mit ab. Abgesehen davon habe ich keinerlei Bedenken, dass sie mich umlegen werden.«

»Es geht darum, was die Flores denken. Nicht um das, was wir denken, Rey.«

»Schon klar.«

»Außerdem sind wir an folgendem Punkt angelangt: Wenn ich ablehnen würde mitzukommen, würden sie skeptisch werden und sich fragen, warum nicht.«

»Verstehe.«

»Also willigst du ein?«

»Habe ja keine andere Wahl, fürchte ich.«

Tja, dachte Albin, jetzt galt es nur noch, den Umstand, dass er ebenfalls bei dem Treffen persönlich anwesend sein würde, Castel und Theroux schonend beizubringen. Er konnte sich bereits ausmalen, wie sie auf die unvorhergesehene Entwicklung reagieren würden. Aber ehrlich gesagt:

Albin fand es nicht so schlimm. Im Gegenteil. So wäre er wenigstens nah dran am Geschehen. Abgesehen davon könnte er im Haus Augen und Ohren aufsperren und vielleicht ein paar wertvolle Hinweise sammeln.

Jetzt legte er das Handy wieder zur Seite und warf einen Blick auf Tyson, der unter dem Couchtisch lag und zusammen mit Clara den Zeichentrickfilm verfolgte. Albin fragte sich, was wohl in Tysons Kopf vorgehen mochte. Ob ein Hund verstehen konnte, was auf dem Bildschirm vor sich ging, ob er es mit einer Bedeutung verband oder ob er das Geschehen lediglich als irgendwelche bewegten Bilder mit Ton wahrnahm. Andererseits spielte das aber auch keine Rolle. Sollte der Mops doch denken, was er wollte. Falls man von denken überhaupt sprechen konnte. Wobei … Doch. Konnte man. Im Fall von Tyson ganz bestimmt. Aber egal.

Veronique und Manon kamen aus der Küche, trugen das Huhn und dazu ein paar Nudeln in Schalen herbei und stellten es auf den Esstisch.

»Na«, fragte Veronique im Vorbeigehen, »fertig mit deiner Freundin?«

Albin atmete tief ein und wieder aus. Manon schmunzelte lediglich, marschierte zum Fernseher, um ihn auszustellen, worauf Clara laut protestierte. Erneut ging Veronique an Albin vorbei, um noch etwas aus der Küche zu holen, stoppte dann vor ihm und setzte ein süßes Lächeln auf.

»Kaffeetrinken reicht nicht mehr, hm? Jetzt wird auch noch telefoniert?«

»Beides war dienstlich«, erwiderte Albin und wollte Veronique an den Hüften zu sich ziehen, aber sie wich aus.

»Wie du meinst«, sagte sie.

»Du bist wirklich eifersüchtig, hm?«

Veronique lachte auf und öffnete den Kühlschrank, um eine Flasche Wein herauszuholen. »Das könnte dir so passen, Albin Leclerc«, sagte sie, ging dann mit dem Wein zum Tisch und goss ihn in die Gläser.

Und Albin dachte: Verdammt, es wird Zeit, dass die Sache mit Fleur endlich geregelt wird. Zum Glück war es morgen so weit. Alles würde geschmeidig laufen, Rey verschwinden – und dann wäre endlich wieder Ruhe im Karton. Blieb nur noch die Tatsache, dass sich an der Einsatzplanung etwas sehr wesentlich ändern würde. Albin überlegte, ob er Castel deswegen anrufen sollte, um es mit ihr zu besprechen. Aber andererseits … Warum sie heute schon damit belangen, wenn sie sich auch morgen noch genug darüber aufregen konnte? Denn es würde doch nichts auf den Kopf stellen, wenn Albin an der Seite von Rey das Haus betreten würde. Die Überwachung könnte wie geplant ablaufen – wozu also unnötig Stress verursachen, überlegte Albin und ging dann zum Essen.

54

In der Vormittagshitze des nächsten Tages huschte ein Skorpion über sandfarbene Steine, auf denen er es sich in der prallen Sonne bequem gemacht hatte. Etwas erschütterte den Boden, so dass es besser war, sich in Deckung zu begeben. Das Spinnentier flitzte in den Schatten, schließlich krabbelte es unter einigen wilden Thymian- und Rosmarinbüschen hindurch zu den sicheren Felsen, wo es in einem dunklen Spalt verschwand.

Wo der Skorpion sich zuvor gesonnt hatte, parkten jetzt drei Autos am Rand des unbefestigten Feldweges, der ins Nichts zu führen schien. Zwei waren weiß, das dritte silbern. Eines gehörte zum Fuhrpark der Police National aus Carpentras. Die anderen beiden stammten aus dem Fuhrpark der Polizeibehörde von Marseille. Die Insassen der Fahrzeuge waren bereits ausgestiegen und beschäftigten sich zum Teil damit, technische Gerätschaften auszupacken, und zum anderen Teil damit, sich mit der Lage des Ortes vertraut zu machen. Er befand sich auf einer Anhöhe, unter der sich ein weites Tal erstreckte, das mit Weinstöcken bewachsen war. Eine schmale Straße schnitt hindurch, von der eine Abzweigung durch eine nicht einsehbare Allee zu einem größeren, weiträumig umzäunten Anwesen führte, vor dem es einen Parkplatz gab, zu dem mehrere Gebäude gehörten und außerdem eine Poolanlage.

Castel stand im Schatten eines großen Olivenbaumes und hielt ein Fernglas vor den Augen. Sie verfolgte einen silbernen SUV aus asiatischer Produktion, der über die Landstraße fuhr und auf das Anwesen zusteuerte. Sie wusste, wer darin saß: Louis Rey und der Mann, den sie heute Morgen am liebsten an ein Scheunentor genagelt hätte, als er ihr erzählte, dass er Louis Rey begleiten werde – und das war bereits besiegelt gewesen. Man konnte das Rad nicht mehr zurückdrehen. Großartiger Scheiß.

»Hat jemand eine Zigarette?«, fragte Castel.

»Du rauchst doch gar nicht«, hörte sie Theroux neben sich sagen, der ebenfalls einen Feldstecher in den Händen hielt und damit den SUV verfolgte.

Castel ignorierte Theroux, wandte sich nach hinten und fragte erneut: »Hat jemand eine Zigarette für mich?«

Noirot reagierte, blickte von dem Technikkram auf, der auf einer der Kühlerhauben verteilt lag, fasste in die Hosentasche und warf Castel eine Packung Gauloises zu, in der ein Feuerzeug steckte. Castel fing die Schachtel mit einer Hand, zog mit den Lippen eine Zigarette hervor und steckte sie an. Sie bemerkte Theroux' irritierten Seitenblick.

»Was?«, fragte sie.

»Wieso rauchst du?«

Genervt paffte Castel eine Wolke in den Himmel. »Meine Güte, was spielt das jetzt für eine Rolle?«

Sie rauchte deswegen, weil sie sich immer noch schrecklich über Albin aufregte und außerdem nervös war. Albins Präsenz vor Ort konnte die gesamte Überwachungsaktion gefährden – selbst, wenn er der Meinung war, dass es keine Rolle spielte, ob er am Pool herumsitzen oder sich mit Castel und Theroux am Rand des Geschehens befinden würde.

Sicher, er hatte Castel erklärt, wie es dazu gekommen war, das Gespräch mit Fleur Flores und deren Vorschlag, Albin solle doch mitkommen, damit Rey sich in Sicherheit wiegen könne. Trotzdem. Trotzdem war es totaler Mist und wieder mal einer seiner so typischen Alleingänge. Castel war kurz davor gewesen, alles abzubrechen. Abgesehen davon war sie bei Überwachungsaktionen immer nervös. Alles Mögliche konnte schiefgehen. Dann wäre alle Mühe umsonst gewesen, und Castel hasste es, Energie zu verschwenden.

»Ich meine ja nur«, sagte Theroux.

Castel klemmte sich die Zigarette in den Mundwinkel und nahm das Fernglas wieder hoch. Sie suchte die Straße ab, entdeckte Albins Wagen kurz vor der Einfahrt zum Anwesen der Flores und sah, wie er das Tempo verlangsamte und den Blinker setzte. Sie drehte sich um zu Noirot und Miolan, die mit dem Auspacken fertig waren.

»Wann schickt ihr die Drohnen los?«

Miolan sagte: »Sobald sie das Haus betreten haben. Die Drohnen sind schnell da. Wir wollen nicht unnötig Akku verschwenden.«

Sie tippte mit dem Fingernagel auf das Display eines Laptops, der ebenfalls auf der Kühlerhaube aufgebaut war. Dort konnte man eine Sat-Aufnahme der Umgebung sehen, die von einem Grundriss des Anwesens überlagert wurde.

»In etwa fünf Minuten schicken wir die Drohnen auf den Weg«, fügte Miolan an.

Castel nickte, zog hektisch an der Zigarette und stieß den Rauch mit einem Husten aus.

Miolan blickte sie an. »Alles klar?«

»Alles klar«, bestätigte Castel. »Observationen machen mich nervös. Und Albin Leclerc ganz besonders.«

Miolan lachte und nickte. »Verstehe«, sagte sie. »Aber keine Sorge, wir haben alles im Griff.«

Klar hatten sie das, dachte Castel und ging zurück zu Theroux. Um Miolan und Noirot und die Drohnen machte sie sich ja auch keine Sorgen. Aber darüber, ob Albin alles im Griff hatte, schon.

55

Albin setzte den Blinker und bog auf eine von Pappeln gesäumte Allee ab, die ihn direkt zur Villa von Aristide und Fleur Flores führen würde. Er hatte darauf verzichtet, Tyson mitzunehmen, denn Fleur hatte eine Katze. Albin wusste zwar nicht, wie Tyson auf Katzen reagierte und wie Katzen auf Tyson reagierten. Aber: Hunde und Katzen – nein, besser nicht. Deswegen hatte Veronique den Hund heute mit in den Blumenladen genommen, nicht ohne eine schnippische Bemerkung darüber zu machen, ob er seiner Freundin Fleur nicht ein paar Blumen mitbringen wolle, wo er sie doch schon a) besuchen fahre und sie b) diesen lächerlichen Namen trage. Albin hatte sich einen Kommentar verkniffen, hatte aber ein reines Gewissen – schließlich führte er nichts im Schilde mit Fleur und spielte mit offenen Karten, sogar was den heutigen Besuch anging. Na ja, mit bedingt offenen Karten. Denn worum es ging und was genau heute geschehen würde, davon brauchte Veronique natürlich nichts zu wissen und durfte es auch gar nicht.

Nach wenigen hundert Metern stoppte Albin an einem Metalltor. Er ließ das Fenster herab, stellte aber gleichzeitig fest, dass das nicht nötig war: Man musste hier nicht wie im Parkhaus Tickets ziehen oder sich mittels einer Gegensprechanlage anmelden. Vielmehr schien irgendwo eine

Kamera versteckt zu sein, mittels der man Albins Wagen bereits identifiziert hatte. Schließlich war sein Besuch angemeldet. Das Tor ging auf. Albin schloss das Fenster wieder und drückte aufs Gaspedal.

»Also noch mal«, sagte Albin dann zu Rey, der neben ihm saß und eine alberne, knallrote Sonnenbrille auf der Nase trug. »Wir wollen wissen, wie Flores es macht. Finde es heraus. Und leg mich nicht herein, denn das werde ich herausfinden.«

»Ah, wirst du«, sagte Rey gelangweilt und blickte aus dem Fenster.

»Werde ich«, bestätigte Albin. »Genau wie ich noch herausfinden werde, dass du drei Menschen umgelegt hast, seit du wieder draußen bist.« Eine manipulative Strategie: Albin brachte das Thema darauf, weil er wollte, dass es aus den Windungen von Reys Gehirn hervortrete, sozusagen von der Festplatte in den Arbeitsspeicher geladen und auf dem Desktop abgelegt wurde. Die Wahrscheinlichkeit wäre dann größer, dass er mit Aristide oder Fleur darüber reden würde. Das Thema wäre dann präsent, an der Oberfläche und somit leichter greifbar, bildete Albin sich ein.

»Ich weiß nicht, wovon du redest«, sagte Rey.

»Doch. Weißt du. Du warst sogar so dreist, den Morden eine Bedeutung zu verleihen. Didier das Geld ins Maul gestopft, Vollant lebendig begraben und den Priester …«

»Vergiss es«, unterbrach ihn Rey. »Ihr habt nichts gegen mich vorliegen, weil ich nichts getan habe. Ich will lediglich mein Geld von Flores haben. Dann bin ich auf und davon. Trotzdem haben wir beide etwas zu regeln.«

»So, wie du es mit Didier und Vollant und Nadal geregelt hast?«

Albin sah Rey überheblich schmunzeln. »Keine Ahnung«, sagte er erneut, »was du meinst.«

»Und ob.«

»Wozu sollte ich dich außerdem hereinlegen?«

»Weil du ein Drecksack bist.«

Rey lachte und hustete gleichzeitig.

»Und Drecksäcke tun das nun mal«, ergänzte Albin. »Oder sind der Meinung, dass sie ihr Wissen verheimlichen und als Druckmittel benutzen können.«

Rey machte eine abschätzige Geste. »Das wäre natürlich eine Option.«

»Aber wir beide haben einen Deal. Ich helfe dir. Du hilfst mir.«

»Wir haben einen Deal«, bestätigte Rey und blickte schließlich nach vorn. Mit einem Nicken deutete er auf die Villa, die hinter einer leichten Kurve im Blickfeld erschien. »Imposant. Imposanter als das, was ich einmal hatte.«

In der Tat, dachte Albin, das war keine schlechte Hütte. Die Straße öffnete sich zu einem großen Platz, der mit feinem Kies bestreut war. Rechts befand sich ein älteres Lagergebäude, das ganz offensichtlich für viel Geld saniert worden war und einigen Autos Unterstand bot, darunter der rote Porsche, mit dem Fleur bei Matteo vorgefahren war. Albin sah außerdem einen Porsche Cayenne, einen Range Rover und einen Ford Mustang – ein bulliger Sportwagen in Hellblau aus den sechziger Jahren. Todschick.

Daneben lag das Hauptgebäude, vor dem zwei durchtrainierte Burschen warteten, die schwarze Hosen, schwarze

Poloshirts und schwarze Sonnenbrillen trugen. Fast wie Uniformen. Ihre Körperhaltung verriet Albin, dass sie eine militärische Ausbildung genossen hatten. Sie trugen Waffen in kaum verdeckten Gürtelholstern.

Albin stoppte den Wagen. Die beiden Wachtposten bewegten sich auf den SUV zu – einer ging links, der andere rechts an der Motorhaube vorbei. Sie öffneten die Türen, begrüßten Rey und Albin freundlich. Ziemlich lächerlich, dachte Albin, dass die nach einer Mischung aus Duschgel und Schweiß riechenden Männer den Firmenaufdruck von Aristide Flores' Unternehmen auf den Hemden trugen. Als würde man tatsächlich annehmen, dass es sich bei ihnen um Firmenangestellte handelte. Wobei – in gewisser Hinsicht war das natürlich auch nicht ganz falsch.

Albin und Rey wurden in das Haus geführt und gelangten zunächst in ein Foyer. Die Wände waren aus altem Bruchstein, aber mit antiken Schwarzweißfotografien geschmückt. Links und rechts standen einige ebenfalls antike Möbel herum und darauf Blumenvasen mit frischen weißen Lilien, die ihren intensiven Duft verströmten. Auf einem der Tische lagen irgendwelche Utensilien, die Albin auf den ersten Blick nicht deuten konnte. Auf den zweiten dann schon, denn was er zunächst für einen Squashschläger gehalten hatte, war ein Metalldetektor, den einer der beiden Assistenten von Flores nun in die Hand nahm, während der andere ihnen erklärte, dass man sie aus Sicherheitsgründen absuchen müsse.

Was dann auch geschah. Wie am Flughafen legten sie ihre Wertsachen und Metallgegenstände in graue Plastikschalen. Sogar den Gürtel und das Feuerzeug musste Albin abgeben. Als ob er damit jemanden erwürgen oder hinterrücks anzünden würde.

Schließlich waren die Burschen fertig und führten Albin und Rey ins Wohnzimmer – eher ein Empfangs- und Aufenthaltsraum, fand Albin. Es gab eine Bar, elegante Couches und Sessel aus Leder. Der Boden war mit alten Kacheln gefliest, auf denen Kuhfelle dekorativ drapiert waren. Unter der Decke sah man die offene Balkenkonstruktion. Alles in allem sehr geschmackvoll und teuer. Nach außen hin öffneten sich mehrere Flügeltüren. Dort war ein Swimmingpool zu erkennen.

Der eigentliche Blickfang waren allerdings Fleur Flores und ihr Sohn Aristide, die sich im Empfangsraum befanden. Fleur hatte sich elegant auf die Lehne eines Ledersessels drapiert, der nach Bauhaus aussah. Sie saß dort mit übergeschlagenen Beinen und wirkte in ihrem Khakikleid und Sandalen mit Korkabsatz, als sei sie direkt aus der Besetzungsliste von »Jenseits von Afrika« gefallen. Ihre Haare waren hochgesteckt. Sie trug Schmuck aus Holzperlen. Aristide konnte man für ihren jugendlichen Liebhaber halten – oder ihren Schönheitschirurgen, denn er war komplett in Weiß gekleidet: weiße Jeans, weiße Tennisschuhe, kerngesund und braungebrannt, die Haare mit Gel nach hinten gekämmt und ein Lächeln, bei dem sich die perfekten Zahnreihen nicht hinter der Farbe seines weißen Poloshirts zu verstecken brauchten. Er war ziemlich groß, fast so groß wie Albin, athletische Figur, breite Schultern wie ein professioneller Schwimmer.

»Herzlich willkommen«, sagte Aristide freundlich, aber nicht zu freundlich, denn selbstverständlich wusste er sehr genau, mit wem er es hier zu tun hatte und worum es bei dem Treffen ging. Fleur hingegen schwieg. Sie nickte Rey lediglich schwach zu und ließ ihren Blick dann auf Albin ruhen.

Rey lachte leise und vergrub die Hände in den Hosentaschen. Er blickte demonstrativ im Haus herum, sah dann wieder zurück zu Fleur, zu Aristide, zu Albin.

»Was für eine nette Zusammenkunft«, sagte er und hustete in die Hand. »Ganz familiär.«

Albin bemerkte, wie Fleur Rey einen eiskalten Blick zuwarf, den dieser mit einem süffisanten Grinsen quittierte. Albin konnte das nicht deuten und dachte sich nichts dabei. Er bemerkte eine Katze, die sich auf einem der Ledersofas ähnlich elegant räkelte wie Fleur auf der Lehne. Das Tier musste eine besondere Züchtung sein und sah aus wie eine echte Wildkatze aus dem Dschungel, wie ein Leopard in klein. Eindrucksvolles Muster im Fell, smaragdgrüne Augen, die Albin interessiert und abschätzend betrachteten. Wie nannte man diese Biester? Bengalkatzen? So in der Art, überlegte Albin und war in dem Augenblick glücklich darüber, Tyson nicht mitgenommen zu haben. Er war sich nicht sicher, ob sein Mops in einem Zweikampf gegen dieses Tier klarkommen würde.

Fleur erhob sich mit einem gekonnten Hüftschwung, bewegte sich auf Albin zu und grüßte ihn schließlich mit zwei angedeuteten Wangenküssen. »Komm, Albin«, sagte sie, »ich zeige dir den Pool und den Garten.«

Albin nickte lediglich.

»Gehen wir doch in die Bibliothek«, sagte ihr Sohn zu Louis Rey, der ebenfalls nickte und Aristide Flores dann folgte. Albin sah, wie die beiden an der Bar vorbeimarschierten und auf eine größere Flügeltür zuhielten, neben der ein weiterer Wachtposten platziert war. Der Bursche war Albin eben gar nicht aufgefallen.

Damit konnten die Spiele beginnen, wie man so sagte. Und Albin hoffte im Rausgehen, dass bei Castel und ihrem Überwachungstrupp alles klar war.

56

Castel trat die Zigarette aus und hätte sich am liebsten gleich die nächste angesteckt. Verdammt, sie hätte sich wenigstens Kaugummis mitbringen sollen. Jetzt verfolgte sie, wie Miolan die Drohnen in die Luft warf, eine nach der anderen. Als würde sie Papierflieger starten. Schon nach wenigen Sekunden waren die Geräte mit der Umgebung verschmolzen und nicht mehr zu erkennen. Dafür konnte man auf den beiden Laptops auf der Kühlerhaube des im Schatten einiger Bäume geparkten Wagens erkennen, wie das Anwesen der Flores hochauflösend rasend schnell näherkam.

»Hammer«, sagte Theroux und griff sich einen der Kopfhörer, die Noirot ihnen reichte und sich dann wieder der Joysticksteuerung widmete. Er selbst trug ebenfalls einen. Die Kabel steckten in einem Verstärker mit mehreren Anschlüssen, der sich nebst weiteren Gerätschaften in einem auf dem Boden stehenden Aluminiumkoffer befand. Miolan war derweil mit zwei anderen Laptops beschäftigt und hatte ebenfalls eine Steuerungseinheit danebenliegen. Ein Display zeigte die Videoaufnahme der Drohne, das andere das Satellitenbild des Anwesens. Aber das Bild war geteilt. Auf der zweiten Hälfte erkannte man eine Grundrisszeichnung des Gebäudes.

Miolan sagte: »Die Hornets richten sich nach GPS-

Koordinaten aus und fliegen quasi im Autopilotenmodus zum Haus. Aber wir können jederzeit eingreifen und korrigieren.«

»Und wie erkennen wir, wo im Haus sie sich aufhalten?«, fragte Castel.

»Wärmesignaturen. Wäre besser gewesen, die Zielperson hätte einen GPS-Sender in Pillenform geschluckt, aber …«

»Ging nicht«, sagte Castel. »Die Zielperson darf überhaupt nicht wissen, dass wir mit im Spiel sind und alles überwachen. Er muss denken, er sei ganz allein – bis auf Leclerc.«

Castel nahm den Feldstecher vor die Augen und stellte auf den Außenbereich der Villa scharf. Sie sah, wie eine Frau aus dem Haus kam. Ein älterer Mann mit fast weißem Haar folgte ihr: Albin.

»Jetzt geht es los«, sagte Miolan. »Die Hornets sind in einer Minute da. Wir suchen die Fassade nach einem günstigen Blickwinkel ab. Dann schalten wir den Ton scharf.«

»Ja«, sagte Castel atemlos, nahm das Fernglas wieder runter und griff nach der Zigarettenschachtel, die Noirot in den Alukoffer auf dem Kabelsalat geworfen hatte, um sich noch eine anzuzünden.

57

Albin war beeindruckt. Der Pool war riesig. Man konnte hier getrost einige Bahnen ziehen, und vermutlich tat Aristide Flores das angesichts seiner Figur auch und Fleur ebenfalls. Rund um den Pool waren Liegen und Tische unter Sonnenschirmen drapiert. In der hinteren Ecke gab es einen offenen Grillbereich mit Baumstämmen auf dem Boden, die offensichtlich zum Sitzen dienten. Lavendel, Rosmarin und Thymian wuchsen in eigens angelegten Beeten und verströmten ihren Duft in der Sonne. Von der Terrasse aus konnte man außerdem einen mit Rasen bewachsenen Hang hinabgehen und gelangte an den Rand des Weinfeldes.

Im Gehen setzte Fleur die Sonnenbrille auf, deutete mit einem Nicken zu einem Mann, der sich unauffällig im Schatten postiert hatte, woraufhin dieser sich in Bewegung setzte und im Inneren des Hauses verschwand. Er trug, wie die anderen, eines dieser bedruckten schwarzen Poloshirts. Das machte insgesamt also vier Sicherheitskräfte, rechnete Albin nach. Zumindest vier, die er gesehen hatte. Sicherlich gab es irgendwo noch einen technischen Raum mit Bildschirmen für die Überwachungskameras, der fraglos mit ein oder zwei weiteren Personen besetzt war.

»Netter Kräutergarten«, sagte Albin und marschierte hinter Fleur her. Er sah eine Libelle über das türkisblaue

Poolwasser gleiten, dachte an die Überwachungsdrohnen und sah sich um, bemerkte aber keine.

Fleur wandte sich schmunzelnd über die Schulter hinweg zu Albin. »Unser Koch bedient sich hier tatsächlich manchmal. Aber hinter dem Haus gibt es noch einen richtigen Gemüse- und Kräutergarten.«

»Du lässt kochen?«, fragte Albin.

»Ich lasse kochen, ja«, merkte Fleur an, als sei es das Selbstverständlichste der Welt. »Ich bin entsetzlich in der Küche.«

»Jeder hat eben andere Qualitäten«, sagte Albin, was Fleur ein weiteres Schmunzeln entlockte.

Sie blieb unter einem Sonnenschirm stehen, der im Schatten von zwei hohen Pappeln aufgebaut war, und bot Albin einen Platz an. Er wartete, bis sie sich gesetzt hatte, und machte es sich schließlich auf einem der überaus gemütlichen und dick gepolsterten Holzstühle bequem.

»Prächtiges Anwesen«, sagte er und sah, wie die Katze aus dem Haus kam, um sich auf der Terrasse auf die warmen Steine zu legen und die Nase in die Luft zu halten. Einmal zuckte sie und sprang beinahe auf, als die Libelle an ihr vorbeisirrte.

»Es ist ein früheres Weingut«, sagte Fleur. »Olivier hat es umfangreich sanieren lassen. Die Weinstöcke sind sehr alt und gehören uns, sind aber an einen Weinbauern von nebenan verpachtet – mit der Auflage, dass ich jedes Jahr ein paar Kisten von ihm bekomme.«

»Dein eigener Wein sozusagen.«

»Mein eigener Wein sozusagen, ja«, bestätigte Fleur.

Sie und Albin schwiegen, als der Gorilla aus dem Schatten wieder nach draußen kam. Er trug ein Tablett und stellte vor Albin und Fleur eine Karaffe mit Eiswasser und zwei Gläser ab. Albin betrachtete das Muskelspiel unter dem Shirt des Wachmanns. Auf der Innenseite seines Unterarms erkannte er eine Tätowierung: Fremdenlegion. Aber wie die anderen schien er ebenfalls bewaffnet zu sein.

»Danke, Bernard«, sagte Fleur und strich dem Mann mit der Hand über den Unterarm, worauf dieser wieder verschwand.

»Bernard?«

»Ja, warum?«, fragte Fleur und führte das Glas zu den knallrot geschminkten Lippen.

»Ich würde ihn eher Bronson nennen.«

Fleur lachte. »Aber das ist nicht sein Name. Er heißt nun einmal Bernard.«

»Klingt eher nach einem Modeschöpfer.«

»Nur, weil dein Hund Tyson heißt. Du hast eine Vorliebe für das Martialische, wie mir scheint.«

Albin trank nun ebenfalls an dem Wasser. Eiskalt und erfrischend in dieser Affenhitze. Wenn man sich hier auf der windstillen Terrasse an den Pool legte, würde man gebraten wie ein Hähnchen.

Albin sagte: »Den Namen habe ich mir nicht ausgesucht, wie ich schon sagte. Meine Kollegen haben ihn Tyson getauft, um sich über mich und den Hund lustig zu machen.«

»Sehr gemein von ihnen.«

»Ich wollte ihn erst mitbringen, aber deine Katze …«

»Sinon.«

»Wie?«

»Sinon, so heißt sie. Eine Bengalkatze.«

»Passt zu dir«, sagte Albin.

»Die Katze?«

»Die Katze. Sieht aus wie ein Raubtier.«

»Aber ein zahmes.«

»Sagte ich doch: Passt zu dir.«

»Du findest, dass ich ein zahmes Raubtier bin?« Fleur lächelte amüsiert.

»Ganz genau.«

»Ich bin weder zahm noch ein Raubtier.«

Albin lag etwas auf der Zunge, aber er schluckte die Bemerkung wieder herunter. Damals, vor inzwischen mehr als dreißig Jahren, war es ein einziges Mal zu mehr als Flirten und Funkensprühen zwischen ihm und Fleur gekommen. Ein Vorfall, für den er sich einerseits immer noch schämte, andererseits auch nicht. Seine Frau war kurzfristig ausgezogen und hatte ihn quasi bereits verlassen, kam aber eine Woche später wieder zurück und besann sich darauf, dass sie sich mit Albins Leben abfinden musste. Das war kein geregeltes, beileibe nicht – und in jenen wilden Zeiten noch sehr viel unsteter. Albin kam und ging, wie der Job es ihm vorgab. Bei der Jagd auf Verbrecher schlug er sich die Nächte um die Ohren, und zu jenem Zeitpunkt rieb ihn der Fall eines Kindermörders, der nicht zu fassen war, regelrecht auf. Albin war gerade selbst Vater geworden, was ihn emotional noch sehr viel anfälliger gemacht hatte.

Jedenfalls war er irgendwann sturzbetrunken bei Fleur aufgekreuzt, um bei ihr Trost zu suchen. Und sie hatte ihn empfangen, obwohl sie damals bereits mit Olivier Flores verbandelt war. Albin hatte sich später dafür verflucht. Verflucht deswegen, weil er seine Frau betrogen und die Kontrolle über sich verloren hatte, sowie Fleur suggeriert, dass eventuell doch mehr aus ihnen werden könnte … Aber das hatte Fleur beiseitegeschoben, als er – völlig zerknirscht –

zwei Tage später mit ihr über den Vorfall geredet hatte. Es sei geschehen, was geschehen sei, sagte sie, dass sie nichts bereue und er sich keine Gedanken machen sollte. Aber das eigentlich Dumme war, dass er sich irgendwie auch deswegen verfluchte, weil er so sturzbetrunken gewesen war und sich an dieses Erlebnis nur in Bruchstücken erinnern konnte. Er hätte, wenn schon, dann doch gerne mehr davon gehabt.

Aber das war alles Geschichte.

Albin setzte das Glas ab, reagierte auf Fleurs Bemerkung, dass sie weder zahm noch Raubtier sei. »Wenn du meinst«, sagte er mit einem Lächeln.

»Ich freue mich, dass du mitgekommen bist«, sagte sie. »Jetzt kannst du endlich sehen, wie ich lebe.«

»Du lebst nicht schlecht«, sagte Albin.

»Ich kann nicht klagen.«

»Dennoch wissen wir beide, wovon du lebst«, sagte Albin.

Fleurs Lächeln gefror. »Es wird immer zwischen uns stehen, nicht?«, fragte sie.

»Wir stehen nach wie vor auf unterschiedlichen Seiten, Fleur. Ich gehöre nach wie vor zu den Guten, und du gehörst zu den Bösen.«

»So einfach ist die Welt nicht, Albin. Es gibt nicht nur Schwarz und Weiß.«

»Doch«, erwiderte Albin und trank noch etwas. »Am Ende gibt es nur Schwarz und Weiß. Das Grau dazwischen ist nur eine Illusion, die die Wirklichkeit verschleiert und unsere Sinne und Entscheidungen trübt. Unter dem Strich gibt es nur richtig und falsch, heiß und kalt, gut und böse.«

58

Louis Rey empfand keinen Neid, als er sich in dem Haus umgesehen hatte. Die Villa war sowieso nicht nach seinem Geschmack eingerichtet. Ihm gefiel der Landhaus-Stil nicht – sei er auch noch so sehr mit modernen Elementen aufgelockert. Sein Haus war damals topmodern gewesen. Eines, das man in Architekturzeitschriften vorzeigen konnte. Wie er im Knast gehört hatte, lebte darin nun tatsächlich ein Architekt. Einer, der einen spektakulären Entwurf zum Wiederaufbau von Notre-Dame in Paris nach dem großen Brand beigesteuert hatte.

Jedenfalls – Neid? Nein. Zorn? Ja. Absolut. Noch mehr Zorn, als er in all den Jahren im Knast verspürt hatte. Jetzt, wo er sich sozusagen im Auge des Hurrikans befand, wurde ihm umso schmerzvoller bewusst, was er alles verloren hatte. Was ihm genommen worden war – und zwar maßgeblich von dem Mann, den Aristide Flores seinen Vater nannte.

Rey folgte Aristide in die Bibliothek – ein beeindruckender Raum, und Rey hatte das Gefühl, dass das Zimmer zu genau diesem Zweck eingerichtet worden war: um zu beeindrucken. Es gab alte englische Sitzmöbel, einen großen Standglobus, einen Kamin, einen wuchtigen Schreibtisch, jede Menge Regale voller Bücher, die unbenutzt aussahen wie in den meisten privaten Bibliotheken, die Rey bislang gesehen hatte. Sie dienten eher dem Zweck zu zeigen, dass der Besitzer gebildet war – ob es nun stimmte oder nicht. Und hier war es nicht anders: Aristide Flores wirkte auf Rey keineswegs wie ein belesener Mann, vielmehr wie jemand, der den größten Teil des Tages auf dem Tennisplatz oder auf einem Boot verbrachte.

»Wie läuft das Geschäft?«, fragte Rey, während Flores die Tür hinter sich schloss.

»Blendend«, sagte Flores. »Eigentlich seit Jahren ununterbrochen gut. Wir sind nach wie vor die erste Adresse, was die Transporte für die Gastronomie angeht. Wir haben den Fuhrpark ausgebaut, modernisiert, und ich arbeite zurzeit an einem neuen Projekt.« Flores gab dem Globus einen Schwung. »Around the world.« Er lachte, vergrub die Hände in den Hosentaschen und zeigte seine perfekte Zahnreihe, die etwas zu weiß war, um natürlich zu wirken. Typisches Hollywood-Bleaching.

»Ausgezeichnet, gratuliere«, sagte Rey und sah sich weiter um. Aus den beiden großen Seitenfenstern konnte man auf ein Tal blicken, in dem sich Weinstöcke erstreckten. »International habe ich mich nie aufstellen wollen«, sagte er. »Zu komplex. Zu große Konkurrenz. Mir hat es gereicht, ein kleiner König im eigenen Land zu sein.« Er schmunzelte und spürte, dass es ein verbittertes Lächeln war.

»Mir nicht«, erwiderte Flores und ging zum Schreibtisch, an den er sich lässig anlehnte. »Ich bin an Expansion interessiert.«

»Jedem das Seine«, sagte Rey.

»Aber das Geschäft ist erheblich komplexer geworden. Sehr viel mehr Zusammenhänge sind zu beachten. Es gibt weitaus mehr Mitbewerber als früher, und diese operieren ebenfalls international. Man muss sich behaupten und mithalten, sonst wird man schnell gefressen. Darwin'sches Gesetz – wobei das nicht heißt, dass nur die Stärksten überleben, sondern die, die sich am besten anpassen können.«

»Oder die, die bereit sind, über Leichen zu gehen und kein Gewissen haben«, sagte Rey.

»Die natürlich auch«, erwiderte Flores und musterte Rey einen Moment lang. »Es tut mir leid, was damals geschehen ist«, sagte er schließlich.

»Mir ebenfalls.«

»Ich meine es wirklich so. Ich weiß, was mein Vater getan hat. Er wird dafür natürlich seine Gründe gehabt haben, und ich kenne diese Gründe nicht. Trotzdem tut es mir leid. Sie haben alles verloren, Rey, und ein Vierteljahrhundert eingesessen.«

»Beides richtig.«

»Aber es ist, wie es ist. Solche Dinge geschehen, sind immer geschehen und werden immer geschehen.«

»Das ist unser Risiko, hm?«

»Das ist unser Geschäftsrisiko, ja. Es ist nicht so, dass das alles ein Selbstläufer ist. Wenn ich eben gesagt habe, dass das Geschäft komplexer geworden ist, dann meine ich auch damit, dass es härter geworden ist. Rücksichtsloser.«

»Verstehe.«

»Aber dennoch bilde ich mir ein, stets fair zu spielen.«

»Sehr ehrbar.«

»Fair bedeutet, dass ich Ihnen eine Wiedergutmachung anbieten will. Dann sind wir quitt.«

»Ich bin mir nicht sicher, ob man die Dinge wiedergutmachen kann, die geschehen sind.«

»Nadal, Vollant und Didier werden sie sicher nicht mehr gutmachen können«, sagte Flores.

»Wie man hört, sind die drei verschieden.«

»Das hört man in der Tat.«

»Vielleicht haben sie mit ihrem Hinscheiden gutgemacht, was gutzumachen war.«

»Dem Anschein nach sind sie allesamt umgebracht worden.«

»Schlimme Sache.«

»Ich habe kein Interesse, den dreien zu folgen. Von daher ist es gut, dass wir miteinander sprechen, Rey.«

»Reden ist nie verkehrt.«

»Es ist auch der Wunsch meiner Mutter.«

»Aha?« Rey lachte amüsiert.

Flores sagte: »Sie haben die drei umgelegt. Es ist klar, wer Ihre Nummer vier sein sollte – nämlich ich.«

»Ist das so?«

»Sie hätten Vollant, Didier und Nadal am Leben lassen und sofort zu mir kommen sollen, Rey.«

»Und dann?«

»Hätten wir ein solches Gespräch geführt, wie wir es jetzt führen. Über eine Wiedergutmachung dessen, was mein Vater getan hat.«

»Das glauben Sie doch selbst nicht, Flores.«

»Also haben Sie die drei lediglich umgelegt, um mir zu zeigen, dass Sie es ernst meinen?«

»Eines nach dem anderen, darum geht es.«

»Sie hätten das trotzdem nicht tun sollen. Sie haben die Polizei auf Ihre Fährte gebracht. Zum Beispiel diesen Leclerc.«

»Sie kennen ihn?«

»Nur aus Erzählungen meiner Mutter.«

Rey nickte vielsagend.

»Warum?«, fragte Flores.

»Nur so«, erwiderte Rey und lächelte.

»Wenn Sie also gemeint haben, dass Sie mich einschüchtern können, indem Sie drei Leute umlegen, um Druck aufzubauen, dann ...«

Rey senkte seine Stimme. »Jetzt hör mir mal genau zu, du kleiner Wichser«, sagte er leise zu Flores. »Du hast es meinem Ehrenkodex zu verdanken, dass du noch auf zwei Beinen stehst und ich dich nicht wie die drei anderen Schweine umgelegt habe. Druck auf dich aufbauen? Für wen hältst du Pisser dich? Du hast nichts von all dem hier aufgebaut, Flores, gar nichts. Du hast das geerbt, was dein Vater mir entrissen hat. Und du hast keine Ahnung, wovon du redest, und offensichtlich auch nicht, mit wem du hier redest.«

Flores schmunzelte. »Sollte mich diese Ansprache beeindrucken?«

»Nein«, sagte Rey. »Aufklären.«

Flores nickte. »Also gut«, sagte er. »Kommen wir zu meinem Vorschlag. Und Sie sollten ihn wirklich annehmen, Rey, ansonsten verlassen Sie dieses Haus zerstückelt und als Fischfutter.«

»Sollte mich diese Ansprache beeindrucken?«, fragte nun Rey.

»Nein«, antwortete Flores kalt. »Aufklären.«

59

Castel presste die Hände auf die Kapseln der Kopfhörer und starrte auf die Monitore. Sie gaben ein gestochen scharfes Bild von dem wieder, was in der Bibliothek der Villa vor sich ging. Was nicht viel war: Flores und Rey standen herum und redeten. Aber was sie redeten und worüber, war ziemlich beachtlich.

Die beiden Drohnen schwebten in etwa drei Metern Abstand vor den beiden Fenstern. Der Klang in Castels Ohren war ein wenig dumpf und digital verstärkt, weswegen er etwas künstlich wirkte. Aber die Stimmen der beiden Männer waren mehr als deutlich zu vernehmen.

Castel und Theroux warfen sich einen Blick zu. Theroux ballte für einen Moment die Siegerfaust. An seinen Lippenbewegungen meinte Castel etwas wie ein »Ja!« ablesen zu können. Denn soeben hatte Rey gegenüber Flores zugegeben, dass er Nadal, Didier und Vollant ermordet hatte. Die Tonaufzeichnung konnte zwar vor Gericht nicht eingesetzt werden. Aber sie war mehr als gut genug, um Rey aus dem Verkehr ziehen und ihn festnageln zu können. Jetzt kam es nur noch darauf an, ob es Rey, der keine Ahnung von der Tonüberwachung hatte, gelingen würde, aus Flores etwas über die Art und Weise herauszukitzeln, wie die Drogentransporte organisiert wurden.

Albin, dachte Castel, hatte jedenfalls wieder einmal recht

gehabt, und sein Plan war zumindest zum Teil aufgegangen. Damit konnten sie die Observation bereits als Erfolg verbuchen. Doch Castel war bei weitem noch nicht entspannt. Flores hatte Rey gedroht, Rey hatte Flores gedroht. Noch war der Deal zwischen den beiden nicht abgewickelt. Alles konnte noch schiefgehen. Entspannt wäre Castel erst, wenn Albin und Rey wieder im Wagen säßen und auf die Hauptstraße fuhren – ohne dass ihnen jemand folgen würde.

Sie merkte auf, als sie ein Summen in der Hosentasche verspürte. Das war ihr Handy. Verdammt, das konnte sie gerade überhaupt nicht gebrauchen! Sie zog es aus der Hosentasche und sah, dass eine unbekannte Nummer angezeigt wurde. Der Anrufer konnte irgendjemand sein – wichtig oder unwichtig. Castel erwartete keinen Anruf, doch es war nicht auszuschließen, dass es vielleicht Bonnieux wäre, dessen dienstliche Festnetznummer sie zum Beispiel nicht abgespeichert hatte, oder jemand aus Marseille.

Theroux und die beiden anderen bemerkten, dass Castels Handy klingelte. Theroux rollte zwar mit den Augen, nickte Castel aber zu und tippte auf seine Kopfhörer – um ihr zu bedeuten, dass er alles mitbekäme. Gleichzeitig redeten die beiden Experten aus Marseille miteinander, deuteten auf die Bildschirme – und Castel sah, wie eine der Drohnen von den Fenstern abgezogen wurde. Sie surrte um das Haus herum zum Poolbereich, wo Albin und Fleur Flores erschienen, die gemütlich im Schatten saßen. Die Drohne schwenkte herum. Es waren zwei Wachleute zu erkennen, die sich vor der Terrassentür aufgebaut hatten. Wahrscheinlich ging es genau darum, dachte Castel: festzustellen, mit wie vielen Personen man es zurzeit im Haus zu tun hatte und wo genau diese sich aufhielten.

Das verdammte Handy klingelte immer weiter. Dieser Anrufer war ziemlich penetrant und schien sie wirklich unbedingt erreichen zu wollen. Also musste es wichtig sein. Dennoch wollte Castel weiter lauschen. So ein Mist! Sie verschob den Kopfhörer etwas, so dass nur ihr linkes Ohr frei lag, und nahm das Gespräch an.

60

Albin trank das Glas Wasser beinahe in einem Zug leer. Er hoffte, dass die Drohnen längst in Position waren und die Überwachungsaktion gut und erfolgreich verlaufen würde. Er hoffte außerdem, dass die Unterredung zwischen Aristide und Louis Rey ebenfalls ein gutes Ergebnis erbrachte. Es war ein etwas merkwürdiges Gefühl, hier mit Fleur zu sitzen und zu wissen, was gleichzeitig im Hintergrund geschah. Aber eines, das er locker aushalten konnte. Schließlich hatte er selbst alles in die Wege geleitet.

Fleur hatte das Thema gewechselt und fragte Albin nach seiner Familie. Er erzählte von Manon und Clara und von Manons Problemen mit ihrem psychopathischen Ehemann Gilles, ließ derweil den Blick über das Areal schweifen und betrachtete die beiden Wachtposten, die im Schatten standen und leise miteinander sprachen. Neben ihnen lag die Katze. Sie stand auf und streckte sich, ging einige Schritte vor, blinzelte in die Sonne – und verharrte dann schlagartig, als habe sie eine Beute gewittert. Sie schlich den Pool entlang, fixierte irgendetwas, das ihr Interesse geweckt hatte, und sprang elegant auf einen Stuhl, dann auf einen Tisch. Wie ein Leopard auf der Jagd.

»Deine Tochter«, hörte er Fleur sagen, »sollte sich einen guten Anwalt suchen.«

»Haben wir. Gute Anwälte sind teuer«, erwiderte Albin.

»Gilles lässt sich von einer Pariser Kanzlei vertreten, die einen exzellenten Ruf hat und bekanntlich hohe Rechnungen schreibt. Dem können wir nicht viel entgegenhalten.«

»Soll ich dir jemanden vermitteln?«

»Wen meinst du?«

»Nun, wir haben ebenfalls Kontakt zu guten Kanzleien, und ich könnte ein oder zwei Anrufe tätigen und eine Empfehlung aussprechen, Albin.«

»Sind die denn auf Familienrecht spezialisiert?«

Fleur zuckte die Schultern. »Das müsste ich klären. Selbst wenn sie es nicht sind, dann kennen sie fraglos Kollegen, die sich damit auskennen.«

Albin verfolgte, wie die Katze zuckte und wegen irgendetwas einen Schreck bekam. Sie bewegte sich rückwärts, dann wieder vorwärts. Duckte sich. Streckte sich dann wieder. Lief ein paar Meter zur Seite. Schlich dann wieder zurück und fixierte etwas, das in der Luft schwebte. Ein Vogel. Oder eine Libelle. Oder …

Ach du Scheiße, dachte Albin, die flogen hier am Pool doch nicht mit einer der Drohnen herum?

61

»Also, dann«, sagte Aristide, ging um den Schreibtisch herum, bückte sich und hielt eine Sporttasche in der Hand. Er warf sie vor Reys Füße. »Ich erkenne an, dass mein Vater Schaden angerichtet hat. Dafür bin ich zwar nicht verantwortlich, aber ich fühle mich verantwortlich. Ich biete Ihnen 500 000 Euro an. Damit ist die Angelegenheit zwischen uns geregelt.«

»Zwanzigtausend Euro für jedes Jahr, das ich gesessen habe, sind nicht besonders viel.«

»Eine halbe Million in cash und jetzt sofort. Eine weitere halbe Million auf einem Konto deponiert, auf das Sie Zugriff erhalten, sobald Sie das Land verlassen haben.«

»Wer sagt, dass ich das Land verlassen will?«

»Ich.«

»Verstehe«, sagte Rey, bückte sich und öffnete die Sporttasche. Sie war mit Euro-Bündeln gefüllt.

»Haben wir einen Deal?«, fragte Flores.

»Habe ich eine Wahl?«, fragte Rey zurück.

»Wie ich schon sagte: Sie nehmen meinen Vorschlag an oder verlassen das Haus in kleine Stücke zerlegt.«

»Also keine Wahl.«

»Ich denke«, sagte Flores, »dass mein Vorschlag in Ordnung geht und fair ist.«

»40 000 Euro für jedes Jahr, das ich gesessen habe. Jeder Durchschnittsgeschäftsmann verdient besser.«

»Es ist besser als gar nichts. Und es ist viel besser, als eine Kugel in den Kopf zu bekommen.«

»Das stimmt«, sagte Rey und schloss die Tasche, stellte sich wieder hin und schmunzelte. »Früher«, sagte Rey, »haben wir in solchen Taschen die Ware erhalten, die es zu transportieren galt.«

Flores nickte.

»Wir haben die Ware zum Teil in die Verkleidungen der Transportwagen eingebaut oder in den Reifen versteckt. So lange, bis es schwierig und zu auffällig wurde, die Fahrzeuge ständig in Werkstätten und zum Reifenwechsel zu geben, wenn Sie verstehen, was ich meine.«

Flores nickte erneut.

»Später, als sie zudem die Transporter regelmäßig zu Kontrollen herauswinkten und mit Spürhunden absuchten, haben wir andere Wege gefunden. Der Stoff wurde in die Styroporboxen gefüllt, in denen die Lebensmittel verpackt waren. Sie haben eigene Boxen dafür gebaut, die schmale Schlitze an den Seitenwänden hatten. Die konnte man dann auffüllen. Ich erinnere mich, wie erstaunt ich darüber war, wie viel in diese Spalte passte.«

»Wir arbeiten inzwischen anders«, sagte Aristide.

»Denke ich mir«, sagte Rey. »Alles entwickelt sich weiter, und wie man hört, haben die Flics noch keinen Zugang zu euch gefunden.«

»Wo hört man das?«

»Hat mir Leclerc erzählt. Er hat gesagt, dass er es hasst, in Ihre Villa zu kommen, ohne Sie anschließend mitnehmen und in den Knast schicken zu können.«

Flores lachte. »Das kann ich mir vorstellen.«

»Aber sie können euch nicht am Zeug flicken.«

»Nein. Sie haben es mehrfach versucht. Die Autos kontrolliert. Die Lagerräume. Razzien gemacht. Das Lebensmittelamt vorgeschickt oder Aushilfskräfte eingeschmuggelt und gedacht, wir merken es nicht. Sie versuchen es seit Jahren immer wieder. Aber wir bleiben sauber.«

»Ihr habt neue Methoden?«, fragte Rey interessiert und nahm die Sporttasche auf.

Flores registrierte das nonverbale Signal, dass Rey bereit zu sein schien, das Geschäft zu akzeptieren.

»Haben wir«, sagte Flores.

»Welche?«

Flores schmunzelte.

»Ihr könnt die Ware schlecht in Luft auflösen«, sagte Rey. »oder ihr schickt sie gar nicht mehr mit den Wagen, sondern auf anderem Wege.«

»In Luft lösen wir sie nicht auf«, sagte Flores. Er grinste nun breit und selbstgefällig.

Rey dachte einige Momente nach. »Ihr tut sie doch nicht ... Ihr steckt sie ...« Rey dachte weiter nach. Dann lächelte er und sagte: »Im Knast hatte ich lange Zeit, um nachzudenken. Ich habe überlegt, was ich falsch gemacht habe, was hätte besser laufen können. Da kam mir eine Idee. Ich habe mich gefragt, ob man die Ware in flüssiger Form liefern könnte. Sagen wir: Sie landet in Marseille. Kommt in Labors, wird dort gebrauchsfertig gemacht und in Wasser aufgelöst. Sie wird in Kanister gefüllt und als destilliertes Wasser für Gefriermaschinen deklariert. Sie steckt also im Eis für den Fisch oder das Fleisch und kann vom Empfänger problemlos herausgelöst werden, indem man es schmilzt, das Wasser erhitzt und verdampfen lässt – und voilà: Die Ware ist wieder in fester Form. Andere, die sich nicht auflösen lässt, wird direkt in den Würfeln eingefroren. Der Vorteil einer solchen Methode wäre: Man sieht es nicht, Detektoren springen nicht darauf an, und die Hunde ebenfalls nicht.«

Flores lächelte, kommentierte aber nichts.

»Wir waren damals zu blöd.«

»Oder technisch noch nicht weit genug. Ich kann mir vorstellen, dass es nicht gerade einfach ist, die Ware in einen anderen Aggregatzustand zu versetzen.«

»Aber ihr habt einen gefunden?«

Flores schwieg weiter. Lächelte immer noch.

»Respekt«, sagte Rey.

»Danke«, sagte Flores. »Haben wir einen Deal?«

»Wir haben einen Deal«, erwiderte Rey. »Das Land werde ich so oder so verlassen.«

»Perfekt«, sagte Flores und ging auf Rey zu, um das Geschäft per Handschlag zu besiegeln.

62

»Ich fasse es nicht«, sagte Theroux.

Aber Castel konnte nur die Hälfte verstehen, denn auf der anderen Seite wurde sie am Telefon beschimpft, und zwar auf das Übelste. Françoise Villeneuve war dran, die Ex ihres Freundes, die sich nun offensichtlich auf Castel einschießen wollte. Völlig falscher Zeitpunkt und eine ganz schlechte Idee von ihr – zumal sich Castel fragte, woher, um Gottes willen, diese Frau überhaupt ihre Mobilnummer hatte, geschweige denn ihren Namen kannte.

Ihre Stimme vibrierte, klang verbittert und böse. »Mit welchem Gift du ihn auch immer infiltrierst«, zischte sie, »halt dich aus meinem Leben raus. Was Jean und ich zu regeln haben, hat mit dir nichts zu tun. Er soll zahlen. Er wird zahlen. Ich werde bekommen, was mir zusteht – und du funkst mir nicht dazwischen, wäschst sein Gehirn und nimmst mir das Geld weg, was mir zusteht.«

Castel kam gar nicht dazwischen.

»Meine Fresse«, murmelte Theroux, »sie lösen es auf und frieren es ein und nutzen es als Eiswürfel. Da soll einer drauf kommen.«

»Ich …«, stammelte Castel, »ich … Hallo? Ich habe gerade keine Zeit, wirklich …«

Ein kaltes Auflachen. »Er hat mit mir geredet. Ich habe ihn gefragt: Was bringt dich dazu herzukriechen wie ein verfluchter Wurm? Er hat gebettelt, dass ich ihm nicht die Zukunft verbauen soll. Wie armselig. Dahinter steckst doch du, und ich sage dir: Das geht dich nichts an. Halt dich da raus! Jean wird bezahlen, was er mir schuldig ist. Wenn ich das will, dann lebt er nur noch in der Gosse, verstanden? Und mischst du dich weiter ein, dann sorge ich dafür, dass …«

Castel drückte das Gespräch weg. Ihr schlug das Herz bis zum Hals. Sie spürte, dass ihre Wangen glühten. Aus welcher Hölle, zum Teufel, war dieser Dämon denn gekrochen?

»Was?«, fragte sie Theroux.

»Das Eis! Hast du es denn nicht gehört?«

»Doch. Ja. Nein. Nicht richtig. Der Anruf gerade. Eis? Perfekt«, sagte Castel und steckte das Handy in die Hintertasche ihrer Jeans. Ihr schwirrten Hunderte Fragen im Kopf herum – aber sie wischte sie beiseite, denn zunächst gab es weitaus wichtigere Dinge zu erledigen. »Dann haben wir, was wir brauchen, ja? Das Geständnis von Rey – und die Informationen über den Drogenschmuggel.«

»Exakt«, sagte Theroux, grinste und hielt einen Daumen hoch. »Jetzt müssen wir nur noch Albin und Rey herausbringen. Aber das sollte kein Problem sein, richtig?«

»Nein«, erwiderte Castel und sah auf die Uhr. Dann blickte sie zu den Laptops. Sie sah Albin nach wie vor gemütlich mit Fleur Flores am Pool sitzen. Sah eine Katze, die auf einen Tisch sprang und neugierig in die Kamera blickte. Sie war recht nah.

»Wen haben wir denn da?«, fragte Noirot.

»Schönes Tier«, erwiderte Miolan. »Und so neugierig.« Sie kicherte.

Sie kicherte nicht mehr, als die Katze auf die Drohne zusprang und ihr Kopf und ihr Maul in Großaufnahme zu sehen waren, bevor das Bild unscharf wurde, komplett verwackelte und eine Sekunde später Fliesen und eine mit Krallen bewehrte Pfote zeigte.

63

Albin sah, wie die Katze zum Sprung ansetzte – und schließlich sprang, etwas fing, kurz damit kämpfte und im Gebüsch verschwand. Sie hatte sich die Libelle geschnappt. Vielleicht einen Vogel. Hoffentlich nichts anderes. Nichts … das sich zu einem erheblichen Problem entwickeln könnte.

Im nächsten Moment kamen Aristide Flores und Louis Rey durch die Flügeltüren nach draußen auf die Terrasse. Rey trug eine Sporttasche. Der Deal schien offensichtlich perfekt. Die zwei Bewacher machten ihnen Platz.

»Na, Gott sei Dank«, murmelte Fleur und setzte ein Lächeln auf. Sie schien froh darüber zu sein, dass zwischen ihrem Sohn und Rey anscheinend alles gut verlaufen war und man endlich wieder zum Tagesgeschäft übergehen konnte. Das hoffte Albin ebenfalls. Aber noch saßen sie nicht wieder im Auto. Noch hatten weder Rey noch Flores bestätigt, dass der Deal perfekt und alle zufrieden waren.

»Ich denke«, sagte Flores und blieb am Pool vor seiner Mutter stehen, »wir sind zu einer vernünftigen Übereinkunft gekommen.«

Fleur stand auf, lächelte und gab ihrem Sohn zwei Wangenküsse. Über ihre Schulter hinweg warf Aristide Albin einen Blick zu, der besagte, dass Rey offensichtlich gesagt hatte, was er sagen sollte: nämlich die drei Morde zugeben.

Albin stand ebenfalls auf. Rey nickte Albin lediglich zu, und sein Blick sagte Albin, dass die gewünschten Aussagen von Aristide über den Drogenschmuggel getroffen worden waren. Also alles perfekt gelaufen, dachte Albin, blickte aber skeptisch in Richtung der Büsche, wo es ziemlich laut raschelte. Die Katze war dort nach wie vor mit ihrer Beute beschäftigt. Albin hatte kein gutes Gefühl, als das Tier mit etwas im Maul aus dem Bewuchs herauskam. Er suchte nach seinem Telefon, fand es in der Hosentasche, blickte aufs Display. Keine Nachricht. Kein Anruf.

»Alles in Ordnung, Albin?«, fragte Fleur.

»Ja«, erwiderte Albin, »alles klar. Ich trage keine Armbanduhr. Schaue immer aufs Handy. Muss bald meine Enkelin von der Kita abholen.«

»Ist das nicht etwas früh?«

»Ihre Mutter will einen Ausflug mit ihr machen. Tja«, sagte Albin und steckte das Handy zurück. »Dann wollen wir mal flott wieder los, was, Louis?«

64

Noirot und Miolan befassten sich besorgt mit der Fernsteuerung der Drohne und den Laptops.

»Shit«, zischte Miolan.

»Verflucht, was ist da los?«, fragte Theroux.

»Ich weiß nicht«, meinte Noirot.

»Keine Ahnung«, sagte Miolan. »Aber …«

»Aber was?«, fragte Castel.

»Die Steuerung ist ausgefallen. Und …«

»Die Katze?«

Ja, dachte Castel. Exakt. Die verdammte Katze.

Auf dem Bildschirm, der das Videobild der ersten Drohne zeigte, war nach wie vor das Arbeitszimmer zu sehen, das Rey und Flores soeben verlassen hatten. Das Videobild der zweiten Drohne zeigte nur Chaos. Alles überschlug sich. Man sah Blätter, Gras, Fell – und hörte Knurren und extrem lautes Rascheln auf den Kopfhörern. Dann sah es aus, als verändere die Drohne ihren Standort. Verwackelte Bilder von Fliesen, türkisblaues Poolwasser. Beine. Schuhe.

»Nicht. Gut.«

Castel riss die Kopfhörer ab. Sie zog das Handy aus der Hosentasche.

»Wir müssen ihn da rausholen«, sagte sie atemlos. Gleichzeitig verfolgte sie, wie Miolan die noch funktionierende Drohne zurücksteuerte und Noirot verzweifelt und vergeblich versuchte, die zweite Hornet wieder unter Kontrolle zu bringen.

»Was?«, fragte Theroux. Er klang hektisch, nahm ebenfalls die Kopfhörer ab.

»Albin und Rey«, sagte Castel, wischte und drückte auf dem Handy herum. »Wir müssen Albin da rausholen. Sofort. Alles abbrechen. Wenn denen die Drohne auffällt, sind wir geliefert. Und Albin auch.«

Theroux nickte verstehend, griff hektisch nach dem Fernglas, um es wieder auf die Villa zu richten. Die Drohne zeigte ja kein Bild mehr vom Pool.

»Willst du ihn anrufen?«, fragte Theroux.

»Ja.«

»Aber … Wenn das wer merkt? Wenn er den Lautsprecher anhat?«

»So dumm ist er nicht. Er wird sehen, von wem der Anruf kommt und sich sofort seinen Teil denken. Ich werde mich als Kindergarten melden und sagen, dass Clara schlecht ist und er sofort kommen soll.«

»Okay«, sagte Theroux, nahm das Fernglas herunter, fuhr sich mit der Hand durchs Gesicht und blickte wieder durch den Feldstecher. »Sieht noch ruhig aus«, sagte er.

Aber das konnte sich schnell ändern. Mist, dachte Castel und wählte Albins Nummer. So ein verfluchter, rundherum beschissener Mist!

65

Albin bemerkte, dass sich sein Handy meldete, kurz nachdem er es in die Hosentasche zurückgesteckt hatte. Also zog er es wieder aus der Hosentasche und warf einen Blick auf das Display, konnte wegen der Sonneneinstrahlung auf den ersten Blick aber nicht lesen, von wem der Anruf kam. Er schattete das Smartphone ab.

»Der Kindergarten?«, hörte er Fleur fragen.

Der Anruf war von Castel. Dass sie ihn anrief, sagte ihm: nichts wie weg hier.

»Tatsache«, erwiderte Albin und ging dran. »Ja, Manon? Was ist denn mit dem Kindergarten? Mit Clara alles in Ordnung?«

»Es gibt ein Problem im Kindergarten«, hörte er Castel sagen. »Clara muss sofort abgeholt werden. Sofort. Keine Sekunde zögern.«

»Alles klar«, antwortete Albin und beendete das Gespräch. »War tatsächlich wegen dem Kindergarten. Meine Tochter.« Er wackelte mit dem Handy und steckte es wieder ein.

»Töchter und Enkeltöchter«, sagte Rey und schmunzelte in sich hinein. »Söhne sind da einfacher, nicht?«

»Verlässlicher«, lachte Aristide

»Meistens«, sagte Fleur kalt.

»Ich hätte gern einen Sohn gehabt. Du nicht, Leclerc?«

»Ich bin zufrieden mit dem, was ich habe.«

»Na, wer weiß«, grinste Rey, »was da draußen so alles an Kuckuckskindern von dir unterwegs ist.«

Albin runzelte die Stirn.

»Vielen Dank für den Besuch«, sagte Fleur und sah demonstrativ auf die goldene Armbanduhr. Cartier. »Wir haben nun zu tun.«

»Ja«, sagte Aristide, »haben wir. Zeit ist Geld.«

»Blöd«, erwiderte Rey, »wenn man keine Zeit mehr hat.«

»Dafür haben Sie ja nun Geld.«

»Immerhin«, sagte Rey.

»Komm, Rey«, brummte Albin und deutete mit einem Nicken in Richtung Parkplatz. »Wir müssen los.«

Albin wollte sich zu Fleur und Aristide wenden, um sich zu verabschieden. Da kam die Katze wieder in sein Blickfeld, die neben dem Pool entlangflitzte und etwas Graues von der Größe eines Spatzes in der Schnauze trug. Sie stolzierte damit auf Fleur zu, spuckte es vor ihren Füßen aus und legte sich maunzend daneben.

»Sinon«, fragte Fleur, »was bringst du denn da an? Wieder einen armen Eisvogel, oder …«

Aristide beugte sich herab. »Das ist kein Vogel. Das ist … Was ist denn das?«

Im nächsten Moment hielt er die Drohne in spitzen Fingern. Die Flügel waren zerdeppert. Ein Stabilisierungsrotor am Heck sprang an. War dann still. Sprang wieder an.

Fleur machte große Augen. Aristide ebenfalls. Albin blickte zu Rey, der sich ebenfalls vorbeugte und große Augen machte.

»Was, in Gottes Namen, ist das?«, fragte Fleur.

»Sieht aus wie eine Drohne«, sagte Aristide.

Im nächsten Moment blickten alle drei Albin an, der mit der Zunge in der Wange pulte und sich fühlte, als sei ihm geradewegs der Boden unter den Füßen weggezogen worden. Alles zog ihn nach unten – wie in einem Fahrstuhl mit gerissenem Seil, dessen Kabine mit Tempo dreihundertfünfzig dem Boden entgegensauste.

Albin streckte den Kopf, betrachtete, was Aristide in den Fingern hielt.

»Tatsächlich«, sagte er gespielt überrascht. »Sieht aus wie einer dieser Minihubschrauber aus dem Spielzeugladen.«

Keiner der drei sagte etwas. Aristide Flores warf einen Blick zu den beiden Bewachern, die sich sofort in Bewegung setzten.

»Tja«, machte Albin und kratzte sich den Nacken. Blitzartig brach ihm überall der kalte Schweiß aus. »Irgendwelche verrückten Kinder in der Nachbarschaft, die damit herumspielen?«

»Ich glaube«, sagte Aristide, »dass dieser Hubschrauber weitaus professioneller ist als jedes Spielzeug.«

»Hm«, machte Albin.

Fleur entglitten alle Gesichtszüge. Rey nicht. Bei dem verhärteten sie sich.

»Scheißkerl«, zischte Rey.

»Albin«, murmelte Fleur traurig.

»Ich muss wirklich dringend los«, sagte Albin, deutete zum Parkplatz, machte einen Schritt in dessen Richtung und dachte: Ich bin geliefert. Aber so was von.

66

»Und?«, rief Castel zu Theroux, der inzwischen unter einem der Bäume bei den Felsen stand und die Villa beobachtete. Sie lief zu ihm, schnappte sich ihr Fernglas.

»Sieht nicht gut aus«, sagte Theroux.

Castel riss den Feldstecher hoch, fokussierte, suchte das Terrain ab und fand den Poolbereich. Drei Personen konfrontierten Albin: Fleur Flores, ihr Sohn und Louis Rey. Dazwischen lag die verdammte Katze. Aristide Flores hielt etwas in der Hand, das wie die defekte Drohne aussah. Zwei der Bewacher gingen vom Haus aus auf die Gruppe zu. Nein, dachte Castel, das sah ganz und gar nicht gut aus.

Sie wirbelte herum. »Abbruch!«, rief sie Noirot und Miolan zu, die fluchten und hektisch nickten. Abgesehen davon, dass die Operation fehlgeschlagen war, hatten sie eine Drohne verloren und damit einen erheblichen Sachschaden verursacht. Das würde jede Menge Ärger nach sich ziehen – allerdings auch jede Menge Ärger für Castel und Theroux. Noch mehr Ärger allerdings für Albin und Louis Rey – denn dort unten konnte nun alles Mögliche passieren. Zudem war Rey über die Observation nicht im Bilde gewesen. Und ihm musste nun klargeworden sein, dass er aufs Kreuz gelegt und außerdem sein Geständnis aufgezeichnet worden war. Weiterhin dürften sich Mutter und Sohn Flores nicht weniger ausgetrickst fühlen. Kurz: Dort unten konnte jeden Moment die Bombe hochgehen. Hier oben ebenfalls, denn Flores würde Alarm schlagen und seine Spürhunde aussenden. Und denen wäre klar, dass Drohnen von irgendwo gelenkt werden mussten – wobei es hier in der Gegend nicht viele günstige Standorte gab.

Castel hatte zwei Möglichkeiten: Sich so schnell wie möglich verziehen – oder handeln und Albin da herausbekommen. Unter Umständen auch handeln, ohne eine Durchsuchungsanordnung zu haben. Egal. Sie brauchte Polizeikräfte dort unten, die Albin helfen würden.

»Fordert Verstärkung an!«, rief sie Noirot und Miolan zu. »Sie sollen alles schicken, was gerade auf der Straße ist! Und einen Alarm an die Gendarmerie! Überwachungsaktion fehlgeschlagen, Polizisten in Not! Unseren Standort angeben – und den von Leclerc! In der Villa! Die eine Hälfte Einsatzkräfte zu uns, die andere zum Haus!«

Die beiden nickten bloß, unterbrachen das Einpacken und tasteten nach ihren Telefonen.

»Scheiße«, fluchte Castel.

Sie lief zum Dienstwagen, schloss ihn auf, zog ihre Dienstwaffe aus dem Handschuhfach, marschierte damit zurück und lud die Waffe im Gehen durch.

»Was, zum Teufel, soll denn das werden?«, fragte Theroux und starrte auf Castels Pistole.

»Ablenkungsmanöver«, sagte sie.

Castel zielte mit der Pistole in die Luft und begann zu schießen. Sie leerte das gesamte Magazin und schob dann eins nach, lud wieder durch. Die Hülsen tanzten um sie herum. Theroux fluchte und hielt sich die Ohren zu, schrie Castel an, ob sie vollkommen irre geworden sei.

Ja, dachte sie. Wahrscheinlich. Ihr fiel jedenfalls nichts

Besseres ein, als in den blauen Himmel zu ballern und die Leute dort unten mit den Schüssen aufzuschrecken, auseinanderzureißen und von Albin wegzubringen. Natürlich machte sie damit erst recht auf ihren Standort aufmerksam. Es würde ein Leichtes für Flores' Leute sein, sie aufzuspüren. Aber egal. Es konnte ein grober Fehler gewesen sein. Oder das Richtige. Vielleicht klappte es, vielleicht nicht. In jedem Fall war es irgendetwas und besser, als gar nichts zu tun.

67

Das Geräusch war unverkennbar: Mehrere Schüsse krachten in einiger Entfernung. Drei in Serie. Ein einzelner. Wieder eine Serie. Wie bei einer verfluchten Schießerei.

Aristide Flores fasste sich in den Rücken und zog eine Pistole. Gleichzeitig stellte er sich vor seine Mutter, drückte sie nach unten, damit sie sich duckte, statt weiter im Schock gelähmt dazustehen wie eine Salzsäule. Rey hockte sich instinktiv hin und suchte die Nähe zu einer Mauer. Die beiden Wachtposten, die gerade noch auf Albin zumarschiert waren, zogen ihre Waffen und Funkgeräte, fuchtelten mit den Pistolen herum und versuchten, die Herkunft der Schüsse zu ermitteln.

Und die bescheuerte Katze rannte fort wie von der Tarantel gestochen. Elendes Mistvieh.

Albin duckte sich ebenfalls. Warf sich in den Schatten gegen die Mauer, die den Pool vom Außenbereich des Anwesens abgrenzte, und damit neben Louis Rey, der sich mit dem Rücken flach an den warmen Stein presste. Nicht, dass Albin annahm, dass Scharfschützen auf den Poolbereich ballern würden. Nein. Das hatte eindeutig nach einer Pistole geklungen. Nach *einer*, denn das Knallen war aus einer Richtung gekommen, gleichbleibend laut gewesen und mit einem gleichbleibenden Klang. Die Einzigen, die Albin einfielen, die in der Gegend herumschießen würden, waren Castel und Theroux oben auf den Felsen jenseits der Bundesstraße, wo sie laut Plan mit den beiden Drohnenspezialisten Quartier bezogen hatten.

Albin hatte keine Ahnung, was dort los war und warum geschossen wurde. Vielleicht waren sie aufgeflogen – so wie er. Vielleicht auch nicht. Spielte auch keine Rolle. Eine Rolle spielte ausschließlich, dass Albin die Gunst der Stunde nutzte, um zu verschwinden.

Dumm nur, dass trotz der Unruhe und Ablenkung plötzlich überall um ihn herum Waffen gezogen wurden und die Familie Flores sowie Louis Rey fraglos extrem wütend auf ihn waren. Unerhört wütend sogar, keine Frage. Ein Vorteil mochte sein, dass sich Aristide und Fleur auch von Louis Rey hereingelegt fühlen mussten, weswegen Aristide nun mit seiner kurzläufigen Pistole auf den Kopf von Louis Rey zielte.

»Was ist hier los?!«, blaffte er.

Um im nächsten Moment auf Albin zu zielen. Ganz schlecht, dachte Albin.

»Was soll das?!«

Wieder zielte er auf Rey. Auf Albin. Auf Rey. Wieder auf Albin. Rey. Albin war klar, dass Flores jeden Moment schießen würde. Einem von beiden ins Bein, zum Beispiel, um ihn zum Reden zu bringen.

»Moment!«, rief Albin und hob die Hände. »Bitte! Nur die Ruhe!«

Er sah aus dem Augenwinkel, dass Fleur neben ihm auf dem Boden hockte, wie er die Wand zum Schutz im Rücken, und sich die Ohren zuhielt. Sie schrie nicht. Aber sie schien kurz davor zu sein – und ganz ehrlich: So, wie sie ihn gerade ansah, brauchte ihr Sohn gar nicht erst den

Abzug zu drücken. Fleurs Blicke sahen aus, als seien sie tödlich.

»Nur«, schrie sie Albin an, »die Ruhe?! Albin?! Was hast du da angerichtet?!«

»Ich kann das alles erklären!«

»Scheißkerl«, zischte Rey neben ihm. »Verfluchter Scheißkerl! Ich hätte dir nie vertrauen dürfen, du Hund! Nicht ein klitzekleines bisschen!«

»Die Verzweiflung, oder, Rey? Die Verzweiflung, die Geldgier und deine eigene Überheblichkeit!«, sagte Albin. »Du hast in fünfundzwanzig Jahren nichts gelernt, gar nichts!«

»Scheißkerl! Ich leg dich um!«

»Willst du doch eh«, keuchte Albin. »Komm schon, Rey. Krieg dich wieder ein. Du hattest eine Fünfzig-zu-fünfzig-Chance, dass alles glatt läuft! Aber denkst du wirklich allen Ernstes, ich lasse dich einfach so davonkommen, Mann, und dass wir Partner sind?«

»Und ich?«, schrie Fleur. »Ich dachte ... Albin! Du verfluchter Schuft!« Sie griff nach einem heruntergefallenen Wasserglas und warf es nach Albin, traf aber nicht. Das Glas zerschellte an der Mauer.

»Schluss jetzt!«, rief Aristide und zielte wieder auf Rey. »Rey. Was soll das heißen – was ist hier los? Woher kommt diese Polizeidrohne? Haben die unser beider Gespräch überwacht?«

Rey zuckte mit den Schultern. Aus dem Haus waren Rufe zu hören. Auf dem Parkplatz sprangen Motoren an. Die Wachleute schienen sich vergewissern zu wollen, ob bei Aristide alles in Ordnung war, und blickten aus der Flügeltür auf die Terrasse. Er winkte mit einer Geste ab – alles unter Kontrolle. Kein Wunder – zwei alte Männer, einer davon sterbenskrank …

»Keine Ahnung«, erwiderte Rey. »Ich weiß von nichts.«

»Das kaufe ich dir nicht ab«, sagte Aristide und ging mit vorgestreckter Waffe auf Rey zu.

»Bin ich dämlich?«, fragte Rey. »Erzähle ich dir von den drei Typen, die ich erledigt habe, wenn ich weiß, dass die Polizei mithört?«

»Da ist was dran«, antwortete Aristide.

Er fasste mit der freien Hand in die Hintertasche, zog etwas hervor, zeigte es Rey. Ein flaches Etwas. Sah aus, als habe es ein Stereomikrophon aufgesetzt, das nicht größer war als ein halber Fingerhut. »Aber ich habe es aufgenommen«, sagte Aristide.

»Um mich zu erpressen?«

»Es war Albins Idee«, sagte Fleur kalt. »Das aus dir herauszulocken. Aufzunehmen. Dich so schnell wie möglich wieder in den Knast zu stecken.«

Rey lachte verbittert auf. »Die Medaille hat eine Kehrseite«, sagte er und wischte sich über den Mund. Er blutete aus der Nase. Vielleicht hatte ihn ein Splitter vom Glas erwischt. Vielleicht war der Grund auch ein anderer. »Wir haben über ein paar Betriebsgeheimnisse geplaudert, Aristide. Das war mein Part des Deals. Das aus dir herauszulocken und Leclerc zu berichten.«

»Scheiße«, zischte Flores und zielte wieder auf Albin. »Aber wie es aussieht«, sagte er dann und kickte gegen die kaputte Drohne, »hat die Polizei alles überwacht, um uns alle dranzukriegen. Richtig? Leclerc?«

In Albins Gehirn ratterte es. »Und wenn schon«, sagte er. Seine Kehle war trockener als die Wüste Gobi. »Jedenfalls solltest du die Waffe runternehmen und deinen Anwalt anrufen, denn ich nehme stark an, dass es hier gleich vor Polizei wimmeln wird. Und die Kollegen werden euch allesamt einpacken und mitnehmen. Das Spiel ist aus. Euer aller Spiel.«

»Falsch«, sagte Aristide. »Ihr Spiel ist aus, Leclerc. Hier und jetzt.«

Damit ging er wiederum einen Schritt voran, stand unmittelbar zwischen Rey und Albin, um Albin den Pistolenlauf auf die Stirn zu drücken.

Eine verteufelte Situation, überlegte Albin. Ehrlich gesagt: die beschissenste, in der er je war. Wäre verdammt noch mal Zeit, dass irgendein Wunder geschah oder die Kavallerie anrückte. Aber weder das eine noch das andere passierte.

68

Alles aus, dachte Louis Rey. Und er war ein kompletter Idiot gewesen, sich auf den Handel mit Albin Leclerc einzulassen, seinem Feind. Das hätte ihm von Anfang an klar sein müssen: Leclerc war der Gegner und war es immer gewesen. Rey hätte ihm schon beim ersten Treffen eine Kugel in den Kopf jagen sollen. Stattdessen …

Stattdessen, und da hatte Leclerc recht, war Rey zu selbstsicher, zu eitel und überheblich gewesen, außerdem der Deal mit Leclerc zu geschmeidig und zu verlockend die Aussicht, problemlos an das Geld der Flores zu gelangen. Außerdem die Perspektive, Flores gleichzeitig in den Knast zu bringen … Ja, zu verlockend. Fast schon zu perfekt, um wahr zu sein. Rey hatte gedacht, es sei die beste Chance, vielleicht die einzige verbleibende Chance, an seine Wiedergutmachung zu gelangen.

Drauf geschissen. Leclerc hatte alles zerstört. Er hatte Rey reingelegt und gleichzeitig Flores. Das Ergebnis davon war, dass sie vermutlich beide in den Knast gehen würden und Rey sich von seinem Geld und seiner Vorstellung davon verabschieden konnte, wie er die restlichen Monate seines Lebens verbringen wollte. Der Strand. Die Bar. Alles zerstört durch Albin Leclerc. Wieder einmal hatte er das Leben von Louis Rey vernichtet.

Aber nur dann, wenn er es zulassen würde, dachte Rey.

Nur dann, wenn er erlaubte, dass es geschah, und so viel war mal klar: Rey würde nicht wieder in den Knast gehen. Auf gar keinen Fall. Und dort, in der Sporttasche vor ihm, befand sich sein Freifahrtschein. Wenn er schnell genug wäre und mit der Tasche verschwand, könnte er nach Spanien abtauchen, von dort aus nach Nordafrika gelangen und sich neue Dokumente besorgen, mit denen er dann wieder nach Frankreich einreisen könnte, sprich: in die Karibik. Noch, dachte Rey, war nicht alles verloren. Wenngleich seine Chancen und Möglichkeiten mit jeder verstreichenden Sekunde schrumpften.

Er dachte nach. Blickte zwischen Leclerc, Aristide und Fleur Flores hin und her. Ja, trotz aller Verbitterung musste er innerlich kurz grinsen, als er über die Perversion des gesamten Geschehens nachdachte, insbesondere, als Aristide Flores die Waffe gegen die Stirn von Leclerc presste und ankündigte, ihm das Gehirn wegzuschießen. Er drehte den Kopf herum, sah zum Haus, wo sich die Bewacher befinden mussten. Er hatte startende Autos gehört. Das bedeutete: Es waren nicht mehr alle Gorillas vor Ort. Wahrscheinlich würde einer davon bereits einen Wagen vor der Tür bereithalten, damit Fleur und Aristide einsteigen konnten, um so schnell wie möglich von hier zu verschwinden.

Rey blickte wieder zurück zu Aristide und Leclerc und Fleur. In seiner Kindheit hatte er auf der Straße gelernt, dass man schnell und unbarmherzig zuschlagen musste, wenn man in einer Auseinandersetzung der Gewinner sein wollte. Man musste seine Entscheidung noch vor dem Gegner treffen und sofort handeln, ohne darüber nachzudenken, seinen Instinkten trauen und sich auf das Bauchgefühl verlassen. Niemals zaudern. Auch im Gefängnis hatte er nie anders agiert, insbesondere in den ersten Wochen und Monaten, in denen es galt, sich Respekt zu verschaffen, damit man künftig in Ruhe gelassen wurde.

Dreimal war er im Block von einigen Insassen angegangen worden, die ihm deutlich machen wollten, wer im Knast der Boss ist. Dem Ersten hatte Rey die Nase gebrochen, bevor der auch nur sagen konnte, was er überhaupt wollte. Beim zweiten Mal wollten sie Rey unter der Dusche zusammenfalten, zwei Mann. Rey hatte eine Woche auf der Krankenstation verbracht, die anderen beiden ebenfalls, einer von ihnen konnte wegen des zertrümmerten Adamsapfels in Verbindung mit einem gesplitterten Unterkiefer fast drei Jahre lang nur flüssige Nahrung zu sich nehmen. Ein drittes Mal wollten sie Rey in der Zelle stellen und hatten ein Monster von Schläger geschickt, den Gefürchtetsten von allen. Ein Schrank von einem Kerl, der einem das Rückgrat mit dem kleinen Finger zurechtbiegen konnte. Als er das versuchte, hatte Rey ihm mit einer spitz gefeilten Zahnbürste die Niere perforiert. Danach war Ruhe gewesen.

Und jetzt sah sich Rey wieder einer scheinbar ausweglosen Situation gegenüber: Wie sollte er hier mit seinem Geld herauskommen? Aus dieser Festung? Die Schlussfolgerungen waren recht einfach. Die anderen hatten Waffen, Rey nicht. Er würde aber eine Waffe brauchen. Aristide Flores hatte eine Pistole, war Rey aber körperlich überlegen. Dennoch war es die einzige Waffe, an die Rey gelangen konnte. Er brauchte sie. Im Augenblick war Flores abgelenkt und mit Leclerc befasst. Das konnte sich in wenigen Sekunden schon wieder ändern. Es blieb daher nicht viel Zeit. Rey musste schnell sein. Und eine Entscheidung treffen.

Er wog die Chancen und Risiken ab. Im schlechtesten Fall würde sich Rey eine Kugel einfangen und krepieren. Das würde er, ohne Kugel, in einigen Monaten sowieso. Falls er nichts unternahm, ginge er jedoch zurück in den Knast und würde dort krepieren. Dass er ins Gefängnis ging, war zu hundert Prozent sicher. Dass er sich eine Kugel einfing, vielleicht zu fünfundsiebzig Prozent. Und ob Albin Leclerc von einer Kugel erwischt werden würde – das war Rey vollkommen egal. Nein, es war sogar wünschenswert.

Also traf Louis Rey eine Entscheidung.

Aus der Hocke schnellte er nach vorne und packte das Handgelenk von Aristide mit beiden Händen, legte dann alle Kraft und sein ganzes Gewicht in den Griff, um es zu brechen. Ein Knacken hörte er nicht. Dafür aber Flores' Aufschrei und den seiner Mutter. Die Finger lösten sich vom Griff der Pistole – und sie fiel Louis Rey regelrecht in die Hand. Ein vertrautes Gefühl, auch nach so langer Zeit. Er wusste instinktiv, wie die Glock zu bedienen war, spürte unter der Zeigefingerspitze den kleinen Knopf auf dem Abzug, der zum Entsichern diente, so dass man keine unnötigen Hebel umlegen, sondern nur noch abdrücken musste.

Rey sprang auf, wollte nach der Sporttasche mit dem Geld greifen. Doch Aristide Flores war draufgefallen, hielt sich das Handgelenk, das Gesicht schmerzverzerrt, der Blick etwas manisch. Auch er sprang auf, griff nach der Tasche und schirmte seine Mutter ab.

»Rey!«, rief er. »Machen Sie keinen Unsinn, Mann!«

»Mein Geld«, sagte Rey.

»Weg mit der Waffe.«

»Gib mir mein Geld, verdammt!«

Rey nahm die Waffe hoch und zielte auf Flores, der sich wie automatisch von seiner Mutter fortbewegte und an der Ablaufrinne des Pools entlangging. Rey folgte ihm mit dem Lauf der Glock.

»Du willst dein Geld?«, fragte Aristide. Dann holte er mit der Tasche aus, um sie Rey zuzuwerfen. Das tat er aber nicht. Stattdessen schleuderte er die Sporttasche im hohen Bogen in den Pool, wo sie klatschend auf dem Wasser aufschlug. »Da, hol dir dein Geld!«

Rey hörte Rufe von Fleur. Er hörte auch Rufe von Leclerc. Aristide sagte ebenfalls irgendetwas, wendete sich zur Seite und rief etwas in Richtung Haus. Rey verstand kein Wort davon. Er hörte nur ein Piepen und Sausen im Ohr, sah die Sporttasche versinken, konnte nicht glauben, was er sah, zog die Nase hoch, weil ihm das Blut über den Mund lief.

Blut fordert Blut, dachte er. Hier und jetzt.

Dann geh mit deinem verfluchten Geld unter, Scheißkerl, dachte Rey.

Er drückte dreimal ab. Die Geschosse stanzten Löcher in das weiße Poloshirt von Aristide Flores. Er wurde wie von einer unsichtbaren Dampframme vor die Brust getroffen, aus den Schuhen katapultiert und stürzte in das Poolbecken.

Das Geschrei hörte nicht auf. Rey drehte sich herum. Er sah Leclerc und Fleur zusammengekauert an der Mauer. Leclerc hielt die Frau nach Kräften zurück, sich auf Rey zu stürzen oder ihrem Sohn hinterherzuspringen. Er schrie irgendetwas. Aber Rey hörte nach wie vor nichts. Nur Rauschen. Von den Schüssen waren seine Ohren ohnehin taub.

Abgesehen davon war er für Argumente oder Aufforderungen nicht mehr empfänglich. Rey hatte sich selbst in den Blut-Modus geschaltet.

Er zielte abwechselnd auf Fleur und Leclerc. Überlegte, wen von beiden er zuerst erschießen sollte. Und entschied sich für *Ladies first*. Er zielte auf Fleurs Gesicht, das er mit wenigen Schüssen zu einem Brei aus Blut, Zähnen und Knochensplittern verwandeln würde.

Aber so weit kam es nicht.

Rey nahm aus den Augenwinkeln eine Bewegung war. Hörte wieder ein Rufen. Wirbelte zur Seite. Sah einen der Wachtposten, der aus dem Haus gespurtet kam. Sah einen zweiten am Rand der Terrasse auftauchen, die Böschung zum Weinfeld hinauflaufend.

Rey schoss sofort. Die Patronenhülsen tanzten um seine Schuhe. Der eine Mann brach kurz vor der Terrassentür zusammen. Allerdings war er ebenfalls bewaffnet. Er regte sich. Eine Sekunde später spürte Rey einen harten Schlag am linken Oberarm und ein Brennen, als sei ihm kochendes Wasser über die Haut gegossen worden. Rey drückte noch zweimal ab. Dann bewegte sich der Kerl nicht mehr.

Dafür kam der andere gefährlich näher. Begann ebenfalls zu schießen. Die Kugeln bohrten sich in die Steinmauer. Splitter regneten um Reys Kopf herum. Rey blickte noch einmal zu Leclerc, der sich mit Fleur unter einen Tisch verzogen hatte, mehr oder weniger seinen Körper über ihren geworfen. Rey zielte auf Leclerc. Wieder prasselten Schüsse an die Mauer. Noch feuerte der Wachmann im Laufen. Blieb er stehen und zielte sicher, würden sich die Kugeln nicht mehr in Stein bohren, sondern in Louis Rey.

Er musste wieder eine Entscheidung treffen. Leclerc und

Fleur auf der Stelle umlegen – oder den eigenen Hintern retten.

Rey entschied sich für seinen Hintern. Er riss die Glock herum, erwiderte das Feuer und lief los in Richtung Haus. Der Schütze ging in Deckung, warf sich zu Boden. Rey erreichte die Leiche des ersten Wachmanns, ging dort in die Hocke, feuerte auf den zweiten und nahm die auf dem Boden liegende Waffe an sich, ebenfalls eine Glock. Dann war das Magazin der Pistole in seiner Hand leer. Er warf die Waffe fort, lief ins Haus. Hinter ihm ließen einige Kugeln die Glasscheiben der Flügeltüren zersplittern.

Rey bewegte sich rasch vorwärts. Sein linker Oberarm brannte wie in Flammen. Aber er konnte ihn noch bewegen, die vor Blut triefenden Finger ebenfalls. Vielleicht nur ein Streifschuss, wenn er Glück hatte.

Er lief durch den Raum und erreichte das Foyer, wo er vorhin noch mit Leclerc gefilzt worden war. Die Haustür stand offen. Draußen parkte ein schwarzer SUV von Volvo. Der Motor lief. Die Fahrertür war geöffnet. Daneben stand eine Frau in der Kluft, die die anderen ebenfalls getragen hatten. Sie hielt eine Waffe auf den Eingang gerichtet. Aber nach Reys Einschätzung konnte sie keinen Schimmer davon haben, was genau soeben drinnen vor sich gegangen war und wer es verursacht hatte.

»Hilfe!«, schrie Rey, »Hilfe! Flores wurde erschossen!«

Die Frau wirkte irritiert.

Rey nutzte den Moment, blieb in der Haustür stehen und schoss der Frau in den Kopf. Im Fallen verkrampfte sich ihr Finger. Es löste sich ein Schuss aus ihrer Pistole, der sich irgendwo in die Fassade des Anwesens bohrte. Rey lief los, wartete keine Sekunde. Er nahm der Toten die Pistole aus der Hand, warf sie in den Volvo und setzte sich ans Steuer. Er warf die Tür zu, setzte zurück und gab Vollgas. Kieselsteine spritzten auf, prasselten gegen das Chassis. Rey starrte in den Rückspiegel. Sah, wie zwei Personen an der Tür auftauchten. Er hörte dumpfe Schläge, als sich Kugeln in das Heck des SUVs bohrten. Aber dann fuhr er um eine Kurve der Platanenallee und war außer Reichweite. Er stieg aufs Gas, sah das Tor, das er und Leclerc vorhin passiert hatten. Jetzt stand es offen.

Rey trat das Pedal durch, raste durch das Tor. Dann stieg Rey auf die Bremse, riss das Lenkrad herum. Der Wagen bockte. Das Heck brach aus und schleuderte das Fahrzeug auf die Hauptstraße. Einen Moment lang fürchtete Rey, er würde die Kontrolle über den Volvo verlieren und sich überschlagen. Tat er aber nicht. In der nächsten Sekunde lag der SUV wieder in der Spur.

Rey gab Vollgas. Er wusste nicht, wohin er fahren würde, aber: Fort von hier. Ohne sein Geld. Ohne Zukunft. Ohne den Rachedurst vollends gelöscht zu haben.

Alles war im Arsch. Nur wegen Leclerc. Schon wieder. Falls er ihn in die Finger bekommen würde, dachte Rey, würde er Leclerc die Haut abziehen.

69

Castel fühlte sich gleichzeitig wie versteinert und unter Strom gesetzt. Sie und Theroux hatten beobachtet, wie zwei Fahrzeuge von dem Anwesen aus gestartet waren – und vermutlich unterwegs, um ausfindig zu machen, von wo aus die Drohnen gestartet worden waren und wer sie steuerte. Schließlich hatten sie die Schießerei durch die Feldstecher beobachtet – und Castel wollte loslaufen, zum Auto, zur Villa fahren, irgendetwas tun … Aber Theroux hatte sie noch zurückhalten können und, im Gegensatz zu Castel, einen kühlen Kopf bewahrt. In der einen Hand hielt er das Fernglas, in der anderen ein Telefon. Die Gendarmerie hatte gesagt, sie sei in fünf Minuten vor Ort, der Überwachungstrupp solle so schnell wie möglich verschwinden und sich in Sicherheit bringen.

Die beiden Techniker hatten in aller Hast ihre Sachen verstaut. Nahezu im selben Moment, als sie das Signal gaben zu verschwinden, sahen Theroux und Castel, wie Louis Rey mit einem schwarzen Volvo floh. Der Wagen verschwand rasch hinter hohen Platanen, so dass das Kennzeichen nicht zu lesen war. Aber einen schwarzen Volvo-SUV würde man nicht so leicht übersehen. Schließlich schlitterte der Wagen auf die Hauptstraße. Er fuhr nun in die Richtung, die Castel und Theroux unweigerlich kreuzen würden, wenn sie ihren Standort verließen. Innerhalb kürzester Zeit würden sie das Auto verfolgen und stoppen können. Sie mussten sofort eingreifen. Die Gelegenheit war mehr als günstig, und wenn sie den flüchtigen Louis Rey stellten, na ja, dann wäre immerhin ein bisschen von diesem Desaster repariert?

»Hinterher«, rief Castel und lief los. Dieses Mal hielt Theroux sie nicht auf.

»Was?«, fragten Noirot und Miolan. Im Vorbeilaufen erklärte Castel, was der Plan war.

Einen Moment später saßen sie und Theroux im Auto. Castel fuhr. Sie wendete den Wagen auf dem engen Feldweg in drei Zügen. Dann gab sie Gas, steuerte durch einige Serpentinen hangabwärts. Schon im nächsten Moment sauste ein Volvo-SUV an der Einmündung vorbei, bremste mit quietschenden Reifen. Was hatte der denn vor, fragte sich Castel und sah Theroux fragend an, der damit befasst war, seine Dienstwaffe im Fußraum zu finden, wo auch die von Castel lag. Die Dinge passten mit ihren Clipholstern nicht ins Handschuhfach, weil darin zwei Colaflaschen im Schatten lagerten. Theroux blickte auf und wunderte sich ebenfalls. Dann setzte der Wagen sogar zurück und kam im Rückwärtsgang auf Castel und Theroux zu. Als links schließlich ein zweiter SUV aufkreuzte und ebenfalls stoppte, war Castel klar, dass in keinem der beiden Louis Rey saß.

Stattdessen stiegen aus beiden Fahrzeugen Leute aus, die dunkel gekleidet waren, Sonnenbrillen und Waffen trugen. Insgesamt waren es drei Männer. Es wirkte so, als seien das alle und als säße niemand mehr in den Fahrzeugen.

»Sind das …«, hub Theroux an.

»… Flores' Jagdhunde«, ergänzte Castel, die mit dem

Auto immer noch an der Straßeneinmündung hielt, das Lenkrad fest im Griff.

»Die werden doch nicht so blöd sein, sich mit der Polizei anzulegen?«, fragte Theroux.

Er hatte seine Dienstwaffe gefunden. Die von Castel ebenfalls. Er warf sie ihr auf den Schoß. Castel griff in das Seitenfach, wo ihre Geldbörse lag. Sie suchte nach ihrem Polizeiausweis. Als sie ihn gefunden hatte, war ihr Fahrzeug von den drei Bewaffneten eingekreist und blockiert – einer vor der Motorhaube, einer an der Beifahrerseite, der dritte klopfte vor Castels Nase gegen die Seitenscheibe. Sie ließ sie herunter, hob ihren Dienstausweis hoch. Der Mann roch nach einer Mischung aus Schweiß, Duschgel und Pfefferminzbonbon. Im Unterschied zu den anderen hatte er keine Waffe gezogen, hielt aber die rechte Hand an seinem Holster. Das Holster, mehr ein taktischer Einsatzgürtel mit Taschenlampe, Handschellen und allem Möglichen, wirkte äußerst professionell. Auf dem Poloshirt des Kerls sah Castel das Logo von Flores' Firma.

»Polizei«, sagte Castel.

Der Kerl gab sich unbeeindruckt. »Sie befinden sich auf Privatbesitz. Kann ich Ihre gerichtliche Anordnung sehen, dieses Gelände betreten zu dürfen? Falls nicht, steigen Sie aus, legen Ihre Waffen ab – und dann warten wir gemeinsam auf die bereits verständigte Polizei.«

Castel lachte kurz auf. »Wir *sind* die Polizei. Sehen Sie meinen Ausweis nicht?«

»Dokumente kann jeder fälschen. Solange Sie keine Anordnung vorweisen, dieses Gelände betreten zu dürfen, muss ich Sie auffordern, sofort auszusteigen und Ihre Waffen auszuhändigen.«

Von wegen, dachte Castel. Außerdem lief ihnen die Zeit davon. Louis Rey war flüchtig – und Castel und Theroux hatten es in den letzten zwei Minuten noch nicht einmal geschafft, die Gendarmerie über die neue Entwicklung zu informieren und mitzuteilen, dass sie einen Wagen verfolgten, in dem Louis Rey saß.

»Ich bin mir sicher«, lächelte Castel und wackelte mit dem Ausweis, »dass Sie in der Lage sind, einen echten von einem falschen zu unterscheiden. Und jetzt gehen Sie uns bitte aus dem Weg. Sie behindern einen Polizeieinsatz. Fahren Sie Ihre Autos zur Seite. Sie parken am Seitenrand einer Hauptstraße außerhalb der Ortschaft, was verboten ist, und ich werde Sie mit Sicherheit aufschreiben und anzeigen.«

Statt zu antworten, trat der Mann einen Schritt zurück, zog seine Waffe und richtete sie auf Castel.

»Ich muss Sie dringend bitten, sofort auszusteigen und Ihre Waffen auszuhändigen«, sagte er. Auch die anderen beiden zielten jetzt auf Theroux und Castel.

»Kacke«, sagte Theroux. »Ich glaube, wir haben ein ernsthaftes Problem.«

Dem konnte Castel nicht widersprechen.

70

Alles gründlich im Eimer, dachte Albin. Wie war das mit Murphys Gesetz? Was schiefgehen kann, geht auch schief. Nun, in diesem Fall traf es zu, und Albin hatte es tatenlos mit ansehen müssen.

Er stand am Beckenrand, regungslos. Ein Toter auf der Terrasse. Ein anderer Toter an der Böschung. Die Leiche von Aristide Flores schwamm im Pool, umgeben von einer roten Wolke aus Blut. Fleur war ins Wasser gesprungen, schrie und jammerte, verfluchte Albin und versuchte verzweifelt, ihren Sohn an Land zu zerren. Aber jeder Rettungsversuch wäre sinnlos, das war Albin klar. Aristide Flores war so tot, wie man nur tot sein konnte. Die Schüsse hatten ihn mitten ins Herz getroffen.

Einige Momente später erwachte Albin wie aus einem Albtraum und kniete sich hin, um Fleur zu helfen. Aber sie schrie ihn nur an. Er solle es nicht wagen, ihr Kind zu berühren. Albin zuckte zurück. Hatte keine Ahnung, was er nun tun sollte. Wollte sein Handy nehmen, um … Ja, um was zu tun? Außerdem war Rey geflohen. Er musste einen der Wagen genommen und sich den Weg freigeschossen haben. Allerdings war er verwundet worden. Das hatte Albin sehr wohl mitbekommen.

Rey durfte nicht entkommen. Auf keinen Fall. Albin musste Castel verständigen. Er musste Rey hinterher. Hier konnte er nichts mehr ausrichten. Es würde Aristide nicht wieder lebendig machen. Und Fleur, nun, die würde Albin eher ein Messer in den Bauch rammen, als sich von ihm helfen, geschweige sich von ihm trösten zu lassen – was auch immer. Egal. Alles wäre unangemessen.

Also drehte sich Albin auf den Fersen um und lief los. Er rannte durch das Haus, gelangte nach draußen, wo er eine weitere Leiche in einer Blutlache sah. Er lief zu seinem Wagen, schloss ihn mit der Fernbedienung auf, setzte sich ans Steuer und startete den Motor. Er öffnete das Ablagefach in der Mittelkonsole und nahm seine Pistole daraus hervor. Dann legte er sie auf den Beifahrersitz, fummelte das Handy aus der Hosentasche und klemmte es sich zwischen die Oberschenkel. Er rammte den Gang rein und fuhr los, nahm mit einer Hand das Smartphone und wählte aus der Anrufliste Castels Nummer. Aber sie ging nicht dran, verdammt! Albin nahm nicht an, dass sie ihn ignorieren würde. Nein, sein Bauchgefühl sagte ihm, dass es ein Problem gab. Vielleicht mit einer Crew von Flores' Leuten, die den Überwachungstrupp aufgespürt hatten.

Albin gelangte an das Tor, das offen stand. Bloß: War Rey nach rechts oder nach links abgebogen? Albin sah frische Bremsspuren auf der Straße. Das gab ihm die Richtung an.

Also nichts wie los, dachte er und stieg aufs Gaspedal. Dann hörte er Polizeisirenen. Erst leise. Dann lauter. Sie kamen näher. Einige Autos rasten an ihm vorbei. Im Rückspiegel sah er, wie sie ihr Tempo verlangsamten, um zum Flores-Anwesen abzubiegen. Im nächsten Moment fuhr er durch eine Kurve, und die Autos verschwanden aus seinem Blickfeld. Er sah wieder nach vorn, konzentrierte sich auf die Straße und fragte sich, wohin Rey unterwegs sein würde, wenn er floh. Was wäre sein Plan? Ihm musste klar sein, dass er nicht weit kommen würde. Außerdem war er verletzt und musste sich um die Wunde kümmern, schließlich war es eine Schussverletzung.

Wie auch immer: Albin musste Rey finden und stoppen. Ihn zur Rechenschaft ziehen. Denn Albin hatte zwar mit seinem Plan alles vermasselt und war damit in gewisser Weise verantwortlich für das Desaster und Aristides Tod – doch Louis Rey hatte ihn erschossen. Allein er war schuld. Er hatte Fleur den Sohn genommen und war da draußen bewaffnet und angeschossen unterwegs, gefährlich wie ein Amokläufer, denn er hatte nichts mehr zu verlieren, nicht einmal sein Leben.

71

Rey raste über die Straße, hustete. Feine Blutsprenkel trafen das Armaturenbrett. Vom Oberarm lief es herab. Verdammt, er musste sich um die Wunde kümmern. Am besten, er fuhr nach Avignon zu Marc Ledoux, um sich von ihm, der kleinen Nutte oder irgendeinem Quacksalber verarzten zu lassen, um dann ... Ja. Um dann: Was zu tun? Er wusste es nicht. Alles war im Arsch.

Das Einzige, was ihm einfiel, war, dass er den verfluchten Leclerc umlegen würde. Oder besser noch: Seine Familie. Denn das würde ihn am härtesten treffen. Rey wusste, wo Leclerc wohnte. Und gleichzeitig würde er Fleur Flores' großes Geheimnis lüften – und das über ihren Sohn Aristide, den Louis Rey vorhin erschossen hatte. Das Perverse der gesamten Situation hatte ihn zunächst köstlich amüsiert. Leclerc hatte keinen Schimmer davon, wer Aristide Flores wirklich war. Aber Fleur Flores wusste das sehr wohl – und außerdem Louis Rey. Er kannte ihr Geheimnis. Er wusste, dass sie damals mit Leclerc geschlafen hatte, obwohl sie bereits mit Olivier Flores zusammen war. Er wusste außerdem, dass sie wenige Tage danach zum Apotheker gelaufen war, um sich einen Schwangerschaftstest zu besorgen. Und Flores konnte schlecht der Vater sein, denn in dem betreffenden Zeitraum war er nicht in Frankreich, sondern geschäftlich in Argentinien gewesen.

Rey fuhr mit hohem Tempo durch eine Kurve – und erschrak, als er dahinter Fahrzeuge auf der Straße und in einer Wegeinmündung stehen sah. Zwei dunkle Volvos. Außerdem ein heller Kombi und noch ein Fahrzeug. Leute standen herum. Dann kam die nächste Kurve, und im Rückspiegel war nichts mehr zu sehen.

Woher Rey das alles wusste? Nun, gut informiert zu sein gehörte zu seiner Überlebensstrategie. Zum einen hatte er eine Mitarbeiterin von Fleur auf der Gehaltsliste gehabt, um stets zu wissen, was in ihrem Etablissement so vor sich ging, wer dort wann verkehrte und mit wem sprach. Von dieser Mitarbeiterin hatte er gehört, dass der Bulle wieder bei Fleur gewesen sei – aber nicht, um sie zu verhaften oder zu vernehmen, sondern vielmehr sturzbetrunken durch die Hintertür gekommen sei, was die Frau per Zufall mitbekam, weil sie gerade am Fenster eine geraucht hatte. Anschließend hätten sich Fleur und der Bulle zurückgezogen, und – nun ja – es seien eindeutige Geräusche durch die verschlossene Zimmertür zu vernehmen gewesen. Rey hätte zu gerne Bilder davon gehabt, um etwas gegen den Polizisten und auch gegen Fleur in der Hand zu haben. Aber die Information war kostbar genug – kostbar und köstlich.

Noch köstlicher wurde es einige Tage später. Rey hatte einen Beobachter auf Fleur angesetzt, um zu ermitteln, ob sie sich weiter mit Leclerc treffen würde, was auf einem Foto festgehalten werden sollte. Stattdessen erfuhr Rey, dass Fleur eine Apotheke aufgesucht hatte, um etwas zu kaufen. Rey hatte sich königlich amüsiert, als er auf dem Belegfoto zu erkennen glaubte, dass sie einen Schwangerschaftstest in der Hand hielt, den sie dann in einer Tasche verschwinden ließ. Klar, es hätte auch eine simple Creme sein können. Deswegen hatte Rey in der Apotheke nachforschen lassen, worauf seine Vermutung bestätigt wurde: Es war ein Schwangerschaftstest. Fleur hatte mit Leclerc gevögelt und war schwanger von ihm geworden. Nur ein paar Tage später kehrte Olivier Flores zurück – und wie Rey vernahm, gab er kurz darauf ein Fest, um zu feiern, dass er Vater werden würde.

Na, fabelhaft, dachte sich Rey. Fleur hatte ihrem künftigen Ehemann das Kind von einem Bullen untergejubelt! Er sah es wie im Film vor sich: »Olivier, weißt du noch, unsere letzte Nacht, bevor du abgereist bist? Und die Pille habe ich doch weggelassen, weil du dir einen Stammhalter wünschst, nun können wir endlich heiraten, ja?« Großartig.

Reys Problem war allenfalls, dass er seine Annahmen nicht belegen konnte. Es gab keinen Beweis. Aber Rey hatte beschlossen, wie ein Gentleman zu schweigen und den Zeitpunkt abzuwarten, an dem er seine Trumpfkarte ausspielen würde. Er hätte das natürlich tun können, als Olivier Flores Louis Rey abservierte. Aus Rache. Jedoch: Selbst wenn Olivier dann einen Vaterschaftstest verlangt hätte – nie im Leben hätte er zugegeben, dass Aristide nicht sein Sohn wäre. Das hätte ihn viel zu sehr als Vollidioten dargestellt – und Louis Rey hätte zu diesem Zeitpunkt wohl ohnehin niemand geglaubt, nein, man hätte gesagt: nur ein billiger und lächerlicher Racheversuch. Und Albin Leclerc hätte er damit ebenfalls nicht beschädigen können.

Also hatte Rey sein Wissen für sich behalten und lediglich ein einziges Mal gegenüber Fleur Flores eine Andeutung gemacht. In einem Augenblick der Panik hatte er sie aufgesucht, als Olivier Flores seinerzeit dazu ansetzte, Rey auszubooten. Er hatte Fleur einen Abzug des Bildes zugesandt, das sie nach dem Apothekenbesuch zeigte. Auf die Rückseite hatte er geschrieben: »Denk immer dran, Fleur, was auch geschieht: Ich weiß es.« Sie hatte nie darauf reagiert, und danach war geschehen, was geschehen war.

Aber vorhin, als er sie im Haus getroffen und einzelne Andeutungen gemacht hatte, hatte er ihre Blicke und Reaktionen sehr wohl registriert. Ihr war nach wie vor klar, dass er ihr großes Geheimnis kannte und bei Bedarf einsetzen würde – zum Beispiel, falls sie sich geweigert hätte, ihm Geld als Wiedergutmachung zukommen zu lassen. Aber jetzt stand er da, ohne Geld. Und jetzt sah alles vollkommen anders aus als noch vor einer halben Stunde. Jetzt würde Rey reinen Tisch machen und verbrannte Erde hinterlassen. Wie das Lamm Gottes würde er zum Armageddon als Wolf über die Erde wandeln und alles in Flammen setzen, was seine Füße berührten.

Was seine Füße im nächsten Moment berührten, war jedoch zunächst das Bremspedal. Vor ihm und vor einer weiteren Kurve tauchte mit einem Mal das Heck eines Treckers auf, der auf einem Anhänger Lavendel geladen hatte. Rey fuhr beinahe hinten auf. Die Bremsen quietschten. Der Wagen brach aus, berührte mit den großen Reifen die Grasnarbe der seitlichen Böschung. Äste schlugen gegen den Außenspiegel. Schließlich fing sich der Volvo wieder.

Rey hämmerte auf die Hupe. Doch der Trecker zuckelte weiter. Rey scherte nach links aus. Keine Chance, an dem ausladenden Fahrzeug vorbeizuziehen, ohne das Risiko einzugehen, auf diesem kurvigen und unübersichtlichen Abschnitt einen Frontalunfall mit einem entgegenkommenden Wagen zu bauen. Also blieb ihm nichts übrig, als hinter dem Trecker herzufahren und abzuwarten, bis sich endlich eine Gelegenheit zum Überholen bot. Er scherte wieder nach links aus. Blickte auf die Fahrbahn. Klemmte sich dann wieder hinter den Trecker und machte einem Transporter Platz, der hupend auf der Gegenfahrbahn entgegenkam. Er zog erneut auf die Gegenfahrbahn. Kein Überholen möglich, denn sie fuhren durch eine scharfe Kurve. Klemmte sich wieder hinter den Trecker. Starrte in den Rückspiegel.

Und dachte »Scheiße«, als plötzlich die Front eines hellen Kombis auftauchte und wie ein Komet auf das Heck seines Wagens zugerast kam.

72

Castel und Theroux stiegen langsam aus. Theroux hielt seine Dienstwaffe mit den Fingerspitzen am Handgriff fest, um zu zeigen, dass er sie nicht benutzen würde und bereit wäre, sie fallen zu lassen. Castel war dazu aber nicht bereit. Sie würde einen Teufel tun und hielt ihre Dienstwaffe deswegen so, wie man eine Dienstwaffe eben hielt: fest in der Hand, den Zeigefinger ausgestreckt neben dem Abzug

»Waffen fallenlassen«, sagte der Mann, der auf Castel zielte.

»Sie«, sagte Castel, »lassen die Waffe fallen. Und zwar sofort.« Sie sah sich zu den anderen um. »Alle drei. Dann weisen Sie sich aus.«

Der Mann vor Castel grinste und schüttelte den Kopf.

»Okay«, sagte Castel. »Wie Sie wollen. Dann nehme ich jeden von Ihnen jetzt fest.« Castel begann, die übliche Litanei bei einer Festnahme aufzusagen. Theroux schien verwirrt, blickte hin und her und wusste nicht recht, was er mit seiner Waffe anfangen sollte, weswegen er sie nun wieder richtig in die Hand nahm. So, wie Castel sie hielt.

»Ich denke«, redete der Mann dazwischen, »das wird nicht geschehen, denn Sie …«

»Schon passiert«, sagte Castel. »Sie sind verhaftet. Und alles, was Sie und Ihre Kollegen jetzt tun oder nicht tun, ist

Widerstand gegen Ihre Verhaftung und autorisiert meinen Kollegen und mich zum Schusswaffengebrauch.«

Bevor Castel weiterreden konnte, kam von hinten ein Auto herangefahren und bremste scharf. Sie erkannte Miolan und Noirot. Ihnen gingen fast die Augen über, als sie das Szenario betrachteten. Drei Bewaffnete, die Castel und Theroux umrundeten. Castel und Theroux ebenfalls mit gezogenen Waffen. Miolan und Noirot stiegen aus, Miolan mit einer beschwichtigenden Geste.

»Ganz ruhig, was ist denn hier los?«, fragte sie und hielt, ebenso wie Noirot, den in Folie geschweißten Polizeiausweis hoch, der lose an einer Kordel um ihren Hals baumelte.

»Drei verhaftete Personen widersetzen sich«, sagte Castel knapp.

»In drei Minuten ist die Gendarmerie vor Ort«, sagte Miolan. »Damit meine ich: an der Villa und hier.«

In der Ferne war bereits sehr leise das Geräusch von Sirenen zu hören.

»Hören Sie?«, fragte Castel den Mann.

»Sie betreten dennoch unbefugtes Gelände und …«

»Schluss mit dem Mist!«, blaffte Theroux, fuchtelte mit der Pistole herum und herrschte die drei Wachleute der Reihe nach an. »Ich habe die Schnauze voll! Seid ihr bescheuert und zielt auf Polizisten? Seht aus wie Profis und benehmt euch wie Oberpfeifen? Hier ist gleich alles voll mit Einsatzkräften, Mann, und ihr Vollidioten zielt auf die Police National im Einsatz und seid außerdem verhaftet? Tickt ihr noch richtig? Jetzt weg mit den Knarren, und macht uns den Weg frei, scheiße noch mal.«

Castel konnte nicht anders: Sie war beeindruckt.

Tatsächlich sahen sich die Sicherheitsleute gegenseitig an. Der, der auf Castel zielte, legte seine Waffe als Erster auf den Boden und trat einen Schritt zur Seite. Die anderen taten es ihm nach. Castel fiel ein Stein vom Herzen. Sie deutete zu Miolan und Noirot, dass sie näherkommen sollten, was beide dann auch taten.

»Mann, Mann, Mann!«, fluchte Theroux weiter und sammelte die Waffen ein. »Hat man es denn nur mit Bekloppten zu tun? Überall um einen herum nichts als Idioten, echt! Ich fasse es nicht!« Er kehrte zurück und drückte den etwas verdattert wirkenden Miolan und Noirot die konfiszierten Pistolen in die Hand.

Castel verkniff sich ein Grinsen. Dann wirbelten alle herum, als ein Auto mit Vollgas über die Straße raste. Es war ein Volvo-SUV. Dasselbe Modell wie die am Straßenrand parkenden Fahrzeuge der Wachleute.

Rey, dachte Castel, das war der flüchtende Louis Rey. Sie mussten ihm hinterher, sofort.

Während die drei Wachleute noch unschlüssig schienen, was sie nun tun sollten, wies Castel Miolan und Noirot an, sich um das Trio zu kümmern und das Erscheinen der Gendarmerie abzuwarten – was beiden augenscheinlich nicht sehr zusagte: Sie waren von der technischen Crew. Sie hatten mit Verhaftungen und derlei Dingen nichts zu tun. Dennoch waren sie Polizisten und hatten eine entsprechende Grundausbildung genossen. Außerdem hielten sie nun drei Waffen in den Händen und die Wachleute keine. Sie sollten die paar Minuten, bis Verstärkung eintraf, überstehen.

Castel setzte sich wieder hinters Steuer, rief dem etwas verdattert wirkenden Theroux zu, sich ebenfalls in den Wagen zu setzen, ließ ihn dann an und fuhr mit Vollgas los, dem Fluchtfahrzeug hinterher.

»Rey«, sagte sie nur, während Theroux sich noch anschnallte und fragte, was, zum Teufel, denn überhaupt los sei.

»In dem Wagen da eben?«

»Er muss es sein«, sagte Castel und konzentrierte sich auf die Straße. »Gleiches Fahrzeugmodell wie die anderen, dasselbe, dass wir eben durchs Fernglas gesehen haben, zudem hohes Tempo und …«

»Ja, schon kapiert, ist gut!«

Castel nickte.

Sie rasierte eine Kurve so scharf, dass die Reifen quietschten und die Fliehkraft sie gegen die Fahrertür presste.

»Das alles«, ächzte Theroux und hielt sich am Armaturenbrett fest, »ist ganz große Scheiße, Cat!«

»Wem sagst du das?«

»Wir sind geliefert.«

»Noch … nicht …«, erwiderte Castel angestrengt, biss die Zähne zusammen und sah endlich das Ende der Kurve kommen. Und das riesig wirkende Heck eines schwarzen SUVs, der bergauf hinter einem Lavendeltrecker herzuckelte.

Castel stieg auf das Bremspedal.

Zu spät.

73

Es gab einen heftigen Schlag.

Dann ein lautes Krachen.

Rey ruckte nach vorn. Der Sicherheitsgurt quetschte ihm den Brustkorb zusammen. Der Airbag explodierte. Sein Gesicht schlug in das Kissen, das sich im Bruchteil von Sekunden aufblähte. Im nächsten Moment knallte sein Hinterkopf gegen die Nackenstütze. Dann war Stille.

Es dauerte einen Moment, bis er sich orientieren konnte. Oben war noch oben, aber was eben noch rechts gewesen war, befand sich jetzt halblinks. Berge von Lavendelbüschen lagen auf der Fronthaube. Der Motor war ausgegangen. Rey tastete sich ab, spürte Schmerzen und Verletzungen nach. Probierte, die Beine und Füße zu bewegen. Klappte alles. Irgendjemand, dachte er, war mit hohem Tempo auf den Volvo aufgefahren und hatte ihn dann auf das Heck des Treckeranhängers geschoben.

Rey löste den Sicherheitsgurt, atmete durch, suchte die Pistole und fand sie. Benommen stieg er aus. Sein Gesicht brannte. Seinem Nacken ging es ähnlich. Der verwundete Arm fühlte sich taub an. Zunächst schien er auf wankenden Planken zu stehen statt auf einer festen Straße. Seine Knie waren wie aus Gummi. Ihm war schwindelig. Aber das Gefühl legte sich rasch, als er die Trümmerhaufen auf der Straße sah. Da war einerseits sein SUV, hinten und vorne zerfetzt. Da war andererseits der Trecker, der quer auf der Straße stand, mit einem Rad im Graben. Der Anhänger war auf die Seite gekippt. Alles lag voller Lavendel, der einen so intensiven Geruch verströmte, der sich mit dem Gestank von verbranntem Gummi verband, dass Rey beinahe schlecht wurde.

Ein älterer Mann stand fluchend neben dem Trecker. Er trug Latzhosen und schien den Schaden zu begutachten.

Der Wagen, der Rey hintendrauf gefahren war, sah nicht gut aus. Die Front war aufgeplatzt. Es zischte und dampfte. Die Frontreifen standen in einem merkwürdigen Winkel ab. Die Kühlerhaube war hochgeschlagen. Rey konnte die Windschutzscheibe nicht sehen. Mit der Pistole in der Hand ging er zu dem Wrack, spürte, dass sein Gang sicherer wurde. Er hatte Glück gehabt, wie es schien, und nicht viel abbekommen.

Was man von den Insassen des anderen Autos, bei dem es sich um einen hellen Kombi handelte, eher nicht behaupten konnte. Rey sah einen Mann und eine Frau. Die Airbags waren aufgeblasen. Der Mann schien bewusstlos zu sein. Die Frau am Steuer regte sich. Rey erkannte sie wieder: Es war die Polizistin, die ihn im Supermarkt verhaftet und vernommen hatte. Castel war ihr Name, richtig. Der Kerl neben ihr war der andere Polizist. Doch der Name fiel Rey nicht ein.

Wie kamen die hierher? Sie gehörten zu Leclerc. Leclerc hatte ein abgekartetes Spiel inszeniert, und als Rey eben entkommen war, mussten ihn die beiden anderen Polizisten verfolgt haben. Was bedeutete: Weitere Polizisten würden ihnen folgen. Rey musste verschwinden. Aber er hatte keine Ahnung, wohin. Mit einem Auto kam er von hier jedenfalls nicht mehr fort.

Ende, aus, das war's dann also, dachte er.

Aber nein, überlegte er im nächsten Moment. Er würde nicht aufgeben. Auf gar keinen Fall. Niemals.

Er steckte die Pistole in den Hosenbund und versuchte, die Fahrertür zu öffnen. Es gelang problemlos. Die Polizistin namens Castel machte fahrige Bewegungen und murmelte leise etwas Unverständliches. Rey zwängte sich zwischen ihrem Oberkörper und dem Airbag hindurch. Mit dem gesunden Arm löste er den Sicherheitsgurt. Und dann fiel ihm Castel entgegen. Rey trat einen Schritt zurück, packte die Frau am Kragen und zerrte sie aus dem Wagen auf die Straße. Sie fiel der Länge nach zu Boden. Dann fasste er nach der Pistole. Blut tropfte von seinen Fingern. Verdammt, er sollte die Wunde abbinden – doch zunächst war es wichtiger zu verschwinden. Verbluten würde er wohl kaum, so viel lief nun auch wieder nicht vom Arm herab.

Während Castel über die Straße kroch und versuchte, sich aufzurappeln, sah sich Rey um. Nichts als Trümmer, die überall verteilt lagen. Eine Böschung, die hinab zu einem Feld führte. Dort sah er eine Art Scheune oder Unterstand, einige hundert Meter entfernt. Das war seine Chance, dachte er. Dorthin könnte er entkommen, sich notdürftig verarzten – und dann zu Fuß durch die Felder fliehen.

Mit einer Geisel, dachte Rey und blickte wieder zu Castel, die zunehmend agiler wurde, sich aber immer noch wie in Zeitlupe bewegte. Verdammt, Rey selbst war zu schwach und verwundet, um die Frau zur Scheune zu zerren. Sie wirkte außerdem nicht so, als könne sie selbständig laufen. Was jetzt?

Wenn er schon nicht Leclerc oder Leclercs Familie würde auslöschen können, um es dem Scheißkerl heimzuzahlen, dann eben seine Kollegin, damit Leclerc sich bis zum Ende seiner Tage damit quälen würde, schuld an ihrem Tod zu sein.

Ja, dachte Rey und umfasste die Pistole fester.

»Alles in Ordnung bei Ihnen?«

Rey drehte sich um. Der Lavendelbauer stand neben seinem verunfallten Trecker.

»Ja«, erwiderte Rey.

Der Bauer kam heran. Rey nahm die Pistole hoch und zielte auf ihn. Der Mann kapierte nicht sofort, was vor sich ging und was da auf ihn gerichtet wurde. Dann aber schon. Er nahm die Hände hoch. Sein Mund stand offen. Die Augen weiteten sich.

»Sie … Sie …«, stammelte er.

»Verzieh dich!«, rief Rey ihm zu.

Was sich der alte Mann nicht zweimal sagen ließ. Blitzschnell verschwand er von der Straße und nahm hinter dem Trecker Deckung.

Rey wendete sich wieder Castel zu, die inzwischen so weit bei Bewusstsein war, dass sie ihn anstarrte und zu begreifen schien, wen sie vor sich hatte und womit er auf sie zielte.

»Rey«, stammelte sie und kroch rückwärts von ihm fort.

»Goldrichtig«, sagte Rey.

Er merkte auf, als er ein lautes Motorengeräusch hörte. Ein anderer Wagen kam herangefahren und tauchte eine Sekunde später hinter der Kurve auf. Bremste so scharf, dass er sich querstellte, aber fuhr nicht auf den anderen Wagen auf.

Ein silberner SUV aus asiatischer Produktion.

Rey musste lächeln und schwenkte die Waffe auf dieses Auto. Der liebe Gott meinte es am Ende anscheinend doch gut mit ihm.

74

Albin konnte gerade noch rechtzeitig reagieren, als mitten in der Kurve ein Fahrzeugwrack auftauchte und sich dahinter ein komplettes Chaos erstreckte. Er stieg auf die Bremse. Reifen quietschten. Der SUV ruckte herum, kam dann aber zum Stillstand.

Was, zum Teufel, war denn hier los?, fragte sich Albin, fasste nach der Pistole. Dann schnallte er sich ab und stieg aus, ohne den Blick von der Straße zu lassen. Denn es waren nicht nur verschiedene Fahrzeugwracks zu sehen. Es befanden sich außerdem Personen auf der Fahrbahn. Verletzte, die Hilfe brauchten, und …

… verdammt, dachte Albin.

Denn er verstand jetzt, was hier geschehen sein musste und in welcher Situation er sich wiederfand. Wie es aussah, war Rey auf den Anhänger eines Lavendeltreckers aufgefahren. Castel und Theroux mussten Rey verfolgt haben und waren voll in den Fluchtwagen gekracht. Eine Karambolage. Die Personen auf der Straße waren Rey und Castel, die am Boden lag und verletzt wirkte. Theroux war nirgends zu sehen, er saß wahrscheinlich noch im Wrack. Überall lagen Fahrzeugtrümmer herum, außerdem jede Menge Lavendelzweige. Es stank bestialisch, zischte, brodelte, tickte. Reys einer Arm hing schlaff herab. Der andere war angehoben, eine Waffe in der Hand, die auf Albin zielte. Seine eigene Hand hob sich wie automatisch und richtete die Pistole auf Rey.

»Es ist aus, Rey!«, rief er ihm zu.

»Fragt sich nur, für wen«, rief Rey zurück.

Albin blieb ungerührt stehen, fasste die Waffe nun auch mit der anderen Hand. Ein klassischer Patt. Der eine zielte auf den anderen. Das ging selten gut aus.

»Hier ist gleich überall Polizei«, sagte Albin. »Du kommst hier nicht raus, Rey.«

»Ich weiß. Und du kommst nicht ungeschoren davon, Leclerc, du Scheißkerl!«

»Meine Chancen sind deutlich besser. Du bist verletzt, ich nicht. Du warst ein Vierteljahrhundert im Knast und hast nicht oft geschossen in dieser Zeit. Ich schon.«

»Na und?« Rey lachte auf. »Vielleicht ist es mir sowieso lieber, wenn du überlebst. Und den Rest deiner Tage damit verbringst, an alldem hier schuld zu sein.«

Rey schwenkte die Waffe zu Albins Entsetzen auf Castels Kopf. Castel wich zurück.

»Bitte«, hörte Albin sie sagen. Sie schüttelte den Kopf. »Bitte, tun Sie das nicht.«

Albin wollte schlucken. Aber seine Kehle war zu trocken dafür. »Rey!«, rief er, »tu das nicht!«

»Und warum nicht?«

»Sie hat nichts damit zu tun.«

»Sie hat mit dir zu tun! Und du wirst, verdammt noch mal, leiden wie ein Köter!«

Rey machte einen Schritt voran, presste Castel die Waffe in den Nacken.

»Nein!«, rief Albin. »Rey! Wenn du sie erschießt, lege ich dich um!«

Rey lachte auf. »Ich bin ohnehin tot, Leclerc. Ein verdammter Zombie.«

In der Ferne waren Polizeisirenen zu hören. Das Geräusch kam rasch näher. Die Kavallerie. Andererseits war in dieser Situation die Kavallerie sowieso nicht zu gebrauchen. Hier waren eher andere Ansätze gefragt. Ein Appell an die Ehre – sie wäre das Letzte, das Rey noch blieb.

Albin rief: »Was bist du, Rey? Ein verfluchter feiger Frauenmörder – oder ein Kerl, der noch ein kleines bisschen Stolz in sich trägt?«

»Scheiß auf dich, Leclerc«, blaffte Rey zurück.

»Was machst du als Nächstes? Kinder umlegen?«

»Das hatte ich tatsächlich vor. Deine Tochter und deine Enkelin zum Beispiel!«

Albins Herz gefror. Er rief: »Wenn du es austragen willst, dann trag es aus, Mann! Hier bin ich. Komm her – leg mich um.«

»Scheiß auf dich«, rief Rey ein weiteres Mal zurück. Aber er zögerte. Das spürte Albin. Er wollte in der Tat lieber ihn tot sehen als Castel.

»Na, dann komm schon, Feigling!«, rief Albin. »Komm her, du Memme, und zeig's mir, wenn du dich traust. Bist du eine Pfeife, die eine wehrlose, verletzte Frau erschießt – oder hast du Eier in der Hose und nimmst es mit mir auf, du jämmerlicher Loser?«

Rey biss die Zähne zusammen. Er drehte sich von Castel fort und nahm die Pistole wieder hoch, um auf Albin zu zielen.

Gott sei Dank, dachte Albin. Besser er als Castel.

Die Sirenen waren jetzt sehr laut. Autos bremsten hinter

Albin, Türen klappten auf und zu. Blaulicht flackerte mit der gleißenden Sonne um die Wette.

Albin rief: »Bist ja doch kein Mädchen, du Null. Na, komm schon, und hol dir …«

Doch er konnte den Satz nicht beenden. Es fielen mehrere krachende Schüsse. Eine Kugel sirrte Albin am Ohr vorbei. Er sah, dass Rey einige Male zuckte – und schließlich zusammensackte und zu Boden fiel.

Einige Augenblicke herrschte Stille. Albin starrte zu Castel. Castel starrte zum Wrack ihres Dienstwagens. Albin sah dorthin. Theroux lag auf dem Bauch, quer über dem Fahrersitz, die Pistole in der Hand. Auf dem Boden vor ihm rollten einige messingfarbene Patronenhülsen. Sie glänzten in der Sonne.

75

Metallisches Klicken. Dann dumpfe Aufschläge, Gemurmel. Albin legte den Kopf in den Nacken, blies eine Wolke Zigarettenrauch in den Himmel, der am frühen Abend tiefblau gefärbt war. Goldenes Licht fiel durch die Platanen, unter denen die Spieler auf dem Pétanqueplatz neben dem Café du Midi Maß nahmen, um ihre Kugeln um das Schweinchen zu platzieren und die der Gegner wegzuschießen. Soweit Albin wusste, ging es um die Vorbereitungen eines Turniers der Feuerwehr, das am Wochenende bei Mormoiron stattfinden sollte. Die Löschtruppen aus einigen umliegenden Orten würden daran teilnehmen und um einen Pokal kämpfen. Außerdem gab es wohl einige Fresskörbe zu gewinnen. Carpentras rechnete sich gute Chancen aus, den Titel zu verteidigen.

Matteos Frau kam aus dem Inneren des Cafés. Albin verfolgte, wie sie zu den Spielern ging, kurz mit ihnen redete, etwas vom Tablett ablud und damit dann zu Albin kam. Wortlos stellte sie ihm ein Glas Pastis auf den Bistrotisch, goss ihn mit Wasser auf und wechselte den Aschenbecher, obwohl Albin noch nicht eine einzige Kippe darin ausgedrückt hatte.

»Sie sind gut in Form, sagt Matteo«, sagte Iris und verscheuchte eine Wespe mit dem Wischlappen.

Dieselbe Geste, die ihr Mann stets ausführte. Erstaunlich, dachte Albin. Als hätte der eine vom anderen gelernt oder sich etwas abgeguckt – dabei war Iris ja nie zuvor hier gewesen. Sie warf einen Blick unter den Tisch, wo Tyson zufrieden vor seiner Wasserschale lag und gelegentlich mit den Augen blinzelte. Vermutlich dachte er an die schwarze Möpsin namens Mila.

Albin nickte und paffte vor sich hin. »Könnte sein. Ich würde auf sie wetten. Sie haben Gerard Delvaux im Team. Delvaux wirft einem Moskito auf hundert Meter das Auge aus, sagt man.«

Iris wendete sich wieder zu den Spielern. »Schätze, sie werden den Titel wieder holen«, sagte sie. »Matteo sagt dasselbe wie du. Und er hat tatsächlich gewettet. Würde ihm hundert Euro einbringen, wenn er gewinnt, wäre das nicht fabelhaft? Er hat gesagt, er würde mit mir dann shoppen gehen.« Sie lachte auf. »Ich habe gesagt: Besser, wir gehen damit mal für dich was kaufen. Er braucht dringend neue Jeans. Aber er weigert sich einfach und sagt: Wozu eine neue Jeans, ich habe doch schon eine?«

Das klang schon eher nach Matteo.

»Er wettet?«

»Es ist eine kleine Privatwette mit Gilbert vom *La Cigale* in Mazan. Sie trafen sich kürzlich im Großmarkt und haben sich unterhalten. Gilbert hat groß getönt, die Löschgruppe aus Mazan habe sich ungeheuer verbessert. Aber Matteo meinte das Gegenteil. Also haben sie gewettet. Na ja, man wird sehen. Am Wochenende ist Matteo ja wieder da.«

Und das war erstaunlich, dachte Albin: Matteo nicht in seinem Café, dafür seine Frau, die den Laden schmiss. Hatte es das in den letzten dreihundert Jahren schon mal gegeben? Nicht, dass sich Albin erinnern konnte.

Ohnehin schien Matteo in der letzten Zeit einige neue Angewohnheiten zu pflegen. Er hatte Geheimnisse. Albin konnte sich nicht vorstellen, welche das sein mochten. Vielleicht bereitete er tatsächlich die Kandidatur für den Stadtrat mit einem Sitz in der Fraktion des Front National vor. Möglicherweise flirtete er mit irgendeiner Dame, wenngleich … Nein, bestimmt nicht. Man musste sich das ja auch mal andersherum vorstellen: Welche Dame würde denn mit Matteo flirten? Beim besten Willen nicht. Das fiel aus. So verrückt wäre keine Frau – außer Matteos eigener, die nach Albins Einschätzung mindestens eine kleine Schraube locker hatte. Konnte aber auch sein, dass die pure Verzweiflung sie in die Ehe mit Matteo getrieben hatte. Vielleicht übertrieb Albin ja auch. Denn Matteo war, offen gesprochen, kein übler Kerl, obwohl er ein Rechter war. Eigentlich waren sie sogar Freunde, wenngleich das niemand von beiden öffentlich zugeben würde.

»Jedenfalls«, sagte Iris, »bin ich sehr stolz auf ihn, dass er Mitglied im Komitee zum Wiederaufbau von Notre-Dame ist und dafür gespendet hat.« Sie steckte den Wischlappen in die Hintertasche ihrer schwarzen Jeans, wiederum eine klassische Matteo-Bewegung, kreuzte die Arme vor der Brust und sah Albin mit einem »Und jetzt kommst du«-Blick an.

»Finde ich auch großartig«, sagte Albin, was Iris lächeln ließ.

Er griff nach dem Pastisglas, trank einen Schluck von der trüben, gelblichen Flüssigkeit und genoss den erfrischenden Anisgeschmack. Na ja, dachte er, *Komitee zum Wiederaufbau von Notre-Dame* war ein großer Name. Ganz Frankreich sammelte Spenden für die Kathedrale nach dem Brand vom April 2019, auch der lokale Wirteverein der Region Vaucluse, dem Matteo nach Worten seiner Frau fünfzig Euro gespendet hatte. Dafür bekam man höchstens eine Schaufel und einen Sack Zement. Sicher, Kleinvieh machte auch Mist – aber bitte: *Komitee zum Wiederaufbau von Notre-Dame*? Hatte die Welt keine anderen Probleme? Angeblich war Matteo sogar zum Sprecher der Region Vaucluse-Mitte dieser Gruppierung ernannt worden, weswegen er als Sachverständiger nach Paris gereist war, um sich vor Ort vom Fortschritt der Arbeiten zu überzeugen. Bei der nächsten Versammlung würde er dann Bericht erstatten. Matteo als Sachverständiger für Kathedralen, das musste man sich mal auf der Zunge zergehen lassen.

Auf der Straßenseite gegenüber schlossen Veronique und Manon gerade das Blumengeschäft. Clara war ebenfalls dabei. Veronique wollte herüberkommen ins Café auf ein Gläschen zum Feierabend, weswegen Albin dort warten sollte. Das hatte sie noch nie getan. Sie wäre nicht einmal auf die Idee gekommen. Das stimme zwar, hatte sie Albin auf seine Bemerkung geantwortet, aber wenn doch Iris vorübergehend den Laden schmeiße, sei das ja etwas völlig anderes.

»Übrigens«, sagte Iris jetzt und stieß Albin an. »Was sieht man, wenn man bei Regen auf dem Eiffelturm steht?« Sie grinste ihn abwartend an.

Verdammt, dachte er. Jetzt kam wieder einer ihrer schlechten Witze.

»Ähm, bei Regen auf dem Eiffelturm«, wiederholte Albin, trank noch einen Schluck Pastis und verfolgte, wie Veronique, Manon und Clara über die Straße liefen – drei

Generationen auf dem Weg zu ihm. War das Leben nicht wunderbar?

»Bei Regen«, antwortete er dann, »in Paris siehst du vom Eiffelturm aus … keine Ahnung.«

Iris unterdrückte ein Kichern und schüttelte mit dem Kopf. »Ganz viele nasse Pariser!«, platzte es dann aus ihr heraus, gefolgt von einem derben Lachen.

Tyson bekam einen Schreck und fuhr hoch. Albin lächelte, um Freundlichkeit bemüht.

»Und was isst Macron am liebsten?«

Bitte, dachte Albin, beeilt euch, Mädels, und rettet mich!

»Macraroni!« Iris schüttelte sich vor Lachen.

Albin war das Lächeln ins Gesicht zementiert. Am liebsten hätte er sich die Ohren zugehalten und wäre schreiend fortgelaufen. Aber dazu war er zu höflich.

»Haben wir etwas verpasst?«, fragte Veronique mit einem breiten Lächeln. Sie ging zu Albin, begrüßte ihn mit zwei Wangenküssen. Manon ebenfalls. Clara ließ das Wangenküssen aus. Sie fand es eklig, Albin zu küssen, weil seine Wangen kratzten und er nach Opa roch. Stattdessen hockte sie sich sofort zu Tyson, und Tyson sprang aufgeregt auf, um seine heimliche Chefin Clara fröhlich zu begrüßen.

»Ich habe Albin einen neuen Witz erzählt«, erklärte Iris.

»Den mit Macraroni?«

Iris nickte und lachte. Veronique lachte ebenfalls. »Ja, der ist gut!«

Himmel, dachte Albin. Er warf Manon einen Blick zu. Sie schien ihn richtig zu deuten und lupfte die Augenbrauen, als wolle sie sagen: »Ich weiß ja, was du meinst, aber was will man machen?«

»Die Kasse macht mich verrückt«, sagte Iris dann genervt. »Ich hatte damit doch nie etwas zu tun! Matteo hat es mir zwar erklärt, aber … Pfff …« Sie rollte mit den Augen.

»Wo ist denn das Problem?«, erkundigte sich Veronique.

»Ich kapiere das mit den Bons nicht. Ich schreibe alles auf einen Zettel. Dann soll er das selbst einbuchen.«

»Ach, komm«, sagte Veronique und hakte Iris unter. »Zeig mir das mal. Ich habe damit jeden Tag im Laden zu tun. So schwer ist das nicht.«

Und damit verschwanden sie ins Innere des Cafés.

Albin seufzte und trank seinen Pastis leer. Manon setzte sich zu ihm, und gemeinsam hörten sie eine Weile Clara dabei zu, wie sie Tyson von ihrem Tag berichtete und sich nach seinem Tag erkundigte.

»Eine unselige Allianz, hm?«, fragte Manon mit einem mitleidigen Lächeln und deutete mit dem Kopf in Richtung Cafétür, wo gerade Iris und Veronique hinein verschwanden.

»Na ja«, erwiderte Albin und stellte das Glas ab. »Sie scheinen sich gut zu verstehen.«

»Ist doch schön.«

»Ja. Besser so als andersherum. Ich meine: Matteo hat Iris jahrelang versteckt, wahrscheinlich aus gutem Grund.«

Manon lachte.

»Ernsthaft, man hat sie nie gesehen. Und auf einmal – zack, ist sie da.«

»Sie ist ja auch sehr beschäftigt und er ebenfalls.«

»Aber jetzt hat sie Blut geleckt, wie man sieht.«

»Na, lass sie doch!«

»Tue ich ja auch. Allerdings hätte ich nie damit gerechnet, dass sie *so* gut miteinander auskommen, Veronique und Iris. Matteo ebenfalls nicht.«

»Ihr seid doch auch befreundet, du und er, wen wundert es also.«

»Ich und der Rechtsradikale? Befreundet? Niemals.«

Manon schmunzelte. Albin sah seiner Tochter an, dass sie ihm kein Wort abkaufte.

»Wo steckt er überhaupt?«, fragte Manon.

Albin erklärte es ihr. Sie runzelte die Stirn. »Klingt irgendwie …«

»… merkwürdig, ich weiß, sehe ich auch so.«

»Vielleicht hat er ja eine Affäre.«

»Wer will denn mit dem eine Affäre haben?«

Manon zuckte die Schultern, blickte ins Leere, lächelte aber immer noch. »Wer weiß?«, bemerkte sie.

»Wer weiß was?«

Manon blickte wieder zu ihrem Vater. »Veronique war wirklich eifersüchtig, als sie dich mit dieser Frau …«

»Fleur?«

»Ja.«

»Fleur ist jetzt im Gefängnis. Ich habe sie da reingebracht. Da kann man wohl nicht annehmen, dass ich mit ihr eine Affäre oder …«

Manon machte eine beschwichtigende Geste. »Reg dich ab«, sagte sie.

Albin wollte etwas erwidern, blieb aber stumm. Seine Tochter sagte zu ihm: »Reg dich ab.« Seit wann redeten Töchter so mit ihren Vätern? Aber, na ja, Albin fehlten einige Jahre mit seiner Tochter. Eigentlich sogar Jahrzehnte. Er musste sich wahrscheinlich einfach noch daran gewöhnen, wie erwachsene Töchter mit ihren Vätern sprachen. Zumal, wenn sie recht hatten.

»Fleur«, sagte er dann, »hat niemandem Grund gegeben, eifersüchtig zu sein. Und ich auch nicht.«

»Frauen erkennen ihre Rivalinnen instinktiv, Papa.«

»Veronique hat keine Rivalinnen. Niemals gehabt.«

»Männer bekommen das nicht mit. Wir haben einen sechsten Sinn dafür. Trotzdem tut sie ihr leid. Sie hat ihren Sohn verloren. Sitzt im Gefängnis. Diese ganze Sache ... das ist rundherum schrecklich.«

»Soll ich jetzt ein schlechtes Gewissen bekommen?«

Albin brummte, nahm sich eine Zigarette und zündete sie an. Manon zuckte mit den Schultern und blickte dann unter den Tisch, um nach Clara zu sehen.

Albin zog an der Zigarette. Schlechtes Gewissen, dachte er. Er hatte Fleur im Knast besucht. Sie saß in U-Haft, und als er dorthin gefahren war, hatte er tatsächlich so etwas wie ein schlechtes Gewissen gehabt. Die Fahrt war ihm wie ein Gang nach Canossa vorgekommen – ohne dass er genau sagen konnte, warum. Aber er dachte, dass er ihr ein klärendes Gespräch schuldig war. Erst hatte er angenommen, sie würde gar nicht mit ihm reden wollen. Was nicht stimmte. Das hieß, sie saß schweigend vor ihm. Gebrochen und zerstört, ungeschminkt und um Jahre gealtert.

»Du hast alles vernichtet«, sagte sie tonlos.

»Wir haben stets auf unterschiedlichen Seiten des Gesetzes gestanden, Fleur, ich kann es nur noch einmal wiederholen.«

»Das macht es nicht besser.«

»Darum geht es mir nicht.«

»Worum geht es dir dann?«

»Es tut mir sehr leid, dass dein Sohn getötet worden ist. Es ist schrecklich. Das sollte nicht geschehen. Ich hätte besser aufpassen müssen.«

»Er wäre noch am Leben, wenn du dich herausgehalten hättest. Du hast das alles zu verantworten.«

»Tausend andere wären ebenfalls noch am Leben, wenn er sich aus dem Drogenschmuggel herausgehalten hätte. Und das hast du mit zu verantworten, Fleur. Du hättest damit Schluss machen können, nachdem Olivier gestorben war. Du hättest Aristide aus dem Geschäft heraushalten können.«

»Man kann aus einem Tiger kein Kätzchen machen.«

»Nein, das kann man nicht.«

»Du konntest dich ebenfalls nicht verbiegen. Du bist, was du bist. Er war, was er war. Da wart ihr euch sehr ähnlich. So lange, bis Louis Rey ihn umgebracht hat.«

»Meine Tochter ist ähnlich unflexibel.«

»So ist das mit den Kindern«, erwiderte Fleur. Dann wischte sie sich über die Augen und schwieg eine Weile. Betrachtete ihre Finger und massierte die Knöchel. Zog die Nase hoch. »Albin?«, fragte sie dann und sah so aus, als wolle sie Albin etwas Wichtiges sagen.

»Ja?«

»Bei allem, was ich bin, und bei allem, was du bist, und auch wenn wir stets auf unterschiedlichen Seiten gestanden haben: Ich habe dir vertraut. Und du hast es missbraucht. Du hast gelogen. Deinetwegen ist Aristide tot und …«

Eine Träne rann ihr über die Wange. Ein Schluchzen ließ ihre Brust erbeben. »… und da ist noch etwas, das ich dir sagen muss.«

»Nur zu«, erwiderte Albin.

Fleur blickte auf. Musterte Albin, wischte sich die Träne aus dem Augenwinkel. Sie öffnete den Mund, schloss ihn wieder, unternahm einen erneuten Versuch, gab wieder auf.

»Fahr zur Hölle und komm nie wieder her«, sagte sie schließlich, stand dann auf und verließ den Besucherraum.

Albin leerte das Pastisglas und blickte auf, weil ein Motorroller vorfuhr. Ein unglaubliches Bild, dachte er: Castel mit Helm auf dem Roller, am Griff ein Körbchen, in dem ein schwarzer Mops saß. Castel stieg ab, zog den Helm vom Kopf und wuschelte sich durch die Haare. Dann hob sie Mila heraus, die wie eine Rakete auf Tyson zuschoss – und Tyson auf sie. Beide schienen gar nicht damit aufhören zu wollen, sich zu beschnuppern. Clara stand daneben, strahlte vor Freude wie ein Honigkuchenpferd und klatschte in die Hände.

»Cat!«

Manon sprang auf und begrüßte Albins Kollegin mit einem doppelten Wangenkuss. Albin selbst erhielt immerhin ein Kopfnicken. Nicht, dass er sich mehr erhofft hätte – professionelle Beziehungen sollte man seiner Meinung nach nicht auf eine persönliche Ebene führen, schon gar nicht mit jüngeren Kolleginnen, weswegen er nach wie vor Wert darauf legte, Castel zu siezen. Er warf einen Blick auf die beiden Hunde. Ein Schmunzeln konnte er sich nicht verkneifen. Castels Gesicht war immer noch ein wenig verkratzt von dem Unfall. Man konnte sehen, dass sie versucht hatte, die Blessuren zu überschminken.

»Schönen Gruß von Theroux«, sagte Castel, die offensichtlich gerade frei hatte und ihrem Kollegen einen Besuch im Krankenhaus abgestattet hatte.

»Wie geht es ihm?«, fragte Albin.

»Den Umständen entsprechend«, erwiderte Castel und setzte sich. »Die Verletzungen vom Unfall verheilen. Na ja, und die anderen …« Sie zuckte mit den Achseln. »Ich habe nicht danach gefragt.«

»Welche anderen?«, fragte Manon.

Castel machte eine Geste, die bedeuten sollte: Nicht so wichtig, sprechen wir nicht drüber.

Aber Albin wusste, worauf Castel anspielte. Theroux hatte sich gedacht: Wo ich schon mal im Krankenhaus sein muss, kann ich auch gleich die Vasektomie-Sache erledigen. Beziehungsweise das Rückgängigmachen der Vasektomie. Beim Unfall hatte sich Theroux ein paar Rippen gebrochen. Die Lunge hatte etwas abbekommen. Ein Fußgelenk war angeknackst. Außerdem hatte er eine Gehirnerschütterung davongetragen. Castel ebenfalls. Ein Schleudertrauma obendrauf, aber immer noch besser als eine Kugel im Kopf, was Theroux mit einigen platzierten Schüssen auf Rey verhindert hatte.

Jedenfalls hatte Theroux sich mit den Ärzten unterhalten, einige Untersuchungen gemacht – und sich dann untenherum wieder richten lassen. Als Albin ihn kürzlich besucht hatte, hatte er ihn deswegen für verrückt erklärt.

»Wieso?«, war Theroux' Antwort gewesen, »hast du eine Ahnung, wie lange man sonst auf einen Termin warten muss?«

»Die ganze Sache ist irre«, hatte Albin erwidert. »Ich weiß, ich habe gesagt, man soll auf das hören, was die Frauen sagen. Ist die Frau glücklich, ist der Mann glücklich. Alte Regel.«

Andererseits wusste er ja, wie Theroux' Frau dazu stand. Tja, und Theroux hatte sich entschieden, na bitte. Würde er nach seiner Entlassung eben wieder zwei Wochen lang gehen wie John Wayne nach einem Fünf-Tages-Ritt durch die Prärie und mit Kühl-Packs in der Hosentasche am Schreibtisch sitzen. Den Kollegen gegenüber konnte er dann ja alles auf den Unfall schieben. Sehr praktisch.

Immerhin hatte es ein Gutes für ihn, im Krankenhaus zu liegen: Die internen Ermittlungen in der Polizeibehörde gingen an ihm vorbei. Wie Albin gehört hatte, wurde alles von links auf rechts gekrempelt und durchleuchtet. Man suchte nach der undichten Stelle, die Aristide Flores über einen langen Zeitraum hinweg mit Informationen versorgt haben musste. Beweise für das Leck waren nicht aufgetaucht. Man hatte bislang nur die Vermutung, dass es einen Maulwurf geben musste. Aber die Antikorruptionseinheit hatte sich in Carpentras einquartiert und knöpfte sich ausnahmslos jeden vor – zu Vernehmungen, außerdem wurden private Konten überprüft, Telefone, dienstliche und private Handys. Ein Riesenaufstand, mit dem man besser nichts zu tun haben wollte. Außerdem fielen bekanntlich bei solchen Überprüfungen immer wieder mal kleinere Delikte auf: zu den eigenen Gunsten abgerechnete Fahrtkosten, Parktickets, umsonst und auf Dienstausweis mit Kollegen zum Bowling gewesen – derlei Kleinigkeiten. Genau wie bei einer Steuerprüfung.

»Und wie geht es dir?«, fragte Manon Castel. »Alles gut überwunden? Deine Unfallverletzungen, meine ich.« Sie deutelte sich im Gesicht herum – an den Stellen, an denen Castels Prellungen durch das Make-Up noch hindurchschimmerten.

Castel machte erneut eine wegwerfende Geste. »Schon okay«, sagte sie. »Nur ein paar Kratzer.«

Und ein paar mehr Kratzer auf der Seele, dachte Albin. Wenngleich sie behauptete, nicht so viel davon mitbekommen zu haben, aber: Immerhin hätte Rey Castel beinahe erschossen. Nicht, dass es für sie das erste Mal gewesen war, bedroht zu werden. Doch gewöhnen würde man sich daran sicherlich nicht. Albin wusste das. Jedes einzelne Mal war entsetzlich. Eine existentielle Erfahrung. Das Einzige, was man daraus lernen konnte, war, wie man in der jeweiligen Situation damit am besten umging, um das Schlimmste abzuwenden. Ignorieren war der Weg. Castel war ohnehin mehr der Typ, der lieber alles in sich hineinfraß, als die Umwelt damit zu belästigen. So wie Albin. Und so wie Manon, die nicht sehr von Castels Antwort überzeugt zu sein schien, aber nicht nachbohrte.

»Die Sache mit Jeans Ex geht mir viel mehr auf die Nerven«, sagte Castel dann.

»Ja«, seufzte Manon, »immer diese verdammten Ex-Partner, nicht?«

Castel nickte. »Ich habe mich wegen ihr kürzlich mit Jean gestritten. Die beiden hatten daraufhin eine Aussprache. Dabei hat er über seine neue Beziehung geredet, nämlich mich, und jetzt stehe ich auf ihrer Abschussliste ganz oben. Sie ist an meine Telefonnummer gelangt, ich weiß nicht, wie, schickt mir dauernd Mails, die ich ignoriere. Wenn sie so weitermacht, kriege ich sie wegen Stalkings dran und fahre die vollen Geschütze auf.«

Manon lachte leise und zuckte mit den Achseln. »Mach das doch! Du sitzt schließlich am Drücker.«

Castel schüttelte den Kopf.

»Besonders clever«, sagte Manon, »kann sie ja eh nicht sein. Sich mit einer Polizistin anzulegen.«

»Na ja«, antwortete Castel, »manchen ist das egal. Schau dir nur deinen Exmann an. Der weiß doch auch, dass du die Tochter eines Expolizisten bist.«

Bei dem Wort »Expolizist« hüstelte Albin, wurde jedoch ignoriert.

»Cat?«

»Ja?«

»Was genau ist denn das Problem mit Jeans Ex, ihm und dir, wenn ich fragen darf?«

Castel blähte die Backen und dachte nach.

Albin warf einen Blick auf die Uhr. Dann schaute er unter den Tisch zu den beiden Möpsen, die mit Clara spielten. Ihm war langweilig. Er hatte keine Lust, dem Gespräch zwischen den zwei Frauen weiter zu lauschen. Zumal er nichts dazu beizutragen hatte.

»Es ist komplex«, sagte Castel. »Also … Also okay, es geht um Folgendes.«

Albin stand auf und streckte sich mit einem Ächzen, bevor Castel weiterreden konnte. Ihm wurde das alles jetzt deutlich zu privat. Außerdem brauchte er Bewegung.

»Ich werde mal mit Tyson eine Runde drehen«, sagte er.

»Oh, das wird Mila aber nicht gefallen«, sagte Clara.

»Sie kann ja mitkommen.«

Die beiden Hunde schauten Albin an. Clara, Castel und Manon ebenfalls. Albin zuckte nur mit den Achseln und fragte: »Meine Güte, habe ich irgendetwas Schlimmes getan? Gehe ich mit einem Hund, kann ich ebenso gut mit zweien gehen, wo ist das Problem?« Albin blickte bedeutungsvoll zu Clara. »Das schaffe ich aber unmöglich alleine.«

»Soll ich dir helfen?«, fragte Clara entzückt.

»Natürlich«, antwortete Albin mit einem Lächeln. »Wie sollte ich denn ganz alleine diese Bestien bewältigen?«

Clara quietschte laut vor Vergnügen und machte einen Hüpfer. Castel grinste und sagte, dass Milas Leine in dem Korb am Motorroller lag, wohin Clara bereits unterwegs war. Sie kam damit zurück und leinte Mila an. Schließlich setzten sie sich in Bewegung.

Clara, die ein Dauergrinsen auf den Lippen trug, ging voran und ließ sich von Tyson als Leitwolf führen, der die täglichen Routen längst verinnerlicht hatte. Doch statt wie üblich rechts abzubiegen, ging es geradeaus weiter durch die Stadt. Albin wusste, wohin der kleine Kerl wollte. Ihm war augenscheinlich mehr nach einem Rendezvous im Park als nach einem ausgedehnten Spaziergang.

Wenige Minuten später erreichten sie die Ufer des Auzon und den Bürgerpark, der um diese Uhrzeit gut besucht war. Spaziergänger, die ihre Hunde Gassi führten, waren unterwegs, Jugendliche, die mit Bierflaschen auf Steinen am Fluss saßen, sich laut unterhielten und Rap-Musik auf ihren Smartphones abspielten, einzelne Jogger, die der Abendhitze trotzten, und eine Gruppe von Malern, die Bilder auf Staffeleien gestellt hatten und sich vom Kursleiter Anweisungen geben ließen.

Albin sagte zu Clara, dass sie die Hunde ruhig laufen und spielen lassen solle, was ihr auf Anhieb nicht zuzusagen schien: Es gefiel ihr wohl, die Kontrolle zu haben. Aber schließlich machte sie die Leinen los – und die beiden Möpse düsten sprichwörtlich mopsfidel los, um einander auf der großen Wiese zu jagen. Albin, der unterwegs ein paar Stöckchen aufgehoben hatte, gab sie Clara, damit sie

sie werfen könne und Tyson und Mila sie apportieren würden. Albin sah eine Bank, ging dorthin und nahm Platz, nachdem er ein paar Blätter fortgewischt hatte.

Er beobachtete seine Enkeltochter beim Spielen mit den Hunden, lächelte und steckte sich eine Zigarette an. In Gedanken sah er Clara aufwachsen, zu einer Jugendlichen und später einer jungen Frau werden. Sie würde studieren, irgendwann mit einem Freund vor der Tür stehen und schließlich selbst ein Kind bekommen, vielleicht ebenfalls ein kleines Mädchen. Albin fragte sich, was er davon noch mitbekommen würde, wie viel Zeit ihm blieb. Wäre er bei Claras Hochzeit noch dabei, eventuell in zwanzig Jahren? Wäre er dann noch fit, dement oder längst Geschichte, tot und begraben? Man konnte es nicht sagen. Alles war möglich, und zwanzig Jahre waren nicht viel. Je älter man wurde, desto schneller verging die Zeit. So, als beschleunigte sich das Tempo eines Filmes zum Ende hin – obwohl man doch denken sollte, dass im Alter alles gemächlicher wurde. Das Gegenteil war der Fall.

Albin verfolgte, wie Tyson einen großen Kreis lief und schließlich vor Albin zum Stehen kam, während Mila weiterhin Stöckchen fing und sie Clara zurückbrachte.

»Na?«, sagte Albin.

Tyson hechelte. Er schien zu sagen: *Warum wirfst du nicht mit uns Stöckchen? Los! Komm! Stöckchen werfen! Es gibt nichts Großartigeres als das, wirst schon sehen! Hoch mit dem Hintern!*

»Stöckchen werfen«, erwiderte Albin in Gedanken und paffte, »ist wie das Leben. Es schmeißt dir eine Chance zu, und du hechelst ihr hinterher, greifst danach – und dann geht alles wieder von vorne los. Ein ewiger Kreislauf.«

Tyson legte den Kopf schief. *Was ist denn mit dir los, Chef?*

»Nichts. War nur so ein Gedanke.«

Deprimiert dich die Sache mit Fleur?

»Etwas.«

Fühlst du dich schuldig?

»Ein wenig.«

Das musst du aber nicht.

»Ich weiß. Sie wollte mir zum Abschied im Gefängnis noch etwas sagen. Ich frage mich, was das war.«

Vermutlich wollte sie dich verfluchen.

»Wer weiß«, sagte Albin und stieß den Rauch langsam durch die Nase aus. »Ihr Sohn wurde erschossen. Das wäre nicht passiert, wenn ich nicht mit Rey angerückt wäre.«

Dann hätte ihn sicherlich irgendwann ein anderer umgelegt.

»Kann sein. Ich weiß, wie es sich anfühlt, wenn jemand seinem Kind etwas zuleide tut.«

Du denkst an Gilles, Manons durchgedrehten Mann? Claras irren Vater?

»Du weißt, wozu er imstande ist.«

Früher oder später legt sich das. Dann ist die Scheidung durch. Er findet in Paris eine Neue. Manon lernt jemanden kennen. Alles beruhigt sich. Das Leben geht weiter.

»Jap«, sagte Albin und zog an der Zigarette.

Tyson drehte sich herum, zeigte Albin sein Hinterteil, starrte zu Clara und Mila. *So eine feurige Braut, diese Mila*, schien er zu sagen.

»Vergiss es«, sagte Albin.

Vergiss – was?

»Es wird keine Mopszucht geben.«

Aber es wäre ein großartiger Nebenverdienst für dich.

»Ich habe genug Geld.«

Aber ernsthaft! Meine Gene sind erstklassig! Als Besitzer eines Rüden bekommst du einen Welpen oder den Preis eines Welpen, und pro Welpen kannst du bis zu tausend Euro verdienen, womöglich noch mehr, und …

»Du redest über das Verkaufen deiner Kinder?«

Wir Hunde haben im Gegensatz zu Menschen eine entspannte Haltung dazu, Chef. Und ich meine ja nur.

»Bis zu tausend Euro, ernsthaft?«

Klar.

Albin sog noch einmal an der Zigarette, trat sie dann auf dem Boden aus, hob sie auf und legte sie auf der Bank ab, um die Kippe später in einen Mülleimer zu werfen.

Und?, fragte Tyson und blickte sich zu Albin um, *denkst du darüber nach?*

»Ich denke vielmehr an Alain Theroux.«

Warum das denn jetzt?

»Ich denke an die Operation, die er hat rückgängig machen lassen und die ich an dir auch vornehmen lassen sollte, wenn du weiterhin nichts als Mila und Mopszucht im Kopf hast, und …«

Tyson zuckte einmal kurz zusammen. Dann gab er Fersengeld und rannte schnell weg, hin zu Mila und Clara, um hechelnd und japsend um sie herumzuspringen.

Albin lachte leise. Da hatte aber jemand einen gehörigen Schreck bekommen. Schließlich stand er auf, ging rüber zu Clara, hob einen Stock auf und wog ihn in der Hand. So war das eben, dachte er: Ursache und Wirkung. Was man fortwirft, bringt einem das Leben auf die eine oder andere Art irgendwann wieder zurück. Schließlich holte er aus, schleuderte den Stock so weit es ging durch die Luft – und als er ihm hinterhersah, wie er durch den tiefblauen Himmel flog, dachte er für einen Moment, dass das Leben wirklich schön war.

Epilog

Es war bereits Nacht, als Gilles Richard sein Autohaus im 13. Arrondissement verließ. Er arbeitete häufig sehr lange und fand außerdem, dass es zum guten Ton gehörte, dass der Chef als Letzter ging, um seinen Angestellten zu verdeutlichen, dass er sich den Arsch dafür aufriss, dass sie ihre Jobs behalten konnten. So oder so gab es für Gilles Richard nichts Besseres als sein Geschäft, das er mit eigenen Händen aufgebaut hatte. Jeden Cent hatte er sozusagen selbst generiert, sich einen Ruf erarbeitet – und, verflucht noch mal, darauf konnte und musste man außerordentlich stolz sein.

Doch wenn er daran dachte, dass er der Schlampe Manon regelmäßig etwas von seinem Geld überweisen sollte, wurde ihm ganz schlecht. Das kam überhaupt nicht infrage. Sie hatte ja keine Ahnung, was sie angerichtet hatte, als sie ihn verließ und Clara mitnahm. Er hatte darum gekämpft, dass sie zu ihm zurückkehrte, ja, er war sogar in das verfluchte Carpentras gefahren, um wenigstens Clara wieder zu sich zu holen. Hatte aber nicht geklappt. Manons Vater, der Schweinehund, hatte dazwischengefunkt. Was es nur noch unerträglicher machte, dass Gilles' Autogeschäft ausgerechnet an der Rue Leclerc lag. Ständig dieser Name … Auf Straßenschildern, Broschüren, in Anzeigen, auf Briefköpfen, im Internet – und stets in Verbindung mit

Gilles Richards Imperium. Scheiße, er sollte die verdammte Straße kaufen und umbenennen oder aber sein Geschäft an eine andere Stelle in Paris verlagern, damit ihm nicht jedes Mal die Galle hochkam.

Der Therapeut hatte zwar gesagt, dass Gilles lernen müsse, seine Aggressionen ins Positive zu verkehren – aber drauf geschissen. Er ging dort sowieso nicht mehr hin. Hatte er damals nur gemacht, um bei Manon seinen guten Willen zu zeigen, weil ihm ein paarmal die Hand ausgerutscht war. Okay, das war nicht in Ordnung gewesen. Aber andererseits kannte sie ja Gilles und seine Wutausbrüche, und außerdem hatte sie es sich jedes Mal selbst zuzuschreiben gehabt.

Im Nachhinein stellte sich nun heraus, dass sie es tatsächlich verdient hatte, wo sie ihm sein Geld für Unterhalt wegnehmen wollte und einstweilige Anordnungen gegen ihn verfügt hatte, damit er sich weder ihr noch Clara näherte. Eine Tracht Prügel hatte sie verdient, ja, und mehr noch: Sie hatte es verdient, diese Tracht mit einer Eisenstange zu bekommen! Aber da das Gilles nicht mehr möglich war und seine Anwälte ihm dringend geraten hatten, sich von ihr fernzuhalten, musste er statt mit der Eisenstange mit der Härte des Gesetzes und allen Mitteln zuschlagen, die ihr Tag für Tag verdeutlichen würden, dass sie sich mit dem Falschen angelegt hatte.

Zwar hatten auch hier seine Anwälte zur Mäßigung gemahnt, zu Einigungen geraten und an das Kindswohl gemahnt. Aber er hatte ihnen nicht zweihundertfünfzig Euro die Stunde bezahlt, damit sie einen Kuschelkurs einschlugen. Nur, weil Manon Gilles wegen dieser paar Backpfeifen verlassen und ihm damit das Herz herausgerissen hatte, war doch dieses *Kindswohl* nicht beeinträchtigt – höchstens, indem dem Kind der Vater genommen worden war.

Ja, und Gilles war mehr als bereit dazu, Clara noch stärker als Waffe gegen Manon einzusetzen. Immerhin war sie eine Richard. Und er war ihr Vater. Hatte er nicht stets alles für sie getan? Ihr jeden Wunsch von den Lippen abgelesen? Seine Prinzessin mit Geschenken überhäuft? Aber nichts kam von ihr, und – bei allem Verständnis für ihr Alter – war das irgendwie enttäuschend. Gilles konnte sich leider nicht vorstellen, dass Clara einmal sein Geschäft erben würde. Sie schien nicht das nötige Zeug dazu zu haben, nicht die richtige Härte, sich durchzusetzen. Das konnte man mittlerweile erkennen, und, ja, das war irgendwie traurig und hatte Gilles letztlich den Anschub zu der Sache mit dem Vaterschaftstest gegeben, um zu klären, ob Clara überhaupt von ihm war.

Für Gilles war das eine völlig legitime Frage. Männer konnten das schließlich nicht einfach so hinnehmen, oder? Zack, ich bin schwanger, erzählten die Frauen einem, und man glaubte es, weil man es glauben will und keinen Grund zum Zweifeln hat. Aber wirkliche Beweise brachte einem dafür doch niemand. Und wenn sie ihm ein Kuckucksei ins Nest gelegt hatte – konnte doch sein? War das etwa ausgeschlossen?

Wie auch immer: Die Sache war im Gang, und es war nicht der letzte Pfeil in Gilles' Köcher.

Er suchte in der Hosentasche nach dem Schlüssel, um die nach hinten zum Personalparkplatz führende Glastür abzuschließen. Hinter den zur Hauptstraße ausgerichteten Frontfenstern standen jede Menge nagelneue und gebrauchte Wagen, für ein Außenareal als Schaufläche war in der engen Bebauung zwischen den mehrgeschossigen Pariser Wohnhäusern kein Platz. Gilles fand den bescheuerten Schlüssel nicht. Kein Wunder, denn er war hektisch, in Eile und hatte noch eine Verabredung mit einer Blondine, die halb so alt war wie er.

Wo also war der Drecksschlüssel? Gilles tastete sich ab, schob den Fuß in die Tür und kam zu dem Schluss, dass er noch in der Schreibtischschublade liegen musste. Na, fabelhaft – zum Glück hatte er die Glastür noch nicht zufallen lassen. Sonst stünde er jetzt dumm da und müsste sich gegenüber einem seiner Angestellten die Blöße geben, ihn anzurufen und antanzen zu lassen. Peinlich. Vor allem, weil mit dem Zufallen der Tür auch die Alarmanlage scharfgeschaltet worden wäre und man extra beim Sicherheitsdienst hätte durchklingeln müssen.

Also stieß Gilles die Tür auf, streckte sich und schaltete die Alarmanlage wieder auf Stand-by. Er marschierte mit hallenden Schritten über die glänzenden weißen Fliesen im Showroom, inhalierte den unwiderstehlichen Duft von Gummi, Öl, Politur und nagelneuem Plastik, strich im Gehen über das knallrote Heck einer schnittigen Limousine und ging dann in sein Büro, wo er den Schlüsselbund tatsächlich dort fand, wo er ihn vermutet hatte. Er steckte ihn in die Hosentasche, ging wieder zurück – und blieb dann zwischen den Autos stehen. Mit weit aufgerissenen Augen starrte er zum Hintereingang, in dessen Tür ein Mann stand.

Er musste draußen gewartet haben und seinerseits den Schuh in die zufallende Tür gestellt haben, die sich nur von innen ohne Schlüssel öffnen ließ. Und jetzt fiel eben diese Tür mit einem leisen »Klack« hinter der Silhouette des Mannes zu.

Er war nicht sehr groß, stämmig. Es war schlecht zu erkennen, was er in der Hand hielt. Aber es sah nach einer Brechstange aus. Noch erschreckender war sein Gesicht. Der Verkaufsraum wurde lediglich vom Streulicht der Straßenlaternen erhellt, was es noch gruseliger machte. Der Kopf des Mannes – er wirkte wie der eines Orks, er war kahl, die Gesichtszüge kaum zu erkennen. Gilles musste an die Maske von Michael Myers aus den Halloween-Filmen denken. Aber diese hier war grünlich, oder türkis, oder … Die Maske sagte Gilles etwas. Etwas in seiner Erinnerung war da – aber sehr viel entscheidender war die Tatsache, dass Gilles es ganz offensichtlich mit einem Raubüberfall zu tun hatte.

»Was wollen Sie?«, rief er. Die Stimme hallte. Er suchte die Sakkotaschen nach dem Handy ab.

Der Mann richtete das Brecheisen wie einen Degen in Richtung von Gilles und kam auf ihn zu.

»Habe ich dich nicht gewarnt?«, fragte der Mann. Die Stimme klang hohl unter der Maske. »Sag schon – habe ich dich nicht gewarnt?«

Gilles gefror in der Bewegung und spürte, wie er sich auf die innere Seite der Wange biss. Er hatte keine Ahnung, wovon der Kerl sprach. Dann holte der Mann aus und schlug das Brecheisen wie einen Baseballschläger mit voller Wucht auf die Motorhaube eines Neuwagens. Der gekrümmte Haken blieb darin stecken. Der Mann brach ihn wieder heraus.

Das Geräusch war entsetzlich. Genauso hätte er Gilles mitten ins Herz schlagen können.

»Nicht! Um Himmels willen!«, rief Gilles. »Wollen Sie Geld? Mann, hauen Sie hier ab!«

»Habe ich es dir nicht gesagt?«, fragte der Mann wieder, holte erneut aus und schlug das Brecheisen dieses Mal gegen das knallrote Coupé, Neupreis jenseits der achtzigtausend Euro.

»Stopp!«, rief Gilles, suchte wieder nach seinem Handy und wich gleichzeitig vor dem Kerl zurück, der jetzt auf ihn zukam. Gilles schrie auf, als das Brecheisen sein Handgelenk traf, worauf das Handy in hohem Bogen durch die Luft segelte und schließlich scheppernd auf dem Boden zersplitterte. Erneut holte der Mann aus, schlug das Brecheisen in zwei weitere Autos.

»Nein!«, rief Gilles und wimmerte. Er hielt sich das Handgelenk. Er konnte es bewegen, vermutlich war nichts gebrochen, aber der Schmerz war dennoch immens. »Bitte! Was wollen Sie? Hören Sie auf!«

»Habe ich es dir nicht gesagt? Und wer hat nicht gehört?«

Das Brecheisen bohrte sich in einen Kotflügel direkt vor Gilles' Nase.

»Was gesagt?«, jammerte er. »Was denn nur?«

Der Mann hörte nun auf. Schwer atmend stand er vor Gilles, schwang das Brecheisen.

»Ich habe dir gesagt, dass ich kommen und dich bestrafen werde, wenn du nicht damit aufhörst.«

»Womit denn, bitte, ich …«

»Weißt du nicht, wer ich bin?«

»Ich …«

Gilles wollte schlucken. Konnte aber nicht. Und jetzt fiel ihm alles wieder ein. Er erinnerte sich daran, wie er mit dem Eisenhebel vom Wagenheber über die Mauer von Albin Leclercs Haus springen wollte, um Manon zu bestrafen. Er erinnerte sich an den Mann, der ihn von der Mauer gezerrt hatte, die Stange aus der Hand nahm und ihn geschlagen hatte. Er erinnerte sich auch an die Worte, die Warnung – die Warnung von …

»Fantomas?«

Die türkisgrüne Maske nickte langsam.

»Aber …« Gilles wimmerte, hielt die Hände schützend hoch. »Aber … Aber ich …«

»Du bist ein Schwein, Gilles Richard. Weißt du, was man mit Schweinen wie dir macht?«

»Nein«, Gilles schluckte, zog die Nase hoch, schüttelte den Kopf. »Ja. Ich meine. Ja.«

»Was macht man mit Schweinen wie dir?«

»Ich … Ich weiß nicht.«

»Man keult sie, bevor man sie ausweidet.«

Fantomas schwang das Brecheisen. Gilles spürte den Luftzug.

»Gott, ich …«

»Willst du gekeult werden?«

»Nein, nicht, ich … Ich mache alles, was Sie wollen, Fantomas.«

»Du erinnerst dich an unsere Vereinbarung von damals?«

»Ich … Ja. Ich erinnere mich.«

»Wie lautete sie?«

»Ich … Ich halte mich fern von Manon und lasse sie zufrieden.«

»Hast du dich dran gehalten?«

»Nein, ich … Nein.«

»Warum nicht?«

»Weil … Ich ein Schwein bin.«

»Und Schweine keult man.«

Der Mann holte aus. Gilles schrie auf, hielt die Hände schützend vor das Gesicht. Aber Fantomas ließ das Eisen wieder sinken.

Die hohle Stimme fragte: »Willst du dich künftig an unsere Abmachung halten?«

»Natürlich!« Gilles nickte so heftig, dass ihm die Spucke aus dem Mund troff. »Ja!«

»Ich werde zurückkommen.«

»Bitte nicht!«

»Hältst du dich nicht daran, werde ich zurückkommen. Und das nächste Mal breche ich dir alle Knochen.«

»Bitte!« Gilles spürte, dass ihm Tränen über die Wangen liefen. »Bitte nicht keulen.«

»Du pfeifst deine Bluthunde zurück, klar?«

»Klar. Ja.«

»Diesen Vaterschaftstest – den vergisst du. Du nimmst alle fragwürdigen Fotos von ihr aus dem Netz und entschuldigst dich bei jedem, dem du die Aufnahmen geschickt hast. Herrscht in einer Woche keine Ruhe, dann komme ich zurück und finde dich, Gilles Richard. Mir egal, ob du dir Polizeischutz besorgen wirst, ob du in die Karibik fliehst oder dich einmauerst. Ich finde dich. Und dann wird …«

»Bitte nicht keulen!«

Der Mann schwieg einige Momente. Dann sagte er: »Wir haben uns verstanden?«

»Unbedingt, ja.« Gilles nickte hektisch.

»Deine letzte Chance.«

Gilles nickte immer noch.

Schließlich nickte auch der Mann mit der Maske. Er drehte sich langsam um und ging zum Ausgang, öffnete die Tür, trat hinaus. Im Gehen zog er sich die Maske vom Gesicht, die vor einigen Tagen der Paketbote in einem Karton gebracht hatte. Zum Glück hatte der neugierige Albin Leclerc nicht den Versandaufkleber von dem Geschäft gesehen, das auf Fanartikel aus Spielfilmen spezialisiert war. Und dann verschwand er in der Pariser Nacht, lautlos wie ein Schatten, wie ein dunkler Nebel – Fantomas, der geniale Rächer und Sprecher des Wirteverbandes Vaucluse-Mitte im Komitee zum Wiederaufbau von Notre-Dame. Er lachte leise und fühlte sich ausgesprochen großartig.

Und es geht weiter
mit der spannenden Serie von
Pierre Lagrange

LESEPROBE

aus dem sechsten Fall
für Albin Leclerc

»EISKALTE PROVENCE«

1

Stéphanie war schon einmal um ihr Leben gelaufen. Damals, vor vielen Jahren. Sie war ungefähr acht Jahre alt gewesen, so genau erinnerte sie sich nicht mehr. Damals war sie vom Spielen bei ihrer Freundin Jeanne gekommen und durch das Dorf nach Hause gegangen. Das Haus ihrer Eltern befand sich außerhalb, etwa einen Kilometer weit entfernt, was nicht viel war. An diesem frühen Abend aber schon. Es war bereits dunkel und eiskalt, ein Dezembertag wie dieser, und die engen, steilen Straßen von La-Roque-sur-Pernes waren menschenleer gewesen. Nur der Mistral wehte durch die Gassen. Und eigentlich war es gar kein Problem, von Jeanne aus heimzugehen. Stéphanie hatte das bereits viele Male getan. Doch an jenem Tag war sie überzeugt gewesen, verfolgt zu werden.

Stéphanie wusste nicht, von wem. Sie war sich nicht einmal sicher, ob es eine menschliche Kreatur war, ein schreckliches Wesen aus einer anderen Welt, ein Mörder oder ein Kinderfänger wie der, vor dem ihre Eltern sie kürzlich gewarnt hatten und der in der Provence sein Unwesen trieb. Wenn jemand mit ihr reden wolle, den sie nicht kenne, dann solle sie schreien und fortlaufen, hatte ihre Mama gesagt. Ja, vielleicht war es dieser Kinderfänger, der unaussprechliche Dinge mit einem tat – Dinge, die in der Phantasie des Mädchens nur unscharf und vage waren. Jedenfalls war sie mit einem Mal davon überzeugt, dass ein Jemand oder ein Etwas durch die Straßen des kleinen, alten Ortes, der sich wie ein Schwalbennest an die Felsen schmiegte, wandelte und sie gewittert hatte. Da waren Geräusche gewesen, vielleicht nur vom Wind oder von einer Katze verursacht, doch schließlich kam die Panik. Stéphanie war losgelaufen, schneller, immer schneller. Einige Male wäre sie beinahe auf dem vom Regen des Nachmittags glitschigen Kopfsteinpflaster ausgerutscht und hingefallen. Doch sie konnte sich jedes Mal wieder fangen und rannte weiter, spürte, wie sich Klauen nach ihr ausstreckten, heißer Atem in ihrem Nacken, ihren Namen wispernd.

Aber Stéphanie wollte nicht sterben. Sie wollte nicht, dass der Kinderfänger sie schnappte und Dinge mit ihr anstellte, ihre Finger abschnitt und aufaß, oder sie in einen Kerker sperrte, wo sie mit Ratten leben musste und nie wieder das Licht erblicken würde, oder ... Oder noch viel Schlimmeres geschah.

Deswegen lief sie, lief um ihr Leben, und die wenigen Minuten, bis sie auf den Schotterweg zum rettenden Elternhaus einbog, kamen ihr wie eine Ewigkeit vor. Sie hatte Sturm geklingelt, den Rücken an die Haustür gepresst, damit sich bloß keine Hand auf ihre Schulter legen und sie fortreißen konnte. Sie hatte in die Dunkelheit gestarrt, aber nichts ausgemacht außer die Schemen von kahlen Bäumen, vom Weidezaun und die Lichter von La Roque. Schließlich hatte Mama die Tür geöffnet, und Stéphanie war schnell hineingeschlüpft und hatte erklärt, dass alles in Ordnung und sie nur so außer Atem war, weil sie dringend zur Toilette musste. Aus ihrem Kinderzimmerfenster hatte sie dann nach draußen geblickt, um sich zu versichern, dass der Kinderfänger nicht dort lauerte, um sie zu holen, wenn sie schlief. Und wie es aussah, war dort draußen nichts – entweder er hatte aufgegeben, oder er war niemals dagewesen und alles nur Einbildung von Stéphanie, einer ihrer Tagträume, die manchmal sehr lebhaft sein konnten. Ja, und rückblickend war es natürlich genau das gewesen, nicht mehr als eine kindliche Einbildung, ein Training von Gehirn und Körper, um den Umgang mit Angst und Panik zu erlernen.

Nur dieses Mal war es schlimmer, dachte Stéphanie, während sie mit jedem Laufschritt die eiskalte Luft in ihre schmerzenden Lungen pumpte.

Weitaus schlimmer. Und real.

Dieses Mal ging es wirklich um ihr Leben. Denn dieses Mal war tatsächlich jemand hinter ihr her, der unaussprechliche Dinge mit ihr tun oder sie töten würde. Oder beides. Und Stéphanie wusste, wer dieser Mann war.

Sie lief entlang desselben Weges, auf dem sie vor zwanzig Jahren vor einem namenlosen Grauen geflohen war. Die Richtung war dieselbe, denn sie lebte nach wie vor in ihrem Elternhaus, allein. Ihre Eltern waren vor einigen Jahren gestorben. Es herrschte Halbdunkel, und der kalte Regen prasselte auf ihr Gesicht, hatte die Schlaglöcher auf dem Weg gefüllt und ihre Daunenjacke samt der Jeans und den UGG Boots durchnässt. Das Haus war so nah – und doch so fern. Stéphanie wusste: Der Moment, in dem sie vor der Tür stoppen und die Schlüssel aus ihrer Hosentasche ziehen und ins Schloss stecken würde, wäre der, in dem der Mann sie zu fassen bekam. Er war ihr dicht auf den Fersen, schloss mit jeder Sekunde dichter zu ihr auf. Ihre Bronchien schienen platzen zu wollen. Ihre Muskeln brannten.

Sie trat in eine Pfütze und versank bis über die Knöchel darin, strauchelte, hörte die schweren Schritte hinter sich und hörte ihren Namen, jedes Wort mit schweren Atemstößen ausgekeucht.

»Stéphanie, warte, es hat doch keinen Sinn!«

Sie schrie auf, rannte dann umso schneller weiter und bog nach rechts ab in den Wald. Sie hoffte, dass sie ihn dort würde abschütteln können. Vielleicht gewann sie etwas Vorsprung, aber … Aber sie war sowieso darauf angewiesen, ihn loszuwerden, sich verstecken zu können oder Hilfe zu finden. Ihr Handy befand sich samt ihrer Geldbörse und der Dienstkleidung in der Umhängetasche, die ihr vorhin von der Schulter gerutscht war, als sie begriff, dass er sie verfolgte. Sie hatte die Tasche verloren und noch gesehen, wie er sie aufgehoben hatte, bevor er ihr hinterher zu sprinten begann.

Er war ein Irrer. Ein komplett Verrückter. Das hatte sie immer schon geahnt, und jetzt wusste sie es, jetzt hatte sie den Beweis. Es gab keinen Zweifel mehr. Doch was nutzte das Wissen? Es würde sie jetzt kein Stück voranbringen. Nicht einen Meter.

Stéphanie sprang über einen Graben, in dem es gurgelte. Das Regenwasser hatte ihn in einen Bach verwandelt. Der Atem dröhnte in ihren Ohren, stach ihr in die Brust, ebenso wie die Zweige der kahlen Bäume ihr Gesicht peitschten und Dornen die Jacke an den Ärmeln aufrissen. Äste knackten unter ihren Boots. Sie sprang über vermooste Stämme – fort, nur fort von hier, in Sicherheit. Hinter ihr klang es, als bräche sich ein großes Tier den Weg durch den Wald. Ein Tier, das nach ihr rief.

»Stéphanie, warte doch! Wir müssen … reden …«

Aber sie wusste, dass er nicht reden wollte. Er wollte mehr, viel mehr. Hätte er nur reden wollen, dann hätte er das vorher schon tun können, statt sich an ihre Fersen zu heften, um sie zu schnappen. Nach der Arbeit hatte er in der Seitenstraße auf sie gewartet, um sie abzufangen. Ja, sie schnappen, nichts anderes hatte er vor, und wenn er sie geschnappt hatte, dann würde er sie vergewaltigen, töten, denn er war durchgedreht, ein Psycho sondergleichen. Er konnte nichts anderes von ihr wollen als das, und natürlich wollte er verhindern, dass sie jemandem davon erzählte. Dass sie reden würde und davon berichten, was sie gesehen hatte, denn …

Im nächsten Moment versank Stéphanies rechter Stiefel im Morast. Sie wurde im vollen Lauf gebremst. Irgendetwas knackte in ihrem Knöchel. Ein höllischer Schmerz folgte, worauf ihr Körper nach vorne schlug und mit dem Gesicht voran auf dem Boden im nassen Laub aufkam. Der Aufschlag presste ihr fast alle Luft aus dem Brustkorb. Das letzte bisschen entwich, als ihr Verfolger sich mit den Knien voran auf Stéphanies Rücken zwischen die Schulterblätter fallen ließ.

Aus, dachte sie.

Jetzt war alles aus und vorbei.

Ende.

»Stéphanie«, hörte sie zwischen schweren Atemstößen dicht an ihrem Ohr und spürte, dass ihr Kopf an den Haaren nach hinten gerissen wurde, um ihren Hals zu entblößen. »Stéphanie«, grunzte die Stimme, »jetzt wird endlich alles gut.«

Sie können den nächsten Roman
von Pierre Lagrange kaum erwarten?
Wir informieren Sie über diese und weitere spannende
Neuerscheinungen mit unserem kostenlosen Newsletter.

Hier können Sie sich anmelden:
Fischerverlage.de/newsletter